絶対聖域

新堂冬樹
SHINDO FUYUKI

ABSOLUTE SANCTUARY

講談社

CONTENTS

カバーイラスト……青依青
装幀……坂野公一（welle design）

絶対聖域

プロローグ

下校途中の果林《かりん》の視界の端《はし》を、ぬいぐるみが掠《かす》めた。

果林は足を止め、路肩に面した『憩い公園』の植え込みに歩み寄った。

ぬいぐるみに見えたのは、クリーム色の被毛の子犬だった。

耳は垂れ、鼻の周囲が黒かった。

くりくりとした円《つぶ》らな瞳《ひとみ》が、上目遣《うわめづか》いに果林を見上げていた。

「こんなところで、どうしたの?」

語りかけながら、果林は腰を屈《かが》めた。

子犬は頭を低くし、遠慮がちに尾を振った。

「ワンちゃん、お家《うち》の人はどこにいるの?」

果林は子犬の両脇《りょうわき》に手を差し入れ、植え込みから抱き上げながら周囲に首を巡らせた。

子犬の飼い主と思《おぼ》しき人物は、見当たらなかった。

「ワンちゃん、迷子になったのね」

子犬が、不安そうに果林をみつめた。

汚れなき透き通った瞳に、思わず吸い込まれそうになってしまう。

「大丈夫よ。いま、お家の人を捜してあげるから!」

果林は、子犬を抱いたまま公園に足を踏み入れた。

「お前、男のふりすんなよ!」

果林は、声のほうに視線を巡らせた。

一人の少年の周りを、四人の男子が取り囲んでいた。

「お前は女なんだから、スカート穿《は》いてこいよ!」

「リボンもつけろよ!」

「花咲《はなさき》って、名前も女みたい!」

口々に少年を馬鹿《ばか》にして爆笑する男子は、クラスの問題児達《たち》だった。

雪のように白い顔を紅潮させ俯《うつむ》く少年を見た果林は、息を呑《の》んだ。

「詩音《しおん》!」

気づいたときには、果林は駆け出していた。

「あんたら、なにやってるのよ!」

四人の男子の視線が、果林と子犬に集まった。

詩音が、驚いたような顔で果林を見た。

「花咲が男のふりしてるから、スカートを穿いてこいって言ったんだよ!」

坊主頭《ぼうずあたま》の男子が、詩音の肩を小突いた。

「リボンもつけろよなー」

太った男子が、詩音の髪の毛を鷲掴《わしづか》みにした。

「大勢でイジメるの、やめなよ！」

果林は太った男子を肩で押《お》し退《の》け、詩音を庇《かば》うように立ちはだかった。

「みんなで一人をイジメるなんて、あんた達が女の子みたいじゃない！」

自分の大声に、果林は驚いていた。

それ以上に、自分にこんなに勇気があったことに驚いていた。

詩音を庇ったのは、初めてではなかった。

上履きを隠される、机に「女」と落書きされる、女子用のトイレに閉じ込められる……少女のようなきれいな目鼻立ちに透き通る肌を持つ詩音は、クラスの男子達からことあるごとにからかわれていた。

上履きを探し出し、机の落書きを消し、女子用のトイレから助け出し……果林は犯人の男子達に詰め寄った。

果林は、詩音のことを放っておけなかった。

「またお前？」

「出しゃばんなよ、ブースッ！」

ノッポと色黒の男子が、果林に詰め寄ってきた。

「果林ちゃん、やめて」

背後から、物静かな声が聞こえた。

この状況にもかかわらず、詩音の声には微塵《みじん》の怯《おび》えもなかった。

「あー！　もしかして、お前、花咲のことが好きなんだろ!?」

「女が好きなら、お前は男か!?」

坊主頭と太った男子が果林を茶化《ちゃか》し、馬鹿にした。

「詩音、この子をお願い」

振り返り、果林は詩音に子犬を預けた。

そして、顔を正面に戻すなり果林は、四人の頬《ほお》を立て続けに張り飛ばした。

「果林ちゃん……」

背後で、詩音が息を呑む気配が伝わってきた。

「中園《なかぞの》……お前っ、ふざけんなよ！」

「そうだ！　許さねえぞっ」

「女のくせに！」

「調子に乗るなよ！」

四人の男子が、血相を変えて果林に詰め寄ってきた。

「ごめん、僕が謝るから……」

「謝ることないって！　こいつらが悪いんだから！」

詩音を遮《さえぎ》り、果林は四人を睨《にら》みつけた。

膝《ひざ》が、ガクガクと震えていた。

心臓が、バクバクと音を立てていた。

逃げ出したい気持ちを、果林は懸命に堪《こら》えた。

「土下座したら、許してやるよ！」

坊主頭の男子が、果林に言った。

「悪いのはそっちでしょ！　あんたが、土下座しなさいよ！」

果林は、坊主頭の男子を睨みつけた。

「なんだと！　こいつ……」

坊主頭の男子が、言葉を呑み込んだ。

「これで、いい？」

果林に子犬を渡した詩音が、跪《ひざまず》いた。

「詩音っ、なにやってるのよ！　立って！」

「いいんだ。僕のことだから、果林ちゃんは関係ないよ。もう、行って」

詩音が、息を吞むような澄んだ瞳で果林を見上げた。

詩音の瞳にみつめられると、思わず引き込まれて頷《うなず》きそうになってしまう。

「だめだっ。中園も土下座しろ！」

太った男子が、果林を指差し命じた。

「僕がしてるんだから、果林ちゃんには……」

「うるさいっ、男女《おとこおんな》！」

色黒の男子が、爪先《つまさき》で詩音に砂をかけた。

「ちょっと、なにするのよ！」

「お前、生意気なんだよ！」

ノッポの男子が果林の腕を摑《つか》み、拳《こぶし》を振り上げた。

「また、弱い者イジメかよ？」

きつく眼《め》を閉じた果林の耳に、聞き覚えのある声がした。

「あっ、上條《かみじょう》！」

「邪魔すんなよ！」

果林は、恐る恐る眼を開いた。

日焼けした肌にくっきりした二重瞼《ふたえまぶた》——優斗《ゆうと》が、ノッポの男子の右手首を摑んでいた。

「優斗！」

果林は、大声で叫んだ。

「女子のくせに、また出しゃばってんのか？」

優斗が、太陽のような笑顔を果林に向けた。

おおらかで、明るくて、優しくて、強くて……優斗は、果林にとって燦々《さんさん》と陽射《ひざ》しを降り注がせる太陽のような存在だった。

優斗も詩音も果林と同じ五年A組で、三人とも一年生の頃からずっと同じ組だった。

一緒なのは、学校だけではなかった。

物心ついたときには、三人は同じ景色を見て、同じ空気を吸って育っていた。

「女子をイジメるなんて、お前らそれでも男か?」

言いながら、優斗がノッポの男子を突き飛ばした。

「何すんだ!」

殴りかかる坊主頭の男子に、ダッシュした優斗が飛び膝蹴《げ》りを食らわせた。

坊主頭の男子が鼻を押さえ、泣きながら地面を転げ回った。

「おい、大丈夫か!?」

「中田《なかた》君!」

「わぁ……鼻血が出てる!」

坊主頭の男子――中田のもとに駆け寄った三人の顔が蒼白《そうはく》になっていた。

「次は、誰《だれ》だ?」

優斗が指の関節を鳴らしながら、ノッポの男子、色黒の男子、太った男子の三人を見渡した。

「い、いや、俺《おれ》はいい……」

「俺は別に上條と喧嘩《けんか》する気ないし……」

「俺も……」

リーダー格だった中田が一撃でやられたことで、残りの問題児達は完全に戦意を喪失していた。

「いいか? 花咲と中園は、俺の親友だ。二人をイジメるってことは、俺をイジメることと同じだぞ!」

優斗の一喝に問題児達は、中田を置き去りに一目散に逃げ出した。

「おいっ……みんな、待てよ!」

中田がのろのろと起き上がり、半べそ顔で三人のあとを追った。

「優斗、ありがとう……」

張り詰めていた気持ちの糸が切れ、果林は子犬を抱いたままその場に屈み込んだ。

「お前は自分が女子だっていうことを忘れてるだろ?」

優斗が、白い歯を覗《のぞ》かせた。

「忘れるわけないでしょ? 鏡を見るたびに、こんなにかわいらしい顔が映るんだから」

果林は軽口を叩《たた》きながら、ゆっくりと立ち上がった。

「は？　お前、視力検査受けたほうがいいぞ」

優斗が、高らかに笑った。

果林は、優斗の陽気さが好きだった。

つらいとき、哀《かな》しいとき、苦しいとき……いつだって優斗の笑顔に救われた。

優斗といるだけで、明るい気分になれる。

そう、雲を取り払う風のように——闇《やみ》を取り払う陽光のように。

「ほら、お前も、いつまでそうやっているんだ？」

優斗が、土下座したままの詩音に手を差し伸べた。

「僕も、お礼を言ったほうがいいのかな？」

薄く微笑《ほほえ》みながら、詩音が優斗の手を取り立ち上がった。

「そんなタイプじゃないだろ？　怪我《けが》はないか？」

優斗が詩音をみつめる優しい眼差《まなざ》しに……優しい声に、果林の胸は疼《うず》いた。

物心つく前から、兄弟のように過ごしてきた三人だったが、優斗と詩音の間には果林が立ち入ることのできない特別な空気感があった。

それは、自分が女子で彼らが男子だからなのかもしれない。

そう思ったことは何度もあったが、なにかが違った。

彼らには、もっと別種の特別な絆《きずな》があるような気がした。

自分がわかち合うことのできない二人の関係に、やきもちを焼かないと言ったら嘘《うそ》になる。

だが、いまの関係を壊したくはなかった。

もし、優斗と詩音が仲違《なかたが》いをするようなことがあれば、果林にとってそのほうがずっとつらい。

「ああ、掠り傷一つないよ。ありがとう」

詩音が、物静かに微笑み優斗をみつめた。

太陽と月——二人は、すべてが対照的だった。

「それより、お前さ、なんでいつも黙ってやられてるんだ？」

優斗が、不思議そうな顔で詩音に訊《たず》ねた。

「そうだよ！　私もずっと思ってた。詩音はビビッてないのに、どうしてあいつらにイジメられっ放しなの？」

果林も優斗と同じ質問をした。

「そのほうが、楽だから」

詩音が、涼しい顔で言った。

「楽？　なんだそれ？」

優斗が首を傾《かし》げた。

「意味がないからさ」

「どういうこと？」

今度は、果林が首を傾げた。

「喧嘩して怪我したらお金もかかるし、勉強も遅れるし……いいことないよね」

詩音は、冷めた口調で言うと肩を竦《すく》めた。

「お前さ、あんなふうに馬鹿にされて悔《くや》しくないのか？　喧嘩に負けて、悔しくないのか？」

白いカラスでも見るような驚きの眼で、優斗が詩音をしげしげとみつめた。

「悔しくないよ。僕は、喧嘩に勝つよりも人生に勝ちたいんだ」

「人生に勝ちたい⁉」

果林と優斗は、鸚鵡《おうむ》返《がえ》しに言った。

「おい、人生って人間じゃないぞ？」

優斗の言葉に、詩音が微笑んだ。

「一杯勉強して、いい大学に入って、いい会社に就職して、ババに恩返ししたいんだよ」

詩音が、空を見上げた。

「お前、なんだか凄《すご》いな。大人みたいだ」

優斗が、もともと大きな眼をよりいっそう見開き、詩音の横顔をみつめた。

「そんな先のことまで考えてるなんて、詩音は偉いね。私なんか、ババに迷惑ばかりかけてるし」

「おいおい、果林がそうなら、俺はもっとババに迷惑ばかりかけてるよ」

優斗が、豪快に笑った。

「あんた達、本当に正反対ね」

果林は、二人を交互に見比べた。

「あ〜あ、俺も、ババ孝行しないとな」

優斗も、空を見上げながら言った。

「優斗が羨《うらや》ましいよ」

空を見上げたまま、詩音がぽつりと呟《つぶや》いた。

「明るくて、強くて、優しくて……今度生まれ変わるなら、僕は優斗になりたいよ」

「頭がよくて、大人で、優しくて……俺は、お前がいいな！」

二人が顔を見合わせ、ワンテンポ置いてほとんど同時に笑った。

「ちょっと、あんた達だけずるいぞ！　生まれ変わるなら、私になりたくないの⁉」

果林は、頰を膨《ふく》らませ優斗と詩音に詰め寄った。

「やだよ、女なんて。喧嘩弱いし、大人になったらおっぱいが邪魔だし」

優斗が、からかうような口調で言った。

「もう、喧嘩喧嘩って、ちょっとは詩音を見習いなさいよ。それに、おっぱいが邪魔なわけないでしょ！」

「あ、果林はペチャパイだから邪魔じゃないんだよ」

優斗が、果林の胸を指差して笑った。

「ペチャ……優斗！」

「まあまあ、喧嘩しないで」

優斗に摑みかかろうとする果林を、詩音が穏《おだ》やかに制した。

「だって、このスケベが……」

「さっきから気になってたんだけど、そのワンちゃんはどうしたの？」

詩音が、果林を遮り子犬に視線をやった。

「あ、俺も気になってたんだ」

何事もなかったように話に入ってくる優斗を、果林は睨みつけた。


「植え込みにいたの。飼い主もいないし、捨てられちゃったのかな？」

果林は、優斗のほうを見ないで詩音に言った。

「どうだろう？　どうするの？　ジジは、動物嫌いだからね」

詩音の顔が曇《くも》った。

「でも、置いてっちゃったら、寒いし、お腹《なか》減っちゃうし、この子が死んじゃうよ」

「じゃあ、連れて帰ればいいじゃん」

あっけらかんとした口調で、優斗が言った。

「詩音の話、聞いてなかったの⁉　ジジが犬嫌いだって言ったでしょ？」

「あれ？　動物嫌いじゃなかったっけ？」

「あんたね……聞いてたんじゃない！」

「俺は、聞いてないなんて言ってないぜ。連れて帰ればいいじゃん、って言っただけだ」

「だ〜か〜ら〜、ジジが動物嫌いだから連れて帰れない……」

「みんなで頼めばいいだろ？　こいつ、行くとこないんだからさ。なあ、お前、俺らと一緒に帰りたいよな？　うんうんうん、そっか、一緒にくるか？」

優斗はあっさり言うと、子犬の口元に耳を当てて独り芝居《ひとりしばい》を始めた。

腹が立つことも多いが、優斗の型に嵌《はま》らない行動力のあるところが魅力だった。

優斗は人を茶化したりふざけてばかりいるように見えるが、果林や詩音が困ったときにはいつも助けてくれる。

そして、どんなに大変なことも平気な顔で解決する。

不可能なことなんてない。どんな夢でも叶《かな》う。

優斗がいれば、そんな気になれた。

「こいつの名前、なんにする？」

呑気《のんき》な口調で、優斗が訊ねてきた。

「まだ、飼えるかどうかわからないのに？」

果林は呆《あき》れた顔を優斗に向けた。

「キセキ」

それまで黙っていた詩音が、ぽつりと言った。

「キセキ？」

果林と優斗が声を揃《そろ》えて言った。

「男の子でも女の子でも、キセキならおかしくないよね？」

「うん。でも、どうしてキセキ？」

果林は素直な疑問を口にした。

「日本は広くて人間も犬もたくさんいるのに出会えたんだから、奇跡だと思ってさ」

詩音が、犬の頭を撫《な》でながら言った。

「なんか、よくわかんないけど、お前、かっこいいな！」

優斗が、満面の笑みで詩音の肩を叩いた。

「キセキか……いい名前ね！」

果林は声を弾ませた。

詩音はいつも冷たく素《そ》っ気《け》ない感じだが、果林は知っていた。

心の奥底では、優斗と同じような友達思いの熱い感情があることを。

「じゃあ、決まりだね」

詩音が微笑んだ。

「よしっ、キセキ！　家に帰ろう！　俺達と住めるように、ジジとババに頼んでやるから！　俺に不可能はない！」

優斗が果林の腕から子犬……キセキを抱き上げ、頭上に掲げながら歩き出した。

果林と詩音は、顔を見合わせ苦笑いしながら優斗のあとに続いた。

1

章

1

「卒業まで、あと一ヵ月になった。今日のホームルームでは……」

担任教諭の稲本《いなもと》が、黒板に「高校生の君へ」と書いた途端にクラス内がざわめいた。

ざわめきの理由が、優斗にはわかっていた。

稲本は、なにかと言えば自分に贈る言葉を生徒に発表させる「君へシリーズ」が好きだった。

「四月から始まる高校生活を送る自分にたいして、決意とか抱負とか、なんでもいいから言葉をかけてみよう」

稲本が、予想通りの言葉を嬉《うれ》しそうに言った。

五十歳の稲本は、子供の頃観《み》た「3年B組金八《きんぱち》先生」という学園ドラマに影響されて教師になったらしい。

優斗はそのドラマを知らないが、白北《しらきた》中学の教師達のほとんどは「金八フリーク」だ。

稲本の肩まで伸ばした髪の毛は、主人公の坂本《さかもと》金八を真似《まね》ているそうだ。

「え〜また〜?」

「先生、もうすぐ卒業だからやめようよ」

「そうだよ。この前もやったばかりじゃん」

生徒が口々に不満を漏らした。

今月だけでも、「くじけそうになった君へ」、「不安になった君へ」、「すべてを投げ出したくなった君へ」と、三回も「君へシリーズ」をホームルームでやっていた。

「はいはいはい〜静かに静かに〜」

稲本が、穏やかな笑みを浮かべながら手を叩いた。

これも、「金八スタイル」らしい。

「もうすぐ卒業だからやるんでしょうが〜、この、バカちんが!」

稲本が、げんこつを打つふりをした。

「高校生になって新しい環境に馴染《なじ》めなかったりつらいことがあったりしたときに、過去の君達の言葉が励《はげ》みになるもんだ」

悦《い》に入る稲本に、そこここからため息が聞こえた。

「ため息を吐《つ》くたびに、幸せを一つ逃してるんだぞ～」

稲本が言うと、ふたたびため息が聞こえた。

稲本は優斗が三年になってからの担任だが、鬱《うっ》陶《とう》しく思われているだけで嫌われているわけではなかった。

「さあ、誰からやって貰《もら》おうかな～」

生き生きとした顔で、稲本が生徒達に視線を巡らせた。

「優斗が当たりますよーに、優斗が当たりますよーに」

隣の席で、果林が手を合わせてふざけ始めた。

「やめろ。人の不幸を願うと、バチが当たるぞ」

優斗は、肘《ひじ》で果林を小突いた。

「中園、行こうか？」

稲本が、視線を果林で止めた。

「えーっ、マジですか⁉」

果林が、切れ長の二重瞼を見開き素《すっ》頓《とん》狂《きょう》な声を上げた。

「女の子が、そんな乱暴な言葉を使うんじゃないよ。本当ですか？　って言いなさい、本当ですか？　って」

稲本に窘《たしな》められ、果林が舌を出した。

「ほーら、天罰天罰！」

優斗は、果林を指差し笑った。

「次は上條、お前だから考えとけよ」

稲本が、優斗に視線を移してニヤリとした。

「嘘だろ⁉　先生、頼むから、勘弁してくれよ！」

「さあ、中園、前に出て」

稲本に促《うなが》された果林が席を立った。

「うまく言おうとする必要はないから、心のままを口にすればいい」

果林は頷き、教壇の前に立った。

「高校生になった私へ。あなたには両親がいない。親の顔を知らずに、若草園《わかくさえん》という施設で育ったの。でも、寂《さび》しくなかった。あなたには、血の繋《つな》がりはないけれど、素敵な家族がいたよね。ジジとババ、優斗と詩音、そして、雑種犬のキセキ。優斗と詩音とは、小一から中二までずっと一緒のクラスだった。三年になってから詩音だけ別のクラスになったけど、いつも一緒だったわ。優斗が愉《たの》しいとき、あなたと詩音も愉しい気分になった。詩音がつらいとき、あなたと優斗もつらい気持ちになった。あなたが哀しいとき、優斗と詩音も哀しくなった。三人は、どんなときでも一緒になって乗り越えてきたよね」

果林が、優斗に微笑みかけた。

クラスメイトの視線が、一斉に優斗に集まった。照れ臭い気分になり、優斗は俯いた。

優斗も詩音も果林も、物心ついた頃には親がいなかった。

優斗の両親はあいついで病に倒れ、果林は父親が車の事故、母親が癌《がん》で死んだ。

詩音の場合は、自分や果林とは事情が違う。ババから聞いた話では、赤子の詩音は若草園の前に捨てられていたという。

死に別れのほうが、ましなのかもしれない。詩音が、自分を捨てた両親のことをどう思っているのかはわからない。

だが、わかっているのは、親に捨てられたことで詩音が小学校の頃からイジメにあうようになったということだ。

小学校の頃は、詩音を助けた優斗と果林までのけ者になった。

自然に、学校でも三人で過ごすことが多くなった。

小学校のクラスメイトが同じ学校に進学したことで、中学になってからも詩音はイジメの対象になった。

詩音が反撃しないのも、優斗と果林が助けるのも小学校の延長線だった。

小学校では押したり小突いたり程度だったイジメも、肉体の成長とともに激しさを増した。

詩音が顔を腫《は》らしたり鼻血を出したりすることは、一度や二度ではなかった。

成長したのは、優斗も同じだった。

詩音がやられた以上に、イジメた生徒の顔を腫らしてやった。

圧倒的に喧嘩の強い優斗の報復を恐れ、徐々にイジメもなくなっていった。

三年に進級してからの詩音は、からかわれることはあっても、肉体的に怪我をさせられるようなことはなくなった。

「そんな三人が、初めて別々の道を歩むことになった。いつも、あなたのそばで支えてくれた二人は、それぞれ違う学校に行くことになった。あなたは准看護師学校、優斗は調理師専門学校、詩音は都内の進学校……あなたは准看護師さん、優斗はコックさん、詩音は弁護士さん……みんな、ここまで育ててくれたジジとババに恩返しするために、別々の道を歩むことにしたんだよね？」

果林の問いかけに、優斗は心で頷いた。

──優斗、詩音、高校もさ、みんなで一緒のところに行こうね。

二年生の夏休みに、三人は進路について語り合った。

──そうしたいけど、無理だろ？　俺と詩音じゃ、頭の出来が違い過ぎるって。

──まだ受験まで日にちがあるんだから、頑張りなさいよ！

──ばーか。十年勉強しても追いつけないよ。

──そんなことないよ。優斗は勉強が嫌いなだけで、本当は頭がいいんだからさ。果林だって、それを知っているから、君に頑張れって言ってるんだよ。

穏やかな物言いで、詩音が口を挟んだ。

いがみ合う優斗と果林の間に入りとりなすのは、いつも詩音だった。

──でも、君は将来コックさんになりたいんだろう？　だったら、調理師の専門学校に行けば？

──そんなのあるのか？

優斗は身を乗り出した。

詩音に聞くまで優斗は、料理人になるための学校があることなど知らなかった。

──ちょっと、詩音、なに言ってるの？　三人で、同じ高校に……。

──果林は、看護師さんになりたいんだよね？

詩音が、果林を遮り訊ねた。

──そうだけど……なによ、いきなり？

──だったら、看護師の専門学校に入って勉強しなよ。僕は、弁護士の資格を取るために進学校で猛勉強する。みんな、それぞれの夢を叶えればいい。

——だけど……。

——夢だけの話じゃないよ。早く手に職をつければ、金銭的にジジとババも楽になる。それが、僕らを育ててくれたジジとババへの恩返しになるだろう？

——お前って、ほんと、大人だよな〜。同じ中学生だとは思えないぜ。

優斗は、詩音の顔をまじまじとみつめた。

——なに感心してるのよっ。優斗はいいの⁉︎　三人がバラバラになっても。

——バラバラって、大袈裟《おおげさ》なこと言うなよ。学校は違っても、同じ家に住んでるだろ？

物心ついたときから三人は若草園で寝食を共にし、片時たりとも離れたことはなかった。

——そういう問題じゃなくて……。

——いつまでも僕らは、子供ではいられないんだよ。

詩音は諭《さと》し聞かせるように言うと、果林をみつめた。

——支え合って生きることも大事だけど、自分の足で歩けるようにならないとね。

——詩音……。

詩音の深い言葉に、果林ももう反論はしなかった。

詩音には、不思議な説得力があった。

彼の瞳にみつめられると、抗《あらが》えない不思議な力が……。

「でも、これだけは言っておきたいわ。あなたは一人じゃないから、って。これで、終わりです」

果林は照れ臭そうに言うと、頭を下げた。

「なんだよ、上條とのラブストーリーか！」

「熱い熱い！」

「上條君、愛してるぅ〜」

「やめなさいよ！　あんた達！」

「そうよ、頭悪いわね！」

冷やかす男子の声と咎《とが》める女子の声が交錯した。

「こらこら、静かにせんか、バカちんが〜」

稲本が、ざわめく生徒を一喝した。

「さあ、次は上條だ」

稲本が、優斗に手招きをした。

「まいったな〜、あー地獄だ〜」

優斗は、天を仰ぎながら教壇に歩み出た。

「しっかりね！」

果林が、擦れ違いざまに優斗の背中を平手で叩いた。

「痛っ……」

思わず、優斗は顔を顰《しか》めた。

教壇を背にした優斗に、生徒達の視線が集まった。

心臓が、口から飛び出てしまいそうなほどに鼓動が高鳴っていた。

できるなら、逃げ出してしまいたかった。

「えっと……なんだっけ……」

「こらっ、上條、真面目《まじめ》にやらんか！　忘れたふりしても逃げられないぞ」

稲本が言うと、生徒達が爆笑した。

恥ずかしくて、顔から火が出る思いだった。

「優斗ーっ、頑張れ！」

果林が、口に両手を当てて茶化してきた。

「馬鹿っ、恥ずかしいからやめろ！」

茹《ゆ》でダコのように顔を朱に染める優斗に、ふたたび教室に爆笑が沸き起こった。

「未来の俺へ！」

意を決して、優斗は切り出した。

「上條君！　大変だ！」

教室の後ろの扉が開き、隣の組――B組の石本《いしもと》猛《たけし》が蒼白な顔で現れた。

「どうした⁉」

「花咲君が……」

「いま行く！」

「おい、上條、いまはホームルーム中だぞ！」

「未来の俺も、友達のピンチに真っ先に駆けつけるような男でいろよ！　終わり！」

優斗は言い終わらないうちに、教室の中央を駆け出した。

「私も行く！」

果林が、優斗のあとに続いた。

「こらっ、中園！　お前ら、待ちなさい！」

追《お》い縋《すが》る稲本の声を背に、優斗は教室を飛び出した。

「屋上に、花咲君が呼び出されてさ……」

「屋上⁉　お前らのクラス、詩音をイジメる奴《やつ》はいないだろ？」

三年に進級したばかりのときは詩音をイジメる男子も何人かいたが、そのたびに乗り込んでくる優斗を恐れて手を出さなくなった。

「先週、兄妹《きょうだい》で転校してきた白浜《しらはま》って奴がいるんだけど、そいつがキレちゃってさ」

階段を駆け上がりながら、石本が言った。

「なんでそいつが詩音にキレるんだよ？」

「白浜の妹は一年なんだけど、昨日、花咲君にコクったらしいんだ」

「あいつ、モテるからな。でも、それでなんでそいつは詩音にキレるんだよ？」

「妹を口説いたとかなんとか、とにかく、ヤバい奴でさ」

「そんなふざけた野郎は、俺がぶっ飛ばしてやる！」

階段を上り切った優斗は、屋上に続くドアノブに手をかけた。

「あ、上條君……」

石本が、優斗の腕を引いた。

「なんだよ？」

「気をつけたほうがいいよ。噂《うわさ》では、白浜の親父《おやじ》、ヤクザらしいからさ」

石本が、強張《こわば》った顔で言った。

「だから？」

優斗は、あっけらかんとした顔で言った。

「だからって……上條君はヤクザが怖くないの？」

石本が、びっくりした顔を優斗に向けた。

「なんで怖がるんだ？　悪いことしてるのあっちだろ？」

「驚いた？　優斗は、いつもこうなの。でもさ、どんな男の子かわからないんだから気をつけてよね」

果林が、石本に呆れたように言うと、優斗に視線を移して心配そうに窘めた。

「ラジャー！」

優斗は冗談めかして言いながら、鉄扉を開けた。
四、五メートル先に土下座している詩音――腕組みして詩音を見下ろす男子が視界に飛び込んできた。
茶に染めた髪を後ろに縛り、耳にピアスを嵌《は》めた男子は白浜に違いない。

「そういうの、謝ってるって言わねえんだよ。もう一回」

「勘違いをさせてごめん」

「だから、そうじゃねえって言ってるだろ!?　お前は、俺の妹に手を出した。それを謝れって言ってんだよ！」

白浜が、詩音に怒声を浴びせた。

「手は出していない。君の妹に好きだって言われただけだよ」

詩音が土下座した姿勢のまま、白浜を見上げて言った。

土下座をしてはいるが、詩音が白浜を恐れているふうには見えなかった。

「お前、俺に喧嘩売ってんのか!?」

白浜が気色ばみ、詩音の肩を蹴りつけた。

「おいっ、なにやってんだっ、ヤクザの息子！」

優斗は、詩音のもとに駆け寄りながら白浜を怒《ど》鳴《な》りつけた。

「はぁ！　誰だっ、お前!?」

白浜が、狂犬のような眼で優斗を睨みつけた。

「俺は詩音の親友だ」

「なんだ。泥棒の仲間か」

白浜が鼻で笑った。

「俺のことはなんて言ってもいいけど、詩音を悪く言うのは許さないっ」

優斗は、白浜を睨みつけた。

「こいつは俺の妹に手を出した。泥棒じゃなかったら、痴漢《ちかん》か？」

白浜が馬鹿にしたように言いながら、詩音に顎《あご》をしゃくった。

「それ以上、詩音を馬鹿にしたらぶっ飛ばすぞ」

優斗は、白浜を睨み返し押し殺した声で言った。

「てめえ、俺が誰だか知っててナメた口利いてんのか!?　おお!?」

白浜が優斗に詰め寄り胸倉を摑んだ。

「優斗、もういいよ。僕は大丈夫だから、構わないで」

詩音が立ち上がり、優斗に言った。

「ああ、だからヤクザの息子だろ？」

優斗は詩音を無視して、白浜の手を振り払った。

「俺の親父は山東会《さんとうかい》の会長だ。山東会は、関東で二番目に大きな組だ。お前も知ってるだろ？」

白浜が、自慢げに言った。

「だから？」

優斗は、肩を竦めた。

「は？　てめえ、聞いてなかったのか⁉　俺の親父は……」

「親父が凄くて、お前が凄いわけじゃないだろ？　別に、ヤクザが凄いとは思わないけどな」

「てめえ……死にてえのか⁉」

白浜が、ふたたび優斗の胸倉を摑んできた。

「ヤクザの息子だからって、みんなお前のことを怖がると思うな。親父の名前を出すんじゃなくて、男だったら自分の力で勝負しろよ」

優斗は白浜の手首を摑むと後ろ手に捻《ひね》り上《あ》げ、突き飛ばした。

「てめえっ」

鬼の形相《ぎょうそう》で振り返った白浜の右手には、バタフライナイフが握られていた。

果林が小さな悲鳴を上げた。

「これは、僕と君の問題だ。優斗は関係ない」

詩音が、優斗を庇うように前に出た。

「てめえは引っ込んでろ！　こいつは俺にナメた真似をしやがったから、もう許さねえ！　邪魔しやがると、てめえもぶっ殺すぞ！」

白浜は眼尻《まなじり》を吊《つ》り上《あ》げ、詩音にナイフを突きつけた。

「ちょっ……危ないじゃない！　ナイフなんて、やめなさいよ！　怪我したら、どうするの⁉」

果林が、白浜に詰め寄った。

「馬鹿！　お前は出しゃばるな！　こっちにこい！」

優斗は果林に手招きした。

「馬鹿はあんたでしょ！　無茶なことばっかりやるから、こういうことになるのよ！」

「お前ら、ごちゃごちゃうるせえんだよ！　怪我したくなかったら、女は引っ込んでろ！」

白浜が、ナイフを果林に突きつけた。

「あんた、中学生でしょ⁉　そんなヤクザみたいな真似をしちゃだめだよ！」

優斗はため息を吐いた。

果林が勝気なのはわかっていたが、まさかここまでとは思わなかった。

「ヤクザを馬鹿にするんじゃねえ！」

白浜が怒声とともに果林の頰に平手を飛ばした。

「大丈夫か！」

優斗は、崩れ落ちた果林に駆け寄り抱き上げた。

「次は、女の顔を刻んでやる！　それが嫌だったら、土下座して謝れ！　そしたら、今回だけは許してやっても……」

優斗は屈んだまま右足を飛ばし、白浜の脛《すね》を踵《かかと》で蹴りつけた。

「痛っ……」

すかさず優斗は、立ち上がり様に前屈みになった白浜の股間《こかん》を爪先で抉《えぐ》った。

白浜が呻《うめ》き、身体をくの字に折り曲げたまま倒れた。

優斗は白浜の手首を踏みつけ、ナイフを奪った。

「A組の上條優斗だ。文句があるなら、いつでも相手になってやるから俺のとこにこい。さ、行こう」

優斗は、股間を押さえのたうち回る白浜に背を向け、詩音と果林を促した。

「親父に……言いつけてやるからな……覚えてろ……」

優斗の背中を、白浜の声が追ってきた。

「ああ、待ってるぞ」

優斗は振り返らずに言うと、歩《あゆみ》を踏み出した。

2

「優斗、あんなふうに挑発しちゃだめだよ」

若草園への帰路――詩音が、優斗を窘めた。

「そうだよ。あの子がお父さんに仕返ししてくれって泣きついたらどうするの!?　山東会って、大きな暴力団でしょ？」

果林が詩音に同調した。

「あいつが悪いんだろ？　詩音に土下座させたり、お前を殴ったりしたんだぞ!?」

「だからって、無鉄砲《むてっぽう》過ぎるわよ。そんなことばかりしてたら、いつか死んじゃうわよ。本当に、単純馬鹿なんだからっ」

「助けてやったのに、誰が単純馬鹿だ！」

優斗は、果林の首根っこを摑んだ。

「ほらほら、そういうとこ！」

果林が優斗の手から逃げ出し、茶化すように舌を出した。

「果林は優斗を心配してるんだよ。僕もね」

詩音が微笑んだ。

優斗は、詩音の整った顔立ちをみつめた。

デジタル処理されたようにきめ細やかな肌、長い睫毛《まつげ》、涼しげに切れ上がった眼尻、茶色がかった瞳――子供の頃の詩音は、よく女の子に間違われた。

それが原因で、小学校のクラスメイトによくからかわれていた。

「ありがとう」

優斗は、詩音に言った。

「ちょっと、なによ！　詩音にばっかり！」

果林が優斗を睨みつけ、頬を膨らませた。

不思議と、詩音には素直になれた。

詩音と向き合っていると、すべてを吸収されてしまいそうな気になる。

「お礼を言うのは、僕のほうだよ。いつも、優斗に助けて貰ってばかりだからね」

詩音が柔和に眼を細め、白い歯を覗かせた。

「なあ、前から思ってたことなんだけどさ、どうしてお前はイジメてくる奴らの言いなりになるんだ？　怖くてそうしているんじゃないのはわかってる。だから、わからないんだよ」

「喧嘩する相手じゃないから」

「え？　それ、どういうことだよ？」

「いままで僕をからかったりイジメてきた人達は、僕の敵じゃないんだ。だから、僕さえ我慢すれば、ほとんどは何事もなく過ぎ去るから」

「土下座させたりひどいことを言ってきたりする奴らが、どうして敵じゃないんだよ!?」

優斗には、詩音の言っている意味が理解できなかった。

「彼らは、本当の意味で僕を傷つけることはできないから」

「捨て子とか馬鹿にされてもか!?」

口にするだけで、怒りが込み上げた。

「うん。僕が受け入れなければ、その言葉は力を持たないから。人が喜んだり哀しんだり怒ったりするのは、相手の言葉や出来事を認めて受け入れるからなんだよ。たとえば優斗だって、二歳の子供になにを言われても怒らないだろう？　それと同じさ。自分の心がすべてを決めるんだ」

「二歳の子供……お前、白浜のこともそう思ってたのか？」

「悪い意味じゃないよ。そういうふうに考えれば、喧嘩にはならないから。本当に必要でないかぎり、僕は誰とも喧嘩はしたくない。僕がすぐに謝ったり土下座をするのも、そうすれば問題が大きくならないから。それ以上の理由はないよ。でも、本当の敵だったら、僕がどんなに謝っても反論しなくても喧嘩になる。そのときは、僕も絶対に引かないつもりだよ」

きっぱりと断言する詩音に、優斗は驚きを隠せなかった。

同時に、やっぱり、という思いもあった。

優斗の予想通りに、怖くて反撃しないわけではなかったのだ。

「詩音って、そんなふうに考えてたんだね。でも、一つ一つの言葉が奥深くて、誰かさんと同じ中三だと思えないわ」

果林が、当てつけるように言った。

「こら！　俺に言ってんのか!?」

優斗が捕まえようとするより先に、果林が詩音の背後に隠れて舌を出した。

「この光景、小学生の頃から変わらないね」

詩音が、穏やかに微笑んだ。

優斗と果林がいがみ合い、詩音が微笑ましく見守る。

詩音の言うように、昔からこの関係性は変わらなかった。

「問題でーす！」

『憩い公園』の前で足を止めた果林が唐突に言った。

「なんだよ、急に？」

優斗も足を止め、訝《いぶか》しげな顔を果林に向けた。

「明日は、なんの日でしょう？　当たったらご褒《ほう》美《び》として、一つだけなんでも言うことを聞くわ。外れたら、一つだけ私の言うことを聞いて貰うから」

「なんだよ、それ!?　勝手に決めるなよな！」

優斗は抗議した。

「ほらほら！　早く考えないと負けちゃうぞ～」

果林が、手を叩き二人を煽《あお》るように言った。

「はい！」

優斗が手を挙げた。

「優斗君、どうぞ！」

「ババの誕生日！」

「ブー！　ババの誕生日は来月ですぅ」

「はい！」

ふたたび、優斗が手を挙げた。

「優斗君、どうぞ！」

「ジジの誕生日！」

「ブー！　ジジの誕生日は四ヵ月先ですぅ。もう、優斗、ジジとババの誕生日も覚えてないわけ⁉」

果林が、呆れた顔で言った。

「いや……違うって、果林が焦らせるからさ」

「あっ、なにそれ⁉　親不孝を私のせいにするわけぇ？」

果林が腕組みをし、優斗を睨みつけてきた。

「キセキと出会った四回目の記念日」

詩音が横から口を挟んだ。

「ピンポーン！　正解！　詩音の勝ち！」

果林はレフェリーさながらに、詩音の右手を取って上げた。

「ちょっと、待てよっ。詩音は、手を挙げてないから失格だぞ」

すかさず、優斗は抗議した。

「そんなルールはありませーん。優斗が勝手に手を挙げてただけでしょ？　だいたいさ、ジジ達の誕生日もキセキと出会った日も忘れてるなんて、最低じゃない？」

「い、いや、それは……その……忘れていたわけじゃなくて……」

「忘れてたんじゃないなら、なに？　言ってみなさいよ」

しどろもどろになる優斗を遮った果林が、腕組みをして詰め寄った。

「キセキにお祝いしてあげないとね。みんなで、ペットショップにキセキのプレゼントを買いに行こうか？」

詩音が、優斗に助け船を出してくれた。

「うん！　少しは、詩音を見習いなさいよね」

詩音に向けていた笑顔とは打って変わった呆れ顔が、優斗に向けられた。

「イエッサー！」

優斗は足を揃えて果林に敬礼して見せた。

「でも拾った日を入れるなら五回目だから、詩音は外れで、私の言うことを聞かなきゃダメー！」

果林は悪戯《いたずら》っぽい表情で言った。

詩音は苦笑いした。

「ざまみろ、俺と同じだ」

「優斗、あんたとは違うわ！　まったく……行きましょう」

果林が詩音の腕を取り、歩き出した。

振り返った詩音が、優斗に小さく手招きした。

「おい、なんでいつも俺だけ……」

優斗は、半べそ顔で二人のあとを追った。

言葉とは裏腹に、心で願った。

いつまでも、ずっとこのままの三人でありますように……と。

☆

ドアの開閉音を聞きつけたキセキが、奥の部屋から廊下を滑《すべ》りながら駆け寄ってきた。

「ただいま！　キセキ！　いいコにしてた？」

果林の腕の中に飛び込んできたキセキが、顔をペロペロと舐《な》めた。

四年前は抱き上げられるほどの大きさだったキセキも、いまは二十キロほどあり後ろ脚で立てば果林の肩のあたりに顔がくるまでになった。

「そっかそっか、会いたかったの？　私も会いたかったよ〜」

果林がキセキの顔を両手で包み、揉《も》みくちゃにしながら言った。

「お前に、プレゼントを買ってきてやったぞ」

優斗は、ペットショップで買ったケーキの入った箱を宙に掲げた。

匂《にお》いに反応したキセキが、優斗の前にお座りをし尻尾《しっぽ》をパタパタと左右に振った。

犬用のケーキなので普通のケーキに比べて、糖分と塩分が圧倒的に低い。

カロリーを抑えるために生地《きじ》も小麦粉ではなく、大麦粉や米粉を使用していた。

「お帰りなさい。あら、キセキにケーキを買ってきてくれたの？」

奥から現れた若草色のエプロン姿の老婆……ババがふくよかな笑顔で訊ねてきた。

ババは七十五歳になるが、元気で若々しく六十代に見える。

それでも、キセキが初めて若草園にきたときよりは髪の毛に白いものが日立つようになった。

——あら、どうしたの？　そのワンちゃん。

果林の腕に抱かれるキセキに視線を向け、ババがびっくりしたように訊ねてきた。

——公園に、捨てられていたの。このコ、キセキっていうんだよ。

――果林が名前をつけたの？

――ううん、詩音よ。いい名前でしょ!?

――果林、よく聞いて。ジジは犬が苦手で、ウチでは飼えないの知ってるわね？

――お願い！　私がちゃんと世話するから！

果林が、必死に懇願《こんがん》した。

――気持ちはわかるけれど、それは難しいわ。

――ババ、お願いだ！　ジジには俺も頼むからさ！

優斗も、ババに訴えた。

――優斗だって、ジジの犬嫌いを知ってるでしょう？

ババが困惑した顔でため息を吐いた。

――ジジが犬を嫌いになったのは、子供の頃に頭を撫でようとして咬《か》まれたからでしたよね？

それまで黙って事の成り行きを見守っていた詩音が、口を挟んできた。

詩音は、両親同然のジジとババにたいしても敬語を使っていた。

理由はわからないが、優斗が物心ついたときにはそうだった。

――そうそう、もともとのジジは犬が好きだったのよ。ある日、近所のタロウっていう柴犬《しばいぬ》が餌《えさ》を食べているときに頭を撫でようとしたら手を咬まれたんだって。それ以来、犬が怖くなったみたいね。

――キセキは、ジジを咬んだりしないから！　いいコにするから！

果林が必死に訴えた。

――お前達、帰ってた……。

外から戻ってきたジジが、果林に抱かれるキセキに視線を留《と》めて顔を強張らせた。

――こらこら、なにをしておるんじゃ！　犬を入れるんじゃないっ。

ジジが、果林を叱《しか》りつけた。

――ジジ、いいコにさせるから、キセキを飼っていいでしょ!?

――だめじゃだめじゃ！　ジジが犬はだめなことを、果林も知ってるじゃろう？

――俺からも頼むよ！　散歩もさせるし餌もあげるし、ジジには迷惑をかけないから！　約束を破ったら、お小遣いもいらないよ！

優斗は、ジジに約束した。

――お前達の願いをきいてやりたいが、だめなもんはだめなんじゃ。わがままを言わないで、元いた場所に戻してきなさい。

——やだやだ、キセキを……。

——ジジが咬まれたのは、タロウって名前の柴犬ですよね？

果林を遮り、唐突に詩音が訊ねた。

——ああ、そうじゃが。

——このコはキセキって名前で、柴犬ではありません。

——そんなの、わかっておる。

——人間にも、いろいろな性格の人がいます。すぐに怒る人、とても優しい人。ジジは、すぐに怒る人に殴られたからって人間が嫌いだと言ってるのと同じです。優しい人間もたくさんいます。

詩音が、ジジの瞳をみつめた。

喋《しゃべ》りかたが、小学生とは思えなかった。

——人間と犬は違うぞ。

——信じてあげてください。

——だから、犬は……。

——キセキじゃなくて、ジジのことです。

——わしのことじゃと⁉

ジジが自分を指差し、素頓狂な声を上げた。

——ジジは、犬が好きだったんですよね？　その頃のジジを、信じてあげてください。

優斗は不意に、わけもわからず涙が込み上げてきそうになった。

詩音の言っている言葉の半分も理解できていなかったが、胸に響くものがあった。

ジジは言葉を失い、詩音をみつめていた。

果林は瞳に涙を浮かべていた。

——もし、キセキと暮らしてみてどうしてもだめだったら、そのときは貰ってくれる人を探します。だから、それまでは、キセキを飼ってみてください。お願いします。

詩音が、まっすぐにジジをみつめた。

——じゃがな……。

——おじいちゃん。詩音の言う通りよ。あなたを咬んだ犬とキセキは違うんですからね。この子達にとっても、動物と接するのはいいことだし。

ババの説得に、ジジは渋々《しぶしぶ》ながらも頷いた。

最初はキセキを無視して距離を置いていたジジも、いまでは優斗達以上にかわいがっていた。

「駅前のペットショップで、三人でお金を出し合って買ってきたんだ。犬のケーキって、あんなに高いとは思わなかったよ。五千円もするのがあるなんて、びっくりだよ。千八百円の小さなケーキしか買えなかった。ごめんな、キセキ」

優斗はケーキの箱をババに渡し、キセキの耳の付け根を揉んだ。

心地よさそうに、キセキが眼を閉じた。

「これで十分よ。お誕生日にケーキを買って貰える犬のほうが珍しいんだからね。さあ、早く上がりなさい。あなた達にも、おやつを用意してあるから」

「誰か、お客さんきてるの？」

沓《くつ》脱ぎ場の革靴に視線を移し、優斗は訊ねた。

「おじいちゃんにお客様がきてるのよ」

「ジジにお客さんなんて、珍しいね」

果林が言いながらスニーカーを脱いだ。

優斗と詩音も廊下に上がり、ババに続いて奥に向かった。

キセキも、尻尾を振りながら三人のあとを追ってきた。

リビングはヨガマットが敷き詰められた十畳のスクエアな空間で、背の低い長テーブルとクッションソファ、テレビがあるだけだった。

「詩音兄ちゃん、果林姉ちゃん、優斗兄ちゃん、お帰り！」

ヨガマットの上で人形遊びをしていた鈴《すず》が、おぼつかない足取りで駆け寄ってきた。

鈴は三歳の少女で、近所の共働きの夫婦の子供だった。

若草園は、身寄りのない優斗達三人を養子として引き取ったのを最後に、養護施設をやめて託児所になっていた。

だが、ジジもババも高齢になり、いま預かっているのは鈴一人だけだった。

幼児の相手をするのは、想像以上に体力がいる。

優斗が若草園にきたときには、全部で十人の子供達がいた。

ほかの子供達は中学生になるまでに里親がみつかり引き取られていった。

残ったのは、優斗、詩音、果林の三人だけだった。

里親が現れなかったことの哀しみより、ジジとババのもとに残れるという喜びのほうが勝っていた。

優斗は一日も早く立派な料理人になり、ジジとババに楽な生活をさせてあげたかった。

詩音も果林も、考えは同じはずだ。

それぞれが力をつけて、両親に恩返しをしたいと思っている。

「ただいま〜、いい子にしてた？」

果林が抱き上げようと伸ばした腕をするりと躱《かわ》した鈴が、詩音の足に抱きついた。

「鈴は詩音兄ちゃんの抱っこがいい！」

「まあ、呆れた」

苦笑いした詩音に抱き上げられる鈴を、果林がぽっかりと口を開けてみつめた。

「なんだよ、鈴、優斗兄ちゃんの抱っこは？」

「鈴は、詩音兄ちゃんのほうがいい」

「それ、差別っていうんだぞ？」

優斗は、鈴に頬を膨らませて見せた。

「鈴は、男を見る眼はあるわね〜」

からかうように言う果林を、優斗は軽く睨みつけた。

「さあさあ、みんな座って。ロールケーキがあるからね。キセキにも、いまケーキを出してあげるから」

ババは、みなに言うと台所に向かった。

優斗、果林、詩音が楕円《だえん》形のテーブルに着いた。

鈴は、詩音の膝の上に座っていた。

「そう言えば果林は賭《か》けに勝ったんだから、詩音はなんでも言うこと聞かなきゃならないんだろ？」

果林、詩音に坊主になれって言えよ」

詩音は、苦笑いで優斗の軽口を受け流したが、果林は憤然と、

「あんた、小学生？　忘れてるかもしれないけど、優斗も賭けに負けたんだから、私の言うことをなんでも聞く約束だからね。詩音が坊主なら、優斗には口紅を塗ってスカートを穿いて登校して貰おうかな」

「く、口紅!?　スカート!?」

優斗は、素頓狂な声を上げた。

「そう！　すっごいセクシーな女装で！」

果林が、ニッと歯を剝《む》き出《だ》して笑った。

「詩音、坊主なんかなるなよ！　きっぱり断れ」

慌てて、優斗は言った。

「僕は、最初からそのつもりだよ」

「だよな！　さすがは詩音君！」

優斗は、詩音を抱き締めた。

「優斗兄ちゃん、苦しいよ！」

詩音の膝の上にいた鈴の声で、優斗は慌てて詩音から離れた。

突然のことに、優斗は混乱した。

「鈴を潰《つぶ》す気！」

鈴が頰を膨らませ、優斗を睨みつけた。

「ごめんごめん、苦しかったろう？」

優斗は、鈴の頭を撫でながら詫《わ》びた。

「鈴は、詩音兄ちゃんのものだよ！」

鈴が、詩音に抱きついた。

「え……？」

「わからないの？　優斗兄ちゃんが鈴を好きでも、鈴は恋人になれないの」

こまっしゃくれた鈴に、優斗は思わず相好《そうごう》を崩した。

「鈴ちゃんにフラれて残念でしたー！」

果林が、優斗を指差しからかった。

「あら、鈴、優斗みたいな素敵な青年をフッちゃったの？」

お盆を手にしたババが、リビングに戻ってきた。

「おい、みんな、聞いたか？　ババは、俺の魅力をよくわかってるよ！」

優斗は、喜色満面になり果林、詩音、鈴の顔を見渡した。

「じゃあ、ババが中学生だったとして、優斗と詩音に告白されたら優斗とつき合っちゃうの？」

果林が、悪戯っぽい表情でババに訊ねた。

「それぞれ違う魅力があるから、決められないわね」

ババが笑顔で受け流し、ロールケーキを載せた皿をみなの前に置いた。

「はい、キセキもどうぞ」

最後に、優斗達が買ってきた犬用のケーキを切り分けた皿を床に置くとキセキが駆け寄ってきた。

「キセキ、待て！」

果林が命じると、キセキがお座りした。

「今日の主役はキセキよ。若草園にきた四年前は、あなた達と同じおチビちゃんだったけど、いまじゃすっかり大きくなったわね。これからも元気なキセキでいてちょうだいね」

ババが、キセキの頭を撫でた。

「キセキ、よし！」

果林の声に、キセキがケーキにゆっくりと口をつけた。

「じゃあ、俺らも食おう！」

優斗が、ロールケーキを一気に半分ほど口に入れた。

「ちょっと、もっと味わって食べなさいよ！　見て、詩音の上品な食べかたを」

果林の視線の先――フォークで丁寧に切り分けたロールケーキを優雅に口もとに運ぶ詩音の横顔に、優斗は見惚《みほ》れた。

グラスの水を飲むとき、スマートフォンを耳に当てているとき、小説を読んでいるとき……ありきたりの仕草《しぐさ》も、詩音がやると人とは違った。

「わかった。次は上品に食べるから貰うぞ」

言い終わらないうちに、優斗は果林のロールケーキにフォークを刺した。

「あ！　人の取らないで……」

立て続けに押されたインターホンのベルが、果林の言葉を遮った。

「誰かしら？」

怪訝《けげん》そうな顔で、ババがリビングを出た。

「ちょっと、あなた達、誰なんですか？」

ババの逼迫《ひっぱく》した声に、優斗、詩音、果林は顔を見合わせた。

「上條優斗ってガキを出せや！」

「上條優斗いるかー!?」

男の野太い怒鳴り声に、果林が優斗を指差した。

優斗は立ち上がり、玄関に向かった。

「キセキは、ここで待ってて」

キセキに命じ、果林が優斗のあとを追ってきた。

沓脱ぎ場には、派手なブルーのスーツを着た背の高い男とピンストライプのスーツを着たスキンヘッドの男がいた。

「優斗に、なんの用ですか!?」

ババが、二人の前に立ちはだかり訊ねた。

「ババアはいいから、さっさと上條優斗を……」

「俺になんの用？」

優斗は、背の高い男を遮り歩み出た。

「お前が上條優斗か!?」

背の高い男が、細く鋭い眼で優斗を睨みつけた。

「ああ。俺が上條優斗だけど、あんたら誰？」

「優斗、あなたは奥に……」

「邪魔するんじゃねえよ！」

スキンヘッドが、ババを怒鳴りつけた。

「ババを怒鳴るのやめろよ。お年寄りには優しくって、あんたらも習ったろ？」

優斗は、二人の顔を交互に見据えながら言った。

「てめえ、ナメてんのか⁉　くぉら！」

スキンヘッドが、血相を変えて優斗に詰め寄ってきた。

「まあ、待て。おい、お前、馬鹿なのか根性入ってるのか知らねえが、俺らのことが怖くねえのか？」

スキンヘッドを制し、背の高い男が凄みのある濁声《だみごえ》で問い詰めてきた。

「ああ、怖くないよ。俺は、あんたらになにも悪いことはしてないからな」

優斗は、臆《おく》することなく背の高い男を見据えた。

「なにも悪いことはしてねえだと⁉　おいっ、お連れしろ」

背の高い男に命じられたスキンヘッドが外へ出た。

「あのさ、勝手に人の家に乗り込んできてなんなのよ⁉　あんた、優斗と誰かを勘違いしてるんじゃない⁉」

果林が、背の高い男に食ってかかった。

「お前は出しゃばらなくていい」

優斗が、果林を窘めた。

「なによ！　せっかく私が……」

果林を遮るようにドアが開いた。

スキンヘッドが、車椅子《くるまいす》を押して入ってきた。

「あ、お前！」

優斗は、車椅子に座った少年を指差した。

後ろに縛った茶に染めた髪、耳に光るピアス——車椅子の少年は白浜だった。

白浜は、首と右腕にギプスを嵌め頬に大きな絆創膏《ばんそうこう》を貼《は》っていた。

「あっ、詩音をイジメた不良！」

果林も白浜を指差した。

「坊ちゃんに、お前とか不良とはなんだ！」

スキンヘッドが、血相を変えた。

「坊ちゃん？　っていうことは、あなた達はヤクザ屋さん？」

果林が無邪気な顔で訊ねた。

「坊ちゃんは、山東会の会長のご子息だ。お前、よくも坊ちゃんにこんな大怪我をさせてくれたな？」

背の高い男が、押し殺した声で言った。

「は？　俺が？」

優斗は、顔を指差した。

「坊ちゃんは、全治三ヵ月の大怪我をなさった。この落とし前、どうつけるつもりだ！　おお!?　おらぁ！」

スキンヘッドが、優斗に巻き舌を飛ばしてきた。

「なにかの間違いですっ。優斗は、人様を怪我させるような子ではありません！」

「ババアはいちいち出しゃばるんじゃねぇ！」

スキンヘッドが、ババを怒鳴りつけた。

「ババになんてこと言うの!?　それに、優斗は不良にそんな怪我させてないわよ！」

果林が、スキンヘッドに抗議した。

「お前、坊ちゃんのこの痛々しい姿が見えねぇのか!?」

「俺は、腕を捻り上げて急所を蹴っただけだ」

優斗は、白浜を睨みつけつつ言った。

スキンヘッドが嘘を吐いているのはすぐにわかった。

「腕を捻り上げられたときに骨が折れて、金玉を蹴られたのが原因で歩けなくなったんだよ。まあ、いい。ガキを相手にしても仕方ねえ。おい、こいつの親を出せや」

背の高い男が、優斗を指差しながらババに顔を向けた。

「この子達の親は私です」

「ああ、そういや、ここは施設だったな。だったら、話は早え。おい、坊ちゃんの治療費と慰謝料を払って貰おうか？」

「治療費と慰謝料……ですか？」

ババが、背の高い男の言葉を繰り返した。

「おう、そうだ。本当は一千万って言いたいところだが年寄りはイジメたくねえから、特別に五百万で勘弁しといてやるよ」

背の高い男が、恩着せがましく言った。

「五百万……」

ババが絶句した。

「ふざけんな！　俺は白浜を怪我させてないっ。お前も、嘘を吐くなよ！」

優斗が、白浜を怒鳴りつけた。

「そうよ！　それに、だいたい、悪いのはそっちのほうじゃないっ。その不良が詩音をイジメてて、優斗が助けたんだから！　あなた、なんとか言いなさいよ！」

果林が、白浜に詰め寄った。

「ガキは黙ってろ！　おい、ババア、いつ払うんだ？」

　スキンヘッドが腕組みをし、ババを見据えた。

「五百万なんて大金は、そう簡単に用意できる額では……」

　ババが言《い》い淀《よど》んだ。

「わかった。一ヵ月だけ待ってやる。その代わり、この施設を担保に入れて貰おうか？」

　言いながら、背の高い男が玄関に腰を下ろしジュラルミンのアタッシェケースから書類を取り出した。

「ここに、サインしろや。五百万を払えば、なにも問題はねえ」

「あの……払えなかったら、どうなるんでしょうか？」

　ババが、不安げに背の高い男に訊ねた。

「まあ、それはそのときにまた話そうや。心配しねえでも、悪いようにはしねえからよ。まあ、とりあえずサインしてくれ。ほら」

　背の高い男が、ババにボールペンを差し出しながら急《せ》かすように促した。

「騙《だま》されないほうがいいですよ」

　不意に、背後から声がした。

　優斗は、弾《はじ》かれたように振り返った。

　廊下の奥――階段から、ジジと三十代と思しき男が下りてきた。

「五百万の慰謝料を無理やりでっち上げて、数倍の土地の権利を奪おうなんて詐欺師《さぎし》のやり口だな」

　男が、背の高い男を見据えつつ口角を吊り上げた。

　白の詰め襟のスーツに包まれた屈強な体軀《たいく》、陽《ひ》に灼《や》けた肌、こめかみを刈り上げたアイビーカット、薄く蓄《たくわ》えた口髭《くちひげ》……男は、初めて見る顔だった。

　スーツの襟には、「神闘《しんとう》」の文字が刻まれた銀色の丸いバッジが輝いていた。

「てめえっ、喧嘩売ってんのか⁉　おお⁉」

　熱《いき》り立《た》ったスキンヘッドが立ち上がり、男に詰め寄った。

「馬鹿っ……やめろ！」

　背の高い男が蒼白な顔で、スキンヘッドの腕を摑んだ。

「なんで止めるんですか⁉　このくそ野郎は……」

「お前っ、この人を知らねえのか！」

背の高い男の狼狽《ろうばい》ぶりは、尋常ではなかった。

まるで、ライオンに出くわした犬のように怯えていた。

「え？　誰なんすか、こいつ？」

スキンヘッドが、怪訝な顔で訊ねた。

「神闘会の香坂《こうさか》というものだ」

「し、神闘会って……同業の神闘会か!?」

スキンヘッドの顔が強張った。

「人聞きが悪いことを言わないでくれ。俺らは暴力団じゃなくて、宗教団体だ」

香坂が欧米人のように肩を竦めた。

「ど、どうしてあんたがここにいるんだ？」

怖気《おじけ》づきながらも、背の高い男が香坂に訊ねた。

「園長さんに、大事な用事があってな」

「そ、そうか……じゃ、じゃあ、もう、行っていいぞ。俺らは、ジジイ……いや、園長と話があるからよ」

背の高い男が、うわずる声で言った。

「あ、そうそう、今日から、ある事情があって若草園は神闘会がバックアップすることになったから」

香坂が、思い出したように言った。

優斗、詩音、果林の三人が窺《うかが》うようにジジを見た。

ジジが、柔和な顔で頷いた。

「なに!?　神闘会が、どうして託児所のバックアップをするんだよ!?」

背の高い男が、素頓狂な声を上げた。

「そんなことは、お前らには関係ない。ということで、早速だが園長の代わりに俺が話を聞く。その前に単純な疑問だが、どうして若草園に五百万の慰謝料を請求してるんだ？」

「そ、それはその……」

「この優斗ってガキが、ウチの坊ちゃんに大怪我を負わせたんですよ」

「ほう、白浜会長の息子さんをね。と言ってるが、本当か？」

香坂が、振り返り優斗に訊ねてきた。

「いや、違うよ。白浜が詩音に土下座させてたから助けようとしただけだ。そしたらこいつ、ナイフを果林に突きつけて、殴ったんだ。女を殴るなんて、とんでもない奴だよ！」

優斗は、吐《は》き捨《す》てた。

「君は、どうして詩音君に土下座させたんだ？」

「え……俺の妹に手を出したから……」

蚊の鳴くような声で、白浜が言った。

「彼の妹に手を出したっていうのは、本当かな？」

香坂が、白浜から詩音に視線を移した。

「彼の妹に好きだと告白されました。それ以上でもそれ以下でもありません」

詩音が、淡々とした口調で言った。

この状況でもいつもと変わらぬ平常心を保《たも》つ詩音に、優斗は改めて驚きを感じた。

「彼はそう言ってるが？」

香坂が白浜に視線を戻して言った。

「あ、いや、それは、その……」

「そんなガキの言うことを、鵜呑《うの》みにしろって言うんですか!?」

しどろもどろになる白浜を遮り、スキンヘッドが言った。

「いや、物事は公平に裁かないとな。番号は？」

香坂が、スマートフォンを掲げつつ白浜に訊ねた。

「え……？」

「妹の番号だよ。本人に訊《き》くのが、一番早いだろう？」

「そ、それは……」

白浜の顔から、みるみる血の気が失われた。

「どうした？　早く、教えてくれ」

「ご、ごめんなさいっ。全部、嘘でした！」

突然、白浜が車椅子から立ち上がり香坂の足もとに土下座した。

「おいおい、それはどういうことだ？」

香坂が、白浜の前に屈んだ。

「最初は、手を出したと思って花咲を呼び出したんですけど、家に帰って妹に聞いたらそうじゃないってことがわかって……」

嗚咽《おえつ》交じりのカミングアウト――白浜が、涙目で訴えた。

「坊ちゃんっ、なにを言い出すんですか!?」

背の高い男が、滑稽《こっけい》なほどに慌てふためいた。

「お前は黙ってろ！　俺は白浜君に訊いてるんだ。で、それならどうして、ここまできて嘘を吐き通した？」

「それは……」

香坂が、白浜に顔を戻した。

白浜が言い淀み、背の高い男を見た。

「なるほど。薄汚れた大人に利用されたってわけか」

香坂は鼻を鳴らし、背の高い男を睨みつけた。

「あ、あんた……俺らのことを疑ってるんですか⁉」

「さあ、それは、ウチの会長が判断することだ」

「敷島《しきしま》会長が……」

背の高い男が息を呑んだ。

「ああ。敷島会長が、お宅の会長にこの話をする。それでもお前は、嘘を吐き通せるかな？」

「た、頼みます……やめてください！」

背の高い男が、声を裏返し香坂に訴えた。

「どうしてだ？　嘘を吐いてないのなら、敷島会長と白浜会長にそう言えばいいだろうが」

香坂が、試すように言った。

「す、すみませんでした！」

突然、沓脱ぎ場に背の高い男が土下座した。

「なにぼーっと突っ立ってやがる！」

背の高い男に怒鳴られたスキンヘッドが、慌てて跪いた。

「土下座して謝るってことは、嘘を吐いてたと認めるのか？」

香坂が背の高い男に詰め寄った。

「はい……すべて……嘘です」

消え入りそうな声で、背の高い男が認めた。

「やっぱり、嘘だったのね！　あんた、最低だわ！」

果林が、白浜を指差し罵倒《ばとう》した。

「それは……」

白浜が言葉に詰まり、うなだれた。

「若草園の権利証が目的か？」

香坂が、背の高い男を見下ろしつつ訊ねた。

「はい……坊ちゃんが若草園に住んでいる生徒に殴られたと聞いて、閃《ひらめ》いたんです。うまくいけば若草園を手に入れて手柄を立てられるって……」

「ヤクザが詐欺を働いて手柄もなにもないだろうが」

香坂が、呆れたように吐き捨てた。

「ほ、本当に……すみませんでした！」

背の高い男が、玄関に額を擦《す》りつけ涙声で詫びた。

「じゃあ、お前らの判決を三人の陪審員《ばいしんいん》に訊いてみようじゃないか。まずは……君からだ。彼らを、どうすればいいと思う？」

香坂が振り返り、果林に訊ねた。

「とにかく、心を込めて優斗やババに謝って貰います。それで、二度とこういうことをしないと約束するなら、今回だけは許します」

果林が、正義感に燃える眼で香坂をみつめた。

「わかった。君は？」

香坂の視線が、果林から優斗に移った。

「俺はこいつら三人を一発ずつぶん殴ってから、詩音、果林、ババに謝らせる」

優斗は、右の拳を香坂の目の前に突き出した。

「なるほど、君らしいな。最後に、詩音君はどう裁く？」

「二人の罪を白浜会長に告げて、破門して貰います。それから、山東会とは無関係になった二人を香坂さんに半殺しにして貰います。破門した人間をどうしようと、山東会はなにも言ってこないでしょうから。白浜君は、僕達三人の奴隷として中学を卒業するまで使い走りをやって貰います」

「詩音、半殺しとか奴隷とか、ひどいことを言っちゃだめじゃない」

ババが驚いた顔で、詩音を窘めた。

「そうよ！　そんなひどいことを言うの、詩音らしくないよ」

果林が、ババに追従した。

「まあまあ、詩音君を責めないでやってください。言いがかりをつけて若草園の権利証を巻き上げようとした彼らには、それくらいの報《むく》いを与えるのは当然です」

香坂が、ババに言った。

「でも……」

「ここは、私に任せてください。お前ら、とりあえず今日は帰っていい。後日、こっちから連絡するから待ってろ」

難色を示すババに言うと香坂は、背の高い男とスキンヘッドに視線を移し命じた。

「本当に、申《もう》し訳《わけ》ありませんでした！」

「すみませんでした！」

二人は白浜の車椅子を押しながら逃げるように外に出た。

「さあさあ、みんな、部屋に戻ろうかの」

それまで黙って事の成り行きを見守っていたジジが、初めて口を開いた。

3

「改めて紹介する。こちらは神闘会の香坂部長じゃ」

リビングの長テーブルの中央に座ったジジが、キセキの頭を撫でながらみなの顔を見渡した。

鈴はケーキで満腹になり睡魔に襲われたのか、口の周囲に生クリームをつけたままヨガマットの上で寝ていた。

「おじいさん、どうして神闘会の部長さんがウチに？」

ババが、不安げに訊ねた。

なぜ、ババが心配そうにしているかは優斗にもわかった。

神闘会は宗教団体だが、ヤクザや右翼とよく揉《も》め事《ごと》を起こしていた。

揉め事といっても、そのほとんどはトラブルを起こすヤクザや右翼を懲《こ》らしめるための争いだった。

警察が相手にしないような小さな問題でも、神闘会に相談すればすぐに動いてくれるので人々は頼りにし感謝していた。

だが、神闘会を悪く言う人間も少なからずいた。

その理由は、暴力のプロであるはずのヤクザを圧倒する神闘会の武力だった。

口の悪い者は、神闘会はヤクザだと言う者もいた。

「実はのう、わしと敷島は幼馴染《おさなな》み《じ》だったんじゃ」

「敷島さんって……もしかして、あの敷島さん？」

ババが、香坂に顔を向けつつ訊ねた。

「ああ、神闘会の敷島会長のことじゃ」

「嘘よね!?」

ババが、素頓狂な声を上げた。

「この年になって、そんな嘘を吐く馬鹿がおるか」

ジジが、憮然《ぶぜん》とした顔で言った。

「でも、そんなこと一言も言ってなかったじゃない。もしかして、神闘会がウチをバックアップするとかって香坂さんがおっしゃってた話は、なにか関係があるの？」

「正直なところ、敷島とは初等部、中等部と同じ学校だったというくらいで、特別な交流があったわけじゃない。神闘会の会長をやっておるのは風の噂で知っておったが、大人になってから会ったこともないしな」

ジジは言うと、音を立てて紅茶を啜《すす》った。

「じゃあ、いまになってどうして、若草園をバックアップしてくれることになったの？」

「それはじゃな……」

それまでとは打って変わって、ジジが言い淀んだ。

「急に、どうしたのよ？　なにか、言いづらいことでもあるの？」

ババが、怪訝な表情で訊ねた。

「言いづらいことってわけでもないがのう、その、なんというか……」

「私が、代わりにご説明してもいいですか？」

それまで黙っていた香坂が、遠慮がちに口を開いた。

「そうじゃな。わしよりあんたのほうが、うまく説明できるじゃろうて」

「それでは、ご説明させて頂きます。単刀直入に言います。詩音君に、ウチの敷島会長が学園長を務める神闘学園に入園してほしいんです」

「え？　詩音が？　どうして詩音が神闘学園に入園するの!?」

ババが驚きの声で訊ねた。

「そうだよ！　詩音はもう高校決まってるんだから！　しかも、偏差値78の超一流校よ。おじさん、勝手なことを言わないで！」

果林が、抗議口調で食ってかかった。

二人が動揺するのも、無理はなかった。

優斗も、突然の展開に脳内にクエスチョンマークが飛《と》び交《か》っていた。

張本人の詩音は、いつものクールな表情で香坂を見据えていた。

「これこれ、そんなふうな言いかたをするもんじゃない。香坂さんに失礼じゃろうて」

ジジが、果林を窘めた。

「だって、このおじさんが突然現れて勝手なことばかり言うからさ……」

「ほら、それじゃ、それ。香坂さんはまだ三十歳になったばかりじゃから、おじさんはないだろうて」

「私からしたら、立派なおじさんよ！　それに、神闘学園って全寮制でしょ？　学園を卒業するまでの三年間、家に帰れないんだよね!?」

果林が香坂に強い口調で訊ねた。

「まあ、三年間も家に帰れないの⁉」

ババが、驚きに眼を見開いた。

「詳しいね。神闘学園では独立心を養うための精神修行の一環として、果林ちゃんが言ったように卒業までの三年間は実家に帰省することはできません。つけ加えて言えば、二年に進級するまで面会もできません」

「なにが精神修行よ！　そんなの、監禁じゃないっ。刑務所だって、面会くらいできるんだから！」

「果林、やめなさい。でも、香坂さんはなぜ詩音を神闘学園に入園させたいんですか？」

果林を窘めたババが、香坂に視線を移した。

「私が入園させたいわけじゃありません。これは、敷島会長のたっての願いです」

「敷島会長の？」

ババが訝しげに眉根《まゆね》を寄せた。

「ええ。ここからの説明は、私でないほうがいいかと思いますが……」

香坂が、ジジに伺いを立てるように顔を向けた。

「うむ、そうじゃのう」

ジジが、まるで日本茶でも飲むようにティーカップを両手で包み音を立てて啜った。

「おじいさん、どうしたの？　そんなにもったいつけて」

ババがジジの顔を覗き込んだ。

「詩音はの、敷島の孫……つまり、詩音の母親は敷島の娘なんじゃよ」

「えーっ！」

ジジの衝撃の告白に思わず大声を出す優斗に、テンションの上がったキセキが尻尾を振りながら室内を駆け回った。

「詩音のママが、敷島っておじいちゃんの娘ってこと⁉」

果林が眼尻が裂けそうなほどに眼を見開き、素頓狂な声を上げた。

「詩音が敷島会長の孫……」

ババが二の句を失った。

優斗は、詩音を見た。

驚いたふうもなくキセキの頭を撫でている詩音の姿に、優斗は胸が熱くなった。

哀しいとき、寂しいとき、不安なとき……昔から詩音は、つらいときほど感情を見せないタイプだった。

急にキセキに触れているのは、心の均衡を保つために違いなかった。

「おじいさんは、いつからそのことを知っていたの⁉」

我を取り戻したババが、ジジを問い詰めた。

「初めて香坂部長にこの話を聞いてから、一ヵ月くらい経《た》つかのう」

「まあ！　一ヵ月も、あなたは私にそのことを黙っていたの⁉」

ババが、ジジを睨みつけた。

「私が言わないようにお願いしていたんです。話が漏れて、週刊誌やワイドショーが騒ぎ立てると詩音君にも迷惑がかかりますから」

香坂が、ジジを庇うように言った。

「それにしても、私には言ってくれてもよかったじゃない」

「すまん。話さなかったのは、詩音のためになるかどうかを考えていたんじゃよ」

「敷島会長のところに行くことが、詩音のためになるの⁉　神闘学園に入れば、三年間、家に帰ってこられないんだよ⁉」

果林が、顔を紅潮させてジジに訴えた。


そうなるのも、無理はない。

優斗は料理人になるために調理師の専門学校、果林は准看護師になるために准看護師学校、そして詩音は弁護士になるために都内屈指の進学校に進路が決まっていた。

だが、三人の進路は別でも、若草園から通うので家での生活はこれまでと同じだった。

果林が言うように詩音が神闘学園に入学すれば三年間別々の生活になるのだ。

親のいない孤独も、三人で寄り添えば寂しくなかった。

夜空を埋め尽くす星も、燦々と輝く太陽も、茜色《あかねいろ》に染まる夕焼けも、三人で同じ空を眼にしてきた。

愉しいときもつらいときも、同じ景色を眺《なが》め、同じ香りを嗅《か》ぎ、同じ風を感じ……三人で分かち合ってきたのだ。

「それも、詩音のためじゃ」

「だから、どうしてそれが詩音のためなのよ⁉　もしかして、『神闘会』からお金でも貰ってるわけ⁉　お金のために、詩音を売るわけ⁉」

「果林、ジジになんてことを言うんだ。ジジが、そんなことするわけないだろ⁉」

優斗は、果林を窘めた。

果林の気持ちは痛いほどわかる。

わかるからこそ、ひどいことを口にさせたくなかった――果林を、傷つけたくなかった。

「じゃあ、なんで高校も決まっているのにわざわざ神闘学園に入学するのよ⁉　詩音が受かった海《うみ》灘《なだ》高校は、東大の合格率が日本でもベスト10に入るほどの進学校なんだよ⁉」

たしかに、果林の言う通りだった。

優斗も、なぜジジが詩音に神闘学園への入園を勧めるのかの理由がわからなかった。

「後継者じゃよ」

唐突に、ジジが口を開いた。

「え？」

優斗と果林は、怪訝な顔をジジに向けた。

「敷島が詩音を神闘学園に入学させたいのは、将来、神闘会の後継者にしたいと考えているからじゃ」

優斗には、ジジの言っている言葉の意味が理解できなかった。

「あなた、詩音が神闘会の後継者だなんて……正気で言っているの⁉」

「敷島の娘……詩音の母親は、十数年前に起きた飛行機事故で亡くなった。飛行機には、夫婦で乗っておったそうじゃ。つまり、父親も一緒に亡くなったということじゃ。敷島は当初、詩音の父親を後継者にするつもりだった。じゃが、それも悲劇により叶わなくなった。一時は幹部の中から後継者候補を選ぶつもりじゃったらしいが、立派に成長してゆく詩音を見ているうちに、やはり血族に跡目を継がせたいという気持ちになったそうじゃ」

「立派に成長してゆく詩音を見ているうちにって……敷島会長は、詩音のことを以前から知っていたの？」

ババが、訝しげに訊ねた。

「もちろんだ。孫のことじゃからな」

「じゃあ、なんで飛行機事故のあとに詩音を迎えにこなかったんだよ？　敷島って爺《じい》さん、凄い金持ちなんだろ？」

素朴な疑問を口にしながら、優斗は詩音を見た。

相変わらず詩音は表情一つ変えずに、キセキの首筋を撫でていた。

本当は動揺しているはずなのに懸命に平静を保とうとしている詩音の心を思うと、胸が痛んだ。哀しければ哀しいほど……つらければつらいほどに、平気な顔をする。

ジジやババ、自分や果林を心配させないように冷静を装う……それが、詩音という少年だった。

そんな詩音が、愛《いと》おしかった。

兄弟がいたら、こんな気持ちになるのだろうか？

それとも、親友にたいしての気持ちに近いのだろうか？

「先ほど園長さんが言ったように、会長は神闘会の後継者を血族以外にするつもりでした」

香坂が、ジジの代わりに答えた。

「後継者じゃなきゃ、引き取る必要がないってことか？　敷島って爺さんも冷たい人だな」

優斗は、吐き捨てた。

「それは違うな。危険から詩音君の身を守るために、声をかけなかったんだ」

「詩音の身を守る？」

「そう。ヤクザ、右翼、政治家、警察、マスコミ……みな、隙《すき》あらば神闘会の足を掬《すく》おうとしている。国家権力や反社会勢力が見過ごしておけないほどに、神闘会は影響力を持つ組織になった。会長の血を引く者が組織に入ったとなれば、周囲が色めき立つ。そして、詩音君が力をつける前に潰そうとしてくるだろう。敵は外部ばかりじゃない。内部の人間も、己《おのれ》が後継者になるために詩音君を貶《おとし》めようと手ぐすねを引いて待っている。後継者を目指すのであれば、敢《あ》えて危険に立ち向かうことも必要だ。何者にも屈しない絶対的な力を見せつけ、畏敬《いけい》の念を抱かせなければならない。でも、後継者にならないのであれば、会長の血を引く詩音君にとって神闘会は生き地獄でしかない。会長が詩音君を引き取らなかったのは彼のためだということを、わかって貰えたかな？」

香坂が、優斗を見据えた。

「っていうことは、後継者にすると決めたから危険に立ち向かえってことだろ？　あんたら、そんなの勝手だよ」

「私も、そう思います」

ババが、優斗に追従した。

「バアさん、なにを言い出すんだ」

ジジが、すかさずババを窘めた。

「あなたのほうこそ、さっきからなにを言ってるの？　敷島会長は詩音の血縁かもしれないけど、私達と詩音は血の繋がりこそないけれど親子なのよ？　それなのに、よくもそんな危険な環境に行かせようと思えるわね？」

ババが、逆にジジを諭した。

「たしかに、危険かもしれんのう。じゃが詩音にとって、この上ないチャンスでもある」

「チャンスなら、もう摑んでるわ」

果林が口を挟んだ。

「詩音は弁護士になるために猛勉強して、都内で、いいえ日本でも十指に入る海灘高校に合格したのよ？　それなのに、どうしてわざわざそんな危険な学園に行かなきゃならないの⁉」

「そうじゃな、よう頑張った。詩音は立派じゃよ」

ジジが、眼尻に深い皺《しわ》を刻み詩音をみつめた。

「っていうことだから、香坂さん、詩音は神闘学園には……」

「神闘会の後継者ということは、日本の政財界の中心的存在になるということじゃ」

ジジが果林を遮り、一言一言、嚙《か》み締《し》めるように言った。

「それが、なによ？」

「弁護士も、もちろん立派な仕事じゃ。じゃが、いまは弁護士の数が多くなってなかなか大変らしい。その点、神闘会の後継者になれば生涯、経済的に心配することもなく……」

「詩音を神闘学園に行かせたいのは、お金のためなの⁉　お金がたくさん入るから、敷島って人のところに詩音を売るの⁉」

果林が、非難めいた口調でジジに訊ねた。

「それは、言い過ぎだぞ。ジジがそんな人間じゃないのは、お前も知ってるだろう？」

優斗は、果林を窘めた。

ジジとババが金儲《かねもう》けをしたいのなら、若草園などとうの昔にやめているはずだ。

身寄りのない子供を引き取って育てても、養育費を支払ってくれる者はいない。

ジジもババも貯金を切り崩し、銀行から借金し、行き場のない子供達を我が子のように育ててくれたのだ。

「金のためじゃよ」

「えっ……」

予想外のジジの発言に、優斗は二の句が継げなかった。

「それ、本気で言ってるの⁉　ねえ、ジジ！」

果林が、血相を変えてジジに詰め寄った。

「ああ、本気で言っておる。詩音を敷島のところに預けようと思ったのは、一生、金に困らぬ生活を送れるからじゃよ。金だけじゃない。地位も名誉も……あらゆるものを手に入れることができる」

ジジは、当然、といった顔で言うと、音を立てて紅茶を啜った。

「ひどいよ……ジジは、どうしてそんなひどいことができるの！」

果林が半泣き声で叫んだ。

「ジジ、嘘だろ！　嘘だって言ってくれよっ」

優斗はジジの隣に座り、肩を揺すった。

「おいおい、茶が零《こぼ》れるではないか」

「俺は真剣に言ってるんだよっ。ジジは、そんな人じゃないだろ⁉」

「わしも真剣じゃよ。お前らがなんの苦労もなしに幸せな生活を送れるのなら、わしはどんなにひどい男にでもなる」

ジジが眼を閉じ、噛み締めるように言った。

「たくさんお金があれば、幸せな生活なの⁉　私は、大切な人達と笑ったり泣いたり、遊んだり助け合ったりするのが幸せな生活だと思う。ジジとババはお金持ちじゃないけど、若草園で育って私は幸せよ！」

果林が、瞳を潤《うる》ませ訴えた。

「そう言ってくれて、ありがとうな。でも、わしは与えたいんじゃよ。ウチにいるのは、親の顔を知らない子供ばかりじゃ。当然のように神から与えられるはずの親を物心つく前に奪われた子供達に、できるかぎりのことをしてやろうとわしは誓った。じゃがな、どんなに頑張っても、親代わりにはなれても親にはなれない。子供達の胸に開いた穴を埋めることはできても、なくすことはできない。わしは心の中で、いつも葛藤《かっとう》していた。お前達が得られるはずだったものを、どうやったら与えられるか……それればかりを考えておった。行き着いた答えは、地位と金じゃよ」

「ジジ……」

「たしかに愛は買えんが、地位と金があればたいていのものは手に入る。お前らには、そういう生活をしてほしいんじゃよ」

果林を遮り、ジジが言った。

「ジジは、変わったんだね」

それまでの口調とは一転し、果林が寂しげに言った。

「いや、わしはなにも変わってはおらんよ。昔から、お前らが幸せになることだけを考えておる」

「ジジは間違ってるよ……私達は、お金持ちになるためにバラバラになるより、みんな一緒にここで暮らしたほうが幸せよ。ねえ、ジジ、お願いだからいつものジジに戻って！」

果林の悲痛な声に、優斗の胸が痛んだ。

優斗も、果林とまったく同じ気持ちだった。

どんな豪邸に暮らしても、どんなご馳走《ちそう》を食べても、三人が一緒にいられなければ意味がない。

詩音のいない夕食の高級ステーキより、詩音と食べる牛丼《ぎゅうどん》のほうがずっとおいしかった。

詩音と見上げる星空は、一人で見上げる星空よりずっと美しく映った。

詩音と眺める野花は、一人で眺める野花よりずっと可憐《かれん》に映った。

優斗の瞳に映る景色は、詩音がいるのといないのとでは色が違った。

詩音のいない世界は、優斗には想像できなかった。

「みんな、聞いてくれ。たしかに、わしは間違っとるかもしれん。じゃがな、お前らが手に入れたい物を気兼ねなく手に入れられる生活を送らせるためなら、間違いを犯してもいいと思っとる」

ジジが、果林、優斗、詩音の顔を見渡しながら言った。

「あんたが悪いんだよ！」

優斗は、香坂に食ってかかった。

「優斗、やめなさいっ。香坂さんに失礼でしょう？」

ババが、優斗を窘めた。

「失礼じゃないよ、こんな奴！　あんたが余計なことを言うから、ジジも変なことを言い出すんじゃないか！　いまさら現れて、いったい、どういうつもりなんだよ!?」

優斗はババの制止に耳を貸さず、香坂に詰め寄った。

「どういうつもりって、言っただろう？　詩音君は敷島会長の孫で……」

「敷島だかなんだか知らないけど、そんなの関係ないんだよ！」

優斗は、激しい口調で香坂を遮った。

「優斗っ、いい加減にしなさい！」

ババが、優斗を叱責《しっせき》した。

「私も優斗に賛成だから！　ババは、こんな人の肩を持つの！」

果林が、香坂を指差しババに抗議した。

「果林っ、あなたまでなんてことを……」

「僕、行くよ」

一喝しようとするババの声を、それまで黙っていた詩音が遮った。

「なに言ってるんだよ⁉　詩音！　俺ら、ずっと一緒だろ⁉」

まったく予期していなかった詩音の発言に、優斗は思わず立ち上がった。

「そうだよっ、馬鹿なこと言わないでよ！」

つられたように、果林も立ち上がった。

「二人とも、ありがとう。でも、もう、行くって決めたからさ」

詩音の柔らかな微笑みに、優斗は引き込まれそうになった。

そんなに、穏やかに笑わないで……お前は、平気なのか？


心の思いを、優斗は瞳に込めて詩音をみつめた。

「ジジが勝手に決めたことなんか、気にする必要はないって！　ね？　詩音！」

果林が、諭し聞かせるように訴えた。

「ジジに気を遣ってるわけじゃないさ。僕が、神闘学園に行きたいと思ったんだよ」

詩音の言葉に、優斗は耳を疑った。

「嘘だろ……お前が、ここを出て神闘学園に行きたいなんて思うわけないだろ⁉　な？　ジジやババのことを気遣ってそう言ってるだけだよな？」

優斗は、祈るような気持ちで問いかけた。

「もう、若草園でお金の心配をしながらの生活にはうんざりなんだ。神闘学園に行けば、裕福な学園生活を送れるし将来も保証されてるし。こんないい話を蹴る理由が、どこにあるんだい？」

詩音の言葉が、耳を素通りした。

そんなはずはない……いま口にしたことが、詩音の本音であるはずがない——家族や仲間より、裕福な生活を送ることを望むような男であるはずがない。

優斗は、己に言い聞かせるように心で繰り返した。

「詩音っ、あなたは優しい人だから、わざとそんなふうに言って自分が犠牲になろうとしてるんだよね⁉」

果林が詩音の前に屈み、悲痛な顔で訴えた。

「犠牲？　とんでもない。逆だよ。僕だけセレブの仲間入りすることを、君達に申し訳なく思っているくらいさ」

詩音が、言葉通り申し訳なさそうに言った。

「詩音……」

果林が絶句した。

優斗も同じだった。

詩音はきっと、自分と果林を担いでいるに違いない。

昔から詩音は、涼しい顔をして人をからかうようなところがあった。

今回も、そうに決まっている。

「果林、真《ま》に受けるなよ。詩音なりのジョークだから」

優斗が言うと、果林が瞳を輝かせた。

「ジョーク⁉　なーんだ！　それならそうと言って……」

「僕は真剣だよ。ジジ、ババ、長い間、僕を育ててくれてありがとうございます」

果林を遮ると立ち上がった詩音が、ジジとババの前に正座して頭を下げた。

キセキが尻尾を振りながら詩音に駆け寄り、詩音の頰をペロペロと舐めた。

だが、詩音は微動だにせず頭を下げ続けていた。

「顔を上げなさい。詩音、あなた、本気で言ってるの？」

ババが、優しい口調で訊ねた。

「はい、本気です。ジジの言うように、神闘学園に入ることは僕にとってチャンスだと思います。日本の政財界の中心と言われる神闘会の後継者候補なんて、夢みたいな話ですから」

顔を上げて、ババをまっすぐに見据えて詩音は言った。

キセキは、ちゃっかりと詩音の膝の上に乗っていた。

俄《にわ》かには、信じられなかった。

優斗の知っているかぎり、詩音は裕福な家庭に憧《あこが》れたり権力に興味を持つタイプではなかった。

本人は否定しているが、ジジとババのために自ら神闘学園に行くと言い出したに違いない。

詩音が神闘学園に行けば、神闘会は若草園に多額の援助をするだろう。

そして将来、詩音が神闘会を継げばジジとババに悠々自適の老後を送らせてあげることができる。

それが、悪いことだと言うつもりはない。

ただ、ジジとババを楽にするのは、詩音が弁護士になるという夢を捨て家族と離れ離れにならなくても三人で力を合わせればできることだ。

詩音は、ジジとババだけでなく、自分や果林にも負担をかけさせないようにするためにすべてを背負い込もうとしているのだ。

「そうかい。お前が本気で言ってるのなら、ババは止めないよ」

「ちょっと、ババ！　なに認めてるの!?　詩音を止めないとだめじゃない！」

果林が、血相を変えてババに詰め寄った。

「詩音！　いつだって俺ら三人で力を合わせてきただろ!?　なに勝手に一人で背負い込もうとしてるんだよ！」

優斗は詩音の正面に屈み、肩を摑んで前後に揺すった。

キセキが遊んで貰っていると勘違いしたのか、二人の顔を交互に見上げて尻尾をブンブンと振っていた。

「一人で背負い込もうとしているんじゃないよ。一人でいい暮らしをしようとしているんだ。逆に、優斗や果林には悪いと思っている。ごめん」

詩音が、頭を下げた。

「馬鹿野郎！」

優斗の右の拳を頬に受けた詩音が仰向けに倒れた。

「優斗、なにをしておるんじゃ！」

「暴力はだめよ！」

ジジとババが、競うように優斗を叱った。

「いいんです……止めないで」

詩音が唇《くちびる》の端に滲《にじ》む血を手の甲で拭《ぬぐ》いつつ立ち上がった。

「さあ、殴れよ。僕だけ抜け駆けしていい暮らしをするのは、幼馴染みの君達にたいして裏切りだと思うから殴られても仕方ないよ」

詩音が、まっすぐに優斗を見据えた。

その瞳に、優斗は強い意志を感じた。

みなを守るという、強い意志を……。

「お前は……馬鹿野郎だよ……」

言葉とは裏腹に、優斗の心は感動に打ち震えていた。

「お前を殴らない。その代わり、俺も神闘学園に行くから」

「え……」

優斗の言葉に、それまで無表情だった詩音が微《かす》かに眼を見開いた。

「お前だけ金持ちになるのはずるいからな。だから、俺も神闘学園に行くことにした」

「……優斗、あんた、行くことにしたって、いきなりなにを言い出すんだい」

ババが、唖然《あぜん》とした顔で優斗を見た。

「そうじゃ。詩音は敷島の孫じゃからそんな話になったが、なんの関係もないお前が行きたいからって行けるもんじゃない」

ジジが、ババに続いて優斗を窘めた。

「なんでよ！　詩音ばっかり、そんなのずるいじゃん！　私も神闘学園に行く！」

果林が立ち上がり、ジジに詰め寄った。

「こらこら、お前まで、なにを言い出すんじゃ！　香坂さんに迷惑だろうが！」

「そうなの!?　私達が神闘学園に入りたいって言うのは迷惑なことなの!?」

果林が、ジジから香坂に視線を移した。

「こら！　迷惑じゃと言っておる……」

「大丈夫ですよ」

香坂が、穏やかな口調でジジを制した。

「いや、でも、それじゃ香坂さんに迷惑じゃから」

「とりあえず、ここは私に任せてください」

香坂は言うと、優斗と果林に向き直った。

「君達、本当に神闘学園に入りたいのか？」

優斗、果林の順に見据えながら、香坂が訊ねた。

「ああ、入りたいよ」

「私も」

優斗が答えると、間を置かず果林が続いた。

「なんで？」

香坂が質問を重ねた。

「なんでって……俺らは、三人で一緒になんでも乗り越えてきた仲だから」

「そうそう、私ら三人はいつも一緒よ」

ふたたび、果林が優斗に続いた。

「なるほどね。いいよ。神闘学園にきても。俺から、会長のほうには口添えしといてあげるから」

「えっ……」

予想外にあっさりと受け入れた香坂に、優斗は肩透かしを食らったような気分になった。

ジジもババも、びっくりしたように顔を見合わせている。

「やった！　また、三人一緒に……」

「ただし、三人一緒にはなれても、三人一緒に乗り越えはできない」

果林が、突き上げかけた拳を宙で止めた。

「それ、どういうことだよ？」

優斗は、怪訝な顔を香坂に向けた。

「君達の入園は認めるが、あくまでも一般生としてだ。幹部候補生の詩音君と同列の扱いはしない。そのへんは、ほかの高校よりもはっきりと区別する。わかりやすくいえば、王子と臣下みたいなものだ。つまり、三人が同じ空間にいても眺める景色が違うということだ」

「眺める景色が違う⁉」

優斗は、素頓狂な声で繰り返した。

「ああ、そうだ。君達と詩音君ではすべての面において扱いが違ってくる。将来的にも君達は幹部候補生ではなく一般生徒だから、就職に関しての保証もない。警備員や事務職などの、出世に関係のない職くらいならありつけるがな。それに我慢できるなら、君達の入園を認めてもいい。さあ、どうする？」

「香坂部長、質問するまでもないわい」

ジジが、横から口を挟んできた。

「いきなり詩音と離れ離れになると聞いて、混乱しただけじゃ。優斗は調理師の専門学校、果林は看護師の専門学校に行くことが決まっておる。二人とも、それぞれ夢があるんじゃよ。なあ？」

ジジが、香坂から優斗と果林に視線を移した。

「俺は、詩音と一緒の学校に行くよ」

「私も神闘学園に行くわ」

優斗に続いて、果林も即答した。

「なにを馬鹿なことを言っておるんだ！　香坂部長の話を聞いておらんかったのか⁉」

ジジの血相が変わった。

「聞いてたよ。俺らと詩音は立場が違うんだろ？」

「王子と臣下ね」

優斗が言うと、すかさず果林が合いの手を入れた。

「わかっておるなら、詩音と一緒の学校に行くなど言うんじゃない。わしが詩音を神闘学園に行かせると決めたのは、将来、なんの不自由もない暮らしが保証されておると聞いたからじゃ。じゃが、お前らは違う。苦労するとわかっているところに、行かせられるわけないじゃろうが」

「それがなんだよ。俺は、将来の仕事なんてどうだっていい。それに、俺が神闘学園に行くと決めたのは詩音を守るためだ」

「詩音を守るため？　それは、どういうことじゃ？」

ジジが、怪訝な顔で訊ねた。

「俺は、まだこの人を信用していない。神闘会だって、ヤクザとなにが違うんだよ？」

優斗は、香坂に視線を移しつつ言った。

「こらっ、なんてことを言うんじゃ」

ジジが優斗を窘めた。

「だいたい、神闘会ってなんだよ？　さっきの、白浜を連れてきたヤクザのビビりかた見ただろ？　そんな危ないところに、詩音を一人じゃ行かせられないよ」

「優斗っ、香坂部長に謝るんじゃ！」

「そうよ。いくら詩音のことが心配でも、香坂さんに失礼よ」

ババがジジに賛同した。

「大丈夫ですよ。優斗君がそう思うのも、無理はありません。インターネットなんかで、神闘会のことがずいぶん悪く書かれていますからね。君達に言っておきたいことがある」

香坂が、ババから優斗と果林に向き直った。

「神闘会はヤクザじゃない。これは本当だ。だが、ヤクザより過酷で厳しい世界だということは最初に言っておく。君らの詩音君にたいしての思いが強いのはわかったが、甘くはないぞ。詩音君を守るとか言ってるが、君達にそんな余裕はなくなる。自分を守ることで精一杯になるからな」

香坂が、優斗と果林を交互に見た。

「俺らが、そんな脅しでビビると思ってるのか？」

優斗は、香坂を見据えた。

「ほんと、私らの絆の深さを馬鹿にしないで！」

果林が腕を組み、香坂を睨みつけた。

「脅しじゃないさ。神闘学園は完全な縦社会で規律も厳しい。だからといって、体育会系という意味でもない。将来、神闘会で一握りの幹部になるために、生徒達は隙あらばライバルを引き摺《ひず》り下ろしてやろうと虎視眈々《こしたんたん》と狙《ねら》っている。因《ちな》みに詩音君は、後継者候補だから競争に参加する必要はない。つまり、いままでみたいに君達が守る必要もないということだ。どうだ？　それでも、自ら苦難の道を歩むつもりか？」

香坂が、試すような口調で言った。

だが、香坂が言っていることは恐らく真実に違いない。

会長の孫で後継者候補の詩音と一般入園の自分達は、立場が違う。

だからといって、優斗の気持ちが揺らぐことはなかった。

王子であろうと家来であろうと、三人の絆の強さは変わらない。

詩音を守るのに、自分の立場などどうでもよかった。

重要なことは、詩音が窮地に陥《おちい》ったときにすぐに駆けつけられるかどうかだ。

詩音のためなら、自らのことは二の次で構わなかった。

なぜ、そういう気持ちになるのかわからなかった。

昔から、そうだった。

詩音には、力になりたいと思わせる不思議な魅力があった。

「三人一緒なら、どんな苦難でも耐えられるよ」

優斗は、香坂を見据えつつきっぱりと言った。

「わかった。もう、なにも言わない。ということで、彼らを神闘学園に迎え入れたいのですが、大丈夫ですか？」

香坂が、ジジに伺いを立てた。

五秒、十秒……ジジが眉間《みけん》に皺を刻み眼を閉じた。

二十秒、三十秒……ジジは無言のまま熟考を続けた。

「ジジがだめって言っても俺は……」

「詩音を助けるとかなんとかじゃなくて、自分の幸せを第一に考える。それが条件じゃ」

ジジが眼を開け、有無を言わせぬ強い口調で言った。

「ああ、約束するよ。詩音と果林を守り抜く。それが、俺の幸せだから」

「なに、かっこつけてんのよ！」

果林の平手が、優斗の背中を叩いた。

「はい！　私も約束できるよ！　詩音と優斗が笑顔で仲良くしているのを見ているのが、私の一番の幸せだから」

果林が生徒のように挙手し、ジジに言った。

「なんだよ、自分もかっこつけてるじゃないか」

優斗は、小声で不満を口にした。

「は？　なんか言った？」

果林が、優斗を睨みつけてきた。

「いや……なにも。それより詩音、これからも愉しくなるな」

優斗は曖昧《あいまい》に言葉を濁《にご》し、詩音に声をかけた。

詩音は、無表情に正面をみつめていた。

真向かいに座っているジジをみつめているわけではなく、宙の一点を凝視しているようだった。

「安心していいからな。イジメてくる奴がいたら、俺が……」

「誰が、一緒にきてくれと頼んだ？」

詩音が、宙をみつめたまま言った。

「え？」

いままで聞いたことのないような冷たい声音に、優斗は耳を疑った。

「神闘学園にきて僕を守ってくれなんて、君達に頼んだ覚えはない」

詩音の口調は、相変わらず冷え冷えとしていた。

もともと感情を出さないクールなタイプだが、いまのように冷たいという感じではなかった。

「詩音……ひどいよっ。そんな言いかたしなくてもいいじゃん！」

抗議する果林を遮るように、詩音が立ち上がり部屋を出た。

キセキが、詩音のあとを追った。

「詩音！」

優斗と果林も、キセキに続いて詩音のあとを追った。

「おい、待てよ！　どこに行くんだ⁉」

優斗の声を振り切るように、詩音は外に飛び出した。

キセキはあっという間に詩音に追いつき、尻尾を振りながら並走していた。

詩音は、『憩い公園』に入ると突然に足を止めた。

四年前に、キセキと出会った思い出の場所だった。

「いきなり飛び出して、どうしたんだよ⁉」

優斗は、息を切らしつつ詩音の背中に声をかけた。

少し遅れて公園に入ってきた果林が、膝に手をつき激しく肩で息をした。

「頼むから、僕の言うことを聞いてくれないか……」

背中を向けたまま、詩音が思いつめたように言った。

「心配するな。別に俺は立場がどうとか、そんなこと……」

「僕が神闘学園に行けば、済む話なんだ。そうすれば、ジジもババも楽になる。君達が、自分の夢を犠牲にしてまで僕についてくる必要なんてないんだ」

詩音の肩が、小刻みに震えていた。

「なに水臭いことを言ってんの！　私達、友達でしょ？　ね？　詩音だって、私達がいたほうが嬉しいでしょ⁉」

果林が、詩音に訴えかけるように訊ねた。

「友達だから……言ってるんじゃないか！」

詩音が、勢いよく振り返った。

詩音の潤む瞳を見て、優斗は息を呑んだ。

優斗は初めて、詩音の涙を見た。

どんなにイジメられても、詩音は涙を見せたことはなかった。

「いつも君達には助けて貰ってばかりで……一度くらいは、僕が君達を助けたいんだ」

詩音が、悲痛な表情で言った。

こんなに感情を露《あらわ》にする詩音は、珍しかった。

「詩音……」

果林も、見たことのない詩音に言葉を失っていた。

「僕だって、優斗や果林と離れたくはないさ。でも、香坂さんが言っていたように君達が神闘学園に入学したらつらい目にあうことになる」

「だから、俺らはそんなこと……」

「僕の気持ちはどうなるんだ！」

詩音の声が、園内に響き渡った。

「友情、友情、友情……二言目には、君達は友情を口にする。友達だから、どんなつらい目にも耐えられる。僕には無理だ。僕のために夢を捨ててつらい目にあう君らを見るなんてできない」

詩音が拳を握り締め、唇を噛んだ。

こんなに熱い感情を胸に秘めているとは、驚きだった。

「詩音、ありがとう……」

優斗の声は震えていた——心も震えていた。

溢《あふ》れそうになる涙を、懸命に堪えた。

「でも……ここは……俺らの言うことを聞いてくれないか？」

優斗は、祈るような眼で詩音をみつめた。

詩音を一人で神闘会になど行かせられはしない。いや、それ以上に、詩音と離れ離れになる生活が耐えられなかった。

「知ってるかい？　僕が君達の親友だって」

詩音が、優斗と果林に交互に顔を向けた。

「もちろんだよ！　なに言ってるんだ！」

優斗は、詩音の肩を摑んだ。

キセキが、心配そうな顔で見上げていた。

「だったら……」

詩音が、肩を摑む優斗の手を優しく掌《てのひら》で包んだ。

「親友としての僕の気持ちを、優先してくれないか？　頼む。僕にも、友人らしいことを一つくらいさせてくれ……」

「詩音、お前……」

優斗は、詩音の懇願する瞳に二の句が継げなかった。

「友人は、譲り合うものよ」

果林が、唐突に口を挟んできた。

「お前は黙って……」

「とりあえず一年間！」

優斗を、果林が大声で遮った。

「一年間？」

詩音が首を傾げた。

「そう、一年間だけ時間をちょうだい。私達が神闘学園に通う一年で、三人のうちの誰か一人でも耐えられなくなったら転校するから」

「そんなことをする必要はない。もう、僕の答えは出ている。君達の気持ちは受け取っておくよ。だから、もう、この話は終わりにしよう」

詩音が、果林を諭すように言った。

「そうはいかないよ。詩音は、私の言うことを聞かなければいけないんだからね」

果林が、口もとに薄い笑みを湛《たた》えながら言った。

「どうしてだい？」

詩音が、怪訝な顔で訊ねた。

「罰ゲームで私の言うことをなんでも聞くって言ったの、忘れたとは言わせないわよ」

果林が、腕組みをし悪戯っぽく笑った。

「あ……」

　詩音が、ぽっかりと口を開けた。

「そうだ！　そうだ！　お前、果林の言うことを聞かなきゃなんないんだぞ！」

　優斗は、子供のように詩音を指差した。

「優斗もだよ」

　果林が、優斗に視線を移した。

「え……」

「優斗にはなにを言うこと聞いて貰うか考えておくわね」

　果林が、歌うように言った。

「ということで、私達も一年間、神闘学園に行くからさ。いいわね？」

　果林が詩音に視線を戻し、有無を言わさぬ口調で釘《くぎ》を刺した。

「これからも、よろしくな」

　優斗は、右手を差し出した。

「よろしくね！」

　果林も優斗に倣《なら》って右手を出した。

「まいったな……君達には負けたよ」

　詩音が微笑み、優斗と果林の手を握った。

　キセキが尻尾を振って吠《ほ》えながら、三人の周囲を駆け回った。

4

「でも、香坂って人、なんか信用できないんだよな」

　若草園に戻る道すがら、優斗は誰にともなく言った。

「あ、それ、私も思う！　っていうかさ、そもそも神闘会自体が、なにをやってるところかよくわからないんだよね」

　果林が首を傾げた。

「ああ、俺もそれが気になってた。なあ、詩音、神闘会がヤクザだったらどうする？」

　優斗は、隣を歩く詩音に顔を向けた。

「別に」

　詩音は興味なさそうに言うと足を止め、腰を屈めた。

「別にってことないだろう？　もしそうだったら、俺達、ヤクザの組員になるってことだぞ？」

「えー！　私、女の子なのにやだ！」

果林が素頓狂な声を上げた。

「馬鹿。そういう問題じゃないだろ？」

優斗は、呆れた口調で言った。

「そこにいる人間がどうかってことのほうが大事さ」

詩音は、路肩のアスファルトの亀裂《きれつ》から生えた黄色の草花を撫でながら言った。

「どういう意味だよ？」

「学校の先生でも、お坊さんでも、警察官だって、罪を犯す人は犯す。反対にヤクザだって、震災現場で人命救助や炊《た》き出《だ》しをしたりしている人もいる。仕事や見かけじゃ、人は判断できないってことさ」

詩音は涼しい顔で言うと腰を上げた。

昔から、詩音にはこういうところがあった。

戦隊物のテレビを観ていても、優斗や果林は悪役がやられれば大喜びするが詩音は違った。

――かわいそうに。この怪獣にも家族がいるんだろうな。

決まって、詩音はそう口にした。

――なに言ってるんだよ！　怪獣なんて悪い奴なんだから、やられて当然だ！

決まって、優斗はそう口にした。

――僕達には悪者でも、子供達にはいいパパかもしれないだろう？　怪獣のパパやママも哀しむし。

――悪者の子供も親も悪い奴なんだから、かわいそうなんかじゃないよ！

幼い優斗には、なぜ詩音が悪者の味方をするのか理解できなかった。

しかし、いまならわかる。

詩音の考えかたは、自分に比べて昔から大人びていた。

物事を一面からではなく多方面から見ることができる詩音は、猪突猛進《ちょとつもうしん》タイプの自分とは正反対だった。

「相変わらずだな、詩音。ヤクザはヤクザだろ？」

「その言葉、君に返すよ」

詩音が言うと、白い歯を覗かせ足を踏み出した。

「本当にあんた達って、夏と冬みたいに対照的なんだから。あ、もちろん、暑苦しい優斗は夏ね。それも、猛暑ね、猛暑！」

果林が、茶化すように言うと笑った。

「おい、暑苦しいはひどいだろ？　熱血とか情熱とか言ってくれよな」

優斗は、果林を睨みつけた。

もちろん、本気で怒っているわけではない。

「優斗もさ、すぐ熱くなって白黒はっきりつける！　みたいな単純な感じじゃなくてさ、少しは詩音の広い視野ってやつを見習えば？」

「なんだよ？　それ？」

「物事を頭から決めつけないで、詩音みたいにいろんな可能性を考えてから慎重に行動する……って、あんたに言っても無理か。ボール投げたら突っ走って追いかけるキセキみたいな優斗にはさ」

果林が、呆れたように言うと肩を竦めた。

「いいよな、詩音は。いつも、果林に褒められてさ」

「僕は、逆に優斗が羨ましいよ」

「え!?　俺のどこが!?」

「前にも同じようなことを言ったと思うけど、優斗の自分に正直に生きてるところかな」

詩音が優斗のほうを向き、柔和に微笑んだ。

「そうかぁ？　なんか照れるな」

詩音に褒められると、素直に嬉しかった。

「詩音、そんなこと言わないほうがいいよ。すぐに真に受けて調子に乗るから」

果林が、優斗にあかんべえをした。

「それに、優斗は果林に好かれているしさ」

詩音は、果林を振り返った。

「詩音のことだって好きだよ！」

「そういう好きじゃなくてさ。恋愛感情の好きだよ」

「え……お前、俺を好きなのか!?」

考えてもいなかった詩音の言葉に、優斗は果林を指差し大声を張り上げた。

「ば、馬鹿じゃない！　あんたのこと、そんなふうに思ってるわけないでしょ!?」

果林が、顔を紅潮させて否定した。

「なんだよっ、詩音！　お前が変なこと言うから、怒られたじゃないか！」

優斗は、詩音に詰め寄った。

「君って、本当に鈍感……」

「また会えたな」

詩音の声を誰かの声が遮った。

「さっきは、どーも！」

声の主――白浜が、チノパンのポケットに両手を突っ込みニヤニヤと笑っていた。

若草園にきたときに巻かれていた、包帯やギプスはなかった。

白浜の背後には、風体の悪い派手なスーツ姿の若い男達が十人ほどいた。

若草園に乗り込んできた山東会の二人の組員はいなかった。

「お前、まだ懲《こ》りないのか⁉」

優斗は血相を変え、詩音と果林を庇うように二人の前に歩み出た。

「そう慌てんな。すぐにボコってやるから。こいつらは、山東会の二軍だ。親父と盃《さかずき》を交わしてねえから、お前らの背後に神闘会がついてても関係ねえ。二軍だけど、喧嘩の強さは一軍レベルだ。ビビったろ？　お前も花咲みてえに、土下座して頼んでみろよ。そうだな。俺のスニーカーを舐めてきれいに泥を落とせば、許してやってもいいぜ」

白浜が、地面を指差しながら言った。

「俺がそんな脅しでビビると思ってるのか？　ナイフ持ったりヤクザ連れてきたり、お前、普通に一対一じゃ怖くて喧嘩できないんだろう？」

優斗は、嘲《あざけ》るように言った。

チンピラ達はみなガタイがよく、喧嘩の腕に自信がありそうな者ばかりだった。

相手は筋肉も骨格も完成している大人だ。

ただでさえ不利な状況に加えて、十人ほどもいる。

それでも、怖くはなかった。

痩《や》せ我慢《がまん》でも強がりでもない――仲間を守るためなら、狼《おおかみ》の群れに囲まれても優斗は逃げ出したりしない。

「その手に乗るか！　バーカ！　一対一だろうが一対百だろうが、喧嘩は勝てばいいんだよ、勝てば！」

白浜が、眼を見開き舌を出し憎々しげな表情で言った。

「わかったよ。お前が、どうしようもないカスってことがな」

優斗は、小馬鹿にしたように吐き捨てた。

「てめえ、ナメてんのか！」

血相を変える白浜を無視し、優斗は路上に落ちていたブロック片を拾い上げた。

「優斗っ、喧嘩なんかしちゃだめよ！」

果林の声が、優斗の背中を追ってきた。

「一対十だから、武器を使うからな。俺は自分からは行かないから、おじさん達、かかってこいよ」

優斗は、チンピラ達に向かって挑発的に人差し指を二、三度手前に倒した。

「このクソガキが、調子に乗りやがって！」

「ぶっ殺すぞっ、こら！」

「ハッタリこいてんじゃねえぞ、おら！」

チンピラ達が熱り立った。

だが、彼らの躊躇《ちゅうちょ》が伝わった。

優斗が十人ほどの相手に勝てる確率はほとんどゼロに近い。

しかし、何人かは道連れにできる。

チンピラ達は、ブロック片に頭を叩き割られる何人かの犠牲者になるのを恐れているのだ。

「さあ、最初に頭を割ってほしいのは誰だ？」

優斗は言いながら、ブロック片を持った右腕をぶんぶんと振り回した。

「優斗っ、やめてったら！　怪我しちゃうよ！」

「怪我で済めばいいけどな」

一人の大柄《おおがら》なチンピラが、優斗の前に歩み出た。

「遊びは終わりだ。ガキ相手に、こんなもん出したくねえけどな」

チンピラの手には、ナイフが握られていた。

それが合図とでもいうように、二人、三人とナイフを取り出した。

「あんた達、一人相手に大勢で武器まで持って恥ずかしくないの！」

果林が優斗の前に飛び出し、半泣き声で叫んだ。

「お前のほうが危ないから、下がってろ」

優斗は果林の腕を摑んだ。

「やだ！　だったら、一緒に下がって！」

果林が、優斗の腕を振り払った。

「いいから、後ろに……」

「僕に任せて」

詩音が、優斗と果林の脇を擦り抜けナイフを構えるチンピラ達と対峙《たいじ》した。

「馬鹿っ、詩音、だめだ！　こっちに戻って……」

「動かないで」

詩音が振り返り鋭く言うと、足を踏み出しかけた優斗は動きを止めた。

「ここは、僕に任せて」

一転して、詩音は柔らかな声で言って力強く頷いた。

「詩音、お前には無理だ。そういうことが一番苦手だって、自分でわかってるだろう？」

優斗は、詩音の肩を摑んで懸命に諭した。

「ああ、わかってるさ。でも、これからは変わらなきゃね。もう、眼を背《そむ》けるのはやめにしたよ」

詩音が肩にかかった優斗の手を、ゆっくりと離しながら言った。

詩音の瞳は、どこまでも優しく、どこまでも厳しかった。

詩音の瞳は、どこまでも温かく、どこまでも冷たかった。

摑みどころのない詩音の瞳に、優斗は不安に襲われた。

だが、不安以上に魅入られた。

昔、みつめられると意思をコントロールされるという海外のヴァンパイアのドラマを観たときのことが、不意に脳裏に蘇《よみがえ》った。

優斗は、意思とは裏腹に頷いていた。

そのとき、ヴァンパイアにみつめられていた青年のように……。

「おらっ、てめえら、なにごちゃごちゃ言ってやがる！」

大柄のチンピラが、巻き舌の怒声を飛ばしてきた。

詩音は、チンピラ達に向き直った。

「おい、花咲。強がってんじゃねえよ。この前したように、もう一度俺に土下座して命乞《いのちご》いしてみろよ」

白浜が、胸前で手を叩き大笑いしながら足もとを指差した。

「詩音！　言う通りにしろ！」

優斗は、詩音の背中に叫んだ。

「私が言ってもやめなかったくせに、なにそれ？」

果林が、呆れた顔を優斗に向けた。

たしかに、果林の言う通りだった。

さっきの自分は、どれだけ危険にさらされているか……引き下がらなければどうなってしまうかなど、まったく頭になかった。

しかし、詩音が矢面に立っているいま、優斗の頭は不安で爆発してしまいそうだった。

詩音に土下座する気配はなく、チンピラ達を見据えたまま立ち尽くしていた。

「詩音！　いまは土下座してもいいんだっ。いつもは止めてきたが、この場合は特別だ！」

優斗は、祈る思いで詩音の背中に訴えた。

詩音は、微動だにせずに無言でチンピラ達を見据えていた。

チンピラ達もナイフを構えているが、襲いかかる気配はなかった。

それどころか、怒声や罵声《ばせい》を発することさえなくなっていた。

華奢《きゃしゃ》な十五歳の少年に、十人ほどのチンピラを萎縮《いしゅく》させるような威圧感があるとは思えなかった。

しかも、チンピラの何人かはナイフまで手にしているのだ。

詩音に万に一つの勝ち目もない。

それなのに、なぜ、チンピラ達は蛇に睨まれた蛙《かえる》のように竦《すく》んでしまっているのだろうか？

いや、竦んでいるというよりも魅入られているといったほうが近い。

チンピラ達は、恐怖に戦意喪失しているのではなく自ら戦いを放棄しているといった感じだった。

「お、お前ら、なにをやってるんだ！　こいつを、なんでボコボコにしない!?　早く、やっちまえ！」

白浜が懸命に煽り立てても、チンピラ達が従う気配はなかった。

それどころか、ナイフを持つ者は腕を下ろし始めた。

「おいっ、どうしたんだよ!?」

「すみません。俺らには、できません」

大柄なチンピラが、力なくうなだれた。

「だから、どうして!?」

「すみません……」

「すみませんじゃわからないだろう！　俺に逆《さか》らったら、親父に言いつけるからな！　さあ、早くやれ！」

白浜が、ヒステリックに命じた。

「すみません……」

大柄なチンピラが、リプレイ映像を見ているようにうなだれた。

「もういい！　お前がやれ！」

白浜が、ピンストライプのスーツを着たチンピラに命じた。

「すみません」

ピンストライプのチンピラもうなだれた。

「お前は!?」

白浜が血相を変えて、口髭のチンピラに顔を向けた。

「俺も、すみません」

口髭のチンピラが白浜から視線を逸《そ》らした。

「なっ……」

白浜が絶句した。

無理もない。

手足のように動くはずの兵隊が、揃いも揃って白浜の命令を拒否しているのだから。

優斗は、異様な光景に目を疑った。

十人ほどのチンピラはまるで催眠術にかかったとでもいうように、「自我」を失っていた。

似たようなシチュエーションを、どこかで見た記憶があった。

盲導犬の合同育成訓練をドキュメントしたテレビ番組だった。

その訓練所のグラウンドには、生肉を前にお座りしているラブラドールレトリーバーが十数頭いた。

十数頭のラブラドールレトリーバーは、待てと命じられた犬とは様子が違った。

お預けを食らった犬の視線は肉に釘づけになっているものだが、ラブラドールレトリーバーはまったく肉に興味を示していなかった。

スーパーやレストランに付き添うことの多い盲導犬は、我慢するのは当然のこと興味を示すことも許されない。

無数に陳列されている食品にいちいち反応していたら、盲導犬としての役割を果たせないからだ。

それ以前に、ほかの利用客の迷惑となりスーパーやレストランへの入店を禁じられてしまう。

だから、盲導犬は主人の前では完全に自我を殺さなければならない。

詩音の前でただ佇《たたず》んでいるチンピラ達に、優斗はドキュメンタリー番組の盲導犬を重ねた。


――ここは、僕に任せて。


あのとき優斗も、詩音の瞳に魅入られて足を踏み出せなかった。

なぜだろう？

ときどき詩音には、逆らえない気分になる。

もちろん、脅されたわけでも怖いわけでもない。

言葉では言い表せない不思議な力が、詩音には備わっていた。

「本当に……詩音なの？」

果林が、まるで異星人でも見るような眼を詩音に向けて呟いた。

彼女の瞳に映っているのは、幼馴染みの詩音とは別人に違いない。

「お前ら、マジにどうしたんだよ!?」

白浜が、困惑した表情で問いかけた。

「僕らは家に帰りますから、道を空けて貰えますか？」

詩音が物静かな口調で言うと、チンピラ達が左右の路肩に寄った。

「おいっ、なに従ってんだよ！　お前らのボスは俺だぞ！　花咲っ、てめえも調子に乗ってるとぶっ殺すぞ、こら！」

チンピラ達を叱責した白浜が、詩音の前に立ちはだかった。

詩音は、俯いていた。

「なんだ？　ビビッて眼を逸らすくらいなら、最初からイキがってんじゃ……」

「道を空けてくれないかな？」

詩音が、足元に視線を落としたまま白浜の言葉を遮った。

「はぁ!?　もう一度、言ってみろや！」

血相を変えた白浜が、詩音の胸倉を摑んだ。

「僕を怒らせないで」

物静かな口調で言いながら、詩音が顔を上げ白浜を見据えた。

「てめえ、ふざけ……」

白浜が、怒声の続きを呑み込んだ。

いままでの威勢が嘘のように、動きを失った表情で固まる白浜の姿に優斗は、メドゥーサにみつめられると石に化すというギリシャ神話を思い出した。

「ど……どういうこと？」

目の前で繰り広げられる異様な光景に、果林が呟いた。

「今回は行くけど、次はないよ」

石像のように立ち尽くす白浜と擦れ違い様に冷え冷えとした声で言い残し、詩音が花道を歩き始めた。

優斗と果林も、詩音のあとに続いた。

「凄いね！　詩音！　どうやって従わせたの？」

果林が、興奮気味に訊ねてきた。

「別に、従わせたわけじゃないさ」

「でも、あいつら白浜の言うことを全部無視してたじゃん？」

「いくら組長の子供でも、中学生にあれこれ指図されたら面白くないんじゃないのかな」

詩音が、他人事のように言った。

違う……。

優斗は心で否定した。

チンピラ達は白浜に反抗したのではなく、詩音に服従したのだ。

詩音にみつめられた途端に、チンピラ達同様に凍りついた白浜の姿がそれを証明していた。

「やればできるじゃない！　前から、やられっぱなしじゃなくていまみたいにしてればよかったのに！」

果林が、詩音の背中を叩いた。

「高校生になってまで君達に迷惑をかけられないから、これからはそうするよ」

詩音が立ち止まり、果林と優斗に微笑んだ。

──僕を怒らせないで。

温度のない詩音の声が、優斗の鼓膜に寒々と蘇った。

あれは一体……。


「ああ、これからもよろしくな！」

優斗は、梅雨時の雨雲さながらに胸奥に広がる得体の知れない不安を笑顔で封印し、詩音に右手を差し出した。

「うん」

詩音も微笑み、優斗の右手を握った。

「二人だけ、ずるいぞ！」

シェイクハンドした二人の手を、果林が両手で包み込むようにした。

5

午前七時半。優斗は通学路のコンビニエンスストアで紙パックの牛乳とあんぱんを買うと店先のベンチに座った。

同じ時間に同じ場所に座り同じ朝食を摂《と》る生活にも慣れた。

ここ二週間、平日の朝の生活リズムはほぼ変わらない。

目の前を通り過ぎてゆく、茶、青、紫のブレザーを着た生徒達を優斗はあんぱんを齧《かじ》りながら眼で追った。

生徒達は、二百メートルほど直進した先の神闘学園に向かっているのだ。

茶が一年、青が二年、紫が三年を表す色で、パンツは学年問わずにグレイで統一されていた。

このベンチから三十メートルほど離れた場所に、優斗の住む男子寮があった。

上級生も一緒の寮だったが、部屋は学年ごとにわけられていたので面倒な雑務を言いつけられることもない。

ほかのスポーツ強豪校などのように、神闘学園は学年の上下関係は厳しくなかった。

だが、神闘学園には別の大きな問題があった。

胸に広がった暗鬱《あんうつ》な思いが、あんぱんの甘味を奪った。

優斗は、味のなくなったあんぱんを牛乳で飲み下した。

不意に、目の前にプチトマト、レタス、ブロッコリーが詰められたタッパーが現れた。

「バランスのいい食事をしなさいって、ババに言われてたでしょ？」

弾ける笑顔の果林が、優斗の隣に腰を下ろした。

「朝からこんなの食べられるかよ」

優斗は顔を顰め、タッパーを果林に押し返した。

「いいから、ほら！」

果林が、爪楊枝《つまようじ》で刺したプチトマトを優斗の口もとに差し出した。

「馬鹿……やめろよ。人が見てるだろ……」

通学中の生徒が、優斗と果林に好奇の視線を向けてきた。

「だったら、食べなさい。ほら……」

「わかったわかった！」

優斗は果林から爪楊枝を奪い、プチトマトを口の中に放り込んだ。

「ジジやババに、何ヵ月も会ってないような気がするな。優斗はどう？」

「大袈裟だな、果林は。まだ、神闘学園に入学して二週間くらいだってのにさ」

「そうだけど、いままでこんなに長く離れたことないから」

果林は言いながら、次々とプチトマトを口の中に放り込んだ。

「詩音を一人で行かせるわけにはいかないって、自分からついてきたんだろ？　もしかして、後悔してんのか？」

優斗は、呆れたように言った。

「そんなわけないじゃん。いまもこうやって三人一緒だしさ、勉強も思っていたほど難しくないし……っていうか、この学校って普通の勉強をあまりしないよね？」

果林が、思い出したように訊ねてきた。

たしかに、神闘学園の授業は一般の高校の授業とは異なっている。

神闘学園を卒業すれば自動的に神闘会系列の企業への就職が決まるので、授業はコンサルティング、マネジメント、マーケティングなどの社会人として役立つ実践的な内容が主だった。

「おはよう！　朝からそこだけ温度が違うね～」

茶のブレザーを着た肥満体の少年が、優斗と果林を指差しながら冷やかすように言った。

「朝から牛丼の特盛でも食ったか？」

優斗は少年……坂口《さかぐち》に軽口を返した。

「僕の研ぎ澄まされたボディを見たら、そんなこと言えないから。ほら」

優斗達の前で立ち止まった坂口が、ワイシャツの裾《すそ》を捲《めく》り低反発クッションのように柔らかそうな腹を指差した。

「ちょっと、やめてくんない？　多感な年頃の女子がいるのよ」

果林が、坂口を軽く睨みつけた。

「インスタにUPしていいよ」

坂口が、冗談とも本気ともつかぬ口調で言うとワイシャツの裾をさらに捲り上げた。

坂口は、優斗の隣の部屋に住んでいる同じ一年だ。

小学校、中学校時代はサッカー少年だったらしいが、足を怪我してやめてからは摂取と代謝のバランスが崩れ、十パーセントそこそこだった体脂肪率は一気に三倍に跳ね上がったという。

性格は底なしに陽気で、入学一日目に初めて顔を合わせたときから優斗とはウマが合った。

坂口は優斗の周りにはいなかったタイプで、詩音とは真逆の性格をしていた。

それが、いまの優斗には心地よかった。

「早くしまえよ。多感な年頃の男子も、朝っぱらから男の弛《たる》んだ腹なんて見たくないって」

「それにしてもさ、お前ら、ほんとに仲がいいな」

言いながら、坂口が優斗の隣に座りバッグから取り出したおにぎりにかぶりついた。

「いまから朝飯かよ？　俺ら、もう行くぜ」

「まだ八時まで二十分もあるから大丈夫だって。七時五十九分五十九秒に正門をくぐればいいんだからさ。それより、二人はつき合ってんの？」

口の周囲を米粒だらけにした坂口が、興味津々の表情で訊ねてきた。

「まさか！」

優斗と果林は顔を見合わせ、同時に大声で否定した。

「いつも待ち合わせして一緒に朝飯食って……普通、そういうの恋人同士がやることだぞ？」

「普通はそうかもしれないけど、私達三人は小さい頃から同じ施設で育ってきたから」

果林が餌《えさ》を詰め込むハムスターのように、ブロッコリーを頬張《ほおば》りながら言った。

「三人って？」

「ああ、もう一人、詩音って男の子も一緒だったの」

「詩音？　もしかして、花咲詩音のことじゃないでしょ？」

坂口が素頓狂な声を上げた。

「え？　坂口君って、詩音を知ってるの？」

果林が、切れ長の眼を見開いた。

「知ってるもなにも……」

米を詰まらせたのか、坂口が顔を朱に染めて胸を叩いた。

「大丈夫？　飲んで」

果林がミネラルウォーターのペットボトルのキャップを開けて差し出した。

優斗は、相変わらず味のしないあんぱんを齧りつつ坂口の上下する小さな喉仏《のどぼとけ》をぼんやりと眺めていた。


——僕達、できたらいつまでもいまのままでいられたらいいね。

——いられるさ。俺ら、これまでもずっと一緒だったろ？

ある日の、詩音との会話が不意に脳裏に蘇った。

——そうだといいけど。人間は、変化する生き物だから。優斗は、将来、なにになりたい？

——え？　なんだよ急に……えっと……コック

さんかな。お前に、言ったことあるよな？

――うん。美味《おい》しいものを食べているときはみんな幸せな顔になるからって……そう言ってたよね？　でも、十年前の優斗は消防士になるのが夢だと言ってたんだよ。命を救うために火の中に飛び込む消防士さんみたいなヒーローになりたいってね。優斗も、変化してるだろう？

――あっ、たしかに！　俺、言うことが変わってるな。

――消防士と調理師は全然違うけど、どっちも同じ優斗だよ。

「あ～、びっくりした～。死ぬかと思った！」

坂口の声が、記憶の中の詩音の笑顔を打ち消した。

「びっくりしたのはこっちよ。もう、ガツガツしないで落ち着いて食べなさいよ」

「だって、あの花咲詩音と知り合いだなんて言うから！」

坂口が、興奮気味に言った。

「詩音と知り合いなのが、そんなに驚くこと？」

果林が、怪訝な顔を坂口に向けた。

「そりゃそうだよ！　花咲君は、神闘学園の一年生百五十人の中で一人しかいない白ブレザー組なんだからさ」

幹部候補生は、学年問わずに白いブレザーを着ていた。

二年と三年を合わせた約五百人の生徒の中でも、白いブレザーを着ているのは詩音を含めて十人しかいない。

因みに、幹部候補生も一般の生徒と同じクラスに編成されている。

「ふ～ん。ま、私達にとって詩音は詩音だけどね」

坂口の熱量とは対照的に、果林は素っ気なく言った。

「花咲君って、どんな人？」

坂口が身を乗り出した。

「優斗と詩音は一緒にいること多いでしょ？　優斗、紹介してあげなよ」

「おお！　上條君、頼むよ！　白ブレザー組は、僕らにしたら雲の上の存在だから！」

坂口が、口から米粒を飛ばしながらハイテンションに言った。

「俺も詩音と最近会ってないの、果林も知ってるだろ？　登下校はお前とほとんど一緒なんだから」

優斗は、感情の蠢《うごめ》きから意識を逸らした。

「だよね～。クラスが違ってもたくさん会えると思ってたけど、ゆっくり話したことないよね」

果林が、表情を曇らせた。

幹部候補生は通常の授業以外に朝と夕方に特別授業があるので、優斗達より一時間早く登校し、下校も一時間遅い。

果林が言った通り、神闘学園に入ってからの二週間で詩音とは会話らしい会話を交わしたことがなかった。

入学するときに部長の香坂から、それまで使っていたスマートフォンを取り上げられ新しいものを支給されていたので、夜に連絡することもできなかった。

しかし、わかっていた。

自分がもう一歩足を踏み出せば、いまほど疎遠にはなっていないだろうことが。

「ねえねえ、詩音の授業が終わるまで待ってて、ひさしぶりにご飯でもしようよ！　坂口君も連れてってあげればいいじゃん！」

「マジに!?」

坂口が瞳を輝かせた。

「俺はいいよ」

優斗は、素っ気なく言った。

「なんでよ！　優斗は、詩音とゆっくり会いたくないの!?」

果林が、厳しい口調で詰め寄ってきた。

「会いたいけど、詩音に迷惑だと思ってさ。個人的に連絡が取れないように、香坂さんにスマホも没収されてるんだし。外で会ったりしたら、詩音が香坂さんに怒られてしまうかもしれないだろ？」

言い訳――なにかを理由に躊躇している自分がいた。

「そんなの簡単よ。香坂さんには内緒で会えばいいじゃん」

果林が、あっけらかんと言った。

「あ、内緒は無理だと思うよ。部屋から一歩出たら白ブレザーには黒ブレザーがくっついているから」

「黒ブレザー？　なにそれ？」

坂口の言葉に、果林が眉を顰《ひそ》めた。

「あれ？　見たことない？　幹部候補生には、警護と監視を兼ねて格闘技経験者のＯＢが二人ついているのを」

「ああ！　あの人達、ＯＢだったんだ！　詩音の近くにいるのを見たことがあるけど、顔が老《ふ》けてるしブレザーの色が違うから誰なんだろうって思ってた」

果林が、掌に拳を叩きつけて納得したように頷いた。

詩音のそばで眼を光らせている彼らの存在に、優斗は気づいていた。

果林がそのへんに疎《うと》いのは事実だが、以前の三人の関係だったらもっと前に詩音の口から説明を受けていただろう。

「果林ちゃん、鋭い！　黒ブレザーは神闘学園のＯＢで、神闘会の警護部の新人らしい。ここでいい仕事をすれば神闘会本部に戻って昇格するって流れじゃないかな」

「お前、ずいぶん、詳しいな？」

優斗は訊ねた。

黙っていると、不穏な心を見透かされそうだったからだ。

「わたくしの情報なの」

いきなり、青のブレザーを着た黒髪ロングの女子が話に割って入ってきた。

たれ目がちな大きな黒い瞳と、透けるような白い肌が印象的な少女だった。

「あ、二人は初めてだったよね？　紹介するよ。彼女は僕の姉ちゃんでゆかり」

「え⁉　あなた達、姉弟《きょうだい》なの⁉」

果林が、驚いた表情で訊ねた。

「まあね。似てないよね」

「うん、全然！」

果林のストレートな言葉に、坂口が苦笑した。

たしかに、肥満気味の弟とスレンダーな姉の組み合わせは対照的だ。

体型だけでなく、ゆるキャラな坂口とは対照的にゆかりは可憐なお嬢様タイプだった。

「わたくし、坂口ゆかりよ。よろしくね」

ゆかりが、ドラマに出てくるお嬢様然とした優雅な仕草で優斗に歩み寄り右手を出した。

「あ、俺、上條優斗。よろしく！」

優斗は立ち上がり、ゆかりの手を握った。

壊れそうに細く冷たい指だった。

「悟《さとる》、こんなに素敵なお友達がいるのに、どうして早く紹介してくれなかったの？」

ゆかりが、優斗をみつめながら坂口に言った。

「あ、ああ……そのうち紹介しようと思ってたよ。それでこちらは、中園……」

「上條君って体格がいいけど、なにかスポーツをやってらっしゃったの？」

ゆかりが、坂口を遮るように優斗に訊ねた。

「趣味程度だけど、水泳とかボクシングとか。身体《からだ》を動かすのが好きだから」

「まあ、素敵。わたくし、逞《たくま》しい男性が好きなの」

ゆかりが、うっとりとした表情で優斗をみつめた。

照れ臭くなり、優斗は視線を逸らした。

「私、中園果林っていいます！　よろしくお願いします！」

ベンチから腰を上げた果林が、大声で言いながらゆかりの右手を握った。

「そんなに大きな声で言わなくても、聞こえてるわ」

ゆかりが顔を顰め、果林の手を振りほどいた。

「あら、私に気づいてないようだったので、耳が遠いのかと思って」

優斗のほうを振り返った果林が、悪戯っぽく舌を出した。

ゆかりが湛《たた》えていた上品な微笑みが、瞬時に消えた。

「馬鹿、先輩に失礼だろ？　謝れ」

優斗は、果林を窘めた。

「どうしてよ⁉　この人が先に私のこと無視するからいけないんじゃん！」

果林がゆかりを指差し、激しい口調で抗議した。

優斗はすぐに後悔した。

納得できないことがあれば、相手の立場が上であろうと決して退《ひ》くことのない果林の性格を忘れていた。

「勘違いしないでくださる？　わたくし、あなたのことを無視なんかしてないわ。そもそも無視っていうのは、視界に入っているのに入っていないふうに装うことを言うのよ。その意味では、わたくしの視界には最初から上條君しか入ってないから、無視という表現は正しくなくってよ」

ゆかりの顔に、優雅な微笑みが戻った。

「なにそれ……」

「さ、遅刻するから行きましょう」

果林を遮り、ゆかりが優斗の手を引き歩き出した。

「いや、俺、恥ずかしいから、手を放してくんないかな？」

「あら、上條君は照れ屋さんなのね。かわいいわ」

ゆかりが悪戯っぽく微笑みかけ、優斗から手を放した。

「坂口君のお姉ちゃんって、なんなのよ！　感じ悪いったらないわ！」

優斗とゆかりの背後を歩いていた果林が、聞こえよがしに言った。

「まあ、究極の自己中心的な女だけど、悪い奴じゃないから。慣れたら、友達になれると思うよ」

気を悪くしたふうもなく、坂口がのんびりとした口調で言った。

優斗は、坂口の穏やかなところが好きだった。

最近では……神闘学園に入ってからは、優斗と果林とともに行動するのは詩音より坂口のほうが圧倒的に多かった。

「わたくしには神闘学園ＯＢの二十歳になる兄がいて、いまは神闘会系列の音楽事務所で働いているの。優斗君の家も、お兄様かお姉様が神闘学園に通ってらしたのかしら？」

ゆかりは、後ろで果林に毒づかれていることなどまったく気になっていないようだった。

「いや、友達が入学することになったから俺と果林も一緒にって感じかな」

「友達が入るからという理由だけで入学を認められるようなことは、特例を除いてありえないわ。もしかして、お父様が多額の寄付をなさっているとか？」

「まさか。ウチは愛情は一杯あるけどお金はないから。詩音を神闘学園に迎えたいからって、香坂部長が家にきたんだよ」

「詩音……幹部候補生の花咲詩音君のことなの!?」

ゆかりが、さっきの弟と同じ驚きのリアクションをした。

「そうだよ」

優斗は、少々うんざり気味に言った。

「でも、いくら友達だからって、どうしてあなた達まで神闘学園に？　花咲君は幹部候補生として優遇されても、あなた達は一般の生徒としての入学でしょう？」

ゆかりが、怪訝な表情で優斗をみつめた。

「私達は幼い頃から助け合いながら、家族同然に育ったんです。苦労知らずのお嬢様には、私達三人の絆の強さはわからないでしょうね～」

果林が優斗とゆかりの正面に回り込み、後ろ歩きしながらからかうように言った。

「まあ、どうでもいいわ。花咲君とあなたの絆に興味はないから。わたくしの興味は、優斗だけよ」

言いながら、ゆかりが優斗の左腕に右腕を絡めた。

「ちょっと！　数分前に会ったばかりで、呼び捨てにするなんて馴《な》れ馴《な》れしいわね！　それに、その手を放しなさい、その手を！」

果林が、ゆかりを指差しながら抗議した。

「あら、あなたのほうこそ、目上のわたくしにその言葉遣いは頂けなくてよ。ね？　優斗」

ゆかりが、優斗の肩に頭を載せた。

「この男好きなお姉ちゃんをなんとかしなさいよ！」

果林の怒りが、坂口に飛び火した。

「いや……坂口家は鉄の年功序列だからさ」

坂口が引《ひ》き攣《つ》り笑いを浮かべた。

「おい、いい加減離れろよ。みんなが見てるだろ」

優斗が、ゆかりの腕を振りほどいた。

「優斗って、本当に照れ屋さんなのね。そのギャップが、たまらないわ」

懲りずに、ふたたびゆかりが優斗の腕を取った。

「なにが照れ屋さんよ……優斗もいやがってるでしょ！」

果林がゆかりの腕を引き、力ずくで優斗から引き離した。

「目上にたいしての礼節を欠いた言動を見ていると、あなたがどんな家庭で育ったか想像がつくわ」

「礼儀正しくしてほしければ、尊敬できる上級生になりなよ！」

小馬鹿にしたように鼻を鳴らすゆかりに、果林が食ってかかった。

優斗は、修羅場に巻き込まれないように駆け足で正門をくぐった。

「上條君、置き去りにしないでくれよ」

坂口が息を切らして優斗を追ってきた。

「先輩は二年だから、あっちでしょ！」

一年の校舎についてきたゆかりに、果林が隣の建物を指差しつつ言った。

「果林ちゃんって、結構、怖いんだね」

坂口が、声を潜めて言った。

「まだまだ、あれは蛹《さなぎ》の状態だよ。羽化したら、あれの百倍は狂暴……」

「誰が蛹よ!?　人を、昆虫にたとえないでくれる？」

振り返った果林が腰に両手を当て、優斗を睨みつけてきた。

「あ……僕、いまのうち昼ご飯買っておこうっと」

坂口が、逃げるように売店に向かった。

「俺も、人気の焼きそばパンが売り切れないうちに……」

今度は、優斗が坂口の背中を追った。

「待ちなさい、優斗！」

「優斗、明日からお弁当作ってきてあげようか？」

果林とゆかりも売店に足を踏み入れた。

弁当、菓子パン、ミネラルウォーター、コーヒーなどの飲食物、文具、靴下や下着類、絆創膏、消毒液、目薬、生理用品……売店でたいていの物は調達できる。

売店は一年の校舎にしかなく、昼休みになると弁当や菓子パンを買いにくる生徒で混雑するので、優斗は朝のうちに買い出すようにしていた。

「お！　ラスイチだ」

坂口が、陳列棚の焼きそばパンを指差した。

焼きそばパンは、生徒達の人気ナンバー1だ。

「決着をつけなきゃだめみたいだな」

「譲ってやるよ。今日は米の気分だから」

ジャンケンの姿勢に入る坂口に言うと、優斗は鮭《さけ》弁当を手に取った。

「いいのか？　持つべきものは友だな」

坂口は破顔すると、焼きそばパンに手を伸ばした。

「たかがパン一つで大袈裟な」

果林が、呆れた口調で言った。

「果林ちゃん、君は焼きそばパンの魅力がわかってない……」

坂口の手から焼きそばパンが奪われた。

「俺のほうが魅力わかってるから、貰ってやるよ」

百八十センチの優斗より頭一つ低い白ブレザーの男子生徒が、焼きそばパンを掲げ口角を吊り上げた。

袖《そで》に金のラインが二本入っているのは、二年生の証《あかし》だ。

「それは、こいつが先に取ったパンだ。返してやれよ」

優斗は、白ブレザーの前に歩み出た。

「上條君、大丈夫だよ。ほかのパンに……」

「お前は眼が悪いのか？　俺のブレザーの色を認識していたら、そんな態度は取れないはずだがな」

動揺する坂口を遮り、白ブレザーが言った。

「幹部候補生だろ？」

優斗は、臆《おく》したふうもなく言った。

「どうやらお前は、眼が悪いんじゃなくて頭が悪いみたいだから教えてやるよ。神闘学園においては、幹部候補生と平《ひら》生徒は三千万のフェラーリと三十万の中古の軽自動車、一着五十万のイタリアブランドのスーツと三着一万九千八百円の吊るしスーツ、五万円の鉄板焼きフルコースと三百八十円の牛丼……それくらいの圧倒的な格差があるのさ。お前達平生徒は俺ら幹部候補生にたいして、口ごたえするのはもちろん、軽々しく話しかけてくることさえできないんだよ。今回だけは特別に見逃してやるから、次回からは気をつけろ」

「誰が決めた？」

奪った焼きそばパンを手に立ち去ろうとする白ブレザーを優斗は呼び止めた。

「なに？」

白ブレザーが怪訝な顔で振り返った。

「そんな糞《くそ》みたいな格差ってやつ、誰が決めたんだって訊いてるんだよ」

「優斗君、白ブレザーと揉めるとあとが大変だから謝ったほうがいいわ」

ゆかりが優斗の袖を摑み、諭すように言った。

「なんで優斗が謝らなきゃならないのよ！　謝るのは、この気障《きざ》な白ブレザーでしょ！」

血相を変えた果林が白ブレザーの前に歩み出た。

「かわいい顔に似合わず、気の強いお嬢さんだな。だけど、お前も平生徒だろう？　俺とは、中世ヨーロッパでたとえれば貴族と奴隷の関係だ。立場が、わかってなさ過ぎなんじゃないのかな～」

おちょくるように言いながら、白ブレザーが果林の顎を摑んだ。

優斗は白ブレザーの手首を摑み後ろ手に捻り上げた。

「痛てててて……」

白ブレザーが情けない声を上げた。

「貴族も、関節極《き》められると痛いのは庶民と同じか？」

優斗は、腕を極めたまま言った。

「上條君、まずいって……」

坂口の声は、恐怖に震えていた。

「お前……幹部候補生にこんなことして……ただで済むと思ってんのか？」

額にびっしりと玉の汗を浮かべた白ブレザーが、うわずる声で恫喝《どうかつ》してきた。

優斗は、極めた腕をさらに捻り上げた。

「ただで済まないなら、どうするんだ？」

「痛ぁーい！」

「佐々木《ささき》さん！」

「どうしました！」

屈強な身体を黒いブレザーに包んだＯＢ二人が、血相を変えて飛んできた。

「ヤバい……警護部のボディガードがきたよ……」

坂口が蒼褪《あおざ》めた顔で言った。

「大丈夫だよ、優斗は強いから！」

果林が自信満々に言った。

「さっきも言ったけど、警護部の人間は格闘技経験者で神闘会でも選《え》りすぐりの武闘派だから、素人の喧嘩自慢じゃ勝てないって……」

坂口が、声を震わせた。

「よく知ってるじゃないか……武藤《むとう》が元アマチュアボクシングの日本チャンピオンで永瀬《ながせ》が柔道のオリンピック強化選手だ……謝るなら……いまのうちだ……」

激痛に顔を歪《ゆが》ませながらも、強力な援軍の登場に白ブレザーが強気を取り戻した。

「おいっ、佐々木さんを放せ！　てめえがなにをやってるかわかってんだろうな⁉」

筋肉質の黒ブレザー……恐らく武藤だろう男がファイティングポーズを取りながら優斗を睨みつけてきた。

「佐々木さんの腕を放して謝れば、ルールを知らねえ馬鹿な一年生ってことで許してやってもいい」

寸胴体型の猪首《いくび》の黒ブレザー……恐らく永瀬だろう男が剣呑《けんのん》なオーラを漂わせながら威圧してきた。

優斗は、あっさりと白ブレザーの腕を放し突き飛ばした。

「佐々木さんっ、大丈夫ですか⁉」

寸胴体型が白ブレザー……佐々木を抱き止め心配そうに訊ねた。

「この野郎……イキがってたくせにビビりやがったか!?」

佐々木が寸胴体型の陰《かげ》から、優斗に怒声を浴びせてきた。

「は？　勘違いすんな。俺がお前の腕を放したのは、腕自慢の格闘馬鹿をぶちのめすためだ」

優斗が、人を食ったような顔で言った。

「お前……正気か？」

佐々木が、信じられない、といったふうにあんぐりと口を開けた。

「ああ、もちろんだ。俺は、ガキの頃から弱い者いじめをする奴が許せない質《たち》でな。それから、てめえらの理屈で上から抑え込んでこようとする奴もな」

優斗は、寸胴体型の肩越しに佐々木を見据えつつ吐き捨てた。

「去年も、お前みたいな命知らずの馬鹿がいたが、お仕置きをしてやったらおとなしくなったよ。家畜は、やっぱり厳しく躾《しつ》けてやらないとね」

佐々木が、嘲笑《ちょうしょう》交じりに言った。

「ごちゃごちゃ言ってないで、かかってこいよ」

優斗は、挑発的に人差し指を手前に倒した。

「身の程知らずの奴隷に、思い知らせてやれ！」

佐々木の指令に、解き放たれた猛犬のように寸胴体型の黒ブレザー……永瀬が巨体に似合わぬ俊敏さで飛びかかってきた。

右にサイドステップで躱した優斗は、目標を見失いバランスを崩す永瀬の尻《しり》を蹴りつけた。

永瀬が、顔から地面に突っ込みうつ伏せに倒れた。

「なにをやってるんだ？　柔道先輩」

優斗がおちょくるように言うと、鼻血塗《まみ》れの永瀬が鬼の形相で立ち上がった。

「一年坊主がナメやがって！」

ふたたび、永瀬が突進してきた。

優斗は、今度は左に飛んだ。

永瀬の右手が伸び、優斗の腕を摑んだ――物凄い力で腕を巻き込まれた。

「優斗！」

果林の悲鳴が聞こえた。

一本背負い――流れる景色が止まった。

右腕で永瀬の首を絞めた優斗は、後頭部に頭突きを打ち込んだ。

永瀬が膝をつき、前のめりに倒れた。

「次は、ボクサー先輩の番だ」

優斗はすっくと立ち上がり、ふたたび人差し指を手前に倒した。

「お前、マジに調子に乗ってるんじゃねえぞ」

筋肉質の黒ブレザー……武藤が、ファイティングポーズを取りながら優斗を睨みつけた。

「お前らっ、なにやってるんだ！」

グレイと濃紺のスーツ姿の特殊警棒を持った屈強な男が二人、血相を変えて飛んできた。

二人は、神闘学園の教師だった。

グレイスーツの教師は優斗と坂口のクラスの本《ほん》郷《ごう》教諭で、濃紺スーツは隣のクラスの中井《なかい》教諭だった。

「おいっ、大丈夫か!?」

中井が、永瀬を抱き起こした。

「本郷先生！　坂口君が取ったパンを白ブレザーの先輩が横取りして、それで優斗が注意したら……」

「上條、お前がやったのか？」

果林を遮り、本郷が押し殺した声で訊ねてきた。

「ああ。でも、先に……」

本郷が特殊警棒を持つ腕を突き出した。

みぞおちに衝撃——息が止まった。

優斗は額に玉の汗を浮かべ、身体をくの字に折った。

「先生っ、なにするんですか！」

「馬鹿もんが！」

果林の絶叫と本郷の怒声が交錯した。

振り上げられた警棒が、優斗の顎を打ち抜いた。

脳みそが痺《しび》れ、景色が流れた。

視界で天井が回っていた。

「平生徒のくせに、幹部候補生に盾突くとはなにごとか！」

「こんなことして、許されると思ってるのか！」

本郷と中井が、競い合うように優斗を蹴りつけ、踏みつけた。

顔、肩、胸、腹、腰、太腿《ふともも》……優斗の全身を、革靴の爪先が間髪容《い》れずに抉った。

「ちょっと、やめてよ！」

「果林ちゃん、だめだって」

教師に摑みかかろうとする果林を、制止しようとする坂口。

「邪魔するな！　お前もぶちのめされたいのか！」

本郷が果林を突き飛ばすのが見えた。

「やめろ……」

起き上がろうとしたが、身体が痺れて力が入らなかった。

「身の程を知れ！　身の程を！」

「飼い犬が飼い主の手を咬むとこうなることを覚えておけ！」

怒声とともに、無数の蹴りが飛んできた。

息ができなかった。口の中に鉄の味が広がった。

「もういい」

揺れる視界に、佐々木の顔が現れた。

「自分が無力な野良犬だってことを、思い出したか？」

佐々木が、勝ち誇ったように言った。

「俺が悪かった……」

「謝るなら敬語を……」

「なんて、言うわけないだろ！」

優斗は、首を擡《もた》げ佐々木の顔面に頭突きを打ち込んだ。

鼻を押さえ、佐々木が仰向けに倒れた。

ふらつきながらも、なんとか立ち上がった優斗は拳を構えた。

本郷が揺れていた。

いや、揺れているのは自分の身体だ。

「優斗に手を出さないで！」

「上條君、謝るんだ！」

「先生、許してあげてください！」

果林、坂口、ゆかりの絶叫が聞こえた。

「この雑種は、殺処分にしないとわからないようだな！」

本郷が警棒を手に歩み寄ってきた。

中井、永瀬、武藤の三人が本郷の脇を固めていた。

足もとがふらついた。視界が揺れていた。身体中《じゅう》のあちこちに激痛が走った。

「その言葉……くそ教師に……そのまま返してやるよ！」

優斗は気力を振り絞り、歯を食い縛り踏み込んだ——拳が届くより先に、永瀬に羽交《はが》い締《じ》めにされた。

脱出しようと身体を捩《よ》じったが、ビクともしなかった。

「孤児院で育った野良犬みたいな不良少年がボクシングと出会い、世界チャンピオンに挑むほどになった。俺の父さんが好きだった『あしたのジヨー』って漫画の主人公のサクセスストーリーだけど、現実はそう甘くない」

鼻血を手の甲で拭いつつ、佐々木が優斗の前に歩み出た。

「現実は、犬は犬らしくご主人様の顔色を窺いながら餌を与えて貰うか、寒空に放り出されて野垂れ死にするかのどっちかさ。まあ、許しを乞《こ》うにしても、ご主人様に牙《きば》を剝いた馬鹿犬に躾をしないとな。おい」

佐々木に目顔で合図された武藤が素早く駆け寄り、優斗のボディに拳を打ち込んだ。

呼吸が止まった——胃袋が収縮した。

二発、三発、四発、五発……サンドバッグにそうするように、武藤が物凄いスピードでパンチを繰り出した。

逆流した胃液が食道を焼いた——内臓が口から飛び出しそうになった。

「やめなさいったら！　一人に大勢で……あんた達、それでも男なの！」

果林が武藤の髪の毛を摑み、優斗から引き離した。

「こっちの雌犬にも、躾が必要みたいだな」

本郷が果林の頰を張り飛ばした。

「くそ教師っ……果林に……手を出すなっ。ぶっ殺すぞ……」

激痛と吐き気に抗いながら、優斗は本郷を睨みつけた。

目の前で果林が手を上げられているのに、なにもできない自分が腹立たしかった——これまでの人生で味わったことのない無力感が恨めしかった。

「やっぱり、犬畜生は痛みをもって身体で覚えさせないとな！」

本郷が優斗の頭を目がけて特殊警棒を振り下ろした。

眼を閉じた。

数秒経っても、激痛は訪れなかった。

優斗は、眼を開けた。

本郷の手首を摑んでいる百九十センチ近くありそうな黒ブレザーが、優斗の視界に入った。

「そこまでにしてください。君も、彼を解放してくれないか？」

肩に触れそうな長髪を靡《なび》かせ、白ブレザーに身を包んだ詩音が本郷と永瀬に言いながら歩み寄ってきた。

いままでにないほどに伸びた髪が、詩音の中性的な顔をより際立たせていた。

詩音の背後には、眼つきが鋭い小柄な黒ブレザーがピタリとついていた。

「詩音！」

果林が、叫んだ。

「は、花咲君、なぜ、止めるんですか？」

詩音にたいする態度は、それまでの人を人とも思わない本郷とは別人のようだった。

しかも、生徒に敬語を使っていた。

「この二人は、僕の友人です」

詩音が、優斗と果林に視線を向けながら物静かな口調で言った。

「友人……ですか？　こいつら、一般の生徒ですよ？」

警棒を持つ手を下ろしながら、本郷が怪訝な顔で訊ねた。

「ただの友人ではありません。幼い頃から、ともに育ってきた兄弟みたいなものです」

「ですが……彼らは佐々木君の警護の者に暴行を働きました。それだけでも体罰ものなのに、事もあろうに幹部候補生の佐々木君にまで暴力を振るいました。当学園では、幹部候補生にたいして一般の生徒が暴力を振るうなど言語道断で、口ごたえも許されません。幹部候補生の命令がどれだけ理不尽でも、従わなければならないのです。刑事裁判にたとえれば、上條優斗が犯した罪は内乱罪に匹敵する重罪で無期懲役や死刑を言い渡されるレベルです」

遠慮がちに、だが、本郷はきっぱりと言った。

「彼は、理由もなく暴力を振るう男ではありません。なにか、事情があったんでしょう」

詩音は、穏やかな物言いを崩さなかった。

「そうよ！　優斗はなにも悪くない！　坂口君が先に取った焼きそばパンを二年の白ブレザーが横取りして、優斗はそれを注意しただけよ！　そしたら、ゴリラみたいな黒ブレザーが優斗に襲いかかってきて……。それで優斗が反撃したら、本郷先生と中井先生が理由も聞かずに優斗をボコボコにしたの！　悪いのは、こ・い・つ・ら・なんだから！」

果林が、佐々木、永瀬、武藤、本郷、中井を順番に指差した。

「君は黙ってて」

詩音が、本郷に視線を向けたまま冷え冷えとした声音《こわね》で言った。

「なにそれ⁉　私は優斗は悪くないってことを教えてあげてる……」

「黙っててと言ったのが、聞こえなかったのかい？」

相変わらず詩音は、本郷に顔を向けたまま果林の言葉を遮った。

「ちょっと、さっきからその態度は……」

初めて詩音が、果林に視線を移した。

血相を変えて抗議しようとした果林が、詩音の瞳に魅入られたように言葉の続きを呑み込んだ。

「彼女の言う通りです。ですが、幹部候補生に焼きそばパンを横取りされようが警護の者に先に手を出されようが、平生徒は反撃はおろか不満そうな言動も許されません。神闘学園での幹部候補生の使命は指導者として平生徒を従属させ、利益を生み出すように導くことです。そして、平生徒の使命は幹部候補生を絶対君主として忠実な作業犬のように命《めい》に従うことです」

本郷が諭し聞かせるように言った。

「平生徒には従属を求めながらも、平教師は僕にたいして口ごたえをしてもいいわけですね？」

詩音がやんわりと皮肉を返すと、本郷の顔が瞬時に強張った。

「い、いえ……そのようなことは決して……」

「だったら、あなたも従って貰えますか？　平教師が幹部候補生に逆《さか》らう姿を見た平生徒が、僕に従属すると思いますか？」

詩音の口調は丁寧で決して威圧的ではないが、本郷は表情を失っていた。

――平生徒が、僕に従属すると思いますか？

詩音の言葉が、優斗の胸に突き刺さった。

神闘学園に入学して二週間で、詩音とは二、三度校舎で擦れ違っただけだった。

おう、元気か？

ああ。君は？

元気に決まってるだろう。

またね。

詩音とは、この程度の会話しか交わしていなかった。

常に黒ブレザーが警護について監視しているから仕方がない――優斗は、そう言い聞かせていた。

だが、それが言い訳であることを優斗は知っていた。

ジジとババのこと、キセキのこと、髪を伸ばした詩音が少年時代のレオナルド・ディカプリオに似ていること、高校生になっても果林が少しも女らしくならないこと、二週間で身長が一センチ伸びたこと、汗かきで食いしん坊な友人ができたこと……その気になれば、話すことはいくらでもあった。

無意識に、遠慮していた――幹部候補生になった詩音に、壁を感じている自分がいた。

「す、すみません、私が軽率でした……」

本郷が、身体を九十度に曲げた。

優斗は、いらいらが募《つの》るのを感じた。

「僕にはいいですから、彼らに謝ってください」

詩音が、優斗と果林に視線を向けつつ言った。

優斗のいらいらに、拍車がかかった。

「え……私が、平生徒にですか？」

本郷が、遠慮がちに難色を示した。

「自分が軽率だったと、反省してくれたんですよね？」

柔和な態度とは裏腹に、詩音の言葉には有無を言わせない響きが込められていた。

「も、もちろんです！」

弾かれたように本郷が、優斗と果林に足を向けた。

「上條、中園、いきなり暴力を振るって……」

「おい、ちょっと待てよ」

詫び始めた本郷を、優斗は遮った。

脳内で、なにかが弾けた。

「詩音、誰が謝ってほしいって頼んだ？」

優斗は、詩音に詰め寄った。

「本郷先生は君達に、一方的に理不尽に暴力を振るった。謝るのは、当然だと思うけど？」

詩音が、悪びれたふうもなく言った。

「俺が言ってるのは、どうしてお前が決めるのかってことだ。殴られたのは俺だ。俺のせいで果林まで巻き込んでしまった。こいつらを許すか許さないかは、俺が決める」

もやもやを吹っ切るように、優斗は言った。

詩音は変わった。

どこがどうとは言えないが、間違いなく変わった。

いままではどこかで遠慮していたが、これからは違う。

神闘学園での白ブレザー以外の立場と扱いがわかった以上、自分も変わる必要があるのかもしれない。

「できれば僕も賛成したいけど、君のやりかたでは救うどころか騒ぎを大きくするだけだ。ここは、僕に任せてくれないかな？　頼む」

詩音が、頭を下げた。

「お前、このブレザー着てから性格まで変わったのか？」

優斗は詩音に歩み寄り、ブレザーの襟を摑んだ。

「待て」

優斗に向かいかけた二人の黒ブレザーを、詩音は片手で制した。

「僕が変わったと思うのは、君が変わったからじゃないのか？」

詩音が、涼しい顔で言った。

「おいっ、詩音、どういう意味だ⁉」

優斗は気色ばみ、ブレザーの襟を摑んだ腕を引き寄せた。

「こら！　花咲さんになにやってんだ！」

「待てと、言っただろう？」

熱り立ち優斗に摑みかかろうとする長身の黒ブレザーに、詩音は冷眼《れいがん》を向けた。

長身の黒ブレザーが、優斗を睨みつけながら足を止めた。

「お前らこそ、ご主人様に言われたらおとなしく従う犬か？」

優斗は、長身の黒ブレザーを挑発した。

自分らしくない……わかっていたが、感情の暴走を止められなかった。

「平生徒が生意気な口を利くんじゃねえ！」

小柄な黒ブレザーが、怒声を浴びせかけてきた。

「犬がもう一匹いたか？　キャンキャン吠えてないで、かかってこいよ」

いけないとわかっていながらも、挑発的な言葉が口を衝《つ》いた。

「てめえ……」

「腕力の強さが英雄視されるのは、中学生までだよ」

小柄な黒ブレザーを遮り、詩音が優斗の手を襟から放した。

「先に手を出したのは、お前らだろう？」

お前ら……。

自らの言葉が、優斗の胸に刺さった。

優斗は早くも、後悔していた。

「なんだか、敵みたいな言いかただね」

詩音の一言が、追い討ちをかけて優斗の胸を抉った。

彼の表情からは、怒りも哀しみも驚きも感じられなかった。

「俺は、事実を言っただけだ」

心の痛みから眼を逸らし、優斗は詩音を見据えた。

「誤解があるようだけど、君に手を出したのは僕の警護じゃなくて佐々木先輩の警護だから。本郷先生に関しては、僕にはなんの関係もないしね」

詩音が、淡々と言った。

「おい、花咲、それはどういう意味だ？」

それまで無言で事の成り行きを見守っていた佐々木が、剣呑な顔つきで詩音に歩み寄った。

「そのままの意味ですよ」

詩音は、さらりと言った。

「は？　お前、先輩をナメてるのか⁉」

佐々木が、乾いた鼻血がへばりつく顔を怒りに歪めた。

「ナメてなんかいませんよ。現に、喧嘩の原因を作ったのは佐々木先輩で、優斗に殴りかかったのは先輩の警護の彼らでしょう？」

詩音は視線を佐々木から永瀬と武藤に移した。

幹部候補生同士の険悪な雰囲気に、本郷も中井も凍《い》てつくことしかできなかった。

永瀬と武藤も、一年とはいえ相手が幹部候補生の詩音なので反抗できずにいた。

「お前のその言動が、ナメていると言ってるんだよ！　白ブレザーの威光が通じるのは平生徒と平教師にたいしてだけだっ。俺は、お前と同じ幹部候補生だ。それに、これが見えないのか⁉　これが！」

佐々木が、左腕の袖口に走る二本の金刺《し》繍《しゅう》を右手で指差した。

「神闘学園で最高の権力を持っているのは幹部候補生の三年で、その次が俺ら二年なんだよっ。わかってんのか⁉」

「幹部候補生には指導者としての資質が求められ

ます。与えられた立場を利用して弱い者いじめをするような人は、たとえ先輩でも正すべきだというのが僕の考えです」

詩音が、佐々木の瞳を見据えながら言った。

庇ってくれている……わかっていた。

だが、どこかで見下されているような気がして素直に受け入れることができなかった。

「今年の一年は、平も白ブレザーもなっちゃいないな。おいっ、教育してやれ」

佐々木に命じられた永瀬と武藤が、困惑したふうに顔を見合わせた。

「佐々木君……二年付といっても彼らは幹部候補生よりも位が下なので、花咲君に歯向かうことはできません」

本郷が、恐る恐る言った。

「なるほど。なら、位が上の上級生の俺なら、くそ生意気な一年坊主に制裁を加えてもいいってわけだよな？」

佐々木が人を食ったような声で言いながら、詩音に近づいた。

「ちょっと、やめなさいよ！」

果林が、詩音の前に躍り出て両手を広げた。


無言で、詩音が果林を後ろに下がらせ歩み出た。

「僕を怒らせないでください」

物静かな口調、佐々木を捉《とら》える瞳――どこかで見た光景。

「お前、誰に向かって……」

佐々木の怒声が途切れた。

まるで、テレビの音声をオフにしたとでもいうように。

これも、どこかで見た光景……。


――僕を怒らせないで。

不意に、記憶の中の詩音の声が聞こえた。

――てめえ、ふざけ……。


一時停止した映像のように表情と声を失い固まる白浜。

あのときも、そうだった。

詩音に恫喝されたわけでもないのに、白浜と配下のチンピラ達は蛇に睨まれた蛙のように立ち竦んでいた。

あのとき感じたのと同じ違和感と不安に、優斗は胸騒ぎを覚えた。

「優斗と果林に、言うことがありますよね？」

詩音が、佐々木を促した。

「俺に、謝れとでも……」

佐々木が言葉を切り、夢遊病者のように優斗と果林に歩み寄った。

「……悪かった」

佐々木が、力なくうなだれた。

優斗は、耳を疑った。

これは、現実なのか？

二年の幹部候補生が、一年の平生徒に謝罪するなどありえないシチュエーションだ。

「君達も」

詩音の視線が、永瀬と武藤に移った。

二人が、次々と優斗と果林に詫びた。

「先生達も、お願いします」

本郷と中井が、弾かれたように自分と果林の前に飛んできた。

「上條君、中園さん……すまなかった」

「申し訳ない」

二人が、競うように詫びの言葉を口にした。

黒ブレザーや本郷達が詩音の命令に従うのはわかる。

だが、同じ幹部候補生で上級生の佐々木が、詩音の言うがままに自分と果林に謝罪するというのは考えられないことだ。

その証拠に、つい数分前まで佐々木は詩音を恫喝していた。

それなのに、なぜ？

優斗は、以前にテレビで観たアメリカで大人気のヴァンパイアを主人公にしたドラマを思い出した。

ヴァンパイアには瞳をみつめて暗示をかける能力があり、かけられた相手は抗うことなくどんな指示にも従うようになってしまう。

だが、それはあくまでもドラマの中の話であり、詩音に超能力があるはずもない。

だとすれば、白浜のときも今回も、どうして急に相手が催眠術にかかったように従属してしまうのか？

佐々木と白浜に共通しているのは、詩音にみつめられてから態度が変わったということだ。

「みんな、行ってもいいですよ」

詩音が、上を見上げながら言うと佐々木、永瀬、武藤、本郷、中井が逃げるようにそれぞれの方向に足を踏み出した。

「なんでだよ？」

「あ、先輩は待ってください」

佐々木が、怪訝な顔で立ち止まった。

「僕にも、謝ってください」

顔を上に向けたまま、詩音が言った。

「詩音……」

果林が、びっくりしたような顔で詩音をみつめた。

「あ⁉　お前、おとなしくしてれば調子に……」

詩音が、天井から佐々木に視線を戻した。

「……俺が……悪かった……」

佐々木が、スイッチが切り替わったように謝った。

またただ……また、詩音がみつめると自我を剝奪《はくだつ》されたように従順になった。

これはもう、偶然ではない。

必然的に起こっている……いや、詩音が意図的に起こしている現象だ。

「今後、彼らには二度と……いや、平生徒に今日みたいなことは二度とやらないと約束できますか？」

「や、約束するよ……」

詩音が抑揚《よくよう》のない口調で言うと、佐々木が何度も大きく頷いた。

「それじゃ伝わりません」

詩音が、無表情に言った。

突然、詩音の足もとに佐々木が跪いた。

「もう、二度と平生徒に手を出すようなまねはしないから、許してくれ……」

佐々木が床に額を押しつけ、泣き出しそうな声で詫びた。

「次に繰り返したら、見逃せませんよ」

詩音の許しが出ると、魔法が解けたように立ち上がった佐々木が脱兎《だっと》のごとく逃げ出した。

「優斗も、できれば今日みたいなことは慎《つつし》んでくれないか？」

佐々木の背中が見えなくなると、詩音が優斗に視線を移して言った。

「お前も知ってるだろう？　手を出してきたのは向こうが先だ」

「だとしても、この学園で幹部候補生を敵に回すのはよくない」

詩音が、感情が窺えない瞳で見据えてきた。

「お前達幹部候補生には逆らうなって言いたいのか？」

優斗は、詩音に詰め寄った。

「優斗、やめて。詩音は、心配してくれてるんだよ。詩音も、言いかたを考えてあげて。優斗は被害者なんだからさ」

果林が、優斗と詩音の間に入って言った。

「そ、そうだよ。僕の焼きそばパンを横取りした二年の白ブレザーから、上條君は守ってくれたんだ」

坂口が、恐る恐る優斗を擁護《ようご》した。

「わたくしも一部始終を見ていたけれど、優斗君は悪くなくってよ」

ゆかりも、詩音の前に歩み出ると優斗を庇った。

「なにがあろうと幹部候補生には逆らわない。そうしなければ、神闘学園でやってゆけないという事実を教えているのさ。たとえどんなに理不尽な仕打ちを受けようともね」

詩音は、淡々とした口調で言った。

「白ブレザー相手なら、一方的に殴られても蹴られても抵抗しないで受け入れろっていうのか？」

優斗は、押し殺した声で詩音に訊ねた。

本人の口から、聞きたかった――確かめたかった。

目の前にいる花咲詩音が、いまでも家族かどうかを……。

「殴られるか逃げるかの二者択一だよ。どちらにしても、君達一般の生徒が幹部候補生に逆らったり反撃するという選択肢はない」

「お前、すっかりそっち側の人間になったんだな」

皮肉ではなかった。

自分に向けられる詩音の眼差しも言葉も、もはや家族ではなかった。

「そっち側の人間というのが、神闘学園の規律を守ることなら認めるよ。僕には幹部候補生としての使命がある」

「昔のお前、そんな奴じゃなかった」

優斗は呟いた。

「昔の僕がどんな僕かは知らないけど、いまの僕が君の思う僕と違うならついてこなければよかったんだよ」

詩音が、突き放すように言った。

「なんだと⁉」

優斗は気色ばみ、詩音の襟を摑んだ。

「優斗っ、やめて！　詩音は、私達が今日みたいなことに巻き込まれないように注意してくれてるのよ！」

果林が優斗の腕を摑み、諭しながら詩音から引き離した。

「転校したほうがいいよ。香坂部長には、僕のほうからも頼んでおいてあげるから」

詩音は言い残し、踵《きびす》を返した。

「詩音っ、待ちなさい！　もっと言いかたが……」

「君も優斗と一緒に転校したほうがいい」

詩音は背を向けたまま言うと、足を踏み出した。

表情を失う果林を見た優斗の脳の奥で、ふたたびなにかが弾けた。

「おいっ、詩音、いい加減に目を覚ま……」

詩音の肩を摑んだ——振り返った詩音の瞳を見た優斗は、言葉の続きを呑み込んだ。

喉の手前で蒸発したように、声を出すことができなかった。

それまで詩音にたいして抱いていた驚き、哀しみ、怒りが霧のように消えた。

詩音の瞳にみつめられると、思考がコントロールできなかった。

いや、思考自体ができなかった。

なにかを考えようとする端《はし》から、意見や感情が蒸発するように消えた。

詩音の瞳に自我が吸い込まれてゆくような、そんな錯覚に襲われた。

果たして錯覚なのかどうかもわからない。

だが、わかっているのは、なにも抗うことができないという事実だった。

詩音は、ゆっくりと優斗の手を肩から離すと足を踏み出した。

毒気を抜かれたように優斗は、遠ざかる友の背中を見送ることしかできなかった。

☆

神闘学園の近くのカノェ「シェスタ」の隅《すみ》の席で、優斗は好きなシリーズのコミックを開いていた。

ページを捲ってはいるが、内容は頭に入ってこなかった。

——腕力の強さが英雄視されるのは、中学生までだよ。

詩音から、あんなふうに言われたのは初めてだった。

優斗は、コーラのグラスを手に取り口もとに運んだ。

——だったら、あなたも従って貰えますか？　平教師が幹部候補生に逆らう姿を見た平生徒が、僕に従属すると思いますか？

記憶に蘇る本郷にたいしての詩音の言葉が、まるで炭酸水を飲んでいるようにコーラの味を奪った。

——次に繰り返したら、見逃せませんよ。

足もとに平伏《ひれふ》す佐々木に冷え冷えとした声で言い放つ詩音は、自分や果林の知っている詩音ではなかった。

昔から、感情を表に出さないクールな性格だった。

だが、なにかが違う……なにかが変わった。

「ねえ、本当に病院に行かなくて大丈夫なの？」

果林の心配そうな声が、コミック越しに聞こえた。

肩、腕、背中、腹、太腿……教師達や佐々木付の黒ブレザーに殴る蹴るの暴行を受けた優斗の身体は、断続的な激痛に襲われていた。

口の中には血の味が残り、ボクシング経験者の武藤のパンチを貰った胃も鉛を呑み込んだように重々しい違和感があった。

だが、心のほうが痛かった。

詩音が自分から離れて行くようで……自分が詩音から離れて行くようで。

「ゴリラみたいに身体が丈夫なのは知ってるけど、あとでなにかがあったらまずいから、ちゃんと診《み》て貰ったほうがいいよ」

——僕が変わったと思うのは、君が変わったからじゃないのか？

詩音の声が、優斗の胸を鷲掴みにした。

「それにしても、黒ブレザーも先生達もひどいわ！　大勢で寄ってたかって優斗に暴力を振るってさ……ちょっと、さっきからなんで黙ってるのよ？　私は透明人間じゃないんだからね」

ストローでアイスティーの氷を掻《か》き回しながら、優斗を果林が睨んでいた。

優斗は、コミックをテーブルに置いた。

「店に入ってから十分以上経つけど、ずっと一人の世界に入ってさ」

不満げに、果林が唇を尖《とが》らせた。

「せっかく人が心配してあげてるのに……」

「どう思う？」

優斗は、果林を遮り訊ねた。

無意識に、頭の中で渦巻いていたもやもやが口に出ていた。

「なにが？」

「詩音のことだよ。あいつ、変わったと思わないか？」

「ああ、たしかに、はっきり意見を口にするようになったよね」

果林が、アイスティーを吸い上げながら呑気な口調で言った。

「そういう問題じゃなくて。自分が土下座して争いごとを避けることはあっても、相手に土下座させるなんてことするような奴じゃなかっただろ？」

「うん、驚いたけど、詩音は私達の言うことを聞いてくれたんじゃない？」

「本当に、そう思ってるのか？　あの佐々木って二年に、俺らにだけじゃなくて自分にも謝らせるなんて、あいつらしくないだろ？」

「だから、私達に言われて、謝ってばかりじゃいけないって……」

「詩音は変わった」

「え？」

果林が、怪訝な顔を向けた。

――昔の僕がどんな僕かは知らないけど、いまの僕が君の思う僕と違うならついてこなければよかったんだよ。

「あいつはもう、俺らが知っている詩音じゃないよ」

優斗は記憶の中の詩音の声を打ち消すように言うと、コーラとともに氷を口に含んだ。

「なに言ってるの？　詩音は詩音だよ」

果林が、モンブランにフォークを立てながら言った。

「転校したほうがいい……俺もお前も、そんなふうに言われたんだぞ？　それでも、昔のままの詩音だっていうのか？　俺らの知っている詩音は、そんなことを言う奴じゃなかった。果林だって、わかってるだろ？」

「わかってるよ。詩音なりの優しさなんだってね」

果林が、屈託のない笑顔で言った。

「優しさなわけないだろう？　詩音は、俺らを見下している」

優斗は、氷を噛《か》み砕《くだ》いた。

「優斗さ、殴られたときに頭を打ったんじゃない？」

果林が、優斗の頭に手を当てた。

「俺は、冗談を言ってるんじゃない。詩音は……」

「優斗！」

果林の大声に、周囲の客の視線が集まった。

「いい加減にしなよっ。詩音が、私達のことをそんなふうに思うわけないじゃん！」

「だったら、俺らのことを平生徒だなんて言うか？」

ふたたび蘇りそうになる詩音の声を、優斗は鼓膜から締め出した。

「ああ、本郷先生に言ったやつね。あれは、私達を助けるためじゃん。私の言うことが信じられないっていうなら、変わったのは優斗だよ。私の知ってる優斗は単純馬鹿だけど、誰よりも仲間を信じていた。デリカシーがなくてすぐに頭に血が上るけど、頼りがいがあって、優しくて……私の知ってる優斗は、詩音のことを絶対に疑ったりしないよ」

モンブランを掬《すく》ったフォークを運ぶ手を宙で止め、果林が訴えかけるような瞳で優斗をみつめた。

「なんだよ。詩音が正しくて俺が悪いって言いたいのか？　だったら、こんなところにいないで詩音のとこに行けよ」

果林がそんなふうに思っていないとわかっていながらも、憎まれ口が止まらなかった。

「僻《ひが》むなんて、優斗らしくないぞ」

果林の一言に、フルスイングしたバットで頭を殴られたような衝撃が走った。

「誰が僻んでるんだよ？」

優斗は気色ばんだ顔を果林に向けた。

「僻んでるじゃない！　詩音に見下されてるとかなんとかさ。詩音は幹部候補生で私達は一般の生徒。そんなこと、最初からわかっていたことでしょ？　詩音についてって決めたのは、私達だよ。詩音が頼んだわけじゃないでしょ？　ついていって決めたのは、ついてこなければよかったって詩音が言った気持ち、私にはわかるよ」

果林の言うことは、なにからなにまでが正論だった。

正論だからこそ、追い込まれてゆく自分がいた。

「わかった」

絞り出すように言うと、優斗はコミックを手に取った。

「なにが？」

果林の怪訝そうな声をやり過ごし、優斗はページを捲った。

「なにがわかったのよ？」

果林がコミックを取り上げ、顔を近づけてきた。

「お前の言うことはわかったから、今日は先に帰れよ」

優斗はコミックを取り戻し、無愛想《ぶあいそう》に言った。

「なにそれ？　怒ってる？」

果林がふたたびコミックを取り上げた。

「怒ってないって」

優斗もふたたびコミックを取り戻した。

「怒ってないなら一緒に……」

みたびコミックに手を伸ばそうとした果林から身を躱し、優斗は立ち上がった。

「お前が帰らないなら、俺が帰る」

優斗は伝票を掴み席を離れた。

「優斗っ、待ってよ……」

果林の声を置き去りに、優斗は会計を済ませると逃げるように店を出た。

「待ちなさいって！」

通りに出た優斗の前に、果林が回り込み行く手を遮った。

「これが映画とかドラマなら一人でかっこよく飛び出したかもしれないけど、私は諦《あきら》めないからね！　私達、こんなことでバラバラになってもいいの!?」

果林が、さっきまでと違い真剣な表情で訴えてきた。

「だから、わかったって……」

「わかってないよ！　優斗はそうやって、私とも距離を置こうとしている……そんなの、優斗らしくないよ。納得してないなら、正面からぶつかってくるのが優斗でしょ⁉」

優斗のブレザーの襟を摑んだ、細く華奢な両腕が前後に動いた。

お前こそ、いつだって全力でぶつかってきてくれる……。

喉もとまで込み上げた言葉を、優斗は呑み込んだ。

果林の言うことが頭では理解できても、素直になれなかった。

ショック、怒り、嫉妬《しっと》……いまの自分は、詩音を昔のように見ることができなくなっていた。

果林の自分を思ってくれる気持ちは伝わっても素直になれないのは、詩音を庇う言動が原因だった。

親友以上の存在だった詩音にたいして……。

自分がこんなに心の狭い人間だと、知らなかった。

「悪い。俺、行くから」

優斗は、果林に背を向け歩き出した。

「優斗！」

追い縋《すが》る果林の声を振り切るように、優斗は歩みを速めた。

もう、果林がついてくる気配はなかった。

「上條君」

聞き覚えのない声に、呼び止められた。

優斗が振り返った視線の先――モデルさながらの九頭身はありそうな長身をスーツに包んだ女性が窄《すぼ》めた唇から優斗に向かって紫煙を吐き出した。

丈《たけ》の短いスカートからこれみよがしに伸びる長い足に履かれたヒールは、煙草《タバコ》の吸い殻を踏み躙《にじ》っていた。

「あんた誰？」

優斗は、顔にまとわりつく紫煙を手で払いつつ訊ねた。

「私は神闘学園で教師をしている県《あがた》ななみよ。学校の先生だなんて驚いた？　モデルだと思ったでしょう？」

九頭身女性……ななみが誇らしげに顎を突き出

し気味に言った。

「ああ、驚いたよ」

「みんな、最初はそう言う……」

優斗は屈み、ななみの足首を摑み持ち上げた。

「ちょっと、なにやってるのよ？」

「こんなマナー違反を生徒の前で堂々とやる教師がいることに、驚いたって言ってるんだよ」

優斗は立ち上がり、指で摘んだ煙草の吸い殻をななみの鼻先に突きつけた。

「思った通り、まっすぐな少年ね」

ななみが口もとに弧を描き、優斗の指先から奪った吸い殻を携帯灰皿に入れた。

「持ってるなら、最初から捨てるなよ」

「あんたを試したのよ。どこまで愚直な男かをね」

ななみが、くすりと笑った。

「生徒をからかうなんて、ろくでもない先生だな」

優斗は、呆れた声で吐き捨てた。

「幹部候補生の言いなりになって一般の生徒に暴行を働く教師のほうが、ろくでもないと思うけど？」

ななみが、優斗を試すように言った。

「話がないなら、帰るよ」

「花咲詩音のことで、話があるの」

立ち去りかけた優斗は足を止めた。

「ちょっとつき合って」

優斗の返事を聞かずに、ななみが足を踏み出した。

☆

低く流れるジャズのBGM、ブラックライトに照らされる酒棚のボトル、カウンターでグラスを磨《みが》くバーテンダー、ビリヤードで玉を突く若いカップル、ダーツをする筋骨隆々の外国人……優斗は、いまが深夜ではないかという錯覚に襲われた。

「教師が、昼間から高校生をこんなところに連れてきていいのかよ？」

優斗は入り口に佇み、物珍しそうに首を巡らせた。

「じゃあ、夜に連れてきてあげようか？」

「そういう問題かよ」

「ジョークよ、ジョーク。ほら、そんなとこに突っ立ってないで座りなさいよ」

ななみがカウンターのスツールに腰かけながら

言った。

「私はレッドアイ、あんたはなに飲む？　ビールでいい？」

「俺は高校生だ。酒なんか飲むわけないだろ？」

優斗はななみの隣に腰を下ろし、呆れた顔を向けた。

「あら。いまどき、高校生だってお酒くらい普通に飲むわよ」

「だとしても、俺は俺だ。まったく、教師が生徒に酒を勧めるか？」

「知らなかった？　ウチって、殺人とレイプとクスリ関係以外はお咎めなしなの」

ななみが、飄々《ひょうひょう》とした顔で言った。

その表情からは、本気か冗談なのかの判別はつかなかった。

「そんなわけないだろ」

「それが、そんなわけあるんだよね。神闘学園の親組織……神闘会の敷島会長の最終目標は、日本政財界を裏と表の両面から完全掌握すること。それには優秀な人材が必要だからっていうことで、神闘学園を創立したの。敷島会長の考えはこうよ。自分の跡を継ぐということは、神闘会一万六千人の会員の頂点に立つということ。品行方正で器が小さな人間より、無鉄砲だけど豪放磊落《ごうほうらいらく》な人間を育てたい……喫煙や飲酒にいちいち目くじらを立てるような教育は小物を大量生産するっていうのが、敷島会長の持論よ」

ななみが、カウンターに置かれたレッドアイのグラスを宙に掲げ乾杯を促した。

「敷島なんとかっていうじいさんの考えなんて、興味も従う気もない」

優斗は、レッドアイのグラスを無視してコーラを流し込んだ。

「へえ、私が見込んだ通り、なかなか根性が入ってそうな少年ね。でも、口で言うだけなら誰でもできるわ。行動で示せるかしら？」

ななみが、挑戦的な瞳で優斗をみつめた。

「どういう意味だよ？」

「そのままの意味よ。敷島会長の方針の象徴は神闘学園での幹部候補生至上主義。幹部候補生のための幹部候補生による学園なの。それは、あんたもいやっていうほど体験したでしょう？」

ななみが、優斗の背中を平手で叩いた。

「痛っ……なにするんだよ⁉」

優斗は、顔を顰めななみを睨みつけた。

「思い出させてあげたのよ。幹部候補生至上主義の犠牲になった惨《みじ》めな立場を」

ななみが、加虐的に口角を吊り上げた。

「くだらないことばかり言ってないで、詩音の話に入れよ」

「もう、入ってるわよ」

ななみが涼しい顔で言うと、レッドアイのグラスを傾けた。

「え？」

「いま、言ったでしょう？　敷島宗雲《そううん》の方針には興味もないし従う気もないって大口を、行動で示せるかしらってね」

「それと詩音の話がなんの関係があるんだよ？」

「敷島会長の方針の象徴……白ブレザー組との全面戦争に勝利してこそ、有言実行になると思わない？」

ななみが、優斗の瞳を覗き込んだ。

「なんだそれ？」

「鈍《にぶ》いわね。あんたが白ブレザーを倒して神闘学園を支配するってことよ」

「ふざけるな。俺は、詩音と対立する気はない。もう、帰るよ」

「馬鹿ね。対立じゃなくて花咲君を救うのよ」

スツールから腰を浮かせた優斗は、動きを止めた。

「詩音を救う？　なんで、俺が白ブレザーと戦うことが詩音を救うことになるんだよ？」

「花咲君がこのまま神闘学園を卒業して神闘会を継いだら、どうなると思う？」

ななみが、質問を質問で返した。

「詩音が会長になるんだろう？　それがどうした？」

「まあ、無理もないわね。そもそも、君は神闘会がどういうところか知らないようだから」

「馬鹿にするな。大きな会社をたくさん持ってる宗教団体だろ？」

優斗が言うと、ななみが噴《ふ》き出《だ》した。

「なにがおかしい？」

「大人ぶってても、言動はやっぱり子供ね」

「馬鹿にしてるのか……」

「まあ、表現が幼稚なだけでまったく外れているわけでもないわ」

ななみが、優斗を遮り言った。

「ただ、君が言っているのは神闘会の一面に過ぎないけどね。難民キャンプに億単位の寄付をする裏で、敵対組織を壊滅、吸収を繰り返し、行く手を阻《はば》む者は容赦なく排除する。天文学的な額の政治献金をしているから警察はもちろん、検察も迂《う》闊《かつ》に手を出せない。広域暴力団でさえ恐れてかかわろうとしない。それが、神闘会のもう一つの顔よ」


――馬鹿っ……やめろ！

――なんで止めるんですか⁉　このくそ野郎は……。

――お前っ、この人を知らねえのか！


不意に、優斗の脳内に、香坂が現れたときの狼狽する山東会の組員の姿が浮かんだ。

あのときは、ヤクザがどうして怯えるのだろうと不思議だった。

だが、ななみが言うことが本当なら……すべてに辻褄《つじつま》が合う。

「神闘会っていうのは、ヤクザなのか？」

優斗は、押し殺した声で訊ねた。

「違うわ。それ以上よ」

ななみが、あっさりと言った。

「さっきも言ったけど、神闘会には警察もヤクザも手を出せないわ。宗教法人だから、国税もね。トップの敷島会長に指図できる人は皆無と言ってもいいわ。映画風に表現すると日本の首領《ドン》って感じかな。君も知ってると思うけど、敷島会長は孫の花咲君に会長の椅子《いす》を譲ろうと考えている。いま阻止しないと、花咲君は後戻りのできない世界に足を踏み入れることになるわ」

「詩音が会長になったら、どうなるんだ？」

優斗は胸騒ぎに襲われながら、スツールに腰を戻した。

「はっきり言うけど、犯罪に手を染めることになるでしょうね」

ななみが、あっけらかんとした口調で言った。

「犯罪……」

優斗は絶句した。

詩音が犯罪に手を染めるなど、実感が湧《わ》かなかった。

「花咲君を止められるのは、君しかいないのよ」

ななみが、諭すように言った。

「あんた、神闘会の人間だろ？　どうして、会長の邪魔をするんだ？」

優斗は、疑問を口にした。

「会長を大事に思っているからよ」

「大事に思っているなら、こんなことしないだろ？」

「その人が乗ろうとしている飛行機が墜《お》ちるとわかっていたら、どんな手段を使ってでも搭乗を阻止しようとするでしょう？」

ななみが、レッドアイを飲み干すと唇の端についた赤い液体を手の甲で拭った。

「敷島会長が、墜落する飛行機に乗るのか？」

「馬鹿ね。たとえよ。敷島会長の推し進めるやりかたでは、近い将来、神闘会は内部分裂を起こすわ」

「なにがだめなんだよ？」

優斗には、ななみの言っている意味がわからなかった。

「神闘学園の幹部候補生至上主義と花咲詩音を後継者とするやりかたよ。幹部候補生が卒業してそのまま神闘会に入れば、必ず謀反を起こすわ」

ななみが、それまでと違って鋭い眼差しになった。

「むほん？」

「反乱を起こすってことよ。高校生なのに、謀反の意味も知らないの？　君、頭悪いわね」

ななみが、嘲るように言った。

「うるさいな。むほんなんて知らなくても死なないよ。それより、敷島会長のおかげで幹部になれるんだから、反乱なんて起こすわけないだろ？」

優斗は、コーラを喉に流し込んだ。

「扇動する人間がいなければね」

「せんどう？」

「また？　人の気持ちを煽って、ある行動を起こすように仕向けることよ。かっこうよく言えば革命家ってやつね。同じやつちょうだい」

ななみが、空になったグラスの底でカウンターを叩いた。

「神闘会に、反乱を起こさせる革命家がいるってことか？」

優斗の問いかけに、ななみが頷いた。

「誰だよ？」

「君のこと信用できるまでは教えられないわ。君が革命に参加するかもしれないから。とにかく、その革命家は幹部候補生を巧《たく》みにコントロールして神闘会を乗っ取ろうと考えているわけ。後継者の花咲君は、真っ先に利用されるわ。敷島会長は怖い人よ。牙を剝く飼い犬を一度の過ちとして、見逃すような甘い人じゃないわ。どんなにかわいがっていた犬でも、たった一度咬まれただけで容赦なく殺す。それが、敷島宗雲という男よ」

「詩音の身が危ないってことか?」

「もう一度言うけど、革命家は幹部候補生を兵隊として敷島会長に反旗を翻《ひるがえ》すつもりよ。花咲君も知らず知らずのうちに兵隊にされるでしょうから、そうなったらかなり危険な立場になると思うわ。それを食い止めるためには、上條君が革命を止めるしかないのよ」

ななみは言い終わると、カウンターに置かれた新しいレッドアイのグラスを傾けた。

「革命を止めるって、なにをすればいいんだよ?」

「さっきも言ったけど、幹部候補生じゃなくて君が神闘学園を仕切るのよ」

「平生徒って見下してる俺の言うことを、奴らが素直に聞くわけないだろ」

二年の幹部候補生、佐々木の高圧的な態度、警護の黒ブレザーや教師達の襲撃……詩音が現れなければ、もっと血の雨が降っていただろう。

「だったら、力で従わせるしかないわね」

こともなげに、ななみが言ってのけた。

「あんた、本当に俺と白ブレザーに喧嘩させようってのか?」

「これもさっき言ったけど、花咲君を救うためよ」

「詩音が退かなかったら?」

いままでの詩音なら、こんな質問をする必要もなかった。

優斗が神闘学園を仕切りたいというのなら、笑顔で見守ってくれたことだろう。

が、いまの詩音は……。

「ほかの幹部候補生と同じに、力ずくで従わせるまでよ」

「詩音を救えと言いながら、暴力を振るえというのか?　あんた、言ってることおかしくないか?」

優斗はコーラの氷を口に含み、ななみを見据えた。

「ちっとも。上條君は、癌細胞を取り除くためにメスで身体を切ることをおかしいって言ってるようなものよ。取り除かなければ死ぬとわかっていたら、メスを使うことを躊躇しないでしょう？」

ななみが、得意げな顔で諭し聞かせてきた。

「それとこれとは……」

「いまのたとえで納得できなければ、ライオンの檻《おり》に飛び込もうとする飼い犬でどう？　口で言って止まらなければ、殴ってでも蹴ってでも止めるよね？　飼い犬に暴力を振るいたくないとか言ってたら、内臓を食いちぎられて殺されるだけよ。それでもいいなら、花咲君を野放しにすればいいわ」

優斗を遮ったななみが、突き放すように言った。

どうにも、信用できない女だった。

しかし、認めたくないがななみの言葉には説得力があった。

そう感じるのは、神闘学園に入ってからの詩音が別人のように変わったからだ。

学園を支配するためなら、教師を従わせ幹部候補生の先輩をも潰しに行く……少なくとも、優斗の知っている詩音はそんなことができる少年ではなかった。

「私は敷島会長を、君は花咲君を救う。呉越同舟《ごえつどうしゅう》で行きましょう。あ、呉越同舟っていうのは、同じ目的のために敵同士……」

優斗は無言でスツールを立ち上がった。

「ちょっと！　まだ、返事を聞いてないわ」

ななみの声に、優斗はドアの前で足を止めた。

「コーラ、ご馳走さま！」

優斗は振り返らずに言うと、ななみを残し店をあとにした。

6

「来月に開催される学園祭の出し物をそろそろ決めなければならない。みんな、考えてきたよな？」

五時限目のホームルーム——教壇に立った本郷が、生徒の顔を見渡した。

「俺は、舞台とかやりたいな。『ロミオとジュリエット』とかさ」

一年A組の窓際の最後列に座る優斗の前の席——坂口が振り返り言った。

優斗は、窓の外を見ていた。

眼下……グラウンドには怒号が飛び交っていた。

対峙する二組の白ブレザーは、四対四だった。

それぞれのグループの先頭に立つ白ブレザーは三年生で、六人の二年生が三人ずつに分かれてついていた。

神闘学園の幹部候補生は、三年生が三人、二年生が六人、一年生は詩音一人だった。

いま小競《こぜ》り合《あ》いをしているグループのリーダーは、三年生の高城《たかしろ》と西郷《さいごう》だ。

A組の生徒で、外の騒ぎを気にしている者はいなかった。

無理もない。

優斗が神闘学園に入って二ヵ月の間、高城派と西郷派は毎日のように派閥争いを繰り広げていた。

平生徒は余計な口出しをしたり逆らわないかぎり……つまり、おとなしくしていれば巻き込まれることはない。

幹部候補生からすれば平生徒は家畜のようなものなので、歯牙《しが》にもかけていなかった。

「僕がロミオで果林ちゃんがジュリエットだったら最高なのにな〜。あ、クラス違うから無理か。果林ちゃんも同じクラスだったらよかったのにな〜。おい、僕の話、聞いて……なんだ、また、白ブレザー達がいがみ合ってるんだ。飽きずによくやるよな」

坂口が、呆れたように言った。

「派閥争いに参加してないのって、三年の大田原《おおたわら》先輩と詩音君だけだよね？　大田原先輩はまだしも、詩音君は一年なのによく目をつけられないな。なんでかな？」

「さあ」

優斗は、窓の外に視線を向けたまま生返事をした。

本当は、見当はついていた。

詩音が敷島宗雲の孫で後継者候補ということを平生徒は知らないが、幹部候補生と一部の教師は知っている。

つまり、詩音は幹部候補生の中でも一目置かれているのだ。

——詩音君が順調に神闘学園を卒業して神闘会で実績を積めば、ゆくゆくは会長の跡を継ぐことになるだろう。神闘会には、それを快《こころよ》く思わない幹部が大勢いる。噂では、神闘学園の幹部候補生に詩音君を潰せという指令が出ているらしい。

だが、香坂の話によれば、上級生であっても詩音には迂闊に手を出せない反面、快く思っていない者もいるという。

——あんたが言う革命家っていうのは、誰なんだ？

——上條君が神闘学園を支配すると私に宣言しないかぎり、それについては答えないわ。

ななみは相変わらず、優斗が幹部候補生を一掃することを望んでいた。

革命家の狙いは、詩音をリーダーとした幹部候補生を操り、神闘会でクーデターを起こして敷島宗雲を追い落とし、実質的な最高権力者の座に座る。

反乱分子を鎮圧するために敷島宗雲は手段を選ばないので、矢面に立っている詩音が真っ先にターゲットにされる。

優斗が幹部候補生を一掃して神闘学園を支配すること即《すなわ》ち、詩音を救うことになる。

ななみの言うことは理解できる反面、どこかしっくりこないところもある。

正直、全面的に信用する気にはなれなかった。

だが、ななみにとって、優斗が神闘学園の覇権を握っても得することはないのも事実だ。

「それにしても、最近、白ブレザー同士の争いが激しいよね」

坂口の声が、優斗を現実に引き戻した。

「くだらない。どうせ、覇権争いだろう」

優斗は吐き捨てた。

坂口にはそう言ったものの、本音は違った。

「覇権争い？　白ブレザー達は問題さえ起こさずに卒業したら神闘会の幹部になれるんだから、そんなことする必要はないでしょ」

「幹部にはな」

「え？」

怪訝そうな顔の坂口から、優斗は視線を窓の外に移した。

高城派と西郷派は、相変わらず小競り合いを続けていた。

——幹部候補生の当面の目的は神闘会の幹部になることだが、そこがゴールじゃない。奴らの戦いは、幹部になってからが本番だ。最終目標は、あくまでも会長の椅子だ。後継者争いに負けたら、彼らに待っているのは忠犬の日々だ。俺みたいにな。

自嘲《じちょう》する香坂の顔が、脳裏に蘇った。

——だが、神闘会に入ってからじゃ詩音君の力が強大になり過ぎて太刀打ちできなくなる。だから、いまのうちに潰そうとするのさ。

「上條、お前は？」

不意に、本郷に名前を呼ばれた。

「なにが？」

「なにがじゃないっ。話を聞いてなかったのか⁉ 学園祭の出し物だ。いまのとこ、飲食の屋台を出すって意見が五票でトップだ。次が演劇で三票、次が……」

「決まったやつでいいよ」

優斗は面倒臭そうに言うと、窓の外に視線を戻した。

いまは学園祭のことよりも、幹部候補生のパワーゲームが……というよりも、詩音が巻き込まれないかが気になった。

この幹部候補生の派閥争いは、ななみの言うように革命家とやらが仕掛けていることなのか？

だが、ななみの話では革命家は幹部候補生を兵隊にして会長の敷島宗雲に反旗を翻すと言っていた。

ならば、幹部候補生同士を潰し合わせるのは戦力低下にならないのか？

それとも、競い合わせて選りすぐりの兵隊……特殊部隊を選抜するつもりなのか？

「なんだ⁉ その無責任な言いかたは！」

血相を変えた本郷が、教壇を下りて優斗の席に歩み寄ってきた。

「学園祭の出し物とか言ってる前に、あれをなんとかしたほうがいいんじゃないのか？」

優斗は、窓の外を指差した。

「幹部候補生のやることに口を挟むことはできない。入学して二ヵ月が過ぎたんだから、それくらいわかるだろう？」

本郷が、呆れた顔で言った。

「どうして、口を挟めないんだよ？ 派閥争いかなにか知らねえが、学校で毎日毎日揉め事起こす生徒を注意することもできないのかよ⁉　あんたら、教師だろ⁉　白ブレザーを着てても俺らと同じ十代の生徒だ。正しく導いてやるのが教師の役目じゃないのか⁉」

　優斗は立ち上がり、激しい口調で本郷に抗議した。

「上條君、やめたほうがいいよ」

　坂口が、心配そうに優斗を見上げた。

「お前は、なにもわかっちゃいない」

　本郷が、ため息を吐きながら首を横に振った。

「わかってないのは、あんたらだろ！」

「まず第一に、神闘会及び神闘学園は年功序列じゃない。第二に、毎日揉め事を起こしているんじゃなくて、お前らがやったらただの喧嘩でも幹部候補生にとっては勢力争いも授業の一環なんだよ。そして、第三に、平生徒を導くのは平教師の役目だが、平教師を導くのは幹部候補生、そして、幹部候補生を導ける資格があるのは幹部教諭の県先生と特別教諭の香坂部長だけだ」

「なんだそれ？　だったら、その二人は知ってるから直接言うよ」

　優斗は本郷に言うと、教室後方のドアに向かった。

「待て、上條っ。そんなことしても、なにも変わらないぞ」

　優斗はドアに手をかけたまま、足を止めた。

「どうしてだよ？　さっきあんた、幹部候補生を導ける資格があるのは県先生と香坂部長だけだって言っただろう⁉」

　優斗は、背を向けたまま言った。

「たしかに、幹部候補生を導ける資格がある、とは言ったが幹部候補生が従うとはかぎらない。つまり、俺ら平教師と違って幹部候補生と互角の立場だから物は言えるっていうだけの話だ」

「神闘会の部長の言うことも聞かないほど、幹部候補生には権力が与えられてるってことか⁉」

「まあ、とは言っても、さすがに神闘会の幹部の香坂部長には、幹部候補生でもあからさまには逆らえないけどな」

「じゃあ、香坂部長が命じれば幹部候補生も従うってことだな？」

「本気で止めようとすればな。ほら、見てみろ」

　本郷が、窓の外を指差した。

　優斗は窓際に戻り、本郷の指を視線で追った。

グラウンドでは、取っ組み合いが始まっていた。

「グラウンドの正門のほうを見てみろよ」

優斗は視線を左……正門に移した。

揉み合う白ブレザー達からおよそ二、三十メートル離れた正門に背を預け、騒ぎを傍観する男がいた。

「あっ……」

優斗は眼を凝《こ》らした。

「ようやく、わかったか」

本郷が、片側の口角を吊り上げた。

「どうして、香坂部長は止めないんだ!?」

「止めるわけないだろう。自分がやらせてるんだからさ」

本郷の片側の口角が、さらに吊り上がった。

「香坂部長がやらせてるだと!? でたらめを言うな！」

優斗は、本郷の胸倉を摑んだ。

優斗にやられた白浜の件で、山東会が若草園に乗り込んできてババに難癖《なんくせ》をつけてきたときも、香坂はヤクザ達を追い払ってくれた。

優斗の知るかぎり、香坂は男気のある大人だった。

香坂と知り合ってから日が浅く、彼のすべてを知っているわけではない。

だが、少なくとも、幹部候補生を潰し合わせるような男ではないはずだ。

「上條君、まずいよ！」

坂口が立ち上がり、優斗の腕を引いた。

「いいから、お前はかかわるな！」

優斗が一喝すると、坂口が弾かれたように手を放した。

教師の胸倉を摑んだ以上、優斗の立場はまずくなるだろう。坂口を巻き込みたくはなかった。

「お前……平生徒のくせに教師にこんなことしてただで済むと思ってるのか！」

本郷が、裏返った声で恫喝してきた。

「俺らには強気で、白ブレザーにはペコペコしてる奴に教師の資格はねえよ！」

優斗は本郷を突き飛ばし、出口に向かった。

「上條っ、待て！　まだ話は終わってないぞ！」

優斗は教室を出た——追い縋る本郷の声を、後ろ手で閉めたドアで遮断した。

階段を駆け下りた——校舎を飛び出した。

西郷派と高城派の怒声と罵声が聞こえてきたが、

優斗は脇目もふらずに正門に向かって全力疾走した。

　屈強な体軀を白の詰め襟スーツに包んだ褐色の肌の男——腕組みをした香坂が、正門に寄りかかり白ブレザー達の派閥争いを眺めていた。

「……止めないのか？」

　息を弾ませながら、優斗は訊ねた。

「どっちが勝つと思う？」

　入り乱れ揉み合う白ブレザー達に視線を向けたまま、香坂が言った。

「え？」

「高城派と西郷派……勝ったほうが負けたほうを吸収するから一大派閥になる。どっちが勝っても、ここに参加してない大田原は苦しい立場になるだろうな」

「他人事《ひとごと》みたいに解説してる場合じゃないだろ！　早く、止めろよ！」

　優斗は、香坂の横顔に訴えた。

「だが、俺の見たところ、大田原はただ黙って指をくわえているような男じゃない。なにか、策があるに違いない。勝敗が決したところで、詩音君を神輿《みこし》に担いで負けたほうを取り込み勝ったほうに戦いを挑む……つまり、漁夫の利を得る作戦かもしれないな」

　優斗の声が聞こえないとでもいうように、香坂が推論を展開した。

「香坂さんっ……」

「高城、西郷、大田原、詩音君。お前は、誰につく？」

　香坂が、初めて優斗に顔を向け訊ねてきた。

「まあ、訊くまでもないか。お前は詩音君に……」

「いい加減にしろよ！　神闘会の幹部のあんたしか、幹部候補生の派閥争いを止められないんだからな！」

　優斗は、香坂の隆起した肩を摑んだ。

「どうして俺が、奴らを止めなきゃならない？」

　香坂が、優斗を見据えた。

「どうしてって……それが幹部のあんたの役目だろう？　こんなことを続けていたら、あんたも言ってたように詩音が巻き込まれてしまうじゃないか！」

「お前は、なにか勘違いをしているようだから教えてやる。俺の役目は、幹部候補生に序列を作り強固な組織を作ることだ。序列のトップに立った人間が神闘会に入って優れた幹部になり、組織の頂点を目指す。俺の役目は、将来のボスの後押しをすることだ」

香坂の言葉が、優斗の記憶の扉を開けた。

――革命家は幹部候補生を兵隊として敷島会長に反旗を翻すつもりよ。花咲君も知らず知らずのうちに兵隊にされるでしょうから、そうなったらかなり危険な立場になると思うわ。それを食い止めるためには、上條君が革命を止めるしかないのよ。

ななみの言葉が、脳裏に蘇った。

「あんたが革命家……」

思わず、優斗は口に出していた。

ななみの言う革命家が香坂だとすれば、すべてに辻褄が合う。

香坂は神闘会のナンバー2だが、このままだと詩音が跡を継ぎ会長の座に就くことはできない。

香坂が神闘会の頂点に立つには、敷島宗雲を倒さなければならない。

そのためには、兵隊が必要だ。

敷島が後継者にと考えている詩音を取り込み、幹部候補生を率いて謀反の旗を振らせれば、香坂にとっては一石二鳥だ。

詩音が神闘会の会長になってもまだ十代だ。

香坂は後見人となり、神闘会を手中におさめるつもりなのだ。

「革命家？　ああ、あいつが言ってたのか？　女《め》狐《ぎつね》には、気をつけたほうがいい」

香坂の言う女狐とは、ななみのことに違いない。

「あんた、詩音を利用して神闘会を乗っ取るつもりか⁉」

優斗は、香坂のスーツを摑んで引き寄せた。

香坂は優斗の手首を物凄い力で摑み、スーツから引き離した。

「なんの話だ？」

「惚《とぼ》けるな！　俺にはあんたの魂胆がわかってるっ」

「あの女狐になにを吹き込まれたか知らないが、俺が会長を裏切るわけがない。くだらないこと言ってないで、授業に戻れ」

香坂は、抑揚のない口調で言った。

「だったら、そのくだらないことをやめさせろよっ」

優斗は、仰向けに倒れる西郷の顔面を踏みつける高城を指差した。

「決勝戦に勝ち上がったのは高城か」

優斗を無視して、香坂が呟いた。

「いいか⁉　詩音は兄弟……いや、それ以上の仲だっ。俺が神闘学園に入ったのは、詩音を守るためだ。あんたの勝手にはさせない！」

「平生徒のお前に、なにができる？　言っただろう？　三人一緒にはなれても、三人一緒に乗り越えはできないってな」

「最初から、詩音を利用するつもりで若草園にきたんだな？　俺も、あんたに言ったはずだ。詩音を守るために神闘学園に入るってな」

――詩音を守るため？　それは、どういうことじゃ？

あのときジジは、優斗と果林が神闘学園に入るのを止めた。

無力な奴隷のように扱われることを、予期していたかのように……。

「勘違いするな。お前の意志で入ったんじゃなくて、王子と臣下の立場でもいいならって条件で入れてやったんだ」

香坂が、高城から優斗に視線を移した。

「臣下ってのは、王子を守るもんだろう？」

優斗は、香坂を睨みつけた。

「なら訊くが、その立派な臣下はどうやって王子様を守るんだ？　言っておくが、喧嘩が強いだけじゃ平生徒と幹部候補生の立場は乗り越えられないぞ」

挑発的な響きを込めた声音で、香坂が訊ねてきた。

「その立場ってやつを、変えてやるよ」

優斗は、胸に秘めていた思いを無意識に口にしていた。

「何度言えばわかる。神闘学園では幹部候補生と平生徒では……」

「だから、平生徒の俺が神闘学園を支配すりゃいいんだろうが⁉」

「なに？」

優斗の言葉に、香坂の片側の眉尻が微かに上がった。

「わからないのか？　あんたら自慢の幹部候補生が平生徒になるってわけだ」

　今度は、優斗が挑発的に言った。

「なるほど、そういうことか。だが、お前の願いが叶ったら、詩音君もいまの立場から陥落するってことを忘れてないか？」

「忘れてないよ。守るために、詩音をいまの立場から引き摺り下ろすのさ」

「物は言いようだな」

　香坂が、鼻を鳴らした。

「どういう意味だ？」

「野心があるのは、お前のほうだろう？　詩音君との格差に納得できずに、彼を守るという大義名分で神闘学園を牛耳《ぎゅうじ》ろうとしている。違うか？　お前はただ、詩音君を妬《ねた》み、僻んでいるだけだ。それならそれで、友情だなんだときれいごとを言ってないで、詩音君の座るはずの椅子に自分が座りたいって認めたらどうだ？」

「ふざけんな！　でたらめばかり言うな！」

　優斗は右の拳を香坂に放った。

　拳が頬にヒットする前に、手首を香坂に摑まれた。

「俺らの友情を、あんたら大人の薄汚い権力争いと一緒にするな！」

「とにかく、おとなしくしてろ。それが、お前と詩音君のためだ」

　手首を摑んだまま、香坂が命じた。

　香坂の瞳に敵意は感じられなかった。

　騙されるな。これは作戦だ。

　香坂は自分と詩音のことを思うふりをし、油断させようとしているに違いない。

「俺がおとなしくすることが、どうして詩音のためになるんだ？」

「なにごともなければ、詩音君は神闘会の後継者になる。だが、それを快く思わない者達が詩音君が卒業するまでに潰そうとしてくる。お前が首を突っ込むことが、詩音君の妨害になりかねない。知らず知らずのうちに、お前は詩音君を快く思っていない者に利用される可能性があるってことだ」

「適当なことを言うなっ。あんたは詩音を……」

「香坂さん、どうしたんすか？」

　優斗は首を巡らせた。

　白ブレザーをところどころ血で赤く染めた幹部

候補生――金髪を後ろに縛った高城が、四、五メートル向こうから歩いてきた。

高城の背後からは、二年の幹部候補生が三人と八人の黒ブレザーがついて歩いてきた。

黒ブレザーは、四人の幹部候補生にそれぞれ二人ずつついている警護だ。

みなのブレザーは高城と同じように返り血を浴び、瞼が塞《ふさ》がっている者、歯が折れている者、鼻血を出している者……高城以外は、傷だらけだった。

しかし、どの顔も達成感に満ち意気揚々としていた。

「いや、なんでもない。それより、勝負はついたのか？」

香坂が、優斗の手首を解放しながら高城に訊いた。

「今日のところはそうっすけど、まだわからないっすね。西郷派は死んだふりがうまいっすから、油断はできません」

高城が煙草を取り出しくわえると、二年の白ブレザーがすかさずライターの火で穂先《はさき》を炙《あぶ》った。

「西郷は降伏したんだろう？」

香坂が、高城の煙草のパッケージから一本引き抜いた。

「ええ。でも、大田原がどう動くかわからないっすからね。西郷に接触して俺らを潰しにくるかもしれないし、こいつらが寝返るかもしれませんし」

高城が、二年の幹部候補生達の顔を見渡した。

「僕らは、高城先輩を裏切ったりしませんよ」

「そうですよ。俺らは、高城先輩に神闘学園を仕切ってほしいですから」

「大田原先輩も、早いとこ潰しておきましょう」

三人の後輩幹部候補生が、それぞれに高城に忠誠を誓ってみせた。

「香坂部長、こいつらこんなこと言ってますけど、信用できるっすかね？」

高城が、愉しそうな顔で香坂を振り返った。

「まあ、口じゃなんとでも言えるがな」

香坂が突き放すように言った。

「ひどいですよ。俺達はいま、高城先輩のために身体を張って証明したじゃないですか⁉」

耳がカリフラワー状態の坊主の二年幹部候補生が、不満げな口調で抗議した。

「長月《ながつき》。高城のためじゃなくて、自分らのためだろう？　三年の幹部候補生が潰し合いをしてくれれば、お前ら二年にもチャンスが出てくる。西郷と大田原を潰すまでは高城に協力しておいて、最後に寝首を掻くつもりじゃないか？　お前は、それを疑ってるんだろう？」

香坂が、坊主の二年幹部候補生——長月から、高城に視線を移した。

「まあ、そういうことっすね」

くわえ煙草の高城が、笑いながら頷いた。

この高城という男は、肚《はら》の読めない男だ。

それにしても、彼らは本当に自分と同じ高校生なのか？

神闘学園を制覇するために誰につき、誰を蹴落とすかを考え、騙し騙され、裏切り裏切られ……優斗とは、人種が違った。

「僕達が高城先輩を裏切ろうと思ってるなら、最初から高見の見物を決め込みますよ。いくらほかの先輩を潰したいからって、こんなボロボロになるまで身体を張りませんから」

いわゆるオシャレ七三の髪型にした端整な顔立ちの二年幹部候補生が、理路整然とした口調で説明した。

「水沢《みずさわ》、お前は理屈っぽいんだよ」

高城が、茶化すように言った。

「高城先輩は、俺らを信用してくれないんですか!?　ほら、こんなになってるんですよ？」

百五十キロはありそうな超巨漢の二年幹部候補生が、欠けた前歯を剝き出しにした。

「太り過ぎだから、前歯のぶんだけでも軽くなっていいじゃねえか。なあ、中西《なかにし》」

高城が、中西の突き出た腹を叩きながら笑った。

「いくら先輩でも、身体を張った俺をそんなふうにからかうのは、あんまりいい気分しないですよっ」

中西が、不満げな顔で高城に詰め寄った。

「お前、誰になにを言ってるのかわかってんのか？」

高城が、剣呑な声音で言いながら中西を三白眼《さんぱくがん》気味の眼で睨みつけた。

「だ、だから、からかわれるのは気分のいいもんじゃないって言ったんですよっ」

怖気づきながらも、中西は退かなかった。

「お前、忘れたのか？」

高城が、ポケットから取り出したスマートフォンを宙に掲げると中西が表情を失った。

「フォルダの中に入ってる写真を二、三枚ＳＮＳで拡散したら、お前は少年刑務所行きだな。親父は神闘会の系列ホテルの支配人を任されているんだっけ？　かわいそうに、息子の罪が晒《さら》されたら、清掃会社に飛ばされるのは間違いねえな」

　高笑いする高城とは対照的に、中西の顔はみるみる強張った。

「お前らはどうだ？　俺に不満があるなら、遠慮なしに言っていいんだぞ。ただし、お前らの爆弾ももれなく入ってるけどよ」

　高城が、長月と水沢の顔前でスマートフォンを振ってみせた。

「いえ！　俺は高城先輩に不満なんてないです！」

「僕も高城先輩の手足となって尽くします」

　長月と水沢が即答した。

　恐らく、高城は二年幹部候補生のそれぞれの弱味を摑んでいるのだろう。

「相変わらず、手段を選ばない卑劣な奴だな」

　香坂が、呆れたように言った。

「卑劣だなんて、勘弁してくださいよ〜。傷つきやすい思春期なんすから。せめて、戦略家って言ってくださいよ」

　高城が、悪びれたふうもなく肩を竦めた。

「ところで中西ちゃん、こいつらはこう言ってるが、お前はどうする？　俺はどっちだっていいぜ」

　高城が、人を食ったような顔で中西を振り返った。

「す、すみませんでした……」

　中西が、耳朶《みみたぶ》まで赤く染めて頭を下げた。

「俺に盾突いておきながら、そんな謝りかたでチャラにするつもりか？」

　高城が言いながら、煙草の吸い差しを中西の頬に押しつけた。

「熱っー！」

　ジュジュっという肉の焦《こ》げる音と中西の叫び声が交錯した。

「謝るなら土下座だろうが？」

　高城が、頬を押さえ悶絶《もんぜつ》する中西の太鼓腹《たいこばら》を蹴りつけた——身体をくの字に折った中西の後頭部にすかさず肘《ひじ》を落とした。

　中西が、崩れ落ちるようにうつ伏せに倒れた。

「高城は卑劣と愚劣の間に生まれたような男だが、始末の悪いことに腕も立つ」

香坂が、優斗に聞かせるように言った。

「ほら、額をつけろ、額を！　日本人のくせに、土下座もできねえのか！　おら！　おら！　おら！」

高城が中西の後頭部を、踵で蹴りまくった。

中西の額が地面にぶつかる、ゴツ、ゴツ、という音とともにグラウンドに鮮血が広がった。

「お前、いい加減に……」

足を踏み出しかけた優斗の腕を、香坂が摑み引き寄せた。

「余計なことをしないで黙って見てろ」

「あんた、教師だろ!?　生徒が目の前で暴行受けてるんだから止めろよ！」

「俺は教師じゃなくて、神闘会の部長だ」

香坂が、真顔で言った。

「教師でも部長でも関係ない……」

「潰し合うのは奴らにとっては授業よりも大切な使命だ。幹部候補生同士が頭脳と暴力を駆使して競い合うことで、優秀な人間が勝ち残る。神闘会に入れば、次元の違う猛者《もさ》達がうようよしている。そんな怪物達と対等に渡り合う力をつけるために、神闘学園での派閥争いは最重要科目の一つだ」

「やっぱり、あんたは革命を起こそうとしてるんだろう!?　本当のことを言えよっ」

優斗は、香坂の腕を振り払い問い詰めた。

「お前達に名誉回復のチャンスを与える」

高城の声に、優斗は首を巡らせた。

長月と水沢が、緊張した面持ちで高城の言葉の続きを待っていた。

中西も正座し、血塗《ちまみ》れの顔で高城を見上げていた。

「俺の信頼を勝ち得たいなら、一年の幹部候補生の花咲詩音を潰せ。どんな手段を使ってもいいから、俺の足もとに跪かせろ。そしたら、この爆弾が爆発することはない」

「え……花咲って、あの花咲詩音ですか!?」

長月が、素頓狂な声で訊ねた。

「ああ、そうだ。なにか問題でも？」

高城が、威圧の響きを帯びた口調で言った。

「あ……花咲って一年は、敷島会長のお孫さんとかなんとか聞いたんですけど……」

水沢が、高城の顔色を窺いつつ恐る恐る口にした。

「それがどうした？」

長月や水沢とは違い、高城に動じているふうはなかった。

演技なのか、それとも……。

優斗は思考を止めた。

問題はそこではなく、高城が詩音をターゲットにしたことだった。

「えっ……だって、敷島会長のお孫さんにそんなことをしたら……」

高城の裏拳《うらけん》が、水沢の頬を痛打した。

尻餅をついた水沢の顎を、高城が蹴り上げた。

「会長の孫だろうが、神闘学園じゃ一年坊主だ！　お前ら、下級生に牛耳られてもいいのか⁉」

高城が、水沢の顔面を踏みつけながら怒声を浴びせた。

「お前っ、いい加減にしろ！」

我慢の限界――優斗はダッシュし、高城の背中を突き飛ばした。

「こら！」

「てめえ、なんだこら！」

「誰だっ、お前⁉」

「高城さんに、なにやってくれてんだよ！」

「ぶっ殺すぞっ、おら！」

高城と二年幹部候補生三人についている八人の黒ブレザーが、血相を変えて優斗を取り囲んだ。

「お前、ボディガードに任せなきゃなにもできないのか？」

優斗は、輪を作る黒ブレザーの背後にいる高城を挑発するように言った。

「てめえっ……」

「待て」

熱り立つ黒ブレザーを掻き分けるように、高城が優斗の前に歩み出てきた。

「なんだ、平の一年か」

高城が優斗と対峙すると鼻を鳴らした。

「どうでもいいけど、あんたらのくだらない争いに詩音を巻き込むのはやめろっ」

優斗は、高城の三白眼を見据えた。

「あ！　お前か？　花咲詩音と兄弟みたいに育った一年って？　もう一人、女子もいるんだろ？」

高城が、顔を輝かせて優斗を指差した。

「どうしてあんたが知ってるんだよ？」

「俺の武器は腕力だけじゃなくて、情報力もある。こいつら二年幹部候補生が一生逆らえないような情報を摑んでいるの、さっき見ただろう？　あ、情報と書いて弱味とも言うがな。一年の女子は、花咲を従わせる秘密兵器になるかも……」

高城が言い終わらないうちに、優斗は踏み込み右フックを繰り出した。

スウェーバックで躱されバランスを崩した優斗に、高城の警護の黒ブレザー二人が襲いかかった。

一人はアメコミの超人ハルクさながらのマッチョ体型の男で、もう一人は小柄で俊敏そうな男だった。

優斗は振り向きざまに放った左ストレートを、ハルク男の顔面に叩き込んだ。

物凄い手応《てごた》えだったが、ハルク男は倒れるどころかよろめきもしなかった。

優斗はステップバックし、左のハイキックをハルク男の右側頭部に放った。

黒い影が視界を過《よぎ》った——小柄な黒ブレザーが優斗の軸足にタックルを仕掛けてきた。

不意を衝かれた。身体が浮いた。空が視界に広がった。景色が流れた。背中を痛打した。

上体を起こそうとした優斗に、ハルク男が覆《おお》い被《かぶ》さってきた。

胸が圧迫され、呼吸ができなくなった。

グローブのような両手で、首を絞められた。太い十指が、頸動脈《けいどうみゃく》に食い込んだ。

脳に送り込まれる酸素が遮断された。

優斗は身体を捻り、ブリッジを試みたがハルク男はビクともしなかった。

意識が遠のいてゆく……。

このままでは、落とされてしまう。

「一年の平生徒のくせに図に乗るんじゃねえ！」

ハルク男が野太い声で言いながら、首を絞める両手に力を込めた。

詩音を守るためにも、ここで絞め落とされるわけにはいかない。

優斗は右手でハルク男の急所を容赦なく握り締めた。

「うぉあ！」

意表を突く優斗の急所攻撃に、ハルク男が絶叫して天を仰いだ。

密着していた上半身が離れた瞬間を逃さず、優斗は左の掌底《しょうてい》でハルク男の顎を突き上げた。

胸の圧迫感がなくなった——ハルク男の巨体が優斗の上から崩れ落ちた。

すかさず優斗は立ち上がったが、立《た》ち眩《くら》みに襲われた。

小柄な黒ブレザーがふたたび低い体勢からタックルを仕掛けてきた。

ステップバックで躱した優斗は、両手で作った拳を小柄な黒ブレザーの背中に打ち下ろした。

小柄な黒ブレザーが、地面に叩きつけられるようにうつ伏せに潰れた。

「お前ら、平一年を潰せ！」

高城が、嬉々《きき》とした声で命じた。

「待て待て、お前ら素手でやるつもり？」

優斗に襲いかかろうとする黒ブレザーを、高城が制した。

「半殺しにしていいから、道具使えや！」

三人が伸縮式警棒、二人がブラスナックル、一人がチェーン——高城に煽られた六人の黒ブレザーが、それぞれ武器を取り出した。

「上條、高城に素直に謝るなら俺が仲裁してやってもいいぞ」

それまで黙って事の成り行きを見守っていた香坂が、優斗を試すように問いかけた。

「自分の目的のために生徒を争わせるあんたの手助けなんていらねえよ。詩音のことは、俺のやり方で守るさ」

言いながら、優斗はファイティングポーズを取った。

「俺に関してなにか誤解があるようだが、まあ、それはいいとしても、詩音君を守る前にお前が潰されるぞ。意地を張らないで、俺に頼んだほうがいい」

「土下座して俺の靴の底を舐めるんなら、許してやってもいいぜ」

高城が、生き生きとした顔で言った。

「お前みたいなカスに謝るくらいなら、死んだほうがましだ」

優斗が言うと、高城の眼に狂気の色が宿った。

「だそうだから、遠慮なしにぶっ潰せや！」

ゴーサイン——黒ブレザーが、突進してきた。

ブラスナックルを嵌《は》めた黒ブレザーの頭に、教科書がぶつかった。

「痛っ……」

教科書の角が当たったのだろう、片膝をつく黒ブレザーの額から一筋の血が垂れ流れた。

伸縮式の警棒を振りかざす黒ブレザーに、また、教科書が飛んできた。

回転しながら教科書が、黒ブレザーの鼻にヒットした。

「誰だ⁉」

「なんだ⁉」

高城と二年幹部候補生が色めき立った。

いやな予感がした。

「優斗に手を出したら、私が許さないから！」

聞き覚えのある声――いやな予感が現実になった。

優斗は、恐る恐る校舎を振り返った。

胸に抱いた学生鞄《かばん》に手を突っ込みながら、鬼の形相で駆け寄ってくる果林の姿を認めた優斗はため息を吐いた。

「なんだ？　お前？」

中西が、血塗れの顔で立ち上がり果林のほうに歩み寄った。

「言うなよ！」

「私は一年B組中園果林よ！」

「馬鹿……」

優斗はふたたび大きなため息を吐いた。

空を切りながら飛んでくる三冊目の教科書を、高城が片手でキャッチした。

「なるほど～。お前が秘密兵器か？」

高城がニヤつきながら、果林に歩み寄った。

「誰が秘密兵器よ！」

果林が学生鞄を振り回しつつ、高城に突進した。

「おっと」

高城が学生鞄を摑み、引き寄せた――果林を背後から羽交い締めにした。

「ちょっと、放してよ！」

「てめえっ、果林になにかしたらぶっ殺す……」

果林の頰で鈍い光を放つナイフに、優斗は息を吞んだ。

「お前のほうこそ、一歩でも動いたら大事な果林ちゃんのお顔が傷つくことになるぞ」

「てめえは、どこまで卑劣なくそ野郎だ！　おいっ、あんた、これでも黙って見てる気か⁉　生徒が女子の顔にナイフを当てて脅してるんだぞ⁉」

「俺の力を借りたくないんだろ？　自分の力で守るんじゃなかったのか？」

香坂が、突き放すように言った。

「くそっ……」

優斗は、地面を蹴り上げた。

眼を閉じ、深呼吸を繰り返した。

五秒、十秒、二十秒……煮《に》え滾《たぎ》る血液が冷めるまで、深呼吸を繰り返した。

「あんた、さっき、こいつに謝れば助けてやるって言ったよな？」

優斗は眼を開け、香坂を見据えた。

「ああ。でも、こんな奴に謝るなら死んだほうがましなんだろう？」

「果林を守るためなら、死ぬほどいやなことでもやるさ」

「聞いたか？　謝るそうだから、許してやれ」

香坂が、高城に視線を移した。

「香坂部長の言うことなら、従いますよ。よかったな？　愛しの果林ちゃんのお顔がきれいなままで。ほら？」

優斗に向き直った高城が果林を羽交い締めにしたまま、足を宙に浮かせた。

「早く土下座して、靴底の泥を舐め取れや」

高城が、加虐的な笑みを浮かべつつ命じた。

「こんな奴の言うことに従っちゃだめよ！」

果林が叫んだ。

「お前は黙ってろ！」

優斗は、果林に強い口調で命じた。

果林をこれ以上巻き込むわけにはいかない。

「香坂さんっ、こんなの間違ってます！　やめさせてくださいっ。香坂さんの言うことなら、この人達も従うんでしょ!?　お願いします！」

果林が、足をバタつかせながら懇願した。

「上條はお前を守るためにそうするしかないと判断したから、土下座して靴を舐めるんだ。いやならやめればいいだけの話だ。俺は止めない」

香坂が、にべもなく言った。

「自分の学校の生徒が先輩の靴を舐めるのを止めもしないで見てるだけなんて、どう考えたっておかしいよ！」

「おかしかろうがなんだろうが、それが神闘学園だ。そのおかしな学園に入りたいと志願したのはお前らだ」

「屁理屈ばっかり言わないでください！　正しいことと間違っていることを考えて行動すれば、こんなことやらせないはずですっ」

果林は、思いを込めた瞳で香坂に訴えた。

「神闘学園では、幹部候補生が猫を犬だと言えば犬だと、犬を猫だと言えば猫だと平生徒は受け入れなければならない。なんの疑問もなくな」

香坂が、淡々とした口調で言った。

「こんなの間違ってる……絶対に、間違ってる……」

果林は、涙声で繰り返した。

「果林ちゃん。どんなに抗議しても無駄だって。この学園の幹部候補生と平生徒の立場差は、ダイヤモンドと石ころ、バラと雑草くらいの開きがある。ごめんな。大切なボーイフレンドにこんなことさせて。でも、幹部候補生の靴底をきれいにしたっていう貢献ができるだけ幸せだけどな」

高城が、ジャングルの怪鳥のようにけたたましく笑った。

「優斗が石ころなら、あんたはゴミよ！」

「は⁉」

果林の言葉に、高城の血相が変わった。

「黙ってろって、言っただろう！　余計なことを言うんじゃないっ」

優斗は果林を一喝し、地面に両手を付けた。

「お前の躾がなってねえから、こんなふうになるんだろうがよ！」

高城が優斗の頭を踏みつけてきた。

「やめてったら！　優斗に怪我させせたら……」

「調子乗ってると、顔面切り裂くぞっ、こら！」

高城の怒声――優斗は、頭を踏みつけている足を右手で摑むと持ち上げた。

「おいっ、放せ、なにやってんだ、てめえ！」

「靴底を舐めたら、果林に手を出さないと約束したよな？」

優斗は怒りに燃え立つ瞳で高城を見上げ、押し殺した声で言った。

「おお、そうだな。とりあえず、舐めろや」

優斗は、感情のスイッチをオフにした。

そうしなければ、我を見失い果林をさらなる危険に巻き込む恐れがあった。

心を無にし、優斗はゆっくりと顔を靴底に近づけた。

「高城先輩、困りますよ」

不意に、声がした。

聞き覚えのある声の主――顔を見なくても、優斗にはわかっていた。

優斗達を取り囲む黒ブレザーを掻き分け、絹のように光沢のある長髪を靡かせつつ詩音が現れた。

「詩音！」

果林の顔が、輝いた。

「おいっ、一年が出しゃばるな」

顔を鼻血塗れにした二年幹部候補生の中西が、詩音に歩み寄った。

「拭《ふ》いてください」

詩音は中西にハンカチを渡した。

「お前、先輩をナメてんのか!?」

カリフラワー状態に潰れた耳まで赤く染めた長月が、詩音に詰め寄った。

「いいえ、ナメてなんかいませんよ。僕は高城先輩に話があるだけですから、邪魔しないで貰ってもいいですか？」

「なんだぁ!?」

「長月君、抑えて。君は、噂通りに生意気な新入生だね」

長月を制し、水沢が詩音に微笑みかけた。

「聞こえていたでしょう？　僕は高城先輩に話があるんです」

詩音は、抑揚のない口調で言った。

「聞こえてたよ。高城先輩に話があるにしても、まずは二年の僕らに挨拶《あいさつ》するのが礼儀じゃないのかな？」

水沢はほかの二年幹部候補生とは違い、物腰も柔らかく冷静なぶん肚が読めなかった。

「尊敬できない先輩達に、挨拶する気はありません」

詩音は、涼しい顔で言った。

言葉遣いが丁寧で、物静かな口調は以前の詩音と変わらないが、なにかが違った。

丁寧な中にも刃物のような鋭さを秘め、物静かだが有無を言わせぬ威圧感……以前の詩音には感じたことがなかった。

切れ長の眼、高く整った鼻梁《びりょう》、シャープなフェイスライン——もともと女性的なきれいな顔立ちをしていたが、別の美しさも加わっていた。

たとえるなら、ユニコーンのような幻想的な……。

だが、詩音の雰囲気で一番変わったところは、彼の中にあった温かみや弱さが感じられなくなったことだ。

「詩音、ここは俺に任せろ。お前は出しゃばるな」

優斗は、跪いたまま言った。

ここで詩音がかかわれば、高城達に大義名分を与えることになる。

花咲詩音を潰すための大義名分を……。

香坂は、この展開を待っていたに違いない。

詩音を派閥争いに参加させ、覇権を取らせる。名代に立てた詩音を裏でコントロールし、敷島宗雲に下克上させる。

もし革命が失敗すれば香坂は、すべてを詩音のせいにして切り捨てるはずだ。

「土下座している君に、なにを任せろというんだ？」

詩音が、冷たい眼で優斗を見下ろした。

「俺がこうすることで、果林を解放する約束になっている。お前は、かかわらなくていい」

「いつも通り暴《あば》れ回った結果がこれかい？　相変わらず、なにもわかってないな。言っただろう？　喧嘩が強くて英雄視されるのは中学生までだって。いま、そうしているのが神闘学園での君の実力だよ」

詩音の言葉が氷のナイフのように、優斗の胸を冷たく鋭く切り裂いた。

「なんとでも言ってろ。とにかく、お前は首を突っ込むな。これは、俺の問題だ」

「おい、お前ら、いつまでくだらない友情ごっこを見せるつもりだ？　花咲。俺に話って、なんだ？」

優斗と詩音のやり取りを見ていた高城が、痺れを切らした。

「まず、果林を放して貰えますか？」

「え？　なにを言ってるのか、わからねえな。どうして、三年の幹部候補生のやることに一年の幹部候補生のお前が口を挟めるんだ？　もしかして、お前が普通の一年じゃなくて、神闘会会長の孫だからか？　もしかして、もう後継者になったつもりで三年の俺に命じているのか？」

高城が、皮肉たっぷりに言った。

詩音が敷島宗雲の孫と知っていながら……後継者候補と知っていながら強気な姿勢を崩さない高城は相当に肚の据わった男なのか、或いは誰かの後ろ盾があるのか？

「どうにでも、好きに受け取ってください」

詩音が、高城を見据えて無表情に言った。

「あ？　なんだ、てめえ。俺に喧嘩売ってんのか⁉」

高城が凄みながら、ふたたび果林の頬にナイフを当てた。

「いいえ。果林を放してほしいと言っているだけです」

「どうして？」

「彼女が、僕の所有物だからです」

詩音の言葉に、優斗は耳を疑った。

果林も、怪訝な表情になっていた。

「所有物!?　それは、彼女って意味か？」

高城が、ニヤニヤしながら質問を重ねた。

「違います。果林も優斗も、僕のお供として神闘学園に入ったんです。だから、二人とも僕の所有物なんです」

平板な口調で淡々と語る詩音が、瓜二《うりふた》つの別人ではないかと疑いそうになった。

「詩音、お前、なに言ってるんだよ!?　本当に、俺達のことをそんなふうに思っているのか!?」

優斗は、我慢できずに詩音に問いかけた。

「君こそ、どういうつもりで神闘学園の生徒になったんだ？　僕をサポートするためじゃないのか？」

「もちろん、俺も果林もお前を助けるためにく……」

「そういう意味じゃない」

詩音が、優斗を遮った。

「え？」

「なにか、勘違いしているようだから、ここではっきりさせておく。たしかに、かつて僕達三人は兄弟のように育った。でも、それはいままでは、の話だ。神闘学園での僕は神闘会会長の後継者候補で、神闘学園の幹部候補生だ。君と果林は、僕のついでに入学を認められた平生徒に過ぎない。つまり、いまは置かれている立場が違うということさ」

詩音が、仮面をつけたような無表情で淡々と言った。

「詩音……嘘よね？　私達のこと、そんなふうに思ってないよね？」

果林が、震える声音で詩音に訊ねた。

少しでも刺激を受ければ、割れてしまいそうなガラス細工の人形のように張り詰めた表情をしていた。

「しっかり理解してほしいのは、君達は僕を助ける立場にはないということ。君達の立ち位置が、僕のやってほしいことを、僕が命じたときに迅速に的確にこなしてくれる付き人みたいな役割だということを認識してほしい」

「わざと……言ってるんだよね？　なにか事情があって、そういうふうに言っているだけだよね？」

なおも果林は、縋る瞳を詩音に向けた。

「何度も言わせないでほしい。僕の足を引っ張らないなら置いてあげてもいいけど、立場を弁《わきま》えなければ神闘学園をやめて貰う。付き人の代わりは、いくらでもいるからね」

ひとかけらの情もない瞳――ひとしずくの思いやりもない言葉に、果林が涙ぐんで絶句した。

「詩音っ、お前、取り消せ……」

立ち上がろうとした優斗は、詩音の瞳を見た瞬間に中腰のまま動きを止めた。

いや、動けなかった。

まただ……。

二ヵ月前と同じ感覚――詩音の瞳に魅入られ、彼に抱いていた怒り、哀しみ、愛おしさのすべてが脳内から、心から煙のように消えた。

一切の思考が停止し、いま、なにをしているのかさえ曖昧になった。

「お前とこいつらの関係はわかった」

高城が、頷きながら詩音に言った。

「だが、お前の飼い犬達は俺に牙を剥いた。だから躾をしていたところだ。返してほしけりゃ、この雄犬みたいに土下座して頼めや」

片側の口角を吊り上げた高城の眼は、加虐的な光で生き生きと輝いていた。

話に割って入ろうにも、まるで金縛りにでもあったように身体が言うことを聞かなかった。

「まあ、同じ幹部候補生ってことで、靴底を舐めるのは勘弁してやるからありがたく思えや」

高城が脳天を突き破るような甲高《かんだか》い声で笑った。

「ナイフを下ろして、果林を放してください」

詩音は、動揺するふうも恐れるふうもなく、相変わらずの無表情で言った。

「お前、雌犬の顔を切り裂かれねえと……」

「僕を怒らせないで。果林を放して」

詩音がオクターブ一つ低い声で命じた。

高城がスイッチを切られたように表情を失い、果林から手を離した。

すかさず詩音が果林の手を摑み引き寄せると、優斗のほうに押した。

「大丈夫か⁉」

不思議と、果林の身体が触れると思考のスイッチが入り金縛りが解けた。

「私は大丈夫……優斗は？」

果林が、涙目を優斗に向けて気遣《きづか》った。

「俺も平気だ」

優斗は、果林に笑顔で頷いてみせた。

「ナイフを捨ててください」

詩音が命じると、催眠術にかかったように高城がナイフを地面に放った。

「お前っ、高城先輩になにをした⁉」

「花咲っ、会長の孫だからって調子に乗ってんじゃねえぞ！」

「花咲君、高城先輩に謝るならいまのうちだよ。この人数を敵に回して、勝てるわけがないからね」

中西、長月、水沢の二年幹部候補生が詩音に詰め寄った。

それぞれの警護の黒ブレザー八人も、詩音を取り囲んだ。

高城は、彫像のように立ち尽くし、事の成り行きを見守っているだけだった。

さっきの自分と同じに、虚《うつ》ろな思考状態で状況をよく摑めていないに違いない。

「いますぐに、彼らを連れて立ち去ってください」

詩音が高城の瞳をみつめながら指示した。

「は⁉　てめえ、なに言って……」

「長月っ、やめろ！」

気色ばむ長月を高城が一喝した。

「え……」

長月が狐につままれたような顔で絶句した。

「お前ら、行くぞ」

高城が、なんの説明もなしに水沢と中西に一方的に命じると正門に向かって歩き始めた。

「高城先輩、いったい、どうしたん……」

「言うこと聞かねえとぶち殺すぞ！」

鬼の形相で振り返った高城が中西に怒声を浴びせた。

水沢と長月が詩音を睨み不服そうにしながらも、高城のあとに続いた。

黒ブレザー達も、子ガモのようにぞろぞろと幹部候補生のあとに続いた。

「佐々木って二年の幹部候補生のときも白浜ってヤクザの息子のときも、こんな感じだったよね？」

果林が、なにごともなかったかのように行列を作って立ち去る高城一派を見送りながら訊ねてきた。

「ああ」

今回、ヴァンパイアの暗示にかかったのは高城だけだが、その気になれば全員を従わせることができたに違いない。

それとも、エネルギーを使い体力を消耗するので一度に大人数に暗示をかけるのは極力避けているのか？

そもそも、これが暗示かどうかもわからない。

「催眠術かな……」

果林が、独《ひと》り言《ごと》のように呟いた。

「さあな」

「詩音……どうしちゃったのかな？」

「さあな」

優斗は、適当に返事をしているわけではなかった。

詩音がどうなってしまったのか、まったく読めなかった。

「見事だったな、詩音君」

香坂が、手を叩きながら詩音に歩み寄った。

「表に車を待たせてあるから、神闘会までつき合ってくれ。会長が話があるそうだ」

「わかりました」

詩音と香坂は、優斗と果林が透明人間になったとでもいうように存在を無視して正門に向かった。

ただ、一つわかったことは……優斗と果林の知っている花咲詩音はいなくなったということだ。

だとすれば、連れ戻すしかない。

どんな手段を使ってでも……優斗と果林の知っている花咲詩音を。

「おい、待てよ」

優斗は詩音の背中に声をかけた。

「まだいたの？　僕にかかわらないで、君達の場所に戻ったほうがいい」

詩音が立ち止まり、背中を向けたまま言った。

「君達の場所に戻れって、それ、どういう意味……」

優斗が詩音の腕を摑んだ——振り返った詩音が、瞳を凝視してきた。

声帯が凍てついたように声が出せなくなった。

ふたたび身体も動かなくなり、思考が曖昧になってきた。

なにかを考えようとする端から、シャボン玉のように思い浮かべたものが消えてゆく感じだった。

「今後一切、僕にかかわらないで君達の場所に戻って」

詩音が同じ言葉を、朦朧《もうろう》とする優斗の思考に刷り込むように繰り返した。

「優斗！」

果林の叫び声に優斗は、瀕死《ひんし》の自我に鞭《むち》を打った。

詩音が、腕を摑む優斗の手を外そうとした。

「お前も一緒だ……絶対に……俺達三人の場所に……お前を連れ戻す……」

優斗は片膝をついたが、詩音の腕を摑んで放さなかった――停止しそうになる思考を奮い立たせた。

抵抗する優斗を笑うように、絞り出す端から気力が奪われてゆく。

歯を食い縛り、頭を激しく左右に振った。

「優斗。果林を連れて君達の場所に帰るんだ」

詩音の声に従いそうになる心――優斗は空いているほうの手で自ら頰を叩いた。

そうだ。果林を連れて、立ち去ったほうがいい。

詩音は詩音の道を進むだけの話だ。

頭の中で囁《ささや》く声が、詩音の腕を摑む優斗の握力を弱めた。

飛び立ちそうになる自我――優斗は舌を嚙んだ。

口内に広がる鉄の味――激痛が、自我を引き戻した。

詩音と香坂が、驚いたように微かに目を見開いた。

「お前を……取り戻すためなら……俺は……鬼にでも悪魔にでも……なるつもりだ」

唇を鮮血に赤く染めた優斗は腕を摑む手に力を込め、詩音から眼を逸らさずに宣言した。

2章

1

装甲車のようなハマーH2が代々木の「神闘会」本部の敷地《しきち》内に現れると、グレイの詰め襟スーツを着た十数人の屈強な男達……警護部のガーディアンが本部長の香坂を出迎えるために聖堂のエントランスまで花道を作った。

彼らガーディアンの左腕には、「神闘」の文字の入った黄色い腕章が巻かれていた。

諜報《ちょうほう》部《ぶ》、調査部、広報部、企画部、科学部、経理部、秘書部などの他部署も平部員はグレイの詰め襟スーツ姿なので、すぐに見分けがつきやすいように区別するためだ。

一目でガーディアンとわかる信徒が大勢いれば、襲撃を考える敵対者も諦める場合が多い。

血を流さずして危機を回避するのも、戦略の一つだ。

「止めろ」

自分の隣に付く、白い詰め襟スーツの優斗が、ドライバーズシートの部下に低く鋭い声で命じた。

「神闘会」では、「神闘学園」のときと同じく幹部は白の詰め襟スーツを着用している。

卒業して六年。優斗は持ち前の度胸のよさと戦闘力の高さでめきめきと頭角を現し、いまでは警護部のトップ――ガーディアンリーダーになっていた。

「神闘会」において会長の敷島宗雲や本部長のボディガードを務める警護部は、十以上ある部署の中でも諜報部と並んでエリートコースだ。

ここまでは、自分のシナリオ通りに運んでいる。シナリオ――詩音の独走を優斗が阻止すること。

――僕を怒らせないで。果林を放して。

八年前――詩音は、三年生の幹部候補生の高城をみつめるだけで従わせるという不思議な能力を発揮して退けた。

それまで威圧的な態度に終始していた高城が、詩音にみつめられると彫像のように動けなくなり、作業犬のように命令に従った。

忠犬になったのは、高城だけではなかった。詩音に食ってかかろうとする優斗も彼の瞳に見据えられた途端に、同じように表情と動きを失ってしまった。

最初は、単なる偶然だと思っていた。

違った。

その後も詩音は、残る三年生の幹部候補生を次々と「瞳」で従わせ、一年生のうちに「神闘学園」を制覇した。

香坂は、科学部の部長の三宅《みやけ》に極秘裏に詩音の能力を究明するように命じた。

――断定には至りませんが、花咲詩音君は逆エンパス能力の持ち主の可能性があります。

三宅の報告が、香坂の脳裏に蘇った。

――逆エンパス能力？　なんだそれは？

――まずはエンパス能力について、簡単にご説明します。エンパス能力とは、平たく言えば、他人に共感する能力が絶対的に秀でている人間のことを言います。私がエンパス能力の持ち主だとしたら、本部長が煙草《タバコ》を吸いたいと思っているなら灰皿を出しますし、暑いと思っているならクーラーをつけます。

――それくらい、空気が読める人間なら誰だってやるだろう。

――本部長が、態度に出せばそうでしょう。ですが、エンパス能力の持ち主は、本部長が煙草を吸いたい素振りや暑い素振りをまったく見せずとも心を読み取ってしまう……いいえ、読み取ろうとしなくても共鳴してしまうんです。

――無意識に、相手の気持ちと同調するという意味か？

――ええ。パソコンと同期したスマートフォンの関係に似てます。パソコンにダウンロードした情報は、同時にスマートフォンも受信します。このたとえで言えば、能力者はスマートフォンで、それ以外の人間はすべてパソコンということになります。なので、パソコンがいい情報を受信すればスマートフォンにもいい情報が、悪い情報を受信すれば悪い情報が受信されます。

――たとえば、俺の気分が滅入《めい》っているときにはそいつの気分も滅入るということか？

――さすがは本部長、理解が早いですね。そういうことです。対象とする人間の心の状態が負の感情に支配されているときにはそのまま受信してしまうので、能力の持ち主も鬱《うつ》になったり体調不良を感じたりします。他人との心の境界線が曖昧な存在……これが、エンパス能力の持ち主の特徴なのです。

──エンパス能力についての説明は理解できたが、花咲が他人をみつめるだけで服従させることの解明にはなっていない。エンパス能力は相手の思考や感情の影響を受けることはあっても、相手に自分の思考や感情を……なるほど。だから、逆エンパス能力なのか。

──はい。恐らく花咲君は、相手にこうしてほしいと思うことを強制的に受信させる能力の持ち主だと思われます。

──じゃあ、その力を使えば「神闘会」を支配するのもわけはないじゃないか？

──意のままに従わせる効力が何年も続くなら、周囲をすべて配下にすることができるので「神闘会」を支配するのは可能でしょう。ですが、花咲君の逆エンパス能力の効力は二、三分しか続きません。なので、窮地を脱したり事を優位に進めることはできますが、あくまでもその場だけの話です。

「行きましょう」

優斗の声が、記憶の中の三宅の声に重なった。

リアシートのドアを開けた優斗がハマーを降り、香坂の盾になりながら先導した。

黄色の腕章を巻いたグレイスーツのガーディアン達が、すかさず香坂の周囲を固めた。

ガーディアン達はみな、特殊警棒型のスタンガンを携行していた。

百万ボルトの電圧があるので、軽く触れただけで対象は身体の自由を奪われる。

香坂の前を歩く優斗はウエストホルスターのスタンガンに手を当てつつ、周囲に鋭い視線を巡らせていた。

後ろから見ても、優斗の動きには隙が見当たらなかった。

もともと喧嘩が強かった優斗は、「神闘会」に入ると柔道とキックボクシングを本格的に習い始めた。

警護部と諜報部は、格闘技を二種類以上体得することを義務付けられていた。

柔道はオリンピックの八十一キロ以下級のメダリスト、キックボクシングは元日本王者をコーチに招いていたが、格闘センスのある優斗は一年が経った頃には互角以上に渡り合えるようになっていた。

いまでは、優斗がコーチとして警護部と諜報部の部員に教える立場になっていた。

猛者揃いの「神闘会」の中でも、優斗と互角に戦える格闘スキルの持ち主は五人もいないだろう。だが、腕力以外の能力まで含めると詩音は別格だった。

どんなに力が強くても格闘術に優れていても、みつめるだけで相手を意のままにコントロールできる詩音には太刀打ちできない。

ただでさえ、「神闘会」の神である敷島宗雲の血を引く後継者の詩音に逆らう者は数少ない。

その上、特殊能力まで備わっているとなれば無敵だが、優斗だけは違う。

彼なら、詩音にコントロールされずに互角に渡り合える可能性があった。

「おい、誰の車だ？」

優斗が足を止め、聖堂の正面玄関の脇に停車しているバンを指差し坊主のガーディアン……下関《しもぜき》に訊ねた。

百九十センチ、百キロの巨体を誇る下関は警護部の中でも優斗に次ぐ格闘能力の持ち主だ。

柔道とキックボクシングの訓練で優斗が本気を出せる相手は、警護部では下関しかいない。

「毎週、月曜日の午前中に聖堂に清掃に入っている業者だと思います」

下関が即答した。

「すみません。少し待ってください」

優斗が振り返り香坂に言うと、顔を正面に戻した。

「いつもは駐車場に停《と》まっているだろう？」

「たまに駐車場が空いてないときに、ここに停めることもあるようです」

「あのバンが、そのいつもの業者だって証拠は？」

「え……？」

優斗が訊ねると、下関の顔が強張った。

「でも、いつもと同じ車種……」

「それを調査した敵がカムフラージュしていたら？　俺が会長や本部長を狙うとしたら、そうやって近づくことを考える。いつもと同じだからって気を緩《ゆる》めるな。先入観は命取りだ」

優斗は、厳しい口調でダメ出しした。

「すみませんでした！」

「確認してこい」

優斗が命じると、下関がバンに向かって駆け出した。

有事に備えて、いつでも対応できるように優斗が身構えた。

バンのドライバーズシートに座る男とやり取りしていた下関が、全速力で戻ってきた。

「いつもの作業員でした。次から、事前にチェックしておきます！」

「お待たせしました」

優斗はふたたび香坂を振り返り言うと、足を踏み出した。

本当は、わかっていたはずだ。

優斗が、車内にいる馴染みの作業員の顔を確認していなかったとは思えない。

下関に教えるため——格闘能力だけでは、「神闘会」のガーディアンは務まらないということを。

優斗の背中に続き、香坂は聖堂の白い観音開きのドアに続く階段を上がった。


優斗がドアを開けると、二百坪の広大な空間と百の座席が視界を占領した。

毎週日曜日の朝に行われる敷島宗雲による説教会の際は、百の座席は各部署の部長と部長が指名した部員達で埋め尽くされる。

説教会では、「神闘会」の理念、部員としての心構え、社会貢献について語られる。

組織は大きくなるほどに眼が行き届きにくくなるものだ。

敷島が説教会を開くのは、週に一度自らが登壇することで部員達の気を引き締めリスクの芽を摘むのが目的だった。

部員数が増えるほどに、それだけリスクも大きくなるものだ。

敷島には、顔を見ただけで問題を起こしそうな危険分子を読み取る能力がある。

最初は半信半疑だった香坂だが、説教会が終わるたびに敷島が口にする名前が、後にことごとく問題を起こすのを目の当たりにして信じるようになった。

月に四回の説教会の参加者約四百人のうち、平均して三、四人は「神闘会」から消えてゆく。

謀反者や内通者を処理するのは、諜報部の任務だ。

敷島が香坂に仄《ほの》めかし、香坂が諜報部に密命を下すというのがいままでの流れだった。

だが、最近では、香坂の知らないところで諜報部が動いている気配があった。

香坂には、誰が敷島から命を受け、裏切り者を葬る指令を諜報部に出しているかの、だいたいの見当がついていた。

中央祭壇に一礼した香坂は、優斗に先導されながら二階へと上がった。

「神闘会」本部の聖堂の二階は、会議室になっていた。

優斗が防弾仕様のドアを開けた。

楕円形の円卓に座っていた各部署の十五人の部長が、香坂が会議室に現れると立ち上がり出迎えた。

「お疲れ様です」

上座の席に座る香坂に、詩音が頭を下げた。

副本部長の詩音は、香坂の隣の席だった。

優斗は詩音と視線を合わさずに、自らの席に座った。

詩音も、優斗のほうを見ようともしなかった。

兄弟のように……いや、兄弟以上の絆で結ばれていた二人の関係は、「神闘会」に入ってからの六年間で大きく変わった。


――この先、後継者候補に指名されている花咲の命を狙う奴が必ず現れる。「神闘会」に入れば、「神闘学園」の頃の比ではない危険が花咲につき纏《まと》う。花咲を守りたいなら、お前が力をつけるしかない。それは、腕力じゃなく権力という力だ。


「神闘学園」の卒園式の前日、香坂は優斗を行きつけの西麻布のバーの個室に呼び出した。

学園内の施設では、盗聴器が仕掛けられている可能性があった。


――似たようなことを、別の人にも言われたよ。

――県か？

――ああ。詩音がこのまま後継者になれば、会長のやりかたに不満を持った者達が反乱を起こすってな。そうなると詩音の身が危険になる……だから、俺に「神闘学園」を仕切れって。

――あの女狐が言いそうなことだ。

――あんたは詩音を利用して革命を起こし、敷島会長を「神闘会」から追い出そうとしている。こんなことも言ってたよ。敷島会長の怒りを買った詩音の身が危ないから、俺に止めろってさ。

優斗の口調からは、ななみの言葉を信じているかどうかの判断はつかなかった。

――女狐の話が本当で俺がその革命家とやらなら、どうして花咲の代わりにお前がトップに立てなんて言うんだ？　矛盾しているとは思わないか？

香坂は、優斗の真意を探りたかった。

――あんたが本当のことを言ってるなら、どうして県って人はそんな嘘を吐くんだよ？

真意を探っているのは、優斗も同じのようだった。

――彼女は野心家だからな。俺がナンバー２の椅子に座っているのが許せないんだろう。

本当のことだった。

ななみは敷島宗雲の寵愛《ちょうあい》を受けるだけでは飽き足りず、本部長の椅子を狙っているのだ。

――あんたら汚い大人の言うことは、信用できねえな。

――汚い大人の言うことを信用するもしないもお前の勝手だが、花咲を守りたいなら力をつけろ。

――あんたも県って人も俺にトップに立てって言うけど、いったい、どうすればいいんだよ？　俺のとりえは、喧嘩が強いくらいだ。だけど、腕力じゃ詩音を守れないんだろう？

――腕力だけじゃだめって意味だ。俺の直属の部下になるなら、お前の腕力を活《い》かして花咲を守れるだけの権力を摑ませてやる。

――詩音を守るためなら、あんたの言う通りにしてもいい。けど、嘘を吐いたら許さねえ。

優斗が、香坂の鼻先に拳を掲げた。

——ああ、万が一そんなことがあったら、遠慮なく俺を叩き潰せばいい。

香坂は記憶の扉を閉め、優斗と詩音を交互に見た。

優斗は詩音の独走を食い止めるために、敢えて距離を置いていた。

詩音は違う。

情が、友を守ることに邪魔になると悟ったのだ。

詩音も、以前とは変わった。

業務報告以外で、優斗と会話を交わすところを見たことがなかった。

しかし、詩音が変わったのは友のためではない。

詩音は学生時代から冷静だったが、冷酷ではなかった。

「神闘会」に入ってからの詩音は、非情になった。

少しでも異を唱える部長がいれば、すぐに降格を進言してきた。

香坂が認めなければ、敷島に進言してまで意志を通した。

自分より役職は下だが、後継者候補の詩音とのパワーバランスは微妙だった。

表面上、詩音は香坂に従っているふうを装っているが内面は違った。

詩音のやることに一切口を出さない敷島の態度が、事を複雑にしていた。

敷島の放任をいいことに、詩音は独裁的采配《さいはい》を振るようになった。

意に沿わない部下は左遷し、競合相手の企業は容赦なく叩き潰す——間違ってはいない。

癌細胞は早期に切除し、障害物は排除するというのは組織を大きくする過程で必要なことだ。

問題なのは、それらを詩音が独断で決めることだった。

下手を打つならまだしも、詩音が手がけるプロジェクトはことごとく好結果をもたらした。

「神闘会」にとっての最重要任務は、日本の政治、経済、宗教、闇《やみ》社会を統一すること——そのためには、きれいごとばかりは言っていられない。

ときには、威圧や恫喝も必要だ。

だが、それだけでは暴力団と変わらない。

国家権力を前に、力業一辺倒では限界がある。

詩音は、検察や警察が口を出せないような絵図を描く頭脳……国家権力の犬達を懐柔する力も持ち合わせていた。

花咲詩音は、弱冠二十四歳の青年とは思えない末恐ろしい男だった。

香坂の目的を達成するためには、これ以上詩音の影響力が増すのは不都合だった。

詩音の独走だけは、許すわけにはいかなかった。

「定例会を始める。花咲。一週間の重要案件の報告をしてくれ」

香坂は内に秘めた思いから意識を逸らし、詩音に上司としての顔を向けた。

「まず、宗教法人『明光教《めいこうきょう》』の報告からさせて頂きます。これをご覧ください」

詩音がタブレットPCのキーをタップしながら言うと、壁に設置されたプロジェクターの特大スクリーンに、白い革ソファに座った六人の男女が映った動画が流れ始めた。

『どんなふうに敏感になってきた？』

黒ジャケットに白のハーフパンツを穿《は》いた色黒の男が、キャミソールワンピースを着た女の胸を揉みながら下卑《げび》た顔で訊ねた。

『やだ～知らなぁーい』

甘ったるい声を出す女の眼は虚ろだった。

『もう、三十分くらい経っただろ？　そろそろ胃の中でカプセルが溶ける頃じゃないか？』

金髪を二つ結びにした女を膝の上に乗せたタンクトップ姿の男が、色黒の男に言った。

『美優《みゆ》は、ちょっとあそこがムズムズしてきたかも』

金髪二つ結びの女が腰をくねらせた。

『お前は、クスリやってねえときも発情してるだろうが？』

タンクトップの男が、金髪二つ結びの女のスカートの中に手を突っ込んだ。

『だいたいお前、なんでカプセルなんだよ？　溶けるまで三十分待つなんて、時間の無駄だっつーの！　それに、胃から吸収するより血に直接送り込んだほうが効き目あることくらいわからないのか？』

ソファの最奥に座っていたグレイのスーツ姿の男が、色黒の男を咎めた。

どこかで、見た覚えのある顔だった。

『すみません。ポンプや炙りは痕《あと》がつきやすいんで避けました。カプセルなら口に放り込むだけだから、手軽だしバレにくいですし。万が一のことがあっても俺らみたいなのは大丈夫ですが、溝口《みぞぐち》さんはヤバイじゃないですか？』

色黒の男が、グレイスーツの男……溝口に気を遣いながら言った。

「教会長の溝口……」

香坂が呟くのを合図にするように、動画が静止した。

「はい。いま、本部長がおっしゃったように、動画に映っているスーツ姿の男性は『明光教』の実質的ナンバー2の溝口泰明《たいめい》です」

「なんで溝口が、こんなガラの悪い奴らと一緒に薬物をやってるんですか？」

広報部の真田《さなだ》部長が、怪訝そうな表情で訊ねた。

「この動画は六本木の『クールダウン』というクラブのVIPルームを盗撮したものです。『クールダウン』は、『明光教』の教祖、鳳凰明光《ほうおうめいこう》が他人名義で経営しています。タンクトップの男が名義人で、溝口が以前経営していた飲食店の店長だったようです。クラブの経営自体はさして問題もないのですが、会話でわかる通りに薬物の温床になっています。色の黒い男は名義人の仲間で、覚醒剤《かくせいざい》入りのカプセルを調達しています」


詩音の報告に、会議室にどよめきが起こった。

各部署の部長が驚くのも、無理はない。

「明光教」はこの十五年で飛躍的に大きくなった新興宗教団体であり、信者数は四百万人を超える。

強引な勧誘活動や高価な壺《つぼ》や掛け軸を信者に購入させるといった問題が過去にワイドショーや週刊誌で報道されたことはあったが、教団が崩壊の危機に追い込まれるほどではなかった。

だが、このスキャンダルが報じられたらそうはいかない。

教団に警察の捜査が入り、鳳凰明光と溝口泰明は逮捕されるだろう。

誰が教祖代理を務めても、鳳凰明光のカリスマ性で大きくなった「明光教」は崩壊の一途を辿《たど》るのは間違いない。

「今回、諜報部の人間を客として『クールダウン』に通わせ、VIPルームに隠しカメラを仕込ませました。この動画を、麻取《まとり》に持ち込むつもりです」

詩音が言うと、ふたたび部長達がどよめいた。

「麻取って……もしかして、麻薬取締部《まやくとりしまりぶ》のことですか？」

不動産部部長の石渡《いしわた》が、恐る恐る質問した。

「ええ、そうです。厚生労働省の人間に内通者がいるので、来週あたり接触してみようと思ってます。麻取にナンバー1と2が挙げられれば、『明光教』は半年と持たないでしょう」

「『明光教』を潰す気ですか？」

営業部部長の佐久間《さくま》の声は、強張っていた。

「明光教」の背後には、与党の大物政治家……財前修五郎《ざいぜんしゅうごろう》がついている。

莫大《ばくだい》な利益源が潰されたとなれば、財前も黙ってはいない。

あの手この手を使って、報復を企ててくるだろう。

だが、佐久間はわかっていない。

「明光教」のバックが大物政治家なら、敷島宗雲は歴代総理大臣のバックを何代にも亘《わた》って務めてきている。

つまり、敷島宗雲と鳳凰明光では格が違い過ぎるということだ。

香坂が気にしているのは、財前の報復などではない。

柴犬が牙を剝いたところで、土佐犬に掠《かす》り傷も与えられないだろう。

怖いのは、詩音が「明光教」を傘下に入れることに成功したときだ。

四百万人超えの商売敵を崩壊させた立て役者となれば、「神闘会」での詩音の立場はさらに強固なものになる。

詩音の発言権が大きくなればなるほど、逆に香坂の立場は危ういものとなる。

敷島が自分よりも血の繋がりがある詩音を優先したいのは明白だ。

「潰しはしません。『明光教』には、存続して貰います」

詩音が、涼しい顔で言った。

「存続して貰うとは……どういう意味ですか？」

佐久間が、訝しげな表情で訊ねた。

「言葉通りの意味ですよ。外圧と内部分裂で傾いた『明光教』に裏で手を差し伸《の》べるんです。具体的に言えば、教団を立て直すための人材と資本を投入するということです。ただし、重要なのは『神闘会』が関与しているのは表に出さないということです」

「わざわざそんな遠回しなことをせずに、吸収すればいいいじゃないですか？」

マーケティング部部長の与田《よだ》が口にした疑問は、ここにいるほとんどの者が思っているに違いない。

だが、香坂には詩音の狙いがわかっていた。

「そんなことをすれば、『神闘会』が世間から非難の的にされてしまいます。欧米諸国と違って日本では、M&Aはあまりいいイメージを持たれていません。力ずくで乗っ取ってしまえば、信徒達の反発を買います。内部崩壊しても、半分の信徒は残るでしょう。『神闘会』が介入しても、『明光教』の看板も教義も施設も残してあげれば、実質、トップが替わっただけということになります。もちろん、一般企業と違って宗教団体のトップの意味は単なる経営者ではなく絶対的な象徴なので、信徒達にすんなり受け入れられるとは思っていません。ですが、鳳凰明光の遺志を継ぐというアプローチから入れば激しく抵抗はしないでしょう。抵抗するどころか、彼らにとって『神闘会』は神である鳳凰明光の帝国を守ってくれる救世主になります。『明光教』を押さえれば、必然的に信徒達の布施や関連事業の利益が『神闘会』に入ります。感謝されて、収入も人員も手に入る一石二鳥です」

与田が、感心したように頷いていた。

香坂は、驚きを隠せなかった。

鳳凰明光が他人名義で経営するクラブを突き止め、諜報部を使い仕込んだ隠しカメラで薬物の使用現場の動画を押さえる。

動画を麻取に渡し、「明光教」の教祖とナンバー2を逮捕させ、船頭を失い弱体化した組織に救世主を装い手を差し伸べ、最終的に利益と信徒を獲得する。

なんという用意周到な男だ。

末恐ろしい青年だと警戒はしていた。

だからこそ、優斗をぶつけて独走を食い止める作戦を企てた。

だが、詩音は想像以上の切れ者だった。

彼が「神闘会」を継いでしまえば、もう誰も止められなくなってしまう。

まだ完全体ではないうちに、なんとかしなければならない。

「みなさん、しっかりしてください。今回僕が諜報部の指揮を執って遂行した任務は、驚くほどのものではありません。あなた達は、『神闘会』の幹部でしょう？　部長の中で合格点を与えられる働きをしているのは、諜報部部長の新海《しんかい》君と警護部部長の上條君くらいです。こんなていたらくでは、部長のすげ替えも考えなければなりません」

詩音の言葉に、各部長の顔が強張った。

「俺は、お前のやりかたは納得できねえな」

それまで黙っていた優斗が、腕組みをしたまま詩音を見据えた。

「なにが納得できないのかな？」

詩音が、冷え冷えとした眼を優斗に向けた。

それは、親友を見る瞳ではなかった。

「各部署の部長にダメ出しをする前に、自分の行動はどうだ？『明光教』に関する報告を本部長に上げないだけじゃなく、独断で任務を遂行した。結果オーライだったからいいようなものの、もし失敗したらお前一人の問題じゃなくなるんだぞ？」

優斗が、厳しい口調で詰め寄った。

だが、彼が詩音を非難しているのは親友を危険な頂に登らせないためだった。

——最近のあいつを見ていると、自分から孤立しようとしている気がします。無理をして非情な人間になろうと……冷酷な言動をしていると思えてならないんです。

ある日の夜、香坂と酒を飲んでいるときに優斗が苦しげな表情で胸の内を吐露した。

——「神闘会」の跡目を継ぐ肚を決めたんだろう。詩音は、敷島会長と同じ道を歩むつもりだ。敷島宗雲とは、どんな人間だと思う？

——慈悲深く温かい人。周りの人は、そう言います。

——お前には、どんな人間に見える。

——さあ、俺にはよくわかりません。ちゃんと会話したこともないし。本部長から見た敷島会長は、どんな方なんですか？

——悪魔だ。

香坂は、即答した。

——悪魔？　会長のことを、そんなふうに言ってもいいんですか？

——本当のことだ。それに、悪い意味で言ってるんじゃない。

——でも、悪魔って悪の象徴じゃないですか？

——ああ、そうだな。それも、悪魔のボス、サタンだ。

——俺には、悪口にしか聞こえませんが。

——「神闘会」の目的は、政治、宗教、経済、闇社会のすべてを制圧し日本を浄化すること……日本を制圧するということは、神と闘うということだ。サタンとは、神の敵対者の意味だ。

——難しいことはよくわからないですけど、「神闘会」の目的は日本を平和にすることですよね？どうして、神と闘うんですか？

——神が善だと、誰が決めた？

——え？　神様って善の象徴ですよね？

——通り魔も猟奇殺人犯も、神の創造物だ。そもそも、サタンも追放されるまでは神の使いだからな。

——なんだか、俺には難しくてよくわかりませんけど、詩音の話となにか関係があるんですか？

——いいか？　上條。悪を滅ぼすには、それ以上の悪になる必要がある。さっきも言ったように、この世の悪はすべて神が創《つく》り出《だ》している……ある意味で神は、悪の最高峰だ。その神を倒すにはより強大な力を持つ悪の王にならなければならない。神と闘う……「神闘会」の名前の由来だ。

——つまり、敷島会長の跡を継ぐ詩音は……。

優斗が酒で赤らんだ顔を強張らせ、息を呑《の》んだ。

——サタンの跡継ぎになるには、サタンにならなければならないということだ。これで、わかっただろう？　なぜお前が、花咲の前に立ちはだからなければならないかが。


記憶の中の力強く頷く優斗の顔が、詩音に反対意見を述べる優斗の顔に重なった。

「たしかに僕は副本部長で、香坂本部長の部下だ。同時に僕は、『神闘会』の後継者でもある。将来、僕は香坂本部長の上に立たなければならない。そのときに備えて、敷島会長から任務の決定権を与えられている。君がとやかく言う問題じゃない」

詩音が、香坂をちらりと見た。

詩音にとって、香坂は通過点に過ぎない暫定の上司だ。

「だとしても、香坂本部長は、いまはお前の上司だ。後継者候補だかなんだか知らないが、本部長を無視して独断で物事を進めるのは俺が許さない」

優斗は、一歩も退かずに詩音に異を唱えた。

傍目《はため》には、香坂の忠実な犬に見えるだろう。

違った。

いまのまま詩音が強引なやりかたを推し進めれば、内外に敵が増えてしまう。

もともと、後継者候補として特別待遇の詩音を快く思っていない反勢力が「神闘会」には少なからず存在する。

その中には、襲撃を企てる強硬派もいると噂されていた。

優斗は香坂のために詩音に咬みついているのではなく、友の身を案じて守ろうとしているのだ。

「ずいぶん、本部長思いの部下だね」

詩音が、小馬鹿にしたように言った。

「皮肉はよせ。お前のためを思って忠告していることだ」

「忠告？　なにか勘違いしてないか？　君は警護部の部長で、僕は各部の部長を管轄する副本部長だ。立場を弁えるんだ」

詩音が、冷え冷えとした声で諭してきた。

「香坂本部長に立場を弁えないお前に、俺の態度をどうこう言う資格はない。とにかく、『明光教』の件は本部長の指示を仰ぐんだ」

「本部長は、僕の『明光教』への戦略は間違っていると思いますか？」

詩音が、香坂に顔を向けた。

「俺でも、そうしただろうな。お前の言う通り、『明光教』の看板と教義を残すやりかたは遺恨を残さない最善の方法だ」

香坂は、正直な思いを口にした。

「ありがとうございます。本部長に認めて頂き光栄です」

「だが、上條の言うことにも一理ある。任務の決定権を会長に貰っているなら、俺の許可を取る必要はないかもしれない。だからといって、情報を共有しなくてもいいことにはならない。上條の言う通り、もしお前が下手を打っていたら『神闘会』全体に被害が及ぶ」

香坂はやんわりと、詩音にダメ出しした。

「僕は、そんなミスはしませんからご安心ください」

詩音が、涼しい顔で言った。

「お前の自信を訊いているんじゃない。ミスをしたら、どうするつもりだと言っているんだ。お前一人で責任を取れる問題じゃないことを独断で動くのは禁じる。新海、お前もだ」

香坂は七三の髪にキツネ目の男……諜報部部長の新海に視線を移した。

柔道の日本選手権で優勝経験のある新海は「神闘会」屈指の猛者で、詩音より一つ下の二十三歳だ。

柔道以外に空手などもかなりの腕前で、戦闘能力は優斗と双璧《そうへき》だ。

二十三歳の若さで警護部と並ぶ花形部署の諜報部のトップに任命されるほどだから、新海はただの腕自慢ではなく戦略家としても優れていた。

ほとんどの部署の部長は反詩音の姿勢を貫《つらぬ》いている中、新海は違った。

詩音は、香坂が優斗をそうしているように新海を側近にしていた。

ほかの部署が詩音と距離を置いても、諜報部が全面的に従っているならば意味はない。

諜報部の主な任務は、敵対組織へのスパイ行為や破壊工作だ。

今回、「明光教」の教祖が他人名義で六本木にクラブを経営していたことも、名義人を特定したことも、薬物が売買されている情報を得たことも、諜報部からすれば朝飯前だ。

詩音の勢いを止めるためには、「神闘会」の頭脳と言われている諜報部を切り離す必要があった。

「今後、俺の許可なしに諜報活動をすることを禁じる」

香坂は、新海に命じた。

「僕は副本部長の直属の部下なので、本部長の命令には従えません」

新海が、正面を見据えたままきっぱりと言った。

「その副本部長は俺の部下だ。緊急事態でないかぎり、本部長と副本部長の意見が対立したときには、役職が上の者の命令に従うと会の規約にも記してある」

香坂は、淡々とした口調で言った。

「わかっていますよ」

詩音が口を挟んだ。

「わかっているなら、お前から説明しろ」

「申し訳ありませんが、それはできません」

詩音が、間を置かずに言った。

「また、後継者候補の特権を口にするつもりか？　残念だが、規約違反は誰であっても厳しく罰せられると会長自らが決めたことだ」

「もちろん、それもわかってますよ。わかっていないのは、本部長のほうです」

詩音が、眉《まゆ》一つ動かさずに言うと香坂を見据えた。

「どういう意味だ？」

「いまは、緊急事態です。『神闘会』が所有するビルやマンションの価格は軒並み下落し、経営する病院、ホテル、レストラン、進学塾の売り上げも下降の一途を辿っています」

「だからといって、お前が独断で任務を遂行していいという理由には……」

「なります」

詩音が、香坂を遮った。

「そもそも、関連企業の利益が落ちたのは本部長の責任です。慎重な経営姿勢も赤字が出れば怠慢と同じです。救いは、敷島会長が築き上げた資産が潤沢だということです。ですが、無尽蔵ではありません。このまま赤字を出し続ければ、いつか本体の経営状態も逼迫するでしょう。本体に体力があるうちに、手を打つ必要がありました。僕のリサーチでは、『明光教』の関連事業は黒字経営でした。それだけ、商才に長《た》けた人材を多く抱《かか》えているという証です。『明光教』を傘下に置けば、『神闘会』の経営状態もかなり楽になります。でも、本部長に相談してもゴーサインが出ないことはわかっていました。僕のやることには、ことごとく反対してきました。本部長の私情のために、『神闘会』を傾かせるわけにはいきませんからね。だから、独断で任務を遂行することを敷島会長も認めてくれたんです」

詩音は相変わらずの涼しい顔で、淡々と言葉を並べた。

香坂は、敢えて反論しなかった。

すべてを語っているとは思えないが、詩音の真意を測るために聞き役に徹した。

「本部長の経営手腕がないだけならば、まだましです。僕がカバーすればいいだけのことですからね」

「おい、詩音、いい加減に……」

香坂は右手を宙に上げ、気色ばむ優斗を遮った。

「でも、もし、そうじゃなかったら、本部長が意図的に利益を生み出していないとしたならば……。そんな人ではないと、信じていますけどね。とにかく、『神闘会』のことを思っているのでしたら、僕に干渉しないでください。互いが切磋琢磨《せっさたくま》して利益を生み出すことに集中すれば、『神闘会』にとって最高の結果をもたらします」

詩音は、薄く微笑んで見せた。

「将来、無事にお前が会長になったら思う存分にやればいい。だが、いまは俺の部下だ。改めて言う。今後、勝手なまねは許さん。俺の許可なしに事を進めたら、謹慎や罰金のペナルティを科す。敷島会長のほうには、俺のほうから話しておく。お前もだ」

香坂は詩音に宣告すると、最後に新海にも釘《くぎ》を刺した。

「次の議題に移ってくれ」

香坂はなにごともなかったように、詩音に命じた。

☆

定例幹部会議を終え、代々木の「神闘会」本部を出た香坂を乗せたハマーH2は青山通りに入った。

「会長に、『明光教』の件を報告するんですか？」

助手席から振り返った優斗が、リアシートの香坂に訊ねてきた。

「定例幹部会議の内容は報告することになっているから一応そうするが、会長はもう知ってるだろう」

ハマーH2は、敷島宗雲の邸宅がある南青山に向かっていた。

「それよりお前には、俺が会長の家に行っている間にやってほしいことがある」

「なんですか？」

「渋谷《しぶや》の『カリオストロタワー』の四十階のスカイラウンジのVIPルームで人が待っているから、会ってきてくれ」

「誰が待ってるんですか？」

「『明光教』教会長の溝口泰明だ」

「え……どうして溝口が!?」

優斗が、驚きに眼を見開いた。

「俺が呼び出した。奴とは互いに同じような立場だから、面識があってな。『明光教』の存続に関《かか》わる大事な話だと伝えてある。お前が行くこともな」

「まさか、溝口に話すんですか⁉」

「もうすでに、話してある。詩音が摑んでいる情報を、すべてな。こっちから条件を出して、取引も持ちかけた」

「溝口に情報を漏らしたら、まずいんじゃないですか⁉」

優斗が、身を乗り出した。

「奴らがなにも知らないまま、花咲が麻取に垂れ込むほうがまずい。『明光教』の実質的な乗っ取りを許したら、花咲はますます勢いづく。下手をすれば、いまは空席の副会長に大抜擢《だいばってき》されるかもしれない。そんなことになったら、もう、俺とお前に花咲は止められなくなる」

大袈裟ではなく、十分に可能性のある話だった。

「でも、だからって、ライバル組織に情報を流すのは……」

「だったら、このまま黙って指を咥《くわ》えて花咲が破滅するのを見届けるか？　いま止めておかないと、花咲の身に取り返しがつかないことが起きるぞ？」

香坂は、優斗を遮り言った。

「一つ、訊いてもいいですか？」

優斗が、強い光の宿る瞳で香坂を直視した。

「なんだ？」

「本部長が詩音を妨害しようとするのは、本当に奴のためですか？　本部長が後継者の椅子に座るためにやっていることではないと言えますか？」

香坂は、優斗から視線を逸らさずに瞳を受け止め頷いた。

「たとえ花咲がいなくなっても、敷島会長に俺を後継者にする意思はない。俺は花咲やお前のように、『神闘学園』卒業の生《は》え抜《ぬ》きじゃない。いわゆる中途入社というやつだ。『神闘会』に入るとき会長に、お前は本部長止まりだがそれでも構わないか？　と訊かれたよ。もちろん、俺に異存はなかった。もともと俺は、トップに立つガラじゃない。俺は、花咲の代わりに上條……お前を後継者の椅子に座らせるつもりだ」

「俺は、そんな器じゃないですよ。詩音みたいに頭は切れないし、先を見据える力もない。身体を張ることしかできない能のない男ですよ」

優斗が、自嘲気味に笑った。

「いいや。お前は、単なる腕力だけの男じゃない。たしかに、花咲の周到さと先見力は秀でている。だが、お前には人望がある。組織が大きくなればなるほどリーダーには、この人のためなら人生を懸けてもいい、と思わせるような魅力が必要だ」

「俺にそんな魅力はありませんよ」

「それはお前が決めることではなく、周りが決めることだ。こう見えても俺は、人を見る目がある」

「自分が後継者になるために詩音を妨害するならわかりますが、本部長は会長の座を狙う気はないのに、なぜ、ここまでやるんですか？」

優斗が疑問に思うのは、尤《もっと》もだった。

「『神闘会』のためには、お前がトップになったほうがいいからだ。お前がトップを狙うぶんには、大きな反発は起きない。だが、敵の多い花咲はそうはいかない。プロの殺し屋を雇って花咲の命を狙う輩《やから》が出てくる可能性だってある。これが、俺の嘘偽りない気持ちだ」

香坂は、思いを込めて優斗をみつめた。

自分には「神闘会」の後継者としての可能性もなければ、跡目を狙う野心もない。

これは、本当だ。

「神闘会」内に、後継者候補の詩音を快く思っていない危険分子がいるのも本当だ。

詩音よりも優斗がトップになったほうがいいと思っているのも本当だ。

だが、香坂の胸に秘めた思いのすべてを打ち明けたわけではなかった。

「疑うようなことを言って、すみませんでした」

優斗が、素直に頭を下げた。

率直なところが、詩音にはない優斗の魅力だった。

「溝口に接触する任務ですが、わからないことがあります」

「言ってみろ」

香坂は、優斗を促した。

「溝口に薬物使用の現場を盗撮されていると伝えても、詩音が麻取に持ち込むかぎりどうしようもないんじゃないですか？」

「もちろん、無傷ではいられない。だが、致命傷にならないようにすることはできる」

「致命傷にならないように？」

「トカゲが身の危険が迫ったときに、自らの尻尾を切断して逃げるのは知ってるよな？」

優斗が、怪訝そうな顔で頷いた。

「お前の任務は、溝口に尻尾になることを納得させることだ」

「溝口に尻尾になることを納得させる？」

「ああ。麻取ではなく、組織犯罪対策部組織犯罪対策第五課に溝口を自首させるんだ」

香坂の言葉に、優斗が息を呑むのがわかった。

「溝口に、自首を勧めるんですか⁉」

「それが、俺とお前にとって起死回生の逆転ホームランになる」

香坂には見えた。

高々と放物線を描いてスタンドに吸い込まれる勝利の白球が……。

☆

「アポイントは取っているはずだが？」

香坂は憮然とした表情で言いながら、秘書室のソファに腰を下ろした。

「昨夜は遅くまで『大政党《だいせいとう》』の幹事長と飲んでましたから、まだお休みになっています」

ななみが香坂の対面のソファに座り、股下《またした》九十センチ近くありそうな長い足をこれみよがしに組んだ。

胸まで伸ばしたロングヘア、百七十五センチの九頭身に纏ったミニスカートの黒いスーツ、長い首の上に乗った小顔に涼しく切れ上がった目尻《めじり》……ななみを見た十人中十人がモデルと勘違いするだろう。

「もう、十一時だぞ？」

香坂は、すっかり冷めたコーヒーに口をつけた。

南青山の敷島邸に到着してすぐに、秘書室に通されて十五分が過ぎていた。

敷島邸を訪れた者はみな、応接間の手前にある秘書室に通される決まりになっていた。

前の来客が長引き待たされるのは珍しいことではないが、寝ているからという理由は初めてだった。

「お年なんですよ、会長も。それより、せっかくだから語り合いましょうよ。私と本部長が二人で会うなんて、滅多《めった》にないことですから」

ななみは香坂に微笑みかけ、メンソール煙草のパッケージに直接口をつけ紙巻きを唇で引き抜いた。

「お前、なんのために幹部会に出てるんだ？」

「いきなり、どうしたんですか？」

香坂が訊ねると、ななみが首を傾げ気味にした。

美しい女は、どんな仕草をしても様になる。

だが、香坂は知っていた。

ななみという美しい花の棘《とげ》には、猛毒があることを。

「なぜ、だんまりを決め込んでいた？　俺の記憶では、県ななみは花咲を蹴落《けお》としたいはずだが？会長の威を借りた花咲に、好き放題させててもいいのか？」

焚《た》きつけているわけではない――彼女の肚を探りたかった。

ななみは信用できないので味方にはできないが、眼を光らせておく必要があった。

「人聞きの悪いことを言わないでください。私は部長と言っても、秘書部ですから。本部長もご存知の通り、秘書部には二十人ほどの女性がいるだけのお飾り職です。『明光教』を乗っ取るとか乗っ取らないとか、ああいった類《たぐ》いの生臭い話はよくわからないんですよ。また、私みたいなお飾り職の女性が政治的な話に口を出すことでもありませんし」

人を食ったような顔で言うと、メンソール煙草の紫煙を窄めた唇から吐き出した。

さすがは女狐……ななみは、誰よりも生臭い話や政治的な話が好きな女だ。

それに、秘書部がお飾り職などありえなかった。

「敷島会長の側近中の側近が、今日の花咲の発言に興味ないはずはないだろう？　それとも、会議の前から『明光教』の件を知っていたとか？」

香坂はジャブを放ち、ななみの表情を窺った。

「知るわけないじゃないですか～。どうしたんですか？　なんだか、今日は香坂さんらしくありませんよ？」

ななみが、アーモンド形の眼を大きく見開き香坂の顔を覗き込んできた。

「事前に知っていようがいまいが、お前にとって花咲が『明光教』を傘下におさめる件は都合が悪いはずだが？」

のらりくらりと躱すななみに、香坂はジャブを放ち続けた。

「神闘会」を意のままにしたいななみには、詩音の存在は脅威以外のなにものでもない。

敷島が会長であるかぎりは、ななみも権力のお零れを頂戴《ちょうだい》できる。

愛人の特権で直接に意見もできるし、頼み事もできる。

すべてを受け入れて貰えるわけではないが、それでもほかの部署の部長よりは恵まれた立場にあった。

だが、詩音が跡目を継げばそうはいかない。

しばらくは院政を敷くだろう前会長の発言力は残るとはいえ、いまのような権力は望めないだろう。

その上、ななみと詩音は折り合いが悪い。

最悪、詩音に追放される恐れがあった。

少なくとも、敷島が会長のときのように「神闘会」の運営に口出しはできないだろう。

ななみからすれば、是が非でも詩音の跡目相続は阻止しなければならない。

詩音に、敷島が大喜びするような手柄《てがら》を挙げさせるわけにはいかないのだ。

その点では、ななみと香坂の利害は一致していた。

「えーっ、なにを根拠に、そんなことを言うんですか？　私は、敷島会長の秘書ですよ？　会長の利益になることをいやがるわけないでしょう？」

ななみが、素頓狂な声を上げた。

相変わらず、肚の内を見せる気はないようだ。

「いい加減、腹を割って話さないか？」

香坂は、釣り糸を垂らした。

針には、ななみが好みそうな餌をつけてあった。

トラップを仕掛けたのではない。

場合によっては、ななみと呉越同舟してもいいと思っていた。

「腹を割る？　なんの腹を割るんですか？」

ななみが、足を組み替えながら惚《とぼ》けて見せた。

瞬間、下着が覗くのも計算のうちだろう。

さりげない仕草の中にもななみは、自分の武器を有効に活用していた。

だが、香坂の心は動かなかった。

それは、ななみに魅力がないわけでも香坂が異性に興味がないわけでもない。

香坂には、やり遂げなければならない使命がある。

その使命がなければ、ほかの男のようにななみの色香に惑わされても不思議ではなかった。

「上條を立てて、花咲を止めたいんだろう？」

構わずに、香坂は核心に切り込んだ。

「なにを言っているんですか？　どうして私が花咲君を……」

「惚けなくてもいい。花咲が大きくなるほどに、お前の立場が脅かされることはわかっている。そろそろ、本音で話そうじゃないか」

「本部長のほうこそ、胸襟《きょうきん》ってやつを開いてくださいよ」

「どういう意味だ？」

「花咲君が会長になって困るのは、本部長でしょう？　私の眼が節穴だと思ってるんですか？　これでも、伊達《だて》に敷島会長の秘書をやっていませんから」

身を乗り出したななみが、糸のような紫煙を香坂の顔に吹きかけた。

女狐が尻尾を見せる気になったようだ。

「ああ、困るな。そう言えば、俺と手を組むのか？」

香坂は、顔に纏わりつく紫煙を手で払いつつ訊ねた。

「本部長にビジネスパートナーとして指名されるなんて、光栄です」

ななみが、瞳を輝かせ満面に笑みを湛えた。

呉越同舟を装った探り合い――手の内を見せるふりをしながら、相手の肚の中を探る。

それは、ななみも同じだった。

これは詩音との戦いであるのと同時に、ななみとの戦いでもある。

食うか食われるか……敷島に垂れ込まれたら、すべてが水泡に帰す。

ななみに手の内を見せるのは、香坂にとって大きな賭けだった。

だが、詩音とななみを牽制《けんせい》するには、リスクを承知で足を踏み出すしかなかった。

「俺は真面目に訊いている」

香坂は、ななみから奪った煙草の吸い差しを灰皿に押しつけた。

すかさず、ななみが新しい煙草に火をつけた。

「どうして、上條君なんです？」

不意に、ななみが訊ねてきた。

「お前は、どうして上條に眼をつけた？」

「弱点がないように見える花咲君を倒すには、彼の愚直なまでの真っ直《す》ぐさしかないんじゃないのかなって……女の勘です」

たしかに、詩音には友情のために自らの危険を顧みない優斗の純粋さは脅威だ。

だが、詩音に弱点がないという見立ては間違っている。

詩音にも、大きな弱点がある。

優斗と果林――二人を守るために、詩音は「神闘会」を支配しようとしている。

二人に、誰も手を出せないように……二人を、「神闘会」から切り離すために。

だからこそ、詩音は手強《てごわ》い。

そんな詩音に対抗できるのは、同じように友を守るために「神闘会」の頂に上り詰めようとしている優斗だけだ。

そして優斗は、詩音の逆エンパス能力に抗える稀有《けう》な存在でもある。

ななみに、それを言うつもりはなかった。

「なかなか、いい読みだ」

香坂は、適当な褒め言葉を返した。

「『明光教』の件、どうするんですか?」

ななみが訊ねてきた。

「いま、考えているところだ。とりあえずお前は、会長と花咲の動向に眼を光らせておいてくれ」

今日、「明光教」のナンバー2と優斗を接触させることは言わなかった。

「いくら私が会長の秘書でも、トップシークレットは教えてくれないですよ」

「ただの秘書ならな」

香坂が意味深に言うと、ななみが肩を竦めた。

「いまの時代、それ、セクハラですよ。私がただの秘書じゃないにしても、会長は女に大事な話をするような人じゃないことくらい、本部長も知っているでしょう?」

もちろん、知っていた。

愛人どころか、血を分けた家族にも本音を漏らさない……敷島宗雲とは、そういう男だ。

だが、それでもななみが敷島宗雲の側近には違いない。

飼っていれば、思わぬ情報が入ることもある。

「ああ、知っている。お前が、ただでは転ばない女だってな。これからは、定期的に会って情報交換をしよう」

香坂は言うと、腰を上げた。

「会長を、待たないんですか?」

「急用ができたと伝えてくれ。思わぬ収穫があったから、今日はこれで帰る」

思わぬ収穫——ななみを手懐《てなず》けることができたのは大きい。

尤も、彼女も同じように思っているに違いない。

どっちが手懐けているかは、半年、一年後の「神闘会」での互いの立場がどうなっているかが証明してくれる。

「私が会長に、本部長から花咲君潰しを持ちかけられたことを喋ったら……とか、心配にならないんですか？」

ドアに向かう香坂の背中を、ななみの声が追ってきた。

「ああ、思わないね」

香坂は、振り返らずに即答した。

「嬉しいです。私を、そんなに信用してくれているんですね！」

ななみの弾んだ声に、香坂は片側の口角を吊り上げた。

彼女は、女優としての資質も十分にありそうだ。

「悪いが、まったく信用していない」

「あら、ずいぶんひどいことをさらっと言うんですね。じゃあ、どうして私が会長に告げ口しないって思うんですか？」

「お前が、俺と同類だからだ」

正面を向いたまま言い残し、香坂は秘書室を出た。

香坂とななみは、優斗を神輿に担ぎ「神闘会」の実権を握りたいという野心は同じだ。

ただし、二人の実権を握りたい理由は違う。

香坂は、敷島宗雲がいるだろう応接室のドアを睨みつけると、踵を返し玄関に向かった。

2

高速エレベーターの階数表示のオレンジ色のランプが、猛スピードで上昇した。

優斗の目の前——ドアを向いて立つプロレスラー顔負けの体軀の下関は、巨大な盾のようだった。

じっさい、エレベーターに乗り込んできた敵の襲撃に備えて下関は盾の役割を果たしているのだ。

優斗の両サイドには部下のガーディアンが二人……篠原《しのはら》と藤田《ふじた》がいた。

三人とも、いつでも抜けるように腰に差した警棒型スタンガンのグリップを握り締めていた。

四十階のスカイラウンジのVIPルームには、「明光教」のナンバー2の溝口泰明が待っている。

盗撮動画についての話があるということは香坂から伝わっているので、実力行使に出てきても不思議ではない。

「明光教」は、新興宗教団体の中でも武闘派の信徒が多いことで有名だ。

実力行使——優斗を拉致《らち》し動画との交換を要求してくることも十分に考えられた。

エレベーターが四十階に到着しドアが開くと、巨体からは想像のつかない俊敏な動きで飛び出した下関が周囲に視線を巡らせた。

篠原と藤田に両脇を固められながら、優斗もエレベーターを降りた。

特徴のある「神闘会」の詰め襟スーツに反応したスカイラウンジのボーイが、慌てて駆け寄ってきた。

「お待ちしておりました」

ボーイが恭しく頭を下げるのも無理はなかった。「神闘会」の幹部は、商談やミーティングを含め月に数百万の金を落としている上得意の客なのだ。

「お客様が、個室でお待ちです」

ボーイに先導されながら、優斗はフロアの奥に向かった。

VIPルームのドアの前に、黒いスーツ姿の屈強な男が二人立っていた。

二人とも百八十センチはあろうかという高身長で、肩や胸は分厚い筋肉で覆われ、黒ずみ変形した拳や餃子耳《ギョーザ》を見なくても格闘技経験者であることはわかる。

だが、百九十センチの下関と並ぶと平均的体型に見えた。

『神闘会』警護部の上條部長ですね？」

餃子耳が、優斗に訊ねてきた。

「ああ」

言いながらドアに向かう優斗を、変形拳が遮るように立ちはだかった。

「なんだ？」

「申し訳ありません。形式的なチェックにおつき合い願えますか？」

言葉遣いは丁寧だが、変形拳は当然のようにボディチェックを要求してきた。

「おい、お前んとこの大将の尻拭いにきてやってる部長に失礼だろうが！」

「いいから」

気色ばみ変形拳に詰め寄る下関を優斗は制した。

「やれよ」

優斗は、両手を上げた。

「部長！」

「お前らもそいつを渡してチェックを受けろ」

熱り立つ下関の警棒型スタンガンに視線をやり、優斗は命じた。

「いや、しかし……」

「命令だ。何度も言わせるな」

優斗が低く短く言うと、下関、篠原、藤田の三人が渋々と警棒型スタンガンを渡した。

「なにやってる？　早く済ませてくれ」

優斗に急かされた変形拳が、上着のポケット、腰、足首に入念に手を這《は》わせた。

「失礼しました。少々お待ちください」

ボディチェックを終わらせた変形拳が、ＶＩＰルームのドアを開けた。

「教会長、『神闘会』の警護部の上條部長をお連れしました」

変形拳が、Ｕ字形のソファの中央でふんぞり返るノーフレイムの眼鏡《めがね》に白い顎鬚《あごひげ》を蓄えた中年男性……溝口に頭を下げた。

「わざわざ、ごくろうさん。噂じゃ聞いていたが、警護部っつーのはコワモテ揃いなんだな？　四人とも、どこの半グレかと思ったよ。ま、ウチも人のことは言えないがな」

溝口が、下品な大声で笑った。

「まあ、適当に座ってくれや」

溝口が、ソファを顎でしゃくりつつ言った。

ハッタリなのか鈍感なのか、溝口に悪びれるふうはなかった。

「その前に、立って貰っていいか？」

「は？　なんで？」

優斗が言うと、溝口が怪訝な顔で訊ね返してきた。

「ボディチェックをするから」

「は⁉　いま、お前、なんて言った⁉」

溝口が気色ばんだ。

「ボディチェックだよ」

優斗は、涼しい顔で繰り返した。

「お前っ、ナメてんのか⁉　それに、なにタメ語を使ってんだ⁉　ああ！」

溝口が、眼鏡のレンズ越しに優斗を睨みつけ凄みを利かせた。

「ナメてなんかいないよ。俺らもいま、ボディチェック受けたばかりだから。人にだけやっておいて自分はやらせないつもりじゃないだろうな？　それに、俺はあんたの部下じゃない。なんで、敬語を使わなきゃならないんだ？」

優斗は、人を食ったように言った。

「おいっ、教会長に失礼だろ！」

餃子耳が、優斗に詰め寄った。

「お前のほうが失礼だろうが！」

下関が、餃子耳の胸を突いた。

「てめえ！」

餃子耳が下関の分厚い胸を突き返した。

「やめろ！」

溝口が餃子耳を一喝した。

「ずいぶんと肚が据わってるじゃねえか？　警護部の部長だって言ったな？　俺は『明光教』のナンバー2で、『神闘会』でたとえればお前の上司の香坂と同じ立場だ。お前は、香坂にも同じ態度を取るのか？　あ？」

溝口が、片方の眉を下げて優斗を睨《ね》めつけた。

「いいや、しないよ」

「まあ、わかりゃいい。おい、火を貸してくれねえか？」

溝口が優斗を促すように、くわえ煙草を上下に動かした。

優斗は溝口に近づき、唇から煙草を引き抜いた。

「な……なにすんだ⁉」

「俺がしないって言ったのは香坂本部長にたいしてで、あんたにたいしてじゃないから」

「お前、誰に向かって……」

「あんたら、麻取に捕まってもいいのか！」

優斗は、溝口を遮り一喝した。

「いま……お前、なんて言った？」

溝口が、強張った顔で訊ねた。

「本部長から、『クールダウン』のＶＩＰルームで薬物をやってる動画を盗撮されたって聞いたよな？」

「ああ、それは聞いたよ。だから、これを持ってきたんだろうが」

言葉を切り、溝口がテーブルに置いたジュラルミンのアタッシュケースの蓋《ふた》を開けた。

アタッシェケースには、札束《さつたば》が詰まっていた。

「一千万ある。こいつで動画を買い取る代わりに、絵を描いた奴を引き渡してくれるんじゃねえのか？ 麻取って、なんだよ？」

溝口が、怪訝な表情を向けた。

「溝口さん、あんた、なにか勘違いしてないか？」

優斗は、腕を組み溝口を見据えた。

「は？ 勘違い？ どういう意味だ？」

「金をいくら積まれても、俺は動画を持ってないって意味だ」

「惚けるんじゃねえっ。香坂から、動画を隠し撮りしたって……」

「あんたの薬物使用の動画は、副本部長の花咲詩音が持ってる」

「は、花咲……」

溝口が絶句した。

ほかの宗教団体にも、敷島宗雲の血族の若き後継者候補の切れ者ぶりの噂は広まっている。

「花咲副本部長が、今回の仕掛け人だ」

「なんだと!? どうして奴がそんなことを!?」

溝口が、血相を変えて訊ねてきた。

「『明光教』を潰すため……いや、支配すると言ったほうが近いかな」

優斗が即答すると、溝口があんぐりと口を開けて固まった。

「『明光教』を……支配するだと？」

「ああ。『神闘会』と『明光教』の関係を考えれば、驚くことじゃないと思うがな」

「どうして、それを俺に言うんだ!? 『神闘会』にたいしての、裏切り行為になるじゃねえか!?」

予想通り溝口が、疑念に満ちた眼を優斗に向けた。

「あんたの薬物使用動画を盗撮したのは、敷島会長の指示じゃない」

「っつーことは、花咲のガキが絵を描いたってことなのか!?」

優斗は頷いた。

「敷島会長が絡んでねえにしても、お前の上司を裏切ることに変わりはねえだろうが!?」

「ぶっちゃけた話、俺は香坂本部長派なんだよ」

優斗は、声を潜め気味に言った。

「なるほど。『神闘会』は、本部長派と副本部長派に割れてるってことか？」

「まあ、そういうことだ。だから、副本部長のシナリオが成功すると困るんだよ」

「副本部長のシナリオってなんだよ!?」

溝口が、剣呑な声音で訊ねてきた。

「『明光教』の象徴、鳳凰明光氏を教祖から引き摺り下ろすことさ」

「ちょっと待て！　鳳凰先生は、薬物に関係ない！　俺がやったことだ！」

「教祖にたいして、崇拝心はあるんだな」

「馬鹿にしてんのか！　鳳凰先生は俺の親であり師であり人生の指針だ！」

溝口が、血相を変えて席を立った。

「馬鹿になんかしてないよ」

嘘ではない。

溝口を挑発したわけではなく、鳳凰明光にたいしての帰依心がここまで強いという事実が意外だった。

敷島宗雲は香坂にとって尊敬できるボスであっても、崇拝しているというふうには見えなかった。

だが、予想外の溝口の帰依心は優斗には好都合だった。

「鳳凰先生は、幼い頃に親を亡くし施設で問題児扱いされていた俺を引き取ってここまで育ててくれた。鳳凰先生がいなければ、俺はいま頃ヤクザにでもなっていただろうよ」

やさぐれたふうに、溝口が吐き捨てた。

「やっていることは、ヤクザと変わらないように見えるけど？」

「おいっ、ガキっ、教会長に……」

「口を挟むな！」

優斗に詰め寄ろうとする変形拳を、溝口が一喝した。

「一つ訊くが、花咲の思い通りにさせたくないってことは俺に加勢する……つまり、『明光教』に加勢するってことだよな？」

「まあ、そういうことになるかな」

「お前のシナリオってやつを、聞かせてみろ」

「そのまま」

ソファに座ろうとした溝口が、優斗の声に動きを止めた。

「なんだ？」

「俺のシナリオを話すのは、ボディチェックを済ませてからだ」

「なっ……」

溝口が、驚きに眼を見開いた。

やられたからやり返すわけでも、恥をかかせるためでもなかった。

「明光教」の中で武闘派と言われる溝口と彼のボディガードなら、懐《ふところ》に武器を忍ばせていてもおかしくはない。

たとえ武器を所持していたとしても、彼らが襲いかかってくる可能性は低い。

だが、皆無ではない。

〇・一パーセントでも可能性があるかぎり、警戒を怠らないのが警護部の務めだ。

「いやなら俺はこのまま帰るが、あんたの薬物使用動画は花咲副本部長が麻取に持ち込むことになる」

「くそが……」

屈辱に声を震わせながら、溝口が両手を上げた。

「教会長っ、そんなことやめてください！」

「てめえっ、これ以上教会長を侮辱すると……」

「いいから、お前らも手を上げろ！」

溝口の一喝に、変形拳と餃子耳が渋々と手を上げた。

下関に目顔で命じられた篠原と藤田が、変形拳と餃子耳のボディチェックを開始した。

「じゃあ、こっちも始めるよ」

優斗は微笑み、溝口の仕立てのよさそうなスーツのすべてのポケット、脇、腰、足首に素早く掌を這わせた。

「問題なし！　お座りください！」

ふざけた調子で恭しく頭を下げながら、優斗は溝口に着席を促した。

「さっさと打開策を話せや！」

屈辱の鬱憤を晴らすとでもいうように、溝口がソファにふんぞり返り高圧的に命じてきた。

「打開策は、あんたが警察に自首することだ」

溝口の正面に座るなり、優斗は切り出した。

「警察に自首⁉」

溝口が、裏返った声で繰り返した。

優斗は、笑顔で頷いた。

「てめえって奴は……おとなしくしてりゃ調子に乗りやがって！　俺が自首することのどこが打開策だ！」

溝口が、口角泡《あわ》を飛ばしながら怒声を浴びせてきた。

「あんた、鳳凰明光氏を守りたいんだろう？」

「あたりまえだ！　鳳凰先生を守ることと俺が自

首することが、どう関係してるっていうんだ⁉」

「このままだと、花咲副本部長が知り合いの麻取に動画を持ち込むことは何度も言ったよな？　そうなれば、どうなると思う？　麻取は、間違いなく鳳凰明光氏を狙ってくる。彼ら麻取と組織犯罪対策部組織犯罪対策第五課は麻薬組織への見せしめのために、できるだけ大物を挙げようとしている。麻薬の所持者や使用者が小物なら、大物が網にかかるまで泳がせるのが彼らのやりかただ。麻取は、ナンバー2のあんたを利用して鳳凰明光氏を捕らえようとするはずだ。教団トップとナンバー2では、世の中に与える影響力が雲泥の差だからな」

本当に、これでいいのか？

詩音を救うために、「神闘会」の後継者就任を阻止しなければならないことはわかっていた。

だが、詩音を裏切り蹴落としているようで心が痛かった。

いや、ようで、ではなく自分は無二の親友を裏切り蹴落としているのだ。

——親友を裏切るのも、親友を出し抜くのも、親友を追い詰めるのも、親友を叩き落とすのも、すべては花咲を救うためだ。

香坂に繰り返し聞かされた言葉が、脳裏に蘇った。

詩音を救うため……。

優斗は、香坂の言葉を改めて自らに言い聞かせた。

「だが、本当に鳳凰先生は薬物とは無関係だ！　いくら麻取が大物を狙っているといっても、無実の人間を犯罪者にはできないだろう⁉」

「あんた、それでも『明光教』のナンバー2なのか？」

「てめえ、俺を馬鹿にしてるのか⁉」

溝口が気色ばんだ。

「馬鹿にされたくないなら、立場を弁えたらどうだ？　『明光教』のナンバー2が覚醒剤の所持と使用で逮捕されて、教祖が知らなかったで済まされると思うか？　しかも、あんたらが薬物をやっていた『クールダウン』は鳳凰明光氏が他人名義で経営させていた店だ。教祖が経営していた店のVIPルームで、教団のナンバー2と名義人が薬物を使用していた。本当に鳳凰明光氏が無関係だとしても、裁判でそれが証明されるまでに短くても一年、へたをすれば数年はかかる。連日マスコミに報道されることで、『明光教』のイメージダウンは免れない。しかも、教会長のあんたはじっさいに薬物の使用と売買をしていた。ナンバー1と2が薬物事件で被告人になっているような教団を、誰が信仰したいと思う？　これでも、鳳凰明光氏と『明光教』には被害は及ばないと言うつもりか？　だが、罪を犯したのがあんただけで教祖が無関係ならば、『明光教』は生き残ることができる。あんただって、自分の不手際で崇拝する恩師が罪人として晒し物にされるのは避けたいだろう？」

優斗は、諭すように言った。

「お、お前の言う通りだとして、俺が警察に自首しても状況は変わらねえだろうが？　『クールダウン』の陰の経営者が鳳凰先生で、その店のVIPルームで教団ナンバー2の教会長と名義人が覚醒剤を使用していたって事実を、警察が見逃すと思うか⁉」

「ああ、あんたが覚醒剤の仕入れルートの情報や売買リストを提供する代わりに、鳳凰明光氏には捜査の手を伸ばさないでほしいと交換条件を出せば警察は呑むはずだ」

「麻取が受け入れないことを、警察が受け入れるわけねえだろうが⁉」

「そう、麻取が絡んでなければ警察もそんな交換条件には乗ってこないだろう。麻取と組織犯罪対策部組織犯罪対策第五課は犬猿の仲だ。互いに手柄を挙げようと躍起になっている。麻取の手に渡ろうとしていた、大手宗教団体のナンバー2の薬物スキャンダルを奪い取れるチャンスをみすみす逃すはずがない。まあ、教会長が逮捕されるわけだから、『明光教』への被害はもちろんある。だけど、花咲副本部長が麻取に動画を持ち込み教団の象徴が拘束されることに比べれば掠り傷程度だ。溝口さん。あんたが自首することで、『明光教』と鳳凰明光氏を救う救世主になれるんだ」

溝口から反抗的な雰囲気は消え、優斗の話を殊勝《しゅしょう》な顔つきで聞いていた。

宗教家の身で女と薬物に溺《おぼ》れたろくでなしだが、鳳凰明光にたいしての帰依心は本物だったようだ。

「俺が……救世主？」

「ああ。あんたが自首することで、鳳凰明光氏を罪に問い教団ごと乗っ取ろうとしていた花咲副本部長のシナリオを潰すことができるんだから」

優斗が言うと、溝口がうなだれた。

溝口の、心が折れる音が聞こえてくるようだった。

「それに、あんたには、鳳凰明光氏の顔に泥を塗り教団に迷惑をかけた禊《みそぎ》をしなければならない義務があるだろう？」

優斗は、溝口の心に訴えかけた。

いつから、こんなに口がうまくなってしまったのだろうか？

どれもこれもが、詩音を貶めるための言葉ばかりだった。

詩音と対立するたびに……詩音を妨害するたびに、罪の意識に囚《とら》われた。

ななみの言葉だけが、心の拠《よ》り所《どころ》だった。

――墜落するとわかっている飛行機に知らないで乗ろうとする親友がいたら、どんな手を使ってでも阻止するでしょう？

蘇る記憶の中のななみの声が、優斗の背中を後押しした。

「自首してくれるよな？」

優斗の問いかけに、溝口が頷いた。

3

「代官山アドレス」の前で、黒のアルファードがスローダウンした。

「ここで、待ち合わせをしています。いま、連絡を入れますから」

ドライバーズシートから振り返る諜報部部長の新海が、リアシートの詩音に断りスマートフォンの番号キーをタップした。

「いま、到着しました。黒のアルファードで、ナンバーは……」

――将来、無事にお前が会長になったら思う存分にやればいい。だが、いまは俺の部下だ。改めて言う。今後、勝手なまねは許さん。俺の許可なしに事を進めたら、謹慎や罰金のペナルティを科す。敷島会長のほうには、俺のほうから話しておく。

電話する新海の声に、定例幹部会議の香坂の声が重なった。

香坂の出方は、想像がついていた。

ナンバー2の彼にとっては、敷島宗雲から後継者候補として指名されている自分の存在は脅威以外のなにものでもないだろう。

だが、なにかがしっくりいかなかった。

香坂の目的がわからなかった。

いや、敷島宗雲に代わって「神闘会」を掌握したい気持ちがあるだろうことはわかる。

わからないのは、彼が権力を手中におさめてから「神闘会」でなにをしたいかだ。

ほかの幹部のように、敷島の後継者を狙うという感じではない。

かといって、野心がないわけではない。

その野心の質が、詩音の失脚を手ぐすね引いて待っている者達とは違う気がした。

「神闘会」に入ってから、詩音に敵対する幹部からの妨害や圧力は日常茶飯事だった。

しかし、香坂は自分を排除しようというほかの勢力にはない目論見《もくろみ》を、肚に含んでいる気がしてならなかった。

「佐藤《さとう》さん、まもなく到着するようです」

電話を切った新海の声で、詩音は現実に引き戻された。

詩音は無言で頷いた。

まもなく、ではなく佐藤はすでに到着していることを詩音は知っていた。

仕事柄《がら》、佐藤は警戒心が強い。

佐藤とは三年前に敷島から紹介されて以来のつき合いだが、恐らく三十代前半であること以外は、正確な年齢やどこに住んでいるかはわからなかった。

そもそも、佐藤という名前も偽名に違いない。

「本部長に報告しなくても、大丈夫ですか？　次からは許可なしに動けばペナルティを科すと言ってましたよね？」

新海が訊ねてきた。

「気にしなくてもいい。難癖をつけてくるのはいつものことだ」

詩音は興味なさそうに言うと、ミントタブレットを口に入れた。

「でも、今回はいつもと違う気がします。幹部会議で、あんなに高圧的に命令してくる本部長は初めてです。諜報部の部長である私にまで圧力をかけてきたんだから、本気だと思います。副本部長も、気をつけてください」

「本部長は、昔から僕のことを快く思ってないからね」

「本部長は、やはり副本部長が会長に後継者候補に指名されていることが面白くないんでしょうか？」

「君は、どう思う？」

詩音は、新海に逆に質問した。

「え？」

「本部長の狙いだよ」

「それは、敷島会長の跡目を継ぐことでしょう。だから、副本部長の存在が邪魔で仕方がないんだと思います」

「ほかには？」

詩音は質問を重ねた。

「ほかに、と言いますと？」

新海が怪訝な表情になった。

「跡目以外に、本部長が狙っていることだ」

「本部長の頭の中には、副本部長を蹴落として『神闘会』会長の椅子に座ることしかないと思いますがね」

「やはり、そう思うか」

詩音はシートに背を預け、眼を閉じた。

「副本部長は、ほかに本部長の狙いがあるとお考えですか？」

「さあ、どうだろうな」

詩音は、曖昧に言葉を濁した。

シラを切ったわけではない。

ほかに考えがあると疑っているが、それがなんであるかはわからないのだ。

それに、その疑い自体が杞憂《きゆう》なのかもしれなかった。

「どっちにしても、本部長には気をつけましょう。どんな手を使って副本部長の足を引っ張ろうとしてくるかわかりませんからね。それから、一つ許可して頂きたいことがあるんですが」

「なんだ？」

詩音は、眼を閉じたまま言った。

「上條さんになにがあっても、知らないふりをしていて貰えませんか？」

新海の言葉に、詩音は眼を開けた。

「それは、どういう意味だ？」

「上條さんは本部長の懐刀《ふところがたな》です。これまでも彼は、本部長の敵対勢力をことごとく排除してきました。彼の本部長にたいしての忠誠心は脅威です。本部長のためなら、自らの命を投げ出す覚悟で任務に当たっています。これから、上條さんは間違いなく副本部長の障害になります。いまのうちに、処理するべきだと思います」

「彼はガーディアンだから、職務に命をかけるのは当然だろう。しかも、本部長は同じ警護部出身の直属の上司だからね」

詩音は、新海に言うと同時に自らに言い聞かせた。

正直、優斗の真意を測りかねていた。

「神闘会」に入ってからの六年間、優斗はことごとく詩音に反発し、ときには妨害してきた。

そのすべてが、香坂の指示によるものなのは明白だった。

解《げ》せないのは、優斗がなぜ、香坂の言うことを素直に聞くのか？

「神闘学園」のときは、どちらかと言えば香坂に反発していた。

それが、いまはどうだ？

常に香坂と行動をともにし、護衛犬さながらに主《あるじ》を護《まも》っている。

香坂を信用し、従っているのか？

少なくとも、嫌いな人間に演技で従ったふりができる男ではない。

たとえ損になろうとも、納得できないことには屈しないのが詩音の知っている優斗だ。

なにより、派閥争いには無縁の男だった。

それがいまや、詩音の行く手を阻《はば》む急先鋒《きゅうせんぽう》となっている。

どこで、ボタンを掛け違えてしまったのか？

「副本部長と上條さんは兄弟のように育ったと聞いていたので、一応、事前に報告しました」

「どうするつもりだ？」

詩音は、興味なさそうに訊ねた。

「パターンDでいこうかと思っています」

新海が、表情を変えずに言った。

諜報部では、障害になる人物や危険分子を排除する方法がパターンAからEまで五通りある。

因みに、パターンAが口頭での警告、パターンBが拉致して恫喝、パターンCが拉致して拷問、パターンDが東南アジアの施設に拘束、パターンEが人事不省にすること……となっている。

新海の言うパターンDは、タイやフィリピンの山奥にある「神闘会」が購入した土地に建てた施設に、短くても三年、長いときは五年以上監禁する方法だ。

日本で行方不明者届を出すが、現地人も立ち入らないような未開の地に建つ施設に監禁されている人間を捜し出すことは不可能だ。

詩音の知るかぎり、これまでに三人が施設に送り込まれたがその後の行方はわかっていない。

施設とは名ばかりで、鉄格子が嵌められたテレビもラジオも雑誌もない不衛生《ふえいせい》な部屋に監禁され、誰とも話すことができない孤独な幽閉生活を送るので、三ヵ月も経たないうちに精神のバランスを崩すか感染症に罹《かか》り命を落とす者がほとんどだという。

錯乱せずに感染症を免れた者も心は完全に折れ、数年ぶりに解放されても復讐《ふくしゅう》しようと考える者はいないらしい。

「時期尚早だ」

詩音は、無表情に言った。

「やっぱり上條さんのことは……」

「幼馴染みだからじゃなく、いまは得策じゃないから言ってるだけだ」

「お言葉ですが、いま叩いておかなければ手がつけられなくなります。上條さんは、力をつけ過ぎました。警護部のガーディアンは各部署の中で最大の三百五十人が所属しています。我々諜報部員は任務の秘密性の保持を最優先するので、百人前後しか所属していません。しかもガーディアンは人数が多いだけでなく、諜報部と同様に選《よ》りすぐりの身体能力を持つ個々が特殊訓練を受け、高い戦闘能力を持っています。その上、上條さんを支持する者はほかの部署にも数多く存在し、すべてを合わせると五百人を軽く超える一大派閥になります。もし、上條さんがクーデターを起こしたら食い止めるのは至難の業です」

新海が、鼻から下の筋肉だけを動かし腹話術の人形のように語った。

「逆を言えば、それだけ影響力のある優斗の損失は『神闘会』の損失にも繋がる。それに、優斗が突然いなくなったら部下達は混乱し、動揺する。警護部は敵対派閥の諜報部を真っ先に疑い、攻撃を仕掛けてくるだろう」

詩音は淡々とした口調で新海を諭し、新しいミントタブレットを口に入れた。

「そうなれば、望むところです。警護部を叩く大義名分ができるわけですから」

「三倍以上の数がいる警護部と正面からやり合って、勝てると思うのか？」

「指揮官を失った配下達は烏合《うごう》の衆に過ぎず恐れるに足りません」

新海が、きっぱりと言った。

たしかに、警護部にとって優斗は精神的支柱であり、羅針盤の役割を果たしている。

新海は、頭を失った大蛇の巨大な胴体を己の一部にするつもりに違いない。

「優斗の思惑は別として、内部分裂は『神闘会』の弱体化に繋がり会長も望まない」

詩音は、理詰めで説明した。

新海に真意を悟られてはならない。

自分が「神闘会」において絶対的権力を維持するためには、新海率いる諜報部は必要不可欠だ。

権力の頂点にいれば、詩音の大事なものに誰も手を触れることはできない。

「安心してください。警護部を弱体化させたりしません。上條さんの代わりに、僕が彼らを副本部長の従順な犬にしてみせます。『明光教』も我々の傘下に入ることですし、そうなればもはや本部長は副本部長の敵ではありません。タイミングを見て敷島会長に進言すれば、花咲本部長が誕生するんじゃないでしょうか？」

新海が、口もとに弧を描いた。

だが、彼のレンズの奥の眼は笑っていなかった。

「とにかく、いまは時期じゃない。動くタイミングは、僕が決める」

「しかし……」

新海の言葉を遮るように、スライドドアが開いた。

無言で男が車内に乗り込み詩音の隣に座った。

「大物が網にかかったそうだね？」

挨拶《あいさつ》も抜きに、佐藤が訊ねてきた。

くたびれたカーキ色のジャンパーにハンチング帽姿の彼は、とても腕利きの麻薬取締官《まやくとりしまりかん》に見えない。

「佐藤さんにも、ご満足頂けると思います」

詩音は、アタッシェケースからタブレットPCを取り出しながら言った。

「助かるよ。組織犯五課が大魚を釣ったという一報が入ったばかりで、焦っていたところだ」

「警視庁より大魚だといいんですが……」

詩音は、スタートボタンをタップした。

ディスプレイに映し出される「クールダウン」のVIPルーム、白い革ソファに座った六人の男女。

『どんなふうに敏感になってきた？』

『やだ〜知らなぁーい』

色黒の男に胸を揉まれ甘ったるい声を出す女の虚ろな眼。

『もう、三十分くらい経っただろ？　そろそろ胃の中でカプセルが溶ける頃じゃないか？』

金髪を二つ結びにした女を膝上に乗せるタンクトップ姿の男が、色黒の男に訊ねた。

ディスプレイを食い入るように観《み》ていた佐藤の顔が強張った。

「お気に召しましたか？　画面に映るグレイのスーツを着た男は……」

「『明光教』の溝口だろう？」

佐藤が、詩音の言葉を遮り言った。

「ご存知でしたか。彼に会ったことがあるんですか？」

「いいや。でも、テレビで観たよ」

佐藤が、憮然とした口調で言った。

なぜ、不機嫌なのかが気になった。

「テレビですか？」

「ああ。君は、知らないのか？」

呆れたように、佐藤が言った。

「なにをですか？」

とてつもない胸騒ぎに襲われながら、詩音は訊ねた。

「まったく……」

佐藤がぶつぶつと呟きつつ、スマートフォンを取り出し操作し始めた。

「ほら、観てみろ」

佐藤から受け取ったスマートフォンに、詩音は視線を落とした。

ディスプレイには、「YouTube」で再生したニュースが流れていた。

『本日、午後一時過ぎ、渋谷警察署に、東京都渋谷区広尾に本部を構える宗教法人「明光教」の教会長を務める溝口泰明容疑者が出頭し、覚醒剤所持と使用の罪を認めました。「明光教」は一九九〇年代に鳳凰明光氏によって設立された信者数四百万人を超える新興宗教団体であり、溝口容疑者は教団ナンバー2の……』

キャスターの声が、詩音の鼓膜からフェードアウトした。

「これは……どういうことですか？」

我を取り戻した詩音は、掠れた声で佐藤に訊ねた。

「それは、こっちが訊きたいことだ。『明光教』のナンバー2が、覚醒剤の所持と使用の罪で自首したんだよ」

「じゃあ、佐藤さんが言っていた組織犯五課が釣った大魚というのは……」

「そうだ。ニュースで報じられたのはいまから一時間ほど前だから、それを観てないのはまだしも、ターゲットの動向を追ってなかったのか!?」

佐藤が、手柄をライバル組織に奪われた八つ当たりをするように詩音を咎めた。

「お恥ずかしいかぎりです」

詩音はそう言ったものの、釈然としなかった。

まさか、溝口泰明が自首するとは思わなかった……想像できるわけがなかった。

覚醒剤の所持と使用を認めたとなれば、「明光教」に与えるダメージは計り知れない。

一般の信徒ならまだしも、溝口は教団ナンバー2の幹部信徒なのだ。

企業で言えば副社長が覚醒剤の罪で収監されたようなものだ。

なぜ、溝口は自首などしたのか？

正気を失ったのでなければ、溝口が教団に恨みを持っていて故意にやったとしか考えられないが、それはありえない。

課報部からも、溝口の鳳凰明光にたいしての心酔ぶりは報告されていた。

つい半年前も溝口が、教祖を襲撃した暴漢の盾になりナイフで腹を刺された事件があったばかりだ。

「まあ、考えようによったら、ニュースを知ってからでよかったよ。動画を手にして上司に報告したあとにニュースが流れたらと思うと、ぞっとするよ」

佐藤が、皮肉混じりに言った。

「本当に、申し訳ありませんでした」

詩音は、深々と頭を下げた。

脳内は、目まぐるしく回転していた。

命を投げ出してまで守った鳳凰明光を窮地に立たせるようなまねを溝口がするはずがない。

となれば、自首しなければもっと大変なことになるなにかが、溝口に突きつけられたのか?

自首するほうがましなこととはいったい……。

やはり、違う。

どんな理由があろうとも、自首すれば神と崇《あが》める鳳凰明光に被害が及ぶ。

もし、被害が及ばないとしたならば……。

「司法取引の匂いがぷんぷんするな」

詩音の心に浮かんだ疑念を、佐藤が口にした。

「溝口教会長が個人の罪を認める代わりに、教団の罪は問わずに事件を収束させる。つまり、そういうことですか?」

「まあ、そんなところだろうな」

佐藤の声が、耳を素通りした。

溝口が自首するしない以前に、対策を講じられると困るので動画を麻取に持ち込むことは極秘だった。

秘密裏に麻薬取締官と接触し、然《しか》るべきタイミングで「明光教」を一気に叩くシナリオだ。

動画の存在が溝口に漏洩《ろうえい》すること即ち、任務の失敗を意味する。

つまり、詩音サイドが情報を漏らすことはありえない。

そもそも、動画の存在を知っているのも「神闘会」の幹部だけ……。

詩音は、思考を巻き戻し記憶の扉を開けた。


——俺は、お前のやりかたは納得できねえな。


「明光教」にたいする「神闘会」主導の吸収合併計画を話したときの優斗の眼が、脳裏に蘇った。

まさか、香坂の意を受けた優斗が……。

広がる疑惑を、詩音は打ち消した。

それは、ありえない。

「神闘学園」に入ってから、優斗とは敢えて距離を取ってきた。

それが原因で、優斗や果林と昔のように友情を育《はぐく》むことはなくなった。

詩音なりの、友情の証だった。

だが、優斗にその気持ちは伝わらなかった。

それでもよかった。

優斗と果林が詩音に失望し、見捨ててくれれば
……「神闘学園」から、離れてくれれば……。

詩音の読みは外れた。

離れるどころか、二人とも三年になっても学園に残った。

とくに優斗は、自分と覇を競う姿勢を見せるようになった。

背後にいる香坂の操り人形——最初はそう思っていた。

言葉巧みにけしかけられ、わけもわからず自分に立ち向かっているのかと思っていた。

「神闘会」に入ってからの優斗は、別人になった。

意思を持ち、自分と対峙するようになった。

その意思は、厳密には香坂の意思だ。

香坂の意思であろうと優斗の意思であろうと、それは重要ではなかった。

問題なのは、優斗が自らの意思で行動していると錯覚していることだ。

それでもまだ詩音は、心のドアを完全に閉めることはしなかった。

閉めてしまえば、もう二度と開くことがないと知っていたから……。

「今度から、ネズミが齧ってない案件かどうか確認してから接触してきてくれ」

佐藤は皮肉を残し、アルファードを降りた。

「自首とは、予想外の行動ですね」

佐藤がいなくなると、待ち構えていたように新海が言った。

「ネズミは、上條さんですかね？」

新海が、詩音の顔色を窺うように訊ねてきた。

「さあな。どちらにしても、ネズミの親玉がいるはずだ」

詩音は、三つ目のミントタブレットを口に入れるなり噛み砕いた。

「本部長のことですね」

確認する新海に、詩音は頷いた。

「やはり、パターンDを実行したほうがいいかと思います」

新海が、ふたたび進言してきた。

「シロアリは、兵隊アリを殺しても壊滅できない。最初に、女王アリを仕留めなければね」

詩音は、新しいミントタブレットを口に放り込み、ふたたびすぐに嚙み砕いた。

「失礼を承知で質問させてください。それは、戦略に基づいた純粋な判断ですよね？」

新海が、詩音を見据えた。

「純粋な判断かどうかはわからないが、君が懸念しているような感情に流されるほど僕は愚かではないから安心してくれ」

詩音は、抑揚のない口調で言った。

嘘ではなかった。

詩音は、完全に感情のスイッチを切った。

中途半端《ちゅうとはんぱ》な情をかける行為は、却《かえ》って優斗を危険に追い込む結果となる。

優斗が後継者候補である自分に歯向かうかぎり、彼を救う道は一つしかない。

一日も早く「神闘会」の全権力を掌握し、香坂派及び優斗派を消滅させる。

もちろん、真っ先に香坂を潰し優斗を追い出すのは言うまでもない。

これからは、ポーズではなく本当に感情を排除することを……優斗を死なせないために、冷血漢になることを誓った。


だが、優斗が歯向かい続ければ身の安全を保障できない。

願わくは、彼が大人になり物分かりがよくなっていてほしかった。

詩音が知っている優斗ならば……願いは届かないだろう。

そのときは……。

詩音は、闇色に染まる胸奥でこだまする声をシャットアウトした。

「気を悪くさせてしまったのなら、謝ります。副本部長のことを疑っているわけではありません。ただ、お二人の特別な関係を知っているので……」

「君の立場なら、危惧《きぐ》するのも無理はない。上司が無能で失脚したら、君達まで巻き添えを食らってしまうからね。僕を赤坂の分室に落としたら、代官山に向かってくれ」

詩音は、ポイントカードを新海に渡した。

「ドッグカフェ『ワンタイム』……誰かいるんですか？」

「そこで、中園果林という女性が働いている。あと一時間くらいで勤務時間は終わるから、迎えに行ってくれ」

「約束してるんですか？」

詩音は新海の問いかけに答えずスマートフォンを取り出すと、「ワンタイム」に電話をかけた。

『ありがとうございます！　代官山「ワンタイム」で……』

「僕だ」

受話口から流れてくる果林の潑溂《はつらつ》とした声を、詩音は遮った。

『え!?　もしかして、詩音!?』

電話の向こう側で驚く果林の顔が、目に見えるようだった。

「僕の声、忘れてなかったようだな」

「神闘学園」を卒業した果林は「神闘会」系列の仕事には就かずに、「若草園」から代官山の職場に通っていた。


――あなた達がいがみ合う姿を見たくないから、私、「若草園」に戻るよ。それに、ジジとババももう歳《とし》だし、心配だからさ。

「神闘学園」の卒園式後の夜、三年ぶりに詩音、優斗、果林の三人でファミリーレストランで食事をした。

――別に、いがみ合っているわけじゃないさ。少なくとも僕は、優斗にたいしては変わらないつもりだけどね。

――それを聞いて安心したわ。優斗が、ぐちぐち不満ばかり言ってたから。よかったじゃない、優斗！

――その言葉を信じるなら、お前は昔から俺に心を許していなかったんだな。「神闘学園」に入ってからのお前は、まったくの別人だから。

――優斗！　いい加減にしなさいよ！　もし詩音が別人になってたら、今日の集まりに顔を出さないでしょ!?


顔を紅潮させて優斗を叱る果林の姿を、詩音は脳内のスクリーンから消した。

自分がこれからやろうとしていることは、確実に果林の気持ちを踏み躙る。

そして、もう二度と、昔の三人に戻ることはないだろう。

だが、優斗を救うためには、この切り札を使うしかなかった。

『どうしたの？　お店に電話なんかしてきて？　まさか、携帯番号を消したとかじゃないでしょうね？』

果林が、咎めるような口調で言った。

いつもの果林だ。

自分と優斗を取り巻く環境がどれだけ変わっても……自分がどれだけ非情になったと陰口を叩かれても、果林だけは変わらぬ態度で接してくれる。

開きそうになる記憶の扉を、詩音は閉めた。

「すぐに、連絡が取りたくて。仕事中は携帯に出ないと思ったから」

『なんか急用なの？』

「仕事、もうすぐ終わりだよね？」

『うん、あと一時間くらいかな。なんで？』

「果林に話があるから、久しぶりに会いたいと思ってさ」

『珍しいわね。もしかして、いまさらの愛の告白？　いままでは身近過ぎて、君の魅力に気づかなかった。でも、すっかり女らしくなった果林を見ると胸が苦しくて……なーんて、言うつもりじゃないでしょうね？』

冗談めかして一人芝居をする果林──和みそうになる心から、詩音は意識を逸らした。

「僕は済ませなければならない仕事があるから、新海という男性に車で迎えに行かせるよ」

『大丈夫。場所を言ってくれたら、自分で行けるわ』

「もう向かってるんだ。仕事が終わったら、店の前に停めてる黒のアルファードに乗ってくれ」

『わかった。ねえ、話ってなによ？　いやなことじゃない？　やだよ。あなたと優斗が揉めるようなことは』

「大丈夫。優斗のためになることだよ」

プロセスはどうであれ、自分の言葉に嘘はない。

『信じていいよね？』

果林の問いかけに、詩音は眼を閉じた。

心を無にし、一切の情を封印した。

「ああ、いいよ」

詩音は、眼を開けた。

瞼を閉じていなくても、詩音には闇しか見えなかった。

4

『しかし、驚きましたね。宗教団体の幹部が覚醒剤を扱っていたなんて、前代未聞の事件じゃないですか？』

　ワイドショーで、MCの男性局アナがコメンテーターの小説家に話を振った。

『まさに、事実は小説より奇なり、を地で行くような事件ですね。ただ、今回の事件は教会長である溝口泰明が単独で犯した罪であり、教団とは無関係であるような趣旨のコメントを、早々と警察がマスコミを通じて発表していることが解せませんね』

　小説家コメンテーターが、怪訝な顔で首を傾げた。

『溝口容疑者が自首して、全面的に罪状を認めたことが捜査を進展させているんじゃないでしょうか』

　男性局アナの言葉に、小説家コメンテーターが渋面を作った。

『その自首というのが、どうも引っ掛かるんですよね。ここからは私の憶測ですが、ナンバー2が自首して全面的に罪を認めることで、教団に捜査の手が伸びるのを防いだという見方もできます』

　小説家コメンテーターが、猜疑心《さいぎしん》に満ちた表情で持論を展開した。

「トカゲの尻尾切りだとわかっていても、身体がいなくなったらどのトカゲの尻尾かわからなくなる。トカゲが口を割らないかぎりな」

　本部長室のデスクチェアに座った香坂が、リモコンを手に取りテレビのスイッチを切った。

「溝口なら、大丈夫です。鳳凰明光への忠誠心はかなりのもので、もし、トップを警察に売って減刑を図れと勧めても、迷いなく断ると思います」

　デスクチェアの正面に設置してある応接ソファに座った優斗は断言した。

「よくやったな。これで、花咲のシナリオは台無しだ。大手柄だぞ。一杯、やるか？」

　珍しく上機嫌な香坂が、グラスを口もとに運ぶ仕草をした。

「いえ、まだ、仕事が残っているので」

　口実ではなかったが、仕事がなくても祝杯を挙げる気分にはなれなかった。

詩音のためとはいえ、友を欺き窮地に追い詰めているような気がして優斗の心は暗澹《あんたん》としていた。

「なんだ？　表情が優れないな。親友のシナリオを潰して、胸が痛むのか？」

優斗は無言で香坂をみつめた。

「その眼は、イエスという返事だな。何度も言うが、これも花咲のためだ」

「すみません。頭では理解しても、詩音を陥れているような気分になってしまうんです」

正直な思いを口にしたことに、優斗は驚きを隠せなかった。

それだけ、香坂を信用し始めた証だった。

「幼い頃から一つ屋根の下で兄弟のように育ったんだから、それも無理はないな。だが、情けは命取りだ。お前ほど、奴には過去に思い入れはないということを覚えておけ」

「わかりました」

優斗は、香坂の言葉を素直に受け入れた。

詩音が思い出を捨てたのかどうかはわからないが、情が命取りになるのはたしかだ。

「ところで、これからが大事だ」

香坂がデスクチェアから立ち上がり、優斗の正面に座ると書類封筒をテーブルに置いた。

「中を見てみろ」

優斗は、書類封筒からクリアファイルを取り出した。

クリアファイルには、銀行の振込明細書が入っていた。

振込明細書は十枚あり、そのすべての受取人はナカヤマカツジ、依頼人はミゾグチタイメイとなっていた。

それぞれの振込明細書に印字された取引金額は、二百万、百八十万、三百万、二百四十万、五百五十万、二百六十万、四百二十万、六百十万、三百四十万、七百二十万とバラバラだった。

「これは、なんですか？」

「教会長の溝口が、覚醒剤の取引で得た利益を振り込んだときの明細書だ」

「ナカヤマカツジって、誰ですか？」

「鳳凰明光の本名は中山明光《あきみつ》、ナカヤマカツジは鳳凰明光の弟だ」

「弟⁉」

優斗は、素頓狂な声を上げた。

「ああ。弟から兄にこの金額が渡ったという証拠はない。だが、ナカヤマカツジは『明光教』の役員に名を連ねている。教団の最高責任者として、役員でもある弟が覚醒剤の取引で得た金を受け取っていたとなれば、知らなかったじゃ済まされないだろう」

「この振込明細書を、どうするんですか？」

いやな予感に背を押されるように、優斗は訊ねた。

「麻取に持ち込むに決まってるだろう？」

香坂が、口角を吊り上げた。

「麻取に……」

優斗は、二の句が継げなかった。

「組織犯五課は溝口と司法取引している手前、振込明細書を持ち込んでも握り潰す可能性がある。その点、煮え湯を飲まされた格好になっている麻取からすれば、この振込明細書は宝の山だ」

「でも、溝口には自首すれば鳳凰明光と教団には手を伸ばさないと約束を……」

「それが、どうした？　お前、まさか、犯罪者との約束を優先して千載一遇のチャンスを逃すつもりか？」

「千載一遇のチャンス……ですか？」

「ああ。麻取が鳳凰明光を叩けば、『明光教』は俺らの支配下に入る。花咲が手にするはずだった獲物をそっくり頂けるってわけだ。こんなチャンスを、逃す手はないだろう？」

香坂が、片頬だけで笑った。

「しかし、麻取が俺達の思うように『明光教』を渡してくれるとは思えません。彼らからすれば、このチャンスに一気に壊滅させたいでしょうし」

「だから、最初に条件を出すんだ。『明光教』の残党を『神闘会』に任せるという言質を取る。宝の山を手にする前なら、犯罪以外はたいていの条件は呑むだろう」

「つまり、裏取引をするわけですか？」

「ずいぶん、不満そうじゃないか」

「これが、詩音潰しの千載一遇のチャンスだということはわかります。ただ、詩音を出し抜き、溝口を騙し、警察を利用し、今度は麻取に寝返って……なんだか、やりかたが気持ちよくありません」

優斗は、心のままを口にした。

「神闘会」に入ってからは、本音に耳を傾けることが少なくなっていた。

「ほう、それは、どういう意味かな？」

「詩音を危険にさらさないために、俺が『神闘会』の覇権を握る。そこは、納得してます。ただ、詩音から後継者の椅子を奪い取るのに、卑怯《ひきょう》な手を使いたくありません。正々堂々と、戦いたいんです」

優斗は、香坂の瞳をみつめた。

「卑怯な手を使いたくない？　正々堂々と戦いたい？　お前はスポーツマンか？　高校球児か？　お前が戦っている相手は、敷島宗雲が後継者に指名した男だ。フェアプレイとか言ってる場合か？　どんな手段を使ってでも花咲を止めるのが、親友を救うことになるんじゃないのか？　そのフェアプレイとやらに拘《こだわ》っている間に、花咲にもしものことがあったらどうする？　正義感や腕力でどうにかなっていたのは、学生時代までの話だ。大人の世界……とくに『神闘会』のような魑魅《ちみ》魍魎《もう りょう》が跋扈《ばっこ》する世界では、どう戦うかよりもどう勝つかがすべてだ。敗者に残るのは、勝者の犬になるか消えるかの二つに一つだ」

悔《くや》しいが、返す言葉はなかった。

自分の力のなさ加減に、優斗は腹立たしさを覚えた。

香坂が、携帯番号の書かれたメモ用紙を差し出してきた。

「花咲が接触していた佐藤という男の電話番号だ。警察に獲物を横取りされて脳みそが沸騰しているだろうから、飛びついてくるはずだ」

「麻取ですか？」

「ああ。麻取と通じているのは、奴ばかりじゃない」

薄笑いを浮かべる香坂。

優斗が思っていたよりも、遥《はる》かにしたたかで周到な男なのかもしれない。

「話はついている。お前は、彼に指定された場所に行き振込明細書を渡してくればいい。話を持ちかけられても、絶対にその場で返事をするな」

「わかりました」

上着のポケットが震えた。

「失礼します」

優斗は断り、スマートフォンを取り出した。

ディスプレイには、果林の携帯番号が表示されていた。

「いま仕事中だから……」

『いまから指定する場所に、一人できて頂けますか？』

受話口から流れてきたのは果林ではなく、男の声だった。

その声に優斗は、聞き覚えがあった。

「この番号は果林の電話のはずだが？　誰だお前？」

香坂が、怪訝そうに優斗を見た。

『失礼しました。諜報部の新海です』

「新海？　どうしてお前が、この電話を使っている!?」

新海の名前を聞いた香坂の眼つきが鋭くなった。

『そのへんの説明は後程ゆっくり。用件だけ言います。この電話の持ち主の女性を預かっています。もし、「明光教」絡みでなにか動いていることがあったら中断してください』

「お前っ、果林になにをした!?」

優斗は気色ばみ、ソファから腰を上げた。

『ご安心ください。まだ、なにもしていませんから。あくまでも、まだ、ですが。上條さんが指定の場所に一人できて、私達の要求を呑んでくだされば、この電話の持ち主さんは無事にお返しできます』

「詩音か？　詩音の指示なのか？」

優斗は、震える声を絞り出した。

からからに干上がる口内とは対照的に、スマートフォンを握り締める掌が汗ばんだ。

『きて頂ければわかります』

「裏で糸を引いてるのは、詩音かと訊いてるんだ！」

優斗は、送話口に怒声を浴びせた。

『怒鳴《どな》られても、電話ではこれ以上お答えできません。とりあえず虎《とら》ノ門《もん》に向かってください』

新海が、抑揚のない口調で指示を出してきた。

「てめえっ、果林になにかあったら、絶対に許さねえ！　果林に指一本でも触れたら、ぶっ殺すからな！」

『学生時代の上條先輩に戻りましたね。では、虎ノ門に向かってください。三十分後に、こちらから電話を入れ次の指示を出します。念のために言っておきますが、諜報部の連中に上條さんを見張らせています。誰かを連れてきたら、電話の持ち主さんを無傷でお返しできなくなりますので、くれぐれも気をつけてください』

「おいっ、新海……」

受話口から、冷たい話中音が流れてきた。

「くそっ……」

スマートフォンを床に叩きつけようと振り上げた腕を宙で止めた。

「果林って、お前と花咲と『若草園』にいた中園か？」

優斗は唇を噛み、頷いた。

「花咲はその女を盾に、『明光教』の一件から手を引かせるつもりだろう？　違うか？」

「一人でこいと言われました。条件はそのときに……」

「行く必要はない。花咲の狙いはわかっている。幼馴染みを人質に交渉してくる下種《げす》を相手にしなくてもいい」

優斗を遮り、香坂が言った。

「行かせてくださいっ。果林を見殺しにできません！」

「落ち着け。そんなに興奮したら、奴らの思うつぼだぞ。とにかく、ここは俺の言うことを聞け。お前のやることは、麻取の佐藤と会って振込明細書を渡すことだ」

「俺が行かなきゃ、果林が傷つけられるんですよ！　お願いですから、行かせてください！」

「行ってどうする？　『明光教』から手を引けと言われて、おとなしく従うのか？　たかだか女一人のために、花咲に大魚を譲るのか？」

「果林は、俺の家族です！」

「たとえ家族であっても、花咲の目的がわかっている以上、お前を行かせるわけにはいかない。これは、命令だ」

香坂が、無情に言い放った。

視界が縦に流れた——優斗は、香坂の足もとに跪いた。

「約束します！　絶対に、詩音に『神闘会』を支配させませんっ。俺を、信じてください！」

優斗は、床に額をつけて懇願した。

「だめだと言ったらどうする？」

頭上から、香坂の声が降ってきた。

「俺が……」

優斗は顔を上げた。

「『神闘会』をやめてもいいんですか？」

「ほう、俺を脅すのか？」

香坂の瞳の奥に、強い光が宿った。

「脅しじゃありません。どんなことをしてでも、果林を救いに行くと言っているだけです。俺を信じてくれたら、必ず本部長の役に立ちますから！」

優斗も、強い眼光で香坂を見上げた。

「お前を信じたら、どんな役に立ってくれる？」

「詩音と詩音一派を潰します。本部長のためではなく、俺の意思で！」

優斗は、力強く誓った。

香坂に……そして、自分に。

「わかった。行ってこい。お前を信じるよ。俺の期待を裏切るな」

香坂は言い残し、背を向けた。

優斗は立ち上がり、香坂の背中に一礼すると修羅の形相で本部長室を飛び出した。

☆

『赤坂見附《あかさかみつけ》のほうから一ツ木通りに入ってください。右手に「桜富士銀行《さくらふじぎんこう》」が見えますか？』

受話口から流れる新海の言葉通り、一ツ木通りの右手に「桜富士銀行」の薄桃色の看板が見えた。

「ああ」

『そのATMコーナーの前で、こちらからの連絡をお待ちください』

「いつまで続けるつもりだ？　もう、俺が一人なのは確認済みだろう？」

優斗は、いらついていた。

僅《わず》か一時間のうちに、虎ノ門、溜池山王《ためいけさんのう》、赤坂見附と三ヵ所も回されていた。

行く先々で、監視されている気配は感じた。

新海の配下――諜報部の人間が尾行しているのは明らかだった。

気配だけで姿を見せないのはさすがだった。

尤も、優斗が本気になれば尾行を撒《ま》くことは可能だ。

だが、今日の目的は尾行を見破ることではなく果林のもとへ向かうことだ。

『その判断は、こっちがします』

にべもなく言うと、新海が電話を切った。

優斗は、ATMの前で立ち止まり周囲に視線を巡らせた。

陽光に代わって、飲食店の看板の灯が目立つ時間帯になっていた。

詩音が果林を人質に……。

いまでも、信じられなかった。

だが、これは悪夢ではなく現実だ。

「明光教」のM&Aから手を引かせる道具として、詩音は果林を拉致した。

自分にたいして、どんなに非情な男になってでも……どれだけひどい仕打ちをしても構わなかった。

しかし……果林はだめだ。

詩音は、後戻りできない領域に足を踏み入れてしまった。

不意に、空気が動くのを感じた。

優斗は振り返った。

約五メートル後方から、茶色のスーツ姿の中肉中背の男が歩いてきた。

冴《さ》えない中年サラリーマンといった風情だったが、諜報部の人間であろうことはすぐにわかった。

また、空気が動いた。

左に視線をやった。

宅配便の配送員のユニフォームを着た男が、小さな段ボール箱を脇に抱えて小走りに駆け寄ってきた。

あの配送員も諜報部員——六年間、警護部で培った直感がそう告げた。

「ついてきてください」

茶色スーツの中年サラリーマンが、擦れ違いざまに言った。

優斗は、茶色スーツの背中に続き一ツ木通りを進んだ。

背後からは、配送員を装った諜報部員がピタリとつけていた。

優斗がおかしな動きをすれば、スタンガンの電極を押しつけるつもりなのだろう。

茶色スーツが、十メートルほど歩いたところで路地を右に曲がると立ち止まった。

路肩に停められていた黒のアルファードのスライドドアが開いた。

茶色スーツ、優斗、配送員を装った諜報部員の順でセカンドシートに乗り込んだ。

「あちこち振り回してすみません」

ドライバーズシートから振り返った新海が言った。

「果林は無事だろうな?」

「そんなに気になりますか?」

新海が、薄笑いを浮かべた。

「てめえ、もし、果林に傷一つでもつけやがったらぶっ殺すぞ！」

優斗は、新海の胸倉を摑んだ。

「いまお連れしますから、そう興奮しないでください」

「おい、新海、いい加減にしろよ。俺にも、我慢の限界がある」

「上條さんこそ、上司風を吹かすのはやめてください。副本部長の幼馴染みだから敬語を使ってますが、役職は同じ部長だということを忘れないでください」

新海は言うと、優斗の手を振り払った。

「それに、傷一つつけていませんからご安心を。ただし、いまは、ですけどね」

「てめえっ……」

「いいんですか？　彼女のところに行かなくても？」

優斗は、怒声を吞み込んだ。

たしかに、いま優先すべきは一秒でも早く果林の無事を確認することだった。

ここで、新海とやり合っている暇はない。

「ここからは、アイマスクをつけて貰います」

新海は優斗に言うと、茶色スーツに目顔で合図した。

優斗の視界が、闇に覆われた。

☆

体内時計では、三十分ほど車に揺られている感じだった。

アイマスクだけでなく、大音量が流されるヘッドフォンを装着させられていた。

聴覚を奪うのは、街の喧騒《けんそう》で場所を推察されないためだ。

だが、シート越しに伝わる振動で、車は赤坂から出ていないと優斗は見当をつけていた。

振動のリズムが緩やかになった。

車が止まり、スライドドアの開閉音がした。

肩を抱かれるように、車外に連れ出された。

アスファルトから御影石《みかげいし》……建物内に入ったことを、靴底の感触が優斗に告げた。

足もとが不安定になった。

エレベーターに乗ったに違いない。

微かに、内臓が浮く感触があった。

強い振動とともに、浮遊感が終わった。

背中を押された。

しばらく歩くと、靴底に伝わる感触が柔らかいものに変わり室内に入ったことがわかった。

ヘッドフォンに続いて、アイマスクを外された。

蛍光灯の眩《まぶ》しさに、優斗は眼を閉じた。

「優斗！」

名を呼びかける声に、優斗は眼を開けた。

ベージュの絨毯《じゅうたん》張《ば》りの室内……十畳ほどのスクエアな空間に巡らせていた視線を優斗はとめた。

およそ四メートル先——ハイバックチェアに座る果林。

果林の背後には、グレイの詰め襟スーツを着た男二人が無表情に立っていた。

男達の手に握られているメスを認めた優斗の顔から、血の気が引いた。

室内の調度品は、果林が座らされているハイバックチェアがあるだけだった。

諜報部が極秘任務を行うために、都内だけで三十室前後の分室と呼ばれる秘密部屋を所有しているという噂を耳にしたことがある。

「果林っ、大丈夫か⁉」

足を踏み出そうとした優斗の前に、白の詰め襟スーツを着た新海が立ちはだかった。

「勝手に動けば、果林さんの顔に一つずつ傷が刻まれます」

「てめえっ、ふざけんじゃねえ！」

優斗は怒声とともに、新海の胸倉を摑もうと右手を伸ばした。

新海がステップバックし、ファイティングポーズを作った。

「腕に自信があるのは、上條さんばかりじゃないんですよ？」

新海は、優斗と向き合ってもまったく臆していなかった。

柔道の日本選手権で優勝経験のある新海は、ほかに空手やキックボクシングなどの打撃系格闘技にも通じている兵《つわもの》だ。

「神闘会」で優斗と素手でやり合って互角に渡り合えるのは、新海しかいない。

「ちょうどいい。俺も我慢の限界だったところだ」

優斗も、拳を構え新海と対峙した。

「優斗、やめて！」

果林が叫んだ。

「馬鹿っ、人のことを心配してる場合か？」

「私は大丈夫だから、喧嘩なんてしちゃだめっ」

「いいから、黙って俺に任せろ。いままでみたいに、俺が守ってやるから」

優斗は、果林に頷いて見せた。

「もう、いつまで中学生気分でいるのよ！　怪我したらどうするの！」

「俺が、喧嘩で負けたことあるか？　こんな卑怯者、楽勝だ」

「ずいぶんと、僕もナメられたものですね。言っておきますが、喧嘩に負けたことがないのは上條さんばかりじゃありませんよ」

新海の眼光が一際鋭くなった。

「俺がお前をぶちのめしたら、果林を解放しろ」

優斗が、押し殺した声で言った。

「じゃあ、僕が上條さんを倒したら、なにをしてくれるんですか？」

新海が、挑戦的に訊ねてきた。

「お前らの要求に、なんでも従ってやるよ」

躊躇《ためら》いなく、優斗は言った。

新海が手強いのは、隙のない構えを見ただけでわかった。

だが、負ける気はしなかった……果林のためにも、負けるわけにはいかなかった。

「勝手なまねをするんじゃない」

果林の背後のドアが開き、白の詰め襟スーツの男……詩音が現れた。

新海がファイティングポーズを解き、頭を下げた。

「詩音っ、いったい、どういうつもりだ！」

優斗は、厳しい口調で詩音に詰め寄った。

「それは、僕の言葉だよ。君こそ、どうして僕のやることを妨害した？　溝口に警察に自首するように勧めたのは、優斗、君なんだろう？」

詩音が訊ねながら、優斗の前に歩み寄ってきた。

「だからって、果林をこんな目に遭わせるなんて……お前、どうしたっていうんだ!?　果林を見ろっ。心が痛まないのか!?」

優斗は、詩音の心に訴えかけた。

擦れ違いや誤解はあったかもしれない。

互いの立場で、対立することになってしまった。

詩音は、すっかり変わってしまった。

だが、いるはずだ。

彼の胸の中に、優斗の知っている詩音が……。

「痛まないよ。君が要求を呑めば、彼女は無事に解放されるんだから」

詩音が、無表情に言った。

「『明光教』から、手を引けってことか？」

優斗は、押し殺した声で訊ねた。

「それとも一つ、『神闘会』から出て行くことだよ」

詩音が、すかさず条件を付け足した。

「それだけのために、果林に刃物を突きつけるような卑劣なことをやったのか？」

怒りに声が震えていた――哀しみに心が震えていた。

いまだに、目の前で起こっている出来事を現実だと受け入れるのを拒《こば》んでいる自分がいた。

自分が芸能人で、これがドッキリの番組ならばどんなにいいだろうか？

「そこまでやらなければ、君に要求を呑ませることができないからね」

涼しい顔で、詩音が言った。

「優斗っ、言うこと聞いちゃだめよ！」

果林が、大声で命じてきた。

「余計なことを言うなっ。俺のことはいいから、自分の心配をしろ」

優斗は、果林を窘めた。

メスを握っている男達を、刺激したくなかった。

目的を達成するためには、諜報部の人間が手段を選ばないことを優斗は知っていた。

だからこそ、詩音が諜報部を使って果林を拉致させたことが信じられなかった。

「勘違いしないで！　私は、詩音の馬鹿を心配してるの！　あなたね、いつからこんな卑怯な男になったの⁉　優斗に言うことを聞かせたいからって、家族同然の私を利用するなんてフェアじゃないよ！　なんとか教から手を引けとか『神闘会』から出て行けとか、自分の意見を通したいなら正々堂々とぶつかりなさい！」

予想外の果林の叱責に、諜報部の男達が驚きの表情になった。

詩音は、顔色一つ変えずに優斗を見据えていた。

新海が無言で果林に歩み寄ると、右手を振り抜いた。

乾いた音とともに、果林の顔が横を向いた。

「てめえっ、やめろ！」

「やめたほうがいい」

足を踏み出そうとした優斗に、詩音が冷静な声音で命じた。

「お前は、果林が殴られても平気なのか⁉」

「殴られるだけで済んでよかった」

平然と言い放つ詩音の言葉に、優斗は耳を疑った。

「お前！」

優斗は、詩音の胸倉を摑んだ。

「いいんですか！」

新海の声に、優斗は足を止めた。

「副本部長から離れなければ、彼に命じることになります」

果林の頰にメスを当てるグレイの詰め襟スーツの一人に視線をやりながら、新海が抑揚のない口調で言った。

「詩音っ、人にやらせないであんたの手でやりなさいよ！」

果林が、詩音を一喝した。

詩音は、相変わらずの無表情だった。

「果林、お前は黙ってろ！」

彼女はわかっていない。

いまの詩音には、果林の言葉は届かない。

「聞こえなかったんですか？　副本部長から離れてください」

新海が、ふたたび命じてきた。

「優斗っ、屈しちゃだめだって！　言いなりになったら、詩音のためにならないわ！」

果林が叫ぶように言った。

顔にメスを突きつけられている状況で、自分をさらった詩音のことを心配している。

——もし、あなた達が悪いことして警察に捕まっても、私は見捨てないよ。だって、私達は家族でしょ？　だけど、ひっぱたくけどね！

中学校の通学路での果林の言葉が、昨日のことのように蘇り優斗の胸を締めつけた。

昔から果林は、自分より人のことばかりを気にかけていた。

優斗には、まねができない。

果林をこんな目に遭わせている詩音を、許せそうになかった。

優斗は奥歯を嚙み締め、詩音を押すようにして胸倉から手を離した。

「お前……果林にこんなことをやって平気なの

か？」

優斗は、絞り出すような声で詩音に訊ねた。

「先に質問に答えるのは君だ。『明光教』から手を引き『神闘会』を去るという要求を呑むのか？　呑まないのか？」

詩音の口調は、なにごともなかったように淡々としていた。

「いますぐに、決められるわけがないだろう？　とくに『明光教』に関しては俺の一存では……」

「香坂本部長のことはこっちで解決する。君自身の考えを決めるんだ。要求を呑んで果林を守るか？　要求を蹴って果林を傷つけるか？」

優斗を遮るように、詩音が二者択一を迫った。

「俺が要求を呑むと言っても、口約束を信用できるのか？　あとから、約束を破るかもしれないだろう？」

時間稼ぎ――三つ目の道を模索した。

詩音が果林を交渉の道具にすると決めた時点で……優斗が交渉に応じた時点で結果は見えていた。

香坂の言うように、果林を見捨てなければ優斗に勝ち目はなかった。

優斗が果林を見捨てられず、詩音が果林を見捨てたときに勝敗は決していた。

「その心配はいらない。『神闘会』の脱会届を書いて貰うから、今後君が一歩でも敷地内に足を踏み入れれば不法侵入で訴える。『明光教』に関しては麻取への土産は僕が届けるから、渡して貰おうか？」

詩音が、優斗に右手を差し出した。

詩音がなにを要求しているのか、すぐにわかった。

溝口が鳳凰明光の弟に振り込んでいた覚醒剤の取引代金の明細書――香坂が摑んでいる情報を、諜報部が知らないはずがない。

「果林を救いたいんだろう？　さあ、早く」

詩音が、催促するように掌を上下させた。

「果林を脅してまで、本部長との勢力争いに勝ちたいか？」

優斗は、一縷《いちる》の望みをかけて詩音をみつめた。目を覚ませ。昔のお前を思い出すんだ。

思いを込めて、瞳で訴えた。

「君に答える必要はない。それより、早く……」

「いい加減にしなよ！」

詩音の声を、果林の絶叫が遮った。

「なっ……」

優斗は絶句した。

凍てつく視線の先――メスを突きつけていたグレイの詰め襟スーツの手首を握り、刃先を自ら頬に当てる果林。

「詩音！　やりたいことがあるなら、女を人質に取るなんて卑怯なまねをしないで正々堂々と戦いなさいよ！」

「果林っ……馬鹿なことはやめろ！」

「いますぐ、こんなことはやめなさい！　あなたは、そんな男の子じゃなかったでしょ!?　クールだけど心の優しい……」

「なにがやりたい？　それで、僕を脅しているつもりか？　悪いけど、どんな手段を使っても僕の要求を優斗に呑んで貰わなければならない。そもそも、君は人質だ。人質が自らを傷つけると言っても脅しにもならない」

詩音は、冷え冷えとした声で言った。

「詩音っ、お前、なに言ってるんだ！　果林、いいから、詩音の言うことは無視しろっ」

「私は、優斗のことも詩音のことも無視なんてできないよ！　あなた達が憎み合うのをやめさせるためなら、私はなんだってするわ！」

果林は叫び、諜報部の男のメスを持つ右手を上から下に動かした――右頬から、三日月形に鮮血が噴き出した。

「果林っ！」

優斗は果林に駆け寄った。

「勝手に動かないで……」

「どけ！」

立ちはだかる新海とグレイの詰め襟スーツに立て続けにタックルを浴びせた優斗は、果林を椅子から立ち上がらせ抱き締めた。

「お前っ、いい加減にしろ！」

新海が、険《けわ》しい形相で優斗に摑みかかった。

「新海、やめろ！」

詩音の命令に、よく躾《しつ》けられた軍用犬さながらに新海が優斗から離れた。

「放して！」

果林が、優斗から逃れようと身を捩《よじ》った。

「なんてことをするんだ！」

優斗は拾い上げたメスで自らの詰め襟スーツの袖を裂き、果林の頬に当てた。

すぐに、白い生地が果林の鮮血に染まった。

「……人質の私が……顔を傷つけても詩音は無駄だって言ったけど……優斗は違うわ。もう……人質の価値はなくなったから、私のことは気にしないで詩音と向き合って……」

果林の頬に当てた詰め襟スーツの切れ端はすでに真っ赤になり、足もとに血溜《ちだ》まりができていた。

「傷一つくらいで価値はなくならないから安心しろ。傷をつければつけるほど、上條さんは従ってくれるからな。さあ、人質をこっちに渡してください」

新海がナイフを取り出し、優斗に向けた。

二人の配下も、ナイフを構えていた。

果林を守りながらナイフを所持する腕利きの三人と、ドアの前に立つ茶色スーツの男と配送員に扮《ふん》した男を相手にするのは危険過ぎた。

「お前ら、これ以上、俺を怒らせるんじゃねえぞ」

果林を背後から抱き止めながら、優斗は新海を睨みつけた。

「子供の喧嘩じゃないんですから。警護部のトップにしては、状況判断が甘過ぎますね。僕達が一斉に襲いかかれば、上條さんは自分の身を守ることで精一杯になりますよ？　そんなメス一本で、戦えると思っているんですか？」

「優斗……私は大丈夫だから！　あなたの……やるべきことをやって！」

果林の懸命な叫びが、優斗の胸を掻《か》き毟《むし》った。

新海に言われなくても、この状況で果林を守りながら無傷で切り抜けるのは至難の業だということはわかっていた。

だからといって、戦いに専念すればふたたび果林を人質に取られてしまう。

「できれば僕達も手荒なまねはしたくありません。彼女を渡すか、副本部長の言った要求を呑むか？決めてください」

新海が、一片の情も感じさせない口調で迫ってきた。

「お前ら……それでも血の通った人間か!?」

優斗の怒声に、新海が口もとに酷薄な笑みを浮かべた。

「優斗。君が意地を張って病院に行くのが遅れてしまえば、果林の顔に傷が残ってしまう。振込明細書を渡してくれ」

詩音が、優斗を見据えつつ言った。

「お前の性根が本当に腐ってしまったことがわか

ったよ。苦しむ果林を前にしても、頭にあるのは権力を手にすることだからな」

　優斗は吐き捨てた。

　嫌味でも皮肉でもなく、本音だった。

　血塗れの果林を見ても眉一つ動かさずに要求を通そうとする詩音は、もはや優斗の知っている詩音ではなかった。

「なにを言われても僕の要求は変わらない。溝口が送金した明細書を渡すんだ」

「ここにはない。いまは本部長が持っている。まずは果林を病院に連れて行ってから渡す」

「優斗……こんなのだめだよ！　詩音を……取り戻せなくなっちゃうよ！」

　傷の痛みを堪え、果林が懸命に訴えた。

「もう、詩音はいないよ」

　優斗は、力なく呟いた。

「新海。系列の病院に優斗と彼女を運んで、治療中はお前が待つんだ。その間に優斗は本部長から明細書を手に入れてきてくれ」

　詩音がなにごともなかったように新海に命じると、優斗に視線を移した。

「病院でも、果林を人質にするつもりか？　俺のことを、そこまで信用できなくなったのか!?　お前とは違う。果林を危険な目に遭わせてまで、権力を手にしようとは思わない」

「二人にアイマスクをつけて、まずは病院に連れて行くんだ」

　詩音が言い残し、背を向けるとドアに向かって歩き始めた。

　入れ替わるように、優斗を連れてきた茶色スーツの男と配送員に扮した男がアイマスクを手に歩み寄ってきた。

「詩音、俺には後悔していることが二つある」

　優斗の言葉に、詩音が立ち止まった。

「一つは、お前の瞳の力に抵抗力があることだ。俺がほかの奴らみたいにお前にみつめられて従っていたなら、果林が犠牲になることもなかった。もう一つは、お前を兄弟以上の存在に思ってきたことだ」

　優斗は、やるせない思いで詩音の背中に語りかけた。

　束《つか》の間《ま》、背を向けたまま無言で佇んでいた詩音が、足を踏み出しドアの向こう側へと消えた。

「病院に着くまで、我慢できるか？」

優斗は訊ねた。

「私のことは……気にしないでって言ってるのに……馬鹿ね……本当に、あなたは人が好過《よす》ぎるわ……」

傷が痛むのだろう、喘《あえ》ぐように果林が言った。

「お前に、言われたくないよ」

優斗は、懸命に微笑んで見せた。

「その言葉……そのまま返してあげる」

血と汗に塗れた果林の笑顔が、闇に呑み込まれた。

☆

医師に促され個室に入った優斗は、ベッドに横たわる果林の包帯に覆われた顔を見て息を呑んだ。

「もうそろそろ、麻酔も切れる頃だと思います。お目覚めになられたら、そのまま帰って頂いて構いません。十四針縫いましたので、今日明日は痛みが激しいと思いますから化膿《かのう》止めの抗生物質とともに鎮痛剤を飲むようにお伝えください。シャワーも含めた入浴は二、三日、飲酒や激しい運動は一週間は控《ひか》えてください。来週、傷の経過を診て抜糸します」

浅い寝息を立てる果林を見下ろしながら、医師が優斗に説明した。

「あの、顔の傷のほうは消えますか？」

優斗は、一番気になっていることを訊ねた。

「痕が残らないよう最善を尽くしましたが、傷が深かったので薄くは残ってしまいます。どうしても気になるなら、形成外科でレーザー治療を受けることをお勧めします。ですが、完璧《かんぺき》に消すことは難しいと考えてください。それでも、メイクで隠れるくらいにはなりますので。では、また、来週お待ちしてます」

淡々と言い残し、医師が個室をあとにした。

優斗は、丸椅子をベッド脇に運ぶと腰を下ろしうなだれた。

覚悟はしていたが、顔に傷が残ってしまう。女性にとってそれは、男性とは比較にならないほどの地獄の思いに違いない。

膝上で握り締めた拳が、怒りに震えた。

——たしかに受け取りました。今日は帰りますが、日を改めて脱会届をお持ちしますのでサインしてください。我々がこの明細書を麻取に持ち込むまで、万が一、本部長や上條さんが動いたら中園さんの身の安全は保障できません。次は、顔の傷程度で終わらないことを覚悟してください。上條さんが「神闘会」を脱会しておとなしく暮らせば、中園さんに危害が加えられることはありませんので。


　溝口が覚醒剤の売買で得た利益を、鳳凰明光の実弟名義の口座に振り込んだ明細書を受け取った新海は、優斗に警告を残し病院をあとにした。

　優斗は反論することもなく、無言で新海の背中を見送るだけしかできなかった。

　許されるならば、殺してやりたかった。

　いや、殺しても許し難い男達だ。

　しかし、優斗は彼らに牙を剝くことはしないと決めた。

　新海の警告通り、果林のことを考えれば「神闘会」から離れるべきだ。

　どんなに武術に長けていても、大事な人を守れないことを悟った。

　どんなに権力を手にしても、それは同じだろう。

　派閥同士の戦いで詩音派を倒せたとしても、その過程で果林に危害が及べば優斗にとってそれは負けを意味する。

　家族同然の果林を犠牲にしてでも覇権を手に入れようとする冷酷非情な詩音に、優斗が勝てるはずもなかった。

　香坂は、いま頃優斗が明細書を麻取に持ち込んでいると思っているだろう。

　まさか、詩音派の新海に渡したとは想像もしないはずだ。

　遅くても明日には、優斗の背信は発覚する。

　構わなかった。

　どの道、「神闘会」をやめるのだから……。

「メイクして隠せる程度なら、全然、平気だよ」

　優斗は、弾かれたように顔を上げた。

　果林が、優斗をみつめていた。

「なんだ、話を聞いてたのか？」

「狸《たぬき》寝《ね》入《い》りってやつ」

　果林が悪戯っぽく笑った。

「じゃあ、聞こえてたと思うけど、形成外科でレーザー治療を受けに行こう。傷は、ほとんど目立たなくなるらしいから」

「だから、平気だって。スッピンはジジとババや大切な人の前でしか見せないでしょ？　私が大切に思う人達は、顔に傷があってもなんとも思わないもん。優斗だって、そうでしょ？」


「もちろんだ！」

優斗は、力強く即答した。

明るく振る舞う果林に、胸が締めつけられた。

「よかった。私は、優斗と詩音の前でスッピンになれれば、それでいいから」

「なに言ってるんだ？　お前をそんなふうにしたのは、あいつなんだぞ!?」

優斗は、血相を変えて言った。

「これは、私が自分でつけた傷よ」

果林が、諭すように言った。

「そうするように追い込んだのは、詩音じゃないか！」

「そうじゃない。そうじゃないよ」

果林が、優しい眼差しを優斗に向けた。

「なにが、そうじゃないんだ？　自分が『神闘会』を支配するために、お前を人質にして俺を従わせた。百歩譲って、俺の部下を拉致するならわかる。よりによってお前を……」


「家族みたいに思っているから、私を人質にしたんだと思う」

果林が、優斗の言葉を遮り紡いだ。

「どういうことだよ？」

「優斗はさ、どうして詩音が『神闘会』の後継者になることを阻止しようとしたの？」

「それは、詩音が『神闘会』の会長の座を継ぐことを快く思わない勢力がいて、命を狙われる危険性があるからだよ。もう一つは、詩音の手を汚させたくなかった。トップになれば、きれいごとばかりじゃやってゆけないからな。ときには、犯罪に手を染めなきゃならないこともある。でも、もう、いまとなっては俺の思いも意味がなくなったよ。詩音の両手は洗い流しても落ちないくらいに、真っ黒に染まってしまった……」

「両手を真っ黒に染めたのが、あなたのためなら？」

「え？」

優斗は、怪訝な顔を果林に向けた。

「嘘だよね？　詩音を兄弟以上の存在に思ってきたことを後悔してるって？」

不意に、果林が訊ねてきた。

「嘘じゃない。本当の気持ちだ。あいつが、あんな冷血漢だとは思わなかったよ」

　優斗は吐き捨てた。

「私がメスで頬を切り裂いたとき、二人の声が聞こえたの。一人は優斗の、そしてもう一人は詩音の心で泣く声が。自分が恨まれても、悪人になっても、優斗を守りたかったんだよ。だから、一切から手を引かせて『神闘会』から追い出そうとした。頑固で正義感の塊《かたまり》のあなたを従わせるには、私を利用するしかなかった。血塗れになった私を気遣《きづか》えなかったことが、詩音はどれだけつらかったでしょうね」

「まさか……」

　あれだけひどい目に遭いながら、詩音をそんなふうに理解してあげられる果林に驚きと感動で二の句が継げなかった。

「私は、あなた達と離れたからわかるんだと思う。優斗みたいに、いまでも『神闘会』にいたら私も詩音のこと見えなくなっていたんじゃないかな」

　優斗には、大袈裟ではなく果林が聖母のように見えた。

　恥ずかしかった。

　一番つらいはずの果林が詩音の心を見抜き受け止めているというのに、自分は彼女を守るという大義名分で見捨てようとしていた。

　だが……。

　――香坂本部長のことはこっちで解決する。君自身の考えを決めるんだ。要求を呑んで果林を守るか？　要求を蹴って果林を傷つけるか？

　脳裏に蘇る詩音の言葉が、優斗を躊躇わせた。

　非情に振る舞ったのがたとえ優斗のためだとしても、果林を巻き込んだ詩音を許せそうにはなかった。

「私を連れて逃げようなんて、優斗らしくないよ」

「このまま『神闘会』にいたら、お前の身に危険が降り懸かる。俺らしく生きても果林になにかあったら……」

　果林に腕を摑まれ、優斗は口を噤《つぐ》んだ。

「連れ戻して……私達の詩音を」

　果林が、悲痛な色を湛えた瞳で訴えかけた。

「果林……」

　優斗は、彼女の瞳の純粋さに吸い込まれるように頷いていた。

5

レクサスのドライバーズシートから詩音は、窓の外……「敷島総合病院」のエントランスを眺めていた。

――いま、振込明細書を受け取り病院を出ました。女は縫合を終えて、寝ています。目が覚めたら、自宅に帰れるようです。とりあえず僕は、赤坂分室に戻ります。

約一時間前に新海から入った電話が鼓膜に蘇った。

戻ってきた新海から振込明細書を受け取った詩音は、麻薬取締官の佐藤と会うために赤坂分室を出た。

車を停めて、三十分が経っていた。

佐藤との待ち合わせまで、一時間ほどあった。

移動の時間を合わせても、あと三十分は待てる。

クリーム色の被毛の中型犬を連れた中年男性が、詩音の前を横切った。

中型犬は、キセキと同じ体格のラブラドールレトリーバーだった。

男性は路肩のガードレールに愛犬のリードを結びつけた。

「薬を貰ってくるだけだから、すぐに戻ってくるよ」

男性は愛犬の頭を撫でると、病院のエントランスに向かった。

詩音は、男性の姿が病院に消えてから車を降りた。

お座りして病院のエントランスをみつめていたラブラドールレトリーバーが、詩音を認めて尻尾を横に振った。

「不安か？」

詩音は声をかけながら、腰を屈めてラブラドールレトリーバーの耳の下を両手で揉んだ。

キセキもこうすると、気持ちよさそうに眼を細めた。

「お前は若いね。キセキはもう十四歳だから、人間で言えば七十過ぎのおじいちゃんだよ。もう、何年も会っていないから僕のこと忘れたかもね」

　詩音は、力なく笑った。

「神闘学園」を卒業したとき以来……ジジとババに報告しに「若草園」に帰って以来なので、キセキとは六年間は会っていない。

「キセキに会えないから、お前が代わりに僕の相手をしてくれるか？」

　詩音が語りかけると、キセキの尻尾の動きが大きくなった。

「寂しいか？　でも、すぐにご主人様が戻ってくるからね。お前と違って、僕はこれからずっと一人だよ」

　詩音は、キセキを抱き締めた。

　子供の頃に嗅いだ懐《なつ》かしい匂いが、愉しかった思い出とともに鼻孔に心地よく広がった。

「お前だけは……」

　詩音は言葉を切り柔らかな被毛に顔を埋めると、キセキを抱き締める腕に力を込めた。


「中園果林は退院して、上條さんに送られて自宅の施設に戻りました。十四針縫ったそうです」

　赤坂の一ツ木通り——路肩に停車したレクサスのドライバーズシートに座った新海が、ルームミラー越しに後部座席の詩音をみつめた。

「そうか」

　スモークフィルム越しの窓に顔を向けた詩音は、興味なさそうに言った。

　興味を持ったところで、どうなるものでもない……また、興味を持つべきではなかった。

　優斗に寄り添われ「敷島総合病院」から出てきた果林の顔半分には、大きな絆創膏が貼られ包帯が巻かれていた。

　詩音は、つい一時間ほど前の記憶の扉を閉めた。

　これからは、優斗の役目だ。

　自分の歩まなければならない道は別にある。

「安心しました」

　不意に、新海が言った。

「なにが？」

　窓に顔を向けたまま、詩音は訊ねた。

「もしかして、中園果林があんなことになって複雑な気持ちがあるのかと思ってました。でも、いつもの副本部長でほっとしました」


　いつもの自分って、どんな自分だ？

窓ガラスに薄く映る暗い眼をした男が、問いかけてきた。

「すべては、予定通りだ」

詩音は、抑揚のない声で言った。

「そうですね。振込明細書が手に入ったのは大きいですね」

「明光教」の教祖、鳳凰明光の実弟……ナカヤマカツジの口座に、覚醒剤の売買代金が教団ナンバー2の溝口泰明から数回に亘《わた》って振り込まれたときの明細書。

「あんなにあっさりと本部長を裏切って、明細書を渡すとは思いませんでしたよ」

新海が、驚いたふうに言った。

「上條さんにとって、そんなにあの女が大事なんですかね？」

詩音は無言で、窓ガラスに映る無表情な男をみつめた。

「二人は、単なる幼馴染みでしょうか？」

詩音は無言で、窓ガラスに映る男の暗い眼をみつめた。

「もしかして、つき合っているとか？」

「今日は、口数が多いな」

「だって、あれだけ師事していた本部長をいとも簡単に裏切るだなんて……私には理解できませんね」

新海が、呆れたように言った。

「君だったら、どうする？」

詩音は、窓ガラスに映る感情を喪失した男に問いかけた。

「え？」

新海の怪訝そうな声が聞こえた。

「大切な女性を人質に取られたら、僕を裏切るか？」

「まさか。その状況になったら、一秒も迷いませんよ。友情とか愛情とか、そういうの一切信用していませんから」

彼の瞳には、詩音も同類に映っていることだろう。

否定する気はない。

家族同然に育った果林の顔を、目的を果たすために傷つける人間だ。

その目的が優斗や果林のためだったとしても、詩音がしたことの免罪符になりはしない。

「もちろん、副本部長も同じですよね？」

「ああ」

間を置かずに、詩音は返事した。

これ以上、心に踏み入られるのを防ぐためだ。

「上條さん、脱会届にサインすると思いますか？」

「するだろう」

大切な人を守るためなら身をなげうつ……それが、優斗という男だ。

それでいい。

優斗が住むには、「神闘会」はあまりにも汚れ過ぎていた。


そう思うだろう？


詩音が問いかけると、窓ガラスに映る男が消えた——ドアが開き、この前と同じ、カーキ色のジャンパーにハンチング帽スタイルの佐藤が車内に乗り込んできた。

「『明光教』絡みの情報って、今度は組織犯五課のお下がりの情報じゃないだろうね？」

佐藤が、ちくりと嫌味を言った。

「ご安心ください。今度は、佐藤さんにもご満足して頂ける情報です」

「この前のことがあるから、信用できないね」

佐藤が鼻を鳴らした。

前回、組織犯罪対策第五課に溝口の身柄《みがら》を押さえられたことを根に持っているのだろう。

「同じ過ちは二度繰り返しません。組織犯五課の手柄を一気に引っ繰り返せるだけの情報です」

「もったいぶらないで、その情報ってやつを教えてくれないか？」

佐藤の眼が、獲物を認めたハイエナのように鋭くなった。

「その前に、お約束して頂きたいことがあります」

詩音は、逸《はや》る佐藤を制した。

「交換条件ってやつか？　なんだ？」

佐藤が、焦《じ》れたように身を乗り出した。

「私が提供する情報があれば、間違いなく鳳凰明光を捕らえることができます」

「だから、その条件を早く……」

「『明光教』を壊滅せずに、残党を『神闘会』に引き継がせて頂けますか？」

「『明光教』の残党を『神闘会』で引き継ぎたいだと⁉」

佐藤が、素頓狂な声で繰り返した。

「はい。『明光教』の看板は残しますが、実質的には『神闘会』が教団を運営します。教祖である鳳凰明光を捕らえれば『明光教』は死に体同然です。ナンバー2を逮捕して意気揚々としている組織犯五課の鼻を明かすこともできます」

「そんなこと、できるわけないだろう！ そもそも、我々の目的は麻薬取引の温床になっている『明光教』を壊滅させることなんだぞ⁉ 『神闘会』に引き継がせても、『明光教』が残るんだから意味がないじゃないか！」

佐藤が血相を変え、口角泡を飛ばした。

「いいえ、そんなことはありません。組織犯五課が教団ナンバー2が自首する代わりに生かそうとした鳳凰明光を叩き、『明光教』の心臓部を壊滅させるわけですから」

「それなら、信者だけを吸収して『明光教』を壊滅させればいいじゃないか⁉」

佐藤が、詩音が予期していた質問をぶつけてきた。

「信者達は、鳳凰明光以外の教祖に従うことはありません。麻取に協力して『明光教』を潰《つぶ》した『神闘会』にくるわけがないでしょう？ そうなれば、数十万人とも言われる残党が地下に潜り、教祖奪還のためになにをしてくるかわかりません。『明光教』を潰して残党をテロリストにするよりも、『神闘会』が裏で実権を握って睨《にら》みをきかせているほうが安全だと思いませんか？」

詩音は、諭し聞かせるように言った。

「しかしだな……」

「それに、これはお願いではなく交換条件です。鳳凰明光を叩ける情報を握っているのは私だということを忘れないでください。私が情報提供しなければ、警視庁の思惑通りナンバー2の逮捕でお茶を濁して『明光教』はこれまで通りに存続します。麻取が鼻を明かせるチャンスがなくなってもいいんですか？」

詩音は口調こそ丁寧だが、佐藤を恫喝した。

「なに⁉ 私を脅しているのか⁉」

佐藤が気色ばんだ。

「脅しじゃありません。私は、麻取と佐藤さんに千載一遇のチャンスを差し上げようとしているだけです」

詩音は、涼しい顔で言った。

「食えない男だな」

佐藤が、苦笑い混じりに吐き捨てた。

「組織犯五課の慌てふためく顔を見たいとは思いませんか？」

詩音は、微笑みながら言った。

「わかった。あんたには負けたよ。条件を呑もうじゃないか」

「じゃあ、この通りに言ってください」

詩音は事前にプリントアウトしてきた用紙を佐藤に渡し、ＩＣレコーダーを取り出した。

「これは、どういうつもりだ？」

用紙とＩＣレコーダーを交互に見た佐藤が、押し殺した声で言いながら詩音を睨みつけてきた。

「口約束だけで信用するほど、純粋な人間にできていませんから」

詩音は、頬に冷笑を貼りつけた。

「私を信用できないっていうのか？」

「念のためです。ビジネスですから」

「だったら、この話はなしでいい」

佐藤があっさりと言った。

詩音は、佐藤の瞳を見据えた。

本音か、ハッタリか？

詩音は、思考をめまぐるしく回転させた。

選択を間違えれば、すべてが水泡に帰す。

――優斗っ、屈しちゃだめだって！　言いなりになったら、詩音のためにならないわ！

幼馴染みに人質にされてメスを突きつけられた状況でさえ、詩音を気遣う果林の姿が脳裏に蘇った。

詩音は、無言で後部座席のドアを開けた。

「なんのつもりだ？」

佐藤が、怪訝そうに詩音を見た。

「取引はなしなんでしょう？」

詩音は言いながら、佐藤の表情を見据えた。

平静を装っているが、佐藤の瞳の奥から動揺の色が窺えた。

「ああ、私はなしでも構わないが、そっちはそれでもいいのか？」

佐藤も、心理戦を仕掛けてきていた。

我慢比べ――耐えきれなくなったほうが負けだ。

「よくはないですが、佐藤さんが取引に応じてくれないので仕方がないです」

「そこまで言うなら、譲歩してやってもいい」

「譲歩？　どういう意味ですか？」

「君との約束は守ってやる。鳳凰明光を逮捕しても、『明光教』を潰さずに『神闘会』に渡す。だが、録音するのはだめだ。目的を果たすために取引の証拠を残しては本末転倒だからな」

佐藤が、きっぱりと言った。

思ったよりも、頑《かたく》なな男だ。

「佐藤さんが約束を破らなければ、ＩＣレコーダーの音声が表に出ることはありません。要求を呑めないのは、僕との約束を守る気がないからですか？」

「警視庁に出し抜かれて鼻を明かしてやりたいのは山々だが、録音だけはできない。それは約束を守らないつもりだから言ってるんじゃなくて、私の権限を越えてしまうからだ」

どうやら、ハッタリではなさそうだった。

国家公務員としての良心が佐藤を止めているのならば、理性を失わせるだけのインパクトを与えるしかない。

「わかりました。たしかに、佐藤さんの言う通りです。国家公務員に裏取引を持ちかけた自分が馬鹿でした」

詩音は、最後の一手に出た。

ここで佐藤が応じなければ、録音は諦《あきら》めるしかなかった。

「だから、裏取引は構わないと言ってるだろう？　私ができないと言ってるのは、録音のことだ。録音をしなくてもいいなら……」

「結構です。佐藤さんに渡すはずだった情報を組織犯五課に持ち込んで条件を交渉してみます」

佐藤を遮り、詩音は言った。

「組織犯五課に持ち込むだと⁉」

佐藤が大声を張り上げた。

「ええ。できれば佐藤さんと取り引きしたかったんですが、交渉が決裂したので仕方ありません」

詩音は、淡々とした口調で言った。

「君は、なにもわかっていないっ。警察は、約束の文言を録音する条件なんてもっと呑まないぞ⁉」

予想通り、佐藤が動転した。

鳳凰明光に止《とど》めを刺す情報を諦めることはできても、ライバル関係にある組織犯罪対策第五課に持ち込まれることは別の話だ。

警視庁に教団ナンバー2を横取りされ先を越されている状況で、教祖まで逮捕されたら麻取の面子《メンツ》は丸潰れだ。

とくに「明光教」を担当していた佐藤への風当たりが強くなるだろうことは、目に見えている。

「そうでしょうね。でも、佐藤さんにははっきり断られているので可能性はゼロですが、確率は低くても組織犯五課には望みが残されています。もちろん、確率はかぎりなくゼロに近いでしょうが、たとえ一パーセントでも可能性があるかぎり賭けてみるしかありません」

「ちょ……ちょっと待て。とにかく、警察に行くのはだめだっ」

滑稽なほどに、佐藤は慌てふためいていた。

「私だって、できれば行きたくないですよ。佐藤さんが交換条件に応じてくれたら、警察に行かなくても済むんですが……」

「わかったっ。読み上げればいいんだろう!?」

佐藤が勢いよくドアを閉めながら、いら立った声で言った。

「お願いします」

詩音はすかさずICレコーダーを佐藤の口もとに突きつけ、スイッチを入れた。

「私、麻薬取締官の佐藤は、『神闘会』の副本部長である花咲詩音から『明光教』の教祖である鳳凰明光に関する情報を提供して貰《もら》う交換条件として、以下のことを誓約します。花咲詩音に提供して貰った情報で鳳凰明光を逮捕できた場合、厚生労働省地方厚生局麻薬取締部は『明光教』の運営の実権を『神闘会』に委《ゆだ》ねます」

「ありがとうございます」

詩音はICレコーダーのスイッチを切った。

「さあ、私は条件を呑んだから、次は君の番だ。組織犯五課の手柄を一気に引っ繰り返せるだけの情報とやらを早く教えて貰おうか？」

佐藤が、急に強気な態度に出てきた。

「わかりました。ただし、その前に、一つだけ警告しておかなければならないことがあります。万が一、私との約束を反故《ほご》にして『明光教』の運営権を『神闘会』に渡してくれなかった場合は、組織犯五課にこのICレコーダーを渡します。その場合、佐藤さんは懲戒処分……いいえ、逮捕まであるでしょうね」

「ふ、ふざけるな！　この程度の裏取引はほかの麻取もやっているっ。懲戒処分や逮捕なんて、あるわけないだろう！」

佐藤がシートを掌で叩き、怒声を浴びせてきた。

「三橋孝二《みつはしこうじ》さん」

詩音が口にした名前に、怒気に紅潮していた佐藤の顔が蒼白になった。

もちろん、詩音にはその理由がわかっていた。

「偽名と同じで、本名もありふれているんですね」

詩音は、口もとに冷笑を浮かべた。

「どうして、それを……」

佐藤の乾いた唇から、掠れ声が零れ出た。

「麻取さんほどではありませんが、ウチの諜報部もなかなかのものですよ」

詩音は、ドライバーズシートの新海をちらりと見た。

「まさか……私を、尾行したのか？」

「保険をかけるのが習慣になっていまして。あ、そうそう、祖師ヶ谷大蔵《そしがやおおくら》のご自宅に現金書留が届いている頃だと思います」

「現金書留？　なんのことだ？」

佐藤の眉間に、怪訝な縦皺《たてじわ》が刻まれた。

「惚けないでください。佐藤さんから要求された三十万ですよ。あ、三橋さんでしたね」

詩音は微笑みつつ言った。

「お前……いったい、なにを言ってるんだ⁉　いっ、私が三十万なんて要求した⁉」

佐藤が眼を見開き、裏返った声で詰め寄った。

「とにかく、私は佐藤さんに要求された三十万を送りましたから。書留の控えを組織犯五課の人が見たら黙っていないでしょうね」

「なっ……」

佐藤が絶句した。

「麻薬取締官が便宜を図るために賄賂《わいろ》を受け取っていたなんて、組織犯五課にとって最高に捜査意欲の湧くシチュエーションだと思います」

「だから、私は賄賂なんて要求してない……」

「警察は、真実よりも麻取を叩ける口実のほうが重要なんです。無実を主張したいなら、取調室でどうぞ。刑事が、耳を傾けるとは思えませんけどね」

詩音は、冷え冷えとした眼で佐藤を見据えた。

「私を……嵌めたのか？」

干乾《ひから》びた声で、佐藤が言った。

「嵌めたか嵌めていないかよりも、バレるかバレないかが問題です。約束さえ守って頂ければ、書留の控えが刑事の眼に入ることはありませんからご安心ください」

詩音は言いながら、振込明細書の束を佐藤に差し出した。

「ミゾグチタイメイ……ナカヤマカツジ……なんの金だ？」

佐藤が、貪《むさぼ》るように明細書に視線を這《は》わせつつ訊ねてきた。

「覚醒剤の売買代金を送金している明細書です」

「教会長の溝口泰明はわかるが、受取人は誰だ？」

「中山勝次《なかやまかつじ》は鳳凰明光の弟です」

「弟だと⁉」

佐藤が素頓狂な声を張り上げた。

「はい。つまり、教団ナンバー2の教会長が覚醒剤の売買代金を教祖の実弟であり『明光教』の金庫番に送金したということです。鳳凰明光が知らなかったと主張しても、教団ナンバー2とナンバー3が覚醒剤の売買代金をやり取りしている以上、使用者責任を問われます」

「たしかに、これで鳳凰明光は終わりだな」

明細書を凝視しながら、佐藤が呟《つぶや》いた。

「仕留めるのは教祖だけです。お互いの幸せのために、約束を守ってくださいよ」

詩音は冷え冷えとした声で、佐藤に念を押した。

6

――詩音っ、なにやってるのよ！　立って！

――いいんだ。僕のことだから、果林ちゃんは関係ないよ。もう、行って。

ベンチに座った優斗は、虚ろな瞳で園内をみつめた。

十四年前の『憩い公園』……ちょうど優斗のいるあたりに、いじめっ子グループの足もとで土下座する詩音と立たせようとする果林がいた。

果林を殴ろうとしたノッポのいじめっ子の手首を摑んだ感触が、昨日のことのように優斗の掌に蘇った。

あの頃の詩音は、いつもイジメられていた。

あの頃の果林は、いつも詩音を庇っていた。

あの頃の優斗は、いつも詩音と果林を助けていた。

おとなしく争いごとの嫌いな詩音、勝ち気で情にもろくお節介《せっかい》な果林、単純で口より先に手が出る自分……三人とも、まったく違う性格をしていた。

だが、三人は兄弟以上に気が合った。

果林は詩音を理解し、詩音は優斗を理解し、優斗は果林を理解した。

詩音は果林を理解し、果林は優斗を理解し、優斗は詩音を理解した。

三人は、兄弟以上に一緒に行動した。

永遠に、続く関係だと思っていた。

まさか、詩音が野望を果たすために果林を人質にして傷つけるような男になるとは……。

どこで、ボタンを掛け違えてしまったのだろうか？

――私がメスで頬を切り裂いたとき、二人の声が聞こえたの。一人は優斗の、そしてもう一人は詩音の心で泣く声が。自分が恨まれても、悪人になっても、優斗を守りたかったんだよ。

女性にとって命とも言える顔を傷つけてまで、詩音を庇った果林の想《おも》いに胸が締め付けられた。

たとえそうだとしても、優斗には許せそうもなかった。

いかなる理由があったとしても、果林を傷物にした詩音のことは許せはしない。

今日、詩音と会おうと決めたのは果林のため……詩音にラストチャンスを与えることにした。

詩音の要求するままに、溝口泰明が鳳凰明光の実弟に送金した覚醒剤の売買代金の振込明細書を新海に渡した。

直属の上司である香坂への背信行為は、「神闘会」に優斗の居場所がなくなることを意味した。

詩音を救うことができなかった。

だが、悔《く》いはなかった。

優斗にとってなにより優先して守るべきなのは、野心に目が眩み悪魔に魂を売った詩音ではなく果林の身の安全だ。

香坂には、詩音との話が終わったあとに退会届を渡すつもりだった。

――優斗、私のこと好き？

「若草園」に向かう車内で、後部座席で眼を閉じていた果林が突然口を開いた。

——なんだよ？　突然……。

幼い頃から共に育った果林だったが、そんなことを聞かれたのは初めてだったので優斗は動転した。

——いいから、答えて。優斗は、私のこと好き？

果林はシートに背を預け眼を閉じたまま、同じ言葉を繰り返した。

——ああ、好きだよ。

優斗は、ぶっきら棒に言った。

——どのくらい好き？

——なんだよ？　からかってるのか？

——からかってなんかいないよ。優斗は、私のことをどう思ってるのかなって。

いままで、果林をそんなふうに考えたことはなかった……無意識のうちに、考えないようにしていた。

優斗、果林、詩音……三人で一人だった。

バランスを崩したくなかった。

誰か一人が欠けても、不完全な存在になってしまう。

そう思っていた……そう信じたかった。

——家族だよ。

優斗は、本音を口にした。

どんなことがあっても守らなければならない存在……果林のためなら、命も惜しくはないと言い切れる。

——ありがとう。優斗も、私にとってかけがえのない家族……ううん、家族以上の存在だよ。今日だって、命懸けで助けてくれたよね？　昔から、優斗はいつも私や詩音を守ってくれた。

果林が、どうして突然そんなことを聞いてきたのかがわかったような気がした。

──詩音も家族だよね？

果林が初めて眼を開け、優斗をみつめた。

──ごめん。今度だけは……あいつを助けたいと思えない。

優斗は、絞り出すような声で言った。

──私のためでもいい。

──え……？

──私を守ると思って……詩音を助けてあげて。

──できるなら、俺だってそうしたい……詩音を救うために、頑張ったつもりだ。この際、はっきりと言っておく。お前を人質に取ってまで俺を「神闘会」から追い出そうとしたのは俺を守るためだと言ったけど、それは違う。詩音が「神闘会」で覇権を取るためには、香坂本部長を倒さなければならない。香坂本部長の右腕の俺は、詩音にとっては一番に排除しなければならない宿敵なんだよ。

──本気で、そんなふうに思ってないよね？

──もう、いないんだよ。俺やお前が知ってる詩音は……。

──だったら、探してきてよ。迷子になってる私達の詩音を。

「約束を守ってくれてありがとう」

隣に座る男……詩音の声が、果林の泣き笑いの顔を掻き消した。

「果林の怪我の具合より、振込明細書のことが気になるのか？」

優斗は、正面を向いたまま皮肉を込めた。

「彼女のことは、君に任せたからさ」

「自分で果林を追い込んでおきながら、他人事みたいな口ぶりだな？」

「僕が傷つけたわけじゃないからね」

「お前、それ、本気で言ってるのか？」

優斗は、首を巡らせ詩音の横顔を睨みつけた。

「果林のことで文句を言うために、僕を呼び出したのか？」

詩音が、優斗のほうを見ようともせずに質問を返した。

「果林は……あんな目にあわせたお前のことを救ってほしいと頼んできた」

噛み締めた奥歯――握り締めた拳。果林の姿を思い浮かべただけで、胸が張り裂けてしまいそうだった。

「僕を救う？　君達に救われる覚えはない」

詩音が、にべもなく言った。

「俺だって、いまのお前を救いたいとは思わない。けどな、果林のために……もう一度だけ、お前と向き合ってみようと思ったんだ」

「君は果林に頼まれれば、仇《かたき》にも手を差し伸べるのかい？」

詩音の言葉が皮肉ではなく、素朴な疑問に聞こえてしまったことが余計にショックだった。

優斗は、詩音の横顔から探した……みつからない。

「……どうして、あんなことをした？」

絞り出すような声で、優斗は訊ねた。

一縷の望み――許せる理由を探した。


「『明光教』から手を引かせ、『神闘会』を退会させる。理由は言ったはずだけど？」

詩音が顔を優斗に向けた。

感情のない瞳……感情を喪失した瞳。

昔からクールな性格をしていたが、こんなに冷たい瞳はしていなかった。

「神闘学園」、「神闘会」での九年間が詩音の喜怒哀楽を奪ってしまったのか？

「それだけのために……果林をひどい目にあわせたのか？」

優斗は押し殺した声で訊ね、鉄仮面のような詩音の表情から探した……みつからない。

「君にとってはそれだけのためかもしれないけど、僕にとっては君を『明光教』から手を引かせて『神闘会』から追い出すのはなにより重要なことでさ」

詩音が、抑揚のない口調で言った。

探しても、みつからない。

「だからって、果林を傷つけて心が痛まないのか？」

「何度も言うけれど、彼女は自分で傷をつけたんだ」

優斗は、詩音の顔をまじまじとみつめた。

本当に、いなくなってしまったのか？

「本心で言ってるのか？」

祈るような思いで、優斗は訊ねた。

「本心もなにも、事実だろう？」

ふたたび、にべもなく詩音が言った。

「俺とお前にとって、果林は特別な存在じゃないのか？」

俺とお前も……喉まで込み上げた言葉を、優斗は呑み下した。

「特別の意味がわからないよ」

詩音が惚けているようには見えなかった。

優斗の知っている……果林の知っている詩音は……。

「忘れたのか？　ガキの頃から俺ら三人は、助け合ってきただろう？」

詩音のためではなく、果林のために呼びかけた。どこかにいるはずの詩音に。

詩音は優斗から視線を逸らし、顔を正面に戻した。

「小学生の頃、この公園でいじめられっ子に僕と果林は囲まれてさ」

不意に、詩音が独り言のように切り出した。

詩音があの出来事を覚えていたことに、微かな希望の光が見えたような気がした。

「僕は、土下座して果林を逃がそうとした。でも、いじめっ子達は許してくれなくて果林にまで手を出そうとした」

「ああ、もう少し駆けつけるのが遅れたら危ないところだったな」

「君が果林を殴ろうとしていた奴らをやっつけてくれて、その場を切り抜けることができた」

詩音は、懐かしんでいるふうでもなく淡々と語った。

「覚えてたんだな」

「覚えてたよ。優斗に助けられたことをね」

「え……」

優斗は言葉に詰まった。

「お前だって、果林を守ってたじゃないか？」

「僕は、守ってないよ。逆に果林に守られていたんだよ」

無表情の詩音からは、彼の心のうちを察することはできなかった。

「人間っていうのは、都合のいいように記憶を塗り替える生き物だからね」

詩音は、相変わらずの無表情だった。

「詩音、なにが言いたいんだ？」

優斗は、訝しげな声で訊ねた。

「助け合ってきたと思っているのは、君と果林だけだ。僕は、いつだって君達に助けられるほうだった」

「お前、本当にそんなふうに思っていたのか？」

「いいや。そのことを根に持っていたとかくだらない勘違いはやめてほしい。僕はただ、事実を教えてあげただけだ」

詩音が本心を偽っているふうには見えず、本当に興味がなさそうだった。

「もし、そうだとしても、果林を傷つけたことの言い訳にはならない」

優斗は、厳しい口調で言った。

「言い訳なんかする気はない。僕は別に悪いことをしたとは思ってないから」

さらりと言い放つ詩音の横顔を見て、優斗は確信した。

もう、迷いはない。

「わかった」

優斗は、吹っ切ったように言った。

「助かるよ。じゃあ、お互いの道を」

詩音が、右手を差し出してきた。

「勘違いするな」

優斗はベンチからすっくと腰を上げた。

怪訝そうな顔で、詩音が見上げた。

「俺は『神闘会』を辞める気はない」

「それは、どういうことかな？」

「これからも、『神闘会』に残ると言ったんだ」

「君のその決断が、なにを意味するかわかってるよね？」

詩音が、恫喝の色を宿した瞳で優斗を見据えた。

「ああ、わかったよ。俺や果林が探している花咲詩音はいなくなったってことがな」

優斗も、詩音を見据えた。

「果林を危険に晒したくないいんじゃなかったのかい？」

「見くびるな。果林は俺が守る」

「君こそ、見くびらないでくれ。僕も、昔とは違う」

詩音が、立ち上がりながら言った。

二人は対峙した。

友としてではなく、敵として……。

「果林には指一本触れさせない。お前のやろうとしていることも、すべて阻止する。それだけは、覚えてろ」

　優斗は言い残し、踵を返した。

7

　打ちっ放しのコンクリートに囲まれた空間、テーブルを挟んで向き合うソファ、低く流れるジャズのＢＧＭ……西麻布の住宅街にひっそりと建つビルの地下にある「ミッション」は、香坂の後輩が経営している会員制のバーだった。

　指紋認証のドアなので、会員以外は店内に入れないようになっている。

　機密性の高い打ち合わせのときには必ず、香坂は「ミッション」を利用している。

　会員制だからというばかりが理由ではなく、オーナーの工藤《くどう》の信頼できる人間性が大きかった。

「安酒ばかりじゃなくて、たまにはシャンパンでも開けてくださいよ」

　ハイボールを運んできた工藤が、悪戯っぽい顔で言ってきた。

「相変わらずの物言いだな」

　香坂は苦笑いしながら、ハイボールのグラスを傾けた。

　重大な任務に当たっているときでも、工藤はジョークで場を和ませる陽気な男だった。

「お連れさんとは、何時に？」

　工藤が訊ねてきた。

「八時だ」

「じゃあ、あと三十分くらいありますね」

　言いながら、工藤が香坂の正面のソファに座った。

「待ち合わせはモデルですか？　それともキャバ嬢ですか？」

　くだらないことばかり言っているようで、昔から工藤は空気の読める男だった。

　いまも軽口ばかり叩いているのは、香坂の任務が苦しい局面を迎えていることがわかっているからだ。

「本当にそうなら、寿命が縮む思いをしなくて済むのにな。因果《いんが》な職業を選んだものだ」

　香坂は肩を竦めた。

「同感です。それにしても、そのスーツ、板についてきましたね」

工藤が茶化すように言いながら、香坂が身に纏《まと》う白の詰め襟スーツを指差した。

「お前のぶんも、用意してやろうか？」

「遠慮しときます」

香坂が言うと、工藤が顔前で手を振った。

「ところで、待ち人は本職関係ですよね？」

それまでと一転した真面目な顔で、工藤が訊ねてきた。

「出稼ぎ関係だ」

「え⁉」

工藤が驚くのも、無理はなかった。

「ミッション」には、仮の姿で出会った人間を連れてきたことはなかった。

「花咲詩音だ」

「花咲詩音って、『神闘会』の後継者と言われてる男ですよね？」

「お前の耳に入っているとは、花咲も有名人になったもんだな」

香坂は、苦々しい顔で言った。

「『明光教』を『神闘会』に吸収した立て役者だって、ワイドショーや週刊誌で報道してましたからね。ウチには『神闘会』の人間は近づけないようにしていたのに、どういう風の吹き回しですか？」

工藤が訝しげな顔で訊ねてきた。

「カミングアウトしようと思ってな」

「え⁉　そんなことして、大丈夫なんですか⁉」

工藤が素頓狂な声を上げた。

彼が危惧するのも当然だ。

詩音に正体を告げるのは、危険な賭けだった。

一歩間違えば、十数年の苦労が水泡に帰す。

だが、このままでは任務が失敗に終わるのが目に見えている。

詩音のコントロールが利くうちに、手を打たなければ取り返しのつかないことになってしまう。

「花咲を味方につける」

「花咲詩音は敵の後継者ですよね⁉　先輩の任務は、『神闘会』の壊滅なのにどうして⁉」

工藤もまた、「ミッション」のオーナーというのは仮の姿だ。

彼の任務は、ターゲットの動画と音声を確保することだ。

工藤は香坂と同じＳＳＴ――警視庁特殊破壊工作部隊《スペシャルサボタージュチーム》の工作員だった。

ＳＳＴは、公安部が警備部のＳＡＴに対抗して編成した選りすぐりの精鋭集団だ。

ハイジャック及び建物占拠といった重大テロ事件などの組織的犯罪が発生した場合に、人質等の安全を確保しつつ事態を制圧するＳＡＴにたいして、ＳＳＴの任務は国家転覆を狙う疑いのある組織に潜入し、内部から情報を公安に送りつつ時間をかけて破壊するという長期戦だ。

ターゲットを一気に武力で叩き潰すＳＡＴと違い、ＳＳＴは数ヵ月から十数年の年月をかけて自然に崩壊したように終わらせるのが任務の性質だった。

「だからこそだ。今回の功績で、敷島宗雲は花咲を昇格させるだろう。そうなると、『神闘会』は組織としてより強化され盤石な体制になる。飼い主に牙を剝かせるのは、いましかない」

「でも、花咲が靡かなかったらどうするんですか⁉　先輩の正体が敷島にバレたら一巻の終わりですよ」

「たしかに、花咲は諸刃《もろは》の剣《つるぎ》だな」

「そんな呑気に言ってる場合じゃないでしょう⁉　一歩間違えば、先輩は奈落《ならく》の底に落ちてしまうんですよ⁉　状況をわかっているんですか⁉」

工藤が、興奮口調で捲《まく》し立《た》てた。

「まあまあ、落ち着け。冷静な判断力、非情な決断力、大胆な行動力……俺の見たところ、諸刃の剣の切れ味は半端じゃない。その剣の切っ先を、敷島に向けることができれば『神闘会』を終わらせることができる」

買い被りではない。

詩音は敵に回せば手強い男だが、味方につければこれほどに心強い男はいない。

「神闘学園」、「神闘会」の九年間、詩音と対峙することで身に沁《し》みて感じたことだ。

だが、仮の姿の自分は詩音の競争相手であり敵だ。

香坂の共闘の申し出を受け入れるとは思えない。

詩音と呉越同舟するには、正体を明かすしかない。

「仮に成功したとしても、花咲の天下になるだけで『神闘会』を終わらせることにはならないでしょう？　終わらせるどころか、組織が若返って勢いづいたらどうするんですか⁉」

「心配するな。同じ船に乗るのは、敷島を追い落とすまでだ」

香坂は、ハイボールの氷を噛み砕いた。

「嵌めるんですか？」

工藤が声を潜め身を乗り出してきた。

「人聞きが悪いことを言うな。嵌めたりしなくても、花咲の身を叩けば埃はいくらでも出てくる」

「でも、先輩は優斗とかいう男を手懐《てなず》けて『神闘会』をコントロールできる立場に育てるんじゃなかったんですか？」

「そのつもりだった」

香坂は苦々しい顔で言いながら、記憶を巻き戻した。


――自分がなにをやったか、わかっているのか？

――申し訳ありません。

目の前で、優斗はうなだれるばかりだった。

――謝って済むことだと思っているのか？

――今回の責任を取って、「神闘会」を辞めます。

――お前は俺を裏切り、花咲に振込明細書を渡した。お前が辞めたくらいで帳消しになるとでも？

――果林の身を守るためでした。

――だからといって、重要な任務を独断で交換条件にしてもいいのか？

――もちろん、自分のやったことが重大な背信行為だとわかっています。でも、俺にとって果林は家族以上に大切な存在です。犠牲には、できませんでした。

――とにかく、勝手に辞めることは認めない。罪を償う気持ちがあるのなら、俺がいいというまでおとなしく謹慎していろ。処分は、追って連絡する。


誤算だった。

詩音が、家族以上の幼馴染みを犠牲にしてまで野望を達成しようとする男だったとは……。

誤算だった。

優斗が、家族以上の幼馴染みを犠牲にできずに野望を捨てる男だったとは……。

果林という二人にとってはかけがえのない女性をリトマス紙に、詩音の非情さと優斗の情の深さが浮き彫りになった。

　優斗を神輿に担いでも勝てないと、はっきりとわかった瞬間だった。

「切るんですか？」

　工藤の声で、香坂は現実に引き戻された。

「いいや。捨て駒《すてごま》だ」

「捨て駒……ですか？」

　工藤が、訝しげな表情になった。

「ああ。花咲の使い道がなくなったときに、相討ちさせるための大事な捨て駒だ」

　香坂は、眉一つ動かさずに言った。

「おお〜こわ〜」

　工藤が大袈裟に自分の肩を抱いて見せた。

「ターゲットを破滅させるのが破壊工作員の使命だからな」

「俺ら、国家公務員じゃなければ外道ですよね」

　本気とも冗談ともつかぬ口調で、工藤が言った。

「無駄口はそのへんにして、フロアに戻れよ。そろそろ花咲がくる時間だ。画と音をしっかりと押さえとけよ」

「はいはい、邪魔者は消えますよ。了解です。じゃあ、健闘を祈ります」

　工藤がウインクを残し、部屋を出て行った。

　香坂はソファに背を預け眼を閉じると、詩音攻略のシミュレーションをした。

☆

『香坂様。お連れのお客様がお見えになりました』

　ノックに続き、バーのオーナーモードになった工藤の声がした。

「入ってくれ」

　香坂が声を返すと、工藤に続き白い詰め襟スーツに身を包んだ詩音が現れた。

「本部長、お疲れ様です」

　折り目正しく挨拶する詩音に、香坂は正面のソファを促した。

「『明光教』の吸収成功おめでとう」

　詩音がソファに着くなり、香坂は笑顔で右手を差し出した。

「ありがとうございます。でも、僕の功績ではありません。覚醒剤の売買代金の振込明細書を入手したのは本部長ですから。僕は、本部長のキラーパスを受けただけです」

謙遜する詩音――やはり、食えない男だった。

「お前にパスした覚えはないんだが」

香坂は、微笑みを湛えつつ皮肉を言った。

「はい。上条君が取《と》り損《そこ》ねたボールをシュートしました」

詩音が皮肉で切り返してきた。

「上條が取り損ねたんじゃなくて、奪ったんだろう？　まあ、なんにしても『神闘会』にとってはおめでたい話だ。なにを飲む？　シャンパンで乾杯するか？」

「僕はウーロン茶でお願いします」

「ん？　お前、下戸だったか？」

「いいえ。飲めますが、いま、本部長と乾杯する理由がありませんので」

詩音が、淡々とした口調で言った。

「相変わらず、素っ気ない奴だな。一杯くらい、つき合え」

「いいえ。結構です。それより、大事なお話というのはなんでしょう？」

香坂は苦笑いしながら工藤にウーロン茶を二つ注文した。

「その前に、お前に訊きたいことがある。腹を割って、俺と話す気はあるか？」

「それは本部長次第です」

「俺は今日、お前が驚く秘密を打ち明けるつもりだ」

「わかりました。僕に訊きたいこととは、なんですか？」

「お前が『神闘会』の頂点に立ちたい理由はなんだ？」

香坂は、単刀直入に核心に切り込んだ。

「自分の理想の王国を作るためです」

詩音が、表情を変えずに言った。

「お前の理想の王国とは？」

「争いごとのない世界、弱者を虐げない世界です」

詩音が即答した。

「お前、本気で言ってるのか？」

香坂は、懐疑的に訊ねた。

「嘘を吐く理由もありませんから」

真実か嘘かを探る気はなかった。

重要なのは、詩音が敷島宗雲にたいして反旗を翻す気があるかどうかだった。

「いまの『神闘会』が、争いごとだらけで弱者を虐げているみたいな物言いだな」

香坂は、ジャブを放った。

「違うんですか？」

詩音が、ジャブを返してきた。

「たしかに。現に、俺とお前も派閥に分かれていがみ合っているわけだしな」

香坂は、苦笑いして見せた。

「僕は目的を話しました。今度は、本部長が秘密を打ち明ける番です」

詩音は、にこりともせずに言った。

「もう一つ、大事な質問がある。そのお前の理想の王国とやらを築くには敷島宗雲を排除しなければならないとしたら？」

香坂が本題に切り込むのを見計らったように、ドアがノックされた。

工藤がウーロン茶のグラスを二つテーブルに置き、頭を下げると部屋を出て行った。

「質問の意図がわかりませんが」

詩音が、グラスを口もとに運びながら言った。

「目的を果たすために敷島宗雲が障害となるなら……」

「意味ではなく意図がわからないと言ったんです。本部長がその質問を僕にする理由はなんですか？」

「通称ＳＳＴ……警視庁特殊破壊工作部隊が、俺の勤務先だ」

香坂は、詩音の瞳を見据えつつ言った。

「つまり、本部長はスパイということですか？」

詩音は、眉一つ動かさずに訊ねてきた。

必死に平静を装っているのかもしれないが、それでもたいした男だった。

普通、九年間上司と信じ続けた男が警察のスパイだと知ったら驚きや動揺が顔に出るものだ。

「まあ、そういうことになるな」

「目的は、『神闘会』の壊滅ですか？」

詩音の問いかけに、香坂は頷いた。

「僕にトップシークレットを打ち明けたのは、なぜですか？」

「敷島宗雲を排除するには、お前の力が必要だからだ」

「僕が会長の孫であり、後継者に指名されていることをお忘れですか？」

「もちろん、覚えているさ。だが、お前は言った。トップに立ちたい理由は、争いごとのない世界、弱者を虐げない世界を作ることだと。いまの『神闘会』は、競争相手を壊滅、吸収を繰り返して大きくなってきた。財力に物を言わせて政財界の重鎮をコントロールするまでになった。『神闘会』が宗教団体の枠を飛び越えて強大な権力と発言力を持つまでになったのは、敷島宗雲の代になってからだ。先代の時代の『神闘会』は、どこにでもあるような普通の宗教団体だった。敷島は必要とあらば闇組織とも手を組んだ。奴にとって宗教は天下を獲《と》るための手段に過ぎなかったのさ」

香坂は、吐き捨てるように言った。

闇金融、詐欺、恐喝、地上げ、乗っ取り……「神闘会」に潜伏した十数年で、香坂は敷島に命じられて様々な悪事に手を染めてきた。「神闘会」にすべてを剝奪され、追い落とされ、命を絶った者は星の数ほどもいるだろう。

いまの敷島宗雲は、人命を奪っても揉み消せるだけの権力と財力に守られていた。

「だからといって、僕が会長を裏切りあなたに協力するという保証はありません」

詩音が淡々とした口調で言った。

「いや、お前の言ったことが本心ならば、俺に協力するはずだ。『神闘会』という巨大な岩を砕くには、俺とお前が手を組む必要がある」

「優斗から僕に乗り換えたわけですか？」

詩音が、いきなり切っ先の鋭い刃物で切りつけてくるような質問をしてきた。

「最初は、上條を使ってお前を牽制《けんせい》しようとした。俺の任務は『神闘会』の壊滅だ。それにはまず、敷島宗雲の寵愛を受けているお前を叩くことが最重要だった。並外れた行動力と武力にくわえて、上條にはお前の不思議な能力にたいしての抵抗力があった。なにより、お前を正しい道に連れ戻すという原動力は魅力だった。上條はよくやった。だが、敷島宗雲に立ち向かうには情に厚過ぎた。中園果林を人質に取られて俺の命じた任務を放棄したことが証明している。その点、お前は家族ともいえる幼馴染みを犠牲にしてまで『明光教』潰しを達成した。お前に乗り換えた理由は、こんなもんでいいか？」

「会長を排除することに成功しても、僕が跡を継ぐなら『神闘会』は残ります。香坂さんの任務に反することになりませんか？」

詩音ほど頭の切れる男なら、疑念を抱いても当然だった。

目的を達成して呉越同舟が終われば、海に突き落とされるのではないかと……。

「お前が引き継ぐ王国は、争いごとがなく、弱者を虐げることのない世界なんだろう？　そんな立派な王国を壊滅させる理由がどこにある？」

香坂は、信頼に満ちた眼で詩音をみつめた。

嘘——詩音のきれいごとなど、なに一つ信用してはいなかった。

争いごとがない世界、弱者を虐げることのない世界を望む男が、幼い頃から連れ添った果林を傷物にしてまで優斗を従わせるはずがない。

動物愛護を声高に叫びながら、肉を食らい毛皮を羽織《はお》る人間のような偽善者に過ぎない。

花咲詩音は敷島宗雲同様に、目的のためなら手段を選ばない悪辣《あくらつ》な男だ。

もしかしたら、詩音の天下となった「神闘会」はいま以上に危険な組織になる恐れがあった。

「優斗のように僕を使い捨てないという保証がなければ、手は組めません」

「保証？」

香坂は眉根を寄せた。

「ええ。口では、なんとでも言えますからね」

「なら訊くが、どんな保証があれば納得するんだ？」

「教団に登録している住所とは別の現住所と家族構成を教えてください」

平板な声で要求する詩音。

「現住所と家族構成だと!?」

思わず香坂は、素頓狂な声で繰り返した。

「はい。ＳＳＴは公安部だと聞いたことがあります。ということは、香坂という名前も当然偽名でしょう」

「いいや、本名だ。信じられないなら、免許証を見せて……」

「必要ありません」

香坂の言葉を、詩音がバッサリと断ち切った。

「どうしてだ!?」

「公安部なら、免許証を偽造するくらい容易にやるでしょう。香坂さんの教えてくれた現住所に足を運び、教えてくれた建物に香坂さんが住んでいる気配と同居人の存在が確認できたときに初めて信用します」

涼しい顔で説明する詩音に、香坂は空恐ろしさを感じた。

詩音の読み通り、万が一のために香坂が本名だと信じ込ませる偽名の記載された免許証を携行していた。

香坂の本名は畠山加寿人《はたけやまかずと》。池尻大橋《いけじりおおはし》の２ＬＤＫの分譲マンションに内縁の妻……秋帆《あきほ》と二人暮らしだ。

秋帆は夫を警察官だと知らず、「神闘会」の人間だと思っている。

名前も、畠山とは明かさずに香坂で通している。

公安部が用意してくれた物件で、登記もすべて香坂の名前になっている。

上層部がどうやって操作したのかは知らないが、登記簿を偽造するくらい公安部にはわけのないことなのだろう。

秋帆を欺き続けるのは心苦しいが、任務の途中で出会った女性なので仕方がなかった。

これは、秋帆の身を守るための嘘なのだ。

登記簿の名前も香坂になっているので詩音に教えても本名がバレることはないが、現地に赴かれると秋帆の存在は隠し切れない。

詩音に別の住所を告げたとしても、じっさいに居住していないマンションということはすぐにバレてしまう。

恐らく詩音は、聞いた住所の建物の周辺を徹底的に調査するつもりなのだろう。

場合によっては、マンションを張り続けるかもしれない。

この取引は危険だ。

万が一にも秋帆の存在を知られてしまうのは、絶対に避けなければならない。

「そこまで疑われるのは心外だな。そもそもの信頼関係が成り立たない。俺は正直に正体を明かしたんだから、お前もそれで信用すべきだろう？」

「僕もそうしたいのは山々ですが、万が一に備えなければなりません。会長に反旗を翻し謀反を起こした挙げ句、一切の罪を被せられて逮捕されたらたまったものではないですからね。牢獄《ろうごく》で香坂さんの名前を叫んでも、そんな捜査員は存在しないと言われたら一巻の終わりです」

「お前が無条件で協力するなら、俺は全力で花咲体制の実現に尽力しよう。だが、その条件は呑むわけにはいかない」

「いいえ、呑んで貰いますよ」

詩音が、胸ポケットのペンを宙に掲げた――ペンからは、先ほどまでの二人の会話が流れてくる。

ＩＣレコーダーだった。

『通称ＳＳＴ……警視庁特殊破壊工作部隊が、俺の勤務先だ』

『つまり、本部長はスパイということですか？』

『まあ、そういうことになるな』

『目的は、「神闘会」の壊滅ですか？　僕にトップシークレットを打ち明けたのは、なぜですか？』

『敷島宗雲を排除するには、お前の力が必要だからだ』

「ここでの会話を全部録音させて頂きました」

詩音が、人を食ったような顔で言った。

「それは!?」

香坂の声は、滑稽なほどに動揺に裏返っていた。

「安心してください。香坂さんが、現住所と家族構成を教えてくれればこの会話が会長の耳に届くことはありません」

「お前っ……」

欠けるほどに奥歯を嚙み締めた――指が折れるほどに拳を握り締めた。

足りなかった……十分ではなかった。

当然入室前に身体検査をし、ＩＣレコーダーは香坂が預っていた。まさかペンを改造していたとは。

警戒しているつもりだったが、花咲詩音という男の周到さと計算高さは香坂の予想を遥《はる》かに超えていた。

「断って貰っても、僕はいままで通り会長に師事するだけなので構いませんよ。でも、本部長はこの会話が会長の耳に入ったらそういうわけにはいきませんよね？　あ、本部長ではなく潜入捜査官でしたね」

詩音が、口もとに酷薄な笑みを浮かべた。

香坂は、詩音に正体を明かしたことを早くも後悔した。

後悔先に立たず――詩音に知られた以上、引き返すことはできない。

リスクを承知で、詩音を同じ船に乗せなければすべてが水泡に帰してしまう。

いや、水泡に帰すだけならましだ。

表社会にも裏社会にも影響力を持つ敷島宗雲に正体を知られてしまったら、間違いなく消されてしまう。

「現住所と家族構成を教えれば、敷島体制の壊滅に協力するか？」

香坂は、詩音を見据えた。

「聞いた住所と家族構成を新海に調査させて、香坂さんの言葉に嘘がないとわかれば喜んで。イエスなら、乾杯しましょう」

詩音が、ウーロン茶のグラスを宙に掲げた。

五秒、十秒……香坂の脳内で、イエスとノーが駆け巡った。

詩音に個人情報を摑まれるのは不安がある。ましてや、秋帆の存在まで知られてしまうのだ。

だが、ここで踏み出さなければ潜入捜査官であることを暴露され、命の危機に直面する。

香坂に残された選択肢は一つだけ……毒を食らわば皿までだ。

「わかった。お前の条件を吞むよ」

香坂は、ウーロン茶のグラスを詩音のグラスに触れ合わせた。

香坂は、シナリオを修正した。

敷島宗雲とともに、詩音を葬り去る。

詩音に秋帆の存在を知られる以上、決断するしかなかった。

寿命を縮めたのは、自業自得だ。

「僕が協力することになったら、なにをすればいいんですか？　あ、心配しなくてももう録音はしていませんから」

詩音が、口角を吊り上げた。

「約一ヵ月後の『大説教会』で、ＳＳＴが奇襲をかけて身柄を拘束する」

「容疑はあるんですか？」

「公文書偽造、不法占拠、恐喝、監禁……敷島宗雲を叩く容疑は一冊のファイルに収まり切れないほどにある。もう数年前から、身柄を拘束できる状況だったがゴーサインを出すタイミングを計っていた」

「僕はなにをすればいいんですか？」

「お前は、上條の動きを牽制してくれ」

「優斗の？」

詩音が、訝しげに訊ねてきた。

「ああ、奴はガーディアンリーダーだから会長の警護に当たるのは当然だろう？」

香坂は、素知らぬふうを装い言った。

「彼は、香坂さんを裏切り、振込明細書を僕に渡したんですよ？」

「さっき、正体を明かしたばかりじゃないか。俺の狙いは敷島宗雲の首だ。本物の本部長だったら上條の裏切りは見過ごせないが、いまは余計なことで波風を立てたくはない」

香坂は、用意していた建て前を口にした。

上條を切らないのは、お前のためだ。

もちろん、本音を口にすることはなかった。

「優斗を牽制って、具体的にはなにをするんですか？」

「襲撃者が乗り込んできたときに、上條を敷島宗雲から引き離してくれ」

「腕力で、僕が彼に勝てないのは本部長もご存知でしょう？」

「腕力で勝てなければ頭脳で勝てばいい。お前なら、知恵を働かせて上條の意識を逸らす方法を思いつくはずだ」

香坂は、無意味な言葉を並べた。

どの道、敷島と詩音を排除するのだ。

襲撃が成功するまで詩音をおとなしくさせるのが、目的だった。

「考えてみます。まずは、香坂さんの現住所と家族構成を教えてください」

詩音が、淡々とした口調で言った。

香坂は、素直に住所と内縁の妻の存在を口にした。

この瞬間、花咲詩音の寿命が尽きるカウントダウンが始まった。

8

午前七時。

グレイの詰め襟スーツに包まれた屈強な肉体の男達、腕に巻かれた「神闘」の文字が刺繍された黄色の腕章……「神闘会」本部の敷地内には、通常の数倍の数の百人を超えるガーディアンが目を光らせていた。

「お疲れ様です！」

百九十センチの長身の坊主の大男……警護部副部長の下関が、優斗を認めて駆け寄ってきた。

「問題ないか？」

「ええ。猫一匹も出入りできない鉄壁のガードです！」

「本番は来週だ。シミュレーションという意識を捨てて、より一層、気を引き締めてくれ」

「了解です！」

優斗は下関に言い残し、大聖堂に続く階段を駆け上がった。

「お疲れ様です！」

二人のガーディアンが弾《はじ》かれたように頭を下げ、白の観音扉を同時に開けた。

聖堂内にも、三十人を超えるガーディアンが本番を意識した配置で目を光らせていた。

本番——一週間後の日曜日に、「神闘会」敷島宗雲の会長就任二十周年記念の「大説教会」が大聖堂で行われる。

毎週日曜日に行われている「説教会」でも警護部のガーディアンは警備に当たっていたが、その数は二、三十人程度だった。

通常の「説教会」は各部署の部員が百人程度集まるだけだが、来週の「大説教会」は二十周年の節目ということもあり外部からも数多くの関係者を招待していた。

人の出入りが多ければそれだけ、よからぬ考えを持つ危険分子が紛《まぎ》れ込《こ》みやすいものだ。

敷島宗雲の警護はもちろん、政財界の要人も含まれている招待者に万が一のことがないようにしなければならない。


中央祭壇に一礼した優斗は、会議室のある二階へと続く階段を上がった。

集合時間は一時間後の八時なので、まだ、誰もきていないはずだ。

会議室のドアを開けた優斗は、背を向けて窓際に立つ男……香坂の姿に驚いた。

「会議は八時からじゃなかったんですか？」

「話があってな。お前が警備の予行演習の視察がてら、早くくるのはわかっていた」

香坂が、背を向けたまま言った。

「改めて、ありがとうございました。背信行為をした俺を許してくれた上に、ガーディアンリーダーとして復帰させてくれたことを感謝しています」

優斗は、香坂の背中に頭を下げた。

——俺を復帰させてくださいっ。

——どういう風の吹き回しだ？　こないだまで、辞めるの一点張りだったお前が。

——気が変わりました。詩音を後継者にはさせません。

——女がひどい目にあわされたのに、まだ友を救いたいのか？

——そうじゃありません。あいつの思い通りにはさせないって意味です。俺の中で花咲詩音は死にました。

——女を危険に晒したくないから、「神闘会」を辞めるんじゃなかったのか？　花咲と向き合えば、また、女になにをされるかわからないぞ？

——そう思ってました。でも、間違っているとわかりました。逃げてても、果林は守れません。俺らしく、降り懸かる危険は正面から叩き潰しますよ。


優斗は、香坂とのやり取りを脳内に蘇らせた。

嘘ではなかった。

昔のように鉄壁の壁となり……強固な盾となり、詩音から果林を守ると誓った。

「それが本当なら、行動で示せ。早速、お前に名誉挽回《ばんかい》の指示を出す」

香坂が振り返り言うと、円卓の上座に座り優斗を正面の席に促した。

優斗はテーブルを挟んで香坂の対面に座り、彼の口が開くのを待った。

「一週間後の『大説教会』で、お前以外のガーディアンは全員外に配置させろ」

「え!?　それは、どういう意味ですか!?」

優斗は、思わず大声で訊ねた。

「そのままの意味だ。俺とお前の二人で会長の警護に当たる」

「当日は、外部からの招待客も多数います。通常の『説教会』でも十人は大聖堂の中に配置しているのに、警護するのが俺と本部長だけなんて危険過ぎますっ。少なくとも、『大説教会』の警護は聖堂内に三十人は必要です！」

「その三十人に、スパイが潜伏していたら？」

「え……」

優斗は、困惑した瞳で香坂をみつめた。

「それは、どういう意味ですか？」

「ガーディアンの中に会長の命を狙うヒットマンが交じっている可能性がある」

「え!?　そんなはずありません！」

苦楽を共にしてきた仲間に、裏切り者がいるなど信じたくはなかった。

「なぜ言い切れる？」

「彼らとは長いつき合いです。六年間、鍛錬し、励《はげ》まし合ってきた仲間です」

「その彼らより信頼していた花咲は、お前と女になにをした？」

「それは……」

「その甘さを捨てないと、女を守れないぞ」

優斗を遮り、香坂が言った。

たしかに、香坂の言う通りだ。

非情にならなければ、詩音と渡り合うことはできない。

「わかりました。ですが、警護の人数を減らすのは危険です」

「花咲が送り込んだスパイが警護部にいる」

「えっ!?」

優斗は身を乗り出した。

「花咲は、『大説教会』で敷島会長の襲撃を企てているんだ」

香坂の言葉が、異国の言語のように理解できなかった。

「ど……どうして、詩音がそんなことをする必要があるんですか!?　詩音は、敷島会長の血族で、しかも後継者なのに、そんなことをする必要はないでしょう!?」

「そこが奴の恐ろしいところだ。後継者になったところで、向こう十年は院政が敷かれるのは目に見えている。新会長とは名ばかりで、敷島会長の操り人形になることを嫌ったんだろう」

「あくまでも、予測ですよね？」

どこかで、詩音を信じたがっている自分がいた。

「たしかな情報だ」

「情報主は誰ですか？」

「花咲だ」

「詩音が……」

優斗は絶句した。

「花咲が言うには、このままだと俺は本部長から外されて干されるそうだ」

「なぜ……詩音が本部長にそんなことを言うんですか？」

「呉越同舟を持ちかけてきたよ。互いのために手を組みましょう、ってね」

優斗は、言葉を発することができなかった。

詩音が香坂に敷島宗雲の襲撃を申し出るなど、俄かには信じられなかった。

「本当に、詩音がそんなことを言ったんですか？」

「俺がそんな嘘を吐いて、なんの得がある？　『大説教会』で、会長の身にもしものことがあったら、本部長の俺の責任になるんだぞ？」

たしかに、香坂の言うことは一理あった。

だからといって、詩音が……。

「お前が信じる信じないは関係ない。重要なことは、俺が嘘を吐いていないということ、そして、会長を護らなければならないということだ」

「それで、本部長はどう答えたんですか？」

「受けたよ」

「えっ……」

「もちろん、ふりだ。断れば、花咲は警戒して手の内を見せなくなるからな。奴は、『大説教会』の大聖堂を警護するガーディアンにヒットマンを忍ばせると言っていた。俺には、お前を外のガーディアンの指揮を執らせるようにしてほしいと頼まれた。だから、奴にそう思わせておくことにした。花咲を油断させて、当日は大聖堂からガーディアンを締め出し俺とお前で会長を警護する」

「でも、そんなことをしたら詩音も黙っていないんじゃないですか？　こっちもガーディアンの人数を揃えておかないと、強行突破されたらお手上げです。敵の襲撃に備えなければなりません」

敵の襲撃に……。

優斗は、自分の言葉が信じられなかった。

詩音が敵……仕方がない。

仕掛けてきたのは、詩音が先だ。

「その点は大丈夫だ。当日は、秘密部隊を待機させている」

「秘密部隊って、なんですか？」

優斗は、怪訝な顔を香坂に向けた。

「私兵だ」

「私兵？」

「そうだ。誰かが謀反を企てた場合、警護部と諜報部を取り込むことを考える。警護部が取り込まれた場合、諜報部が取り込まれた場合……或《あ》るいは、両方が取り込まれた場合、逆徒を制圧するのは非常に困難だ。だから俺は、会長にも極秘に『神闘会』とは無関係の私兵を訓練していた」

「会長も知らないんですか!?」

「ああ。俺より信頼している人間が謀反を企てた場合、会長は私兵の存在を逆徒に漏らしてしまうことになる」

「詩音に伝わるということですね？」

優斗の問いに、香坂が頷いた。

「万が一のために備えてやってきたことだが、まさか、万が一が現実になる日がくるとはな」

香坂が、渋い顔でため息を吐いた。

「当日の配置を教えて貰えますか？」

「話の続きはあとだ。もうそろそろ、会長や花咲がくる時間だ」

香坂が腕時計に視線を落としつつ言った。

「一週間後の『大説教会』で、花咲派を一掃する。できるか？」

香坂が、腕時計から顔を上げて優斗を見据えた。

詩音率いる反乱軍との全面戦争――まさか、こんな日がくるとは思わなかった。

優斗は握り締めた拳を、太腿に打ちつけた。

二度、三度、四度……微かに残っている詩音への情を断ち切るとでもいうように。

「わかりました」

優斗は唇を引き結び、強い意志を宿した瞳で香坂を見据えた。

☆

ドアから離れた最奥の上座。一際背凭《せもた》れの高い黒革のハイバックチェアに座る、眼光鋭い白髪のオールバックの老人――黒紫の着物姿の敷島宗雲が、無言で各部署の部長の顔を見渡した。

宗雲は、毎週日曜に開催される「説教会」で、スピーチする前にいまと同じように無言でみなの顔を順次に凝視する。

香坂から聞いた話では、謀反者を見抜くためだという。

普段、定例幹部会議は本部長の香坂が議長となり敷島が出席することはない。

敷島が召集をかけた緊急幹部会は、なにか重要な話があるに違いなかった。

敷島の右隣に本部長の香坂、左隣に副本部長の詩音が座っている。

優斗は香坂の隣、諜報部の部長の新海は詩音の隣、秘書部の部長のなみは、敷島の背後に座っていた。

敷島が着席して十分が過ぎるが、口を開く気配はなかった。

敷島の視線が、詩音に留まった。

詩音から謀反の気配を感じ取っているのだろうか？

意外とあっさりと、敷島は詩音から視線を新海に移した。

新海から営業部、広報部、そして最後の不動産部の部長に視線を移した敷島が、正面を見据えた。

「新人事の発表をする」

前振りなくいきなり口を開く敷島に、部長達がざわめいた。

「『明光教』の功績を評価し、花咲詩音に新設した副会長のポストを与える」

敷島の言葉に、部長達のざわめきがどよめきに変わった。

香坂が、弾かれたように敷島の顔を見た。

ななみも聞かされていなかったのだろう、切れ長の眼を大きく見開いていた。

詩音だけが、表情を変えていなかった。

「静かにしなさい。なにを驚いているんだね？『明光教』を傘下におさめたことで、『神闘会』はさらに盤石な体制となった。その功労者の詩音をナンバー2の位置に据えるのは当然の結果だ。もちろん、詩音一人の手柄ではない。香坂や上條の働きも、詩音から聞いている。よって、それぞれを昇格させる。今日付で香坂は本部長から相談役に、上條は警護部部長から本部長に任命する」

ふたたび、会議室にどよめきが広がった。

無理もない。

香坂と優斗の人事は、詩音の副会長就任に負けないくらいに意外なものだった。

まずは香坂。相談役は名誉ポストであり、実権はないに等しい。

そして、優斗の本部長就任にも驚いた。

詩音が昇格すれば、敵対関係にあった優斗は香坂と同じように窓際の部署に追いやられるのが普通だ。

「神闘会」においての本部長職は、組織の要《かなめ》だ。会長の意思を受け、陣頭指揮を執り兵を動かす。

詩音が副会長に就いたということは、敷島は表舞台から身を引くつもりなのだろう。

そうなれば、詩音と優斗がこれからの「神闘会」を引っ張っていくことになる。

周囲の部長達は羨ましくて仕方がないだろうが、優斗は違う考えだった。

本部長として実質的なトップの詩音に仕えるということは、組織にいるかぎり忠誠を尽くすということだ。

詩音を追放するために戦ってきた優斗にとって、

それは完全降伏を意味する。

　つまり優斗は、「神闘会」を辞めるか詩音の参謀となるか、究極の二者択一を迫られたということだ。

「詩音の昇格によって空位になった副本部長には、諜報部部長の新海を任命する」

　新海は頭こそ下げているが、複雑な表情だった。

　宿敵の優斗の部下になるのだから、手放しには喜べないのだろう。

「わしはこれまで通り会長じゃが、今後は、副会長の詩音に『神闘会』の舵《かじ》を取らせるつもりだ。なにか、質問のある者はおるか？」

　優斗は、すかさず手を挙げた。

「詩音が、『神闘会』の後継者に決まったということですか？」

「そういうことになるな。しばらくはわしのもとで帝王学を学ばせ、こやつが三十になるまでには譲ろうと思っておる。不服か？」

　敷島が優斗を見据え、威圧的な濁声で訊ねてきた。

「いえ……ただ、あまりにも急だったもので、みな、戸惑っていると思いまして」

　優斗は、精一杯の平常心を掻き集めて言った。

　詩音が「神闘会」の会長になれば、さらなる権力を手にする。

　いや、副会長でも実質的に敷島が詩音に実権を渡す以上、それは同じだ。

　ましてや、責任ある本部長の立場で反旗を翻すのは難しくなる。

「わしの決定に不服のある者は手を挙げなさい」

　敷島が、眼光鋭く部長達を見渡した。

　挙手する者は、誰もいなかった。

　あたりまえだ。

「神闘会」において敷島宗雲は神だ。

　神に逆らうこと即ち、「神の国」から追放されることを意味する。

「では、異論はないようなので、副会長に就任した詩音に……」

　優斗は、敷島の言葉を遮るように手を挙げた。

「なんだ？　上條」

「俺は、香坂本部長を飛び越えて詩音が副会長になることに……」

「やめろっ、上條！」

　それまで黙っていた香坂が、鋭く一喝した。

「でも……」

「でもじゃない！　お前は本部長に任命されたんだっ。ガキみたいなことを言ってないで、『神闘会』のためにどうすればいいのかだけを考えろ！」

優斗には、なぜ香坂が止めるのかがわからなかった。

香坂にとっても、詩音が副会長になるのは困るはずだ。

「すみませんでした」

優斗は、敷島に頭を下げた。

「新人事に異論はないということでいいな？」

威圧的に念を押してくる敷島に、優斗は頷いた。

香坂に、なにか考えがあるに違いなかった。

「では、詩音。副会長就任の挨拶をしろ」

敷島に促された詩音が、席から立ち上がった。

「突然、副会長に任命されて驚いていますが、同時に身の引き締まる思いです。敷島会長が強大にした『神闘会』の名誉を汚さぬように、信徒達に信頼して貰えるよう日々精進して行こうと思います。若輩者ですが、ご指導、ご鞭撻《べんたつ》のほどよろしくお願いいたします」

詩音が相変わらずの無表情で挨拶し終わると、各部長から拍手が送られた。

仕方なしに、優斗も拍手した。

詩音は、敷島に一礼すると席に腰を戻した。

「次は、上條、お前だ。本部長として、花咲副会長を支えながら『神闘会』をさらなる強固な組織にする決意を語ってくれ」

詩音の挨拶のときとは明らかに違う具体的な要求――優斗は確信した。

やはり敷島は、反詩音派の香坂と自分をそれぞれの方法で封じ込めたのだ。

さりげなく、香坂を見た。

香坂が、敷島や詩音に気づかれぬように小さく顎を引き目顔で合図してきた。

優斗は、心を無にして席を立った。

「このたびは、本部長に任命して頂き身に余る光栄です。これからは警護部だけでなく、全部署のトップとしての自覚を持ち、花咲副会長とともに『神闘会』の発展に尽力してゆくことをここに誓います」

詩音のときとは違い、部長達は静まり返っていた。

敷島の血筋でありもともと立場が上だった詩音

ならまだしも、親戚《しんせき》でもなくいままで自分達と同等だった優斗が上役になるのは受け入れ難《がた》いに違いない。

静まり返った会議室に、ゆっくりとしたテンポの拍手の音が鳴り響いた。

拍手の主は、敷島だった。

すぐに、香坂と詩音が続いた。

十秒、二十秒……一人、また一人、拍手が増えてゆく。

最後に、新海が不服そうな顔で手を叩き始めた。

優斗は、整理のつかない複雑な心境のまま敷島に頭を下げて着席した。

詩音と、視線が交錯した。

勝負あったね。

詩音の声が、聞こえたような気がした。

9

「行き先は、どちらへなさいますか？」

ハマーのステアリングを握る下関が、ルームミラー越しに後部座席の香坂に伺いを立ててきた。

「適当に、道を周回してくれ」

香坂は言いながら、新人事について思いを巡らせていた。

副会長に詩音、本部長に優斗、相談役に自分……想定の範囲内だった。

敷島は、「神闘会」を詩音の体制にするために反勢力である自分と優斗を抑え込みにかかったのだ。

自分を実権のないポスト、優斗を詩音の右腕にすることで分断にかかったのだろう。

不快でないと言えば嘘になる。

また、不快な気持ちになっている自分が滑稽だった。

「神闘会」本部長の姿は仮なのだから、窓際ポストに追いやられようと関係ないはずだ。

十年以上、潜入しているうちに捜査官が本当の姿か「神闘会」の信徒が本当の姿か、頭ではわかっていても感覚でわからなくなるときがある。

「なぜ、詩音の副会長就任を受け入れたんですか？　これじゃあ、奴の天下になってしまいます」

隣に座る優斗の声で、香坂は我に返った。

「俺が異論を唱えたところで、どうにかなるものじゃないだろう？」

「よく、そんな冷静でいられますね？　まあ、でも、これで詩音が会長を襲撃する可能性はなくなりましたけど」

「甘いな」

香坂は言った。

ここで、優斗を安心させては「大説教会」のときに敷島と詩音を襲撃できなくなる。

「なにがです？」

「言っただろう？　花咲は操り人形になる気はない。会長は、三十歳までに花咲に跡目を継がせると言った。逆を言えば、あと六年は会長がキングメーカーでいるということだ。それに、三十までに会長の座を譲るという保証はない。六年の間に花咲が下手を打ったり、会長の気が変われば花咲に跡目を継がせるという話自体も立ち消えになるかもしれない。花咲の野望は『神闘会』の完全掌握だ。不確定な口約束を信じて六年も忠誠を尽くすとは思えない。奴は予定通りに、来週の『大説教会』のときに会長を襲撃する。今日の緊急幹部会で副会長に任命されて、花咲は逆に動きやすくなったはずだ」

「襲撃しやすくなったということですか？」

「ああ。将来の会長の座を約束されている花咲が、会長を襲撃するはずがないとみなが思うその先入観を、花咲は利用するだろう」

言葉とは裏腹に、香坂の思考は不安に支配されていた。

不安――詩音の心変わり。

副会長に任命され、近い将来に会長の座を譲ると幹部達の前ではっきりと約束された詩音が謀反を起こしてまで敷島の首を獲りにいく必要があるだろうか？

詩音が保身を考え、自分の正体と謀略を敷島に密告する恐れがあった。

「じゃあ、予定通りガーディアンを聖堂内に入れないんですね？」

「ああ。そういうことだ」

「秘密部隊というのは、何人くらいいるんですか？」

「当日は、三十人以上が待機している」

嘘ではなかった。

ただ、その三十人が香坂の私兵ではなく公安部選りすぐりの特殊破壊工作部隊ということを除いては。

「詩音が諜報部や警護部を同人数程度動かしたら、秘密部隊で制圧できますか？　もちろん本部長は知っているでしょうけど、彼らは腕利きの精鋭達です」

「その精鋭達を育てた俺が特訓した私兵だから大丈夫だ。それに、俺とお前が聖堂内にいるから、万が一、秘密部隊が詩音一派の襲撃を制圧できなかったときには会長をループから逃がす」

「ループ？」

優斗が、怪訝な顔を香坂に向けた。

「大聖堂の中央祭壇の裏には、俺と会長しか知らない秘密の通路がある。詩音もまだ、聞いていないはずだ。まあ、副会長に任命されたからそのうち教えて貰うにしても、『大説教会』までは大丈夫だろう」

ガーディアンのいない密室で、敷島宗雲と詩音を葬り去る……最悪でも、人事不省に陥らせる。

十年以上、待ったのだ。

袋の鼠《ねずみ》を、決して逃がしはしない。


「止めろ」

香坂は、下関に命じた。

ハマーがスローダウンし、路肩に停車した。

「本部長、どこに行くんですか？」

ドアを開け後部座席から降りる香坂の背中を、優斗の声が追ってきた。

「ちょっと、野暮用があってな。あ、それから、もう俺は本部長じゃない。本部長はお前だ」

香坂は言い残し、ハマーから離れるとスマートフォンを取り出し詩音の番号をタップした。

10

恵比寿《えびす》の高層マンションの十五階。百平米のワンフロア。家賃四十万。

敷島がななみのために法人名義で借りたマンションだった。

ななみが、ピンセットで摘まんだコオロギをアクリルケースに落とすと、ムカデが一瞬で巻きつき捕食した。

敷島の愛人になって十年……ななみも三十二歳

になった。

「神闘学園」を卒業し「神闘会」の広報部に所属したななみを見初めた敷島が、秘書に指名した。

隣のアクリルケースに二匹目のコオロギを落とすと、タランチュラが前脚を叩きつけるように押さえつけ捕食した。

秘書と言っても敷島の自宅で身の回りの世話をするのが主な業務内容……つまり、愛人になることを意味していた。

強制ではなく、断ることもできた。

そんなことで信徒を冷遇するほど、敷島は度量の狭い男ではなかった。

干されるどころか、業績を上げれば男女関係なしに出世できる。

「神闘会」は、実力社会だった。

だが、たかが知れた出世に興味はなかった。

広報部で最大限に出世したとしても部長止まりだ。

もちろん、大組織の「神闘会」の本部で十五人しかいない部長の一人になれたらそれは大出世だった。

しかし、ななみの眼は遥か上に向いていた。

「神闘会」の頂に君臨することができるなら、老人の相手をするくらいわけはなかった。

三つ目のアクリルケースに三匹目のコオロギを落とすと、サソリが忍び寄り鋏《はさみ》で捉え毒針を突き刺し捕食した。

三匹の毒虫の捕食スタイルはまったく異なるが、それぞれの美しさがあった。

ムカデが優斗、タランチュラが香坂、サソリが詩音……三人の性格を毒虫にたとえて考えた。

「ムカデはサソリには強いけどタランチュラには弱い。タランチュラはムカデには強いけどサソリには弱い。サソリはタランチュラには強いけどムカデには弱い。三竦《さんすく》みってやつね」

ななみは、独り言のように言った。

「そんな話をするために、僕を自宅まで呼んだんですか？」

ななみの背後――ソファに座っている詩音が冷めた口調で言った。

最初は、タランチュラをなんとかしようと考えた。

次に、ムカデを手に入れようと決めた。

ムカデを手に入れるために、タランチュラと手を組むふりをした。

どちらにしても、サソリと手を組むことはないと考えていた。

サソリが生き残れば、ななみの居場所はなくなる。

緊急幹部会での敷島の衝撃発言を聞き、考えを変えた……いや、変えざるを得なかった。

敷島が詩音に与えた副会長のポストは、会長の次を意味する単なるナンバー2ではなく、ナンバー1になるまでの暫定の椅子だ。

敷島が詩音を後継者にすると幹部達の前で発表した以上、相当な番狂わせが起こらないかぎり勝敗は決した。

もちろん、香坂と優斗は正式に詩音が会長に就任するまでにあの手この手を使い妨害しようとするだろう。

二人と組むという選択肢もあったが、ななみはそれを選ぶつもりはなかった。

香坂と優斗の能力を侮っているわけではない。

二人は敵に回したら厄介なタイプだ。

だが、敷島宗雲の全面バックアップを受け絶大な権力を手にする詩音には敵《かな》わない。

人間性や善悪に興味はなかった。

ななみが重要視するのは、勝ち馬を見極めることだ。

「もちろん、違うわ。副会長就任、おめでとう。あ、敬語を使ったほうがいいかしら？」

アクリルケースの蓋を閉めたななみは、皮肉を交えながら詩音の正面に座った。

「それを言うためでもないでしょう？　本題に入って貰えますか？」

「そうせっかちにならなくてもいいじゃない。あ、いいワインを頂いたのよ。ブルゴーニュ産で十万以上もするやつ。花咲君の副会長就任祝いに開けるわ」

「結構です」

腰を上げようとしたななみを、詩音は冷え冷えとした声で制した。

「遠慮せずに……」

「遠慮なんてしていません。あなたのトラップを警戒しているだけです」

ふたたび腰を上げようとしたななみを、詩音は遮った。

「トラップ？」

ななみは、怪訝な顔を作って見せた。

敷島が借り与えてくれたマンションを話し合いの場に選んだのも、切り札の一枚にするためだった。

「惚けなくてもいいです。時間の無駄ですから。因みに、新海をマンションのエントランスに待機させています」

「え⁉　新海君に教えたの？　もしものことがあったら、どうする気⁉」

ななみは、カマをかけた。

口調では驚いて見せたが、詩音なら万が一に備えての保険をかけてくることもあるだろうと考えていた。

「もちろん、わかっています。会長の用意したマンションで会長の大切な女性と密会する。こんなふうに会長に報告されたら、僕の信用は失墜し副会長を解任されるのはもちろん、へたをすれば『神闘会』を追い出されるかもしれないですからね」

「わかってるなら、どうして新海君に私との密会を教えるのよ。花咲君が彼を信頼しているのはわかるけど、人間なんて欲に目が眩んだら平気で裏切る生き物よ？」

ななみは、さらにカマをかけた。

「平気で人を裏切る生き物ということについては、新海よりあなたのほうが危険です。それに、誤解のないように言っておきますがこれは密会ではありません。県部長は密会にしたほうが好都合かもしれませんが、僕にとってはマイナス要素にしかなりませんからね。新海を待機させているのは、密会ではないという証人にするためです。あなたの話の内容次第では、僕のほうから会長に恵比寿のマンションに行ったことを報告します」

「あなたには負けたわ」

ななみは、微笑みを湛えつつ言った。

やはり、抜け目のない男だ。

詩音に密告されたら、一転してななみの立場が危うくなる。

この瞬間、イニシアチブは詩音の手に渡った。

かといって、いまさらあとには退けない。

イニシアチブを取られた以上、なおさら詩音を手懐ける必要があった。

「別に県部長と勝ち負けを競っているつもりはありません。早く、本題に入って貰えますか？　ご心配なさらずとも、話の内容が僕の足を引っ張るものでないかぎりここに伺ったことは会長の耳には入れませんから」

詩音が、抑揚のない口調で淡々と言った。

恐ろしいほどに、隙のない男だった。

「それって、もしかして私を脅してるわけ？」

話の流れを、少しでも変えたかった——少しでも、主導権を取り返したかった。

このままでは完全に詩音ペースで、取り込むどころか取り込まれてしまう。

「とんでもない。僕が今日、午後三時に県ななみさんに呼ばれて恵比寿のマンションに伺ったという事実を報告するだけです。それとも、僕に会長に嘘を吐けとおっしゃるんですか？　僕と県部長に、そこまでの信頼関係はないですよね？　僕に隠し事をさせて会長の逆鱗《げきりん》に触れたら、守って頂けるんですか？」

詩音が、矢継ぎ早にななみを詰めてきた。

防戦一方——ボクシングでたとえればロープを背に滅多打ちされている状態だ。

手強過ぎる相手と、十分に警戒しているつもりだった。

それでも、足りなかった。

花咲詩音は、ななみの想像を絶するモンスターになっているのかもしれなかった。

「私達が、同じ船に乗るからよ」

一か八かの、賭けに出た。

ここで詩音を懐柔できなければ、「神闘会」での自分の居場所はない。

「同じ船とは、どういう意味でしょう？」

詩音が、体温を感じさせない瞳でななみをみつめた。

背骨が氷柱《つらら》になったように悪寒が広がり、肌が粟立《あわだ》った。

「花咲君……いいえ、花咲副会長が会長になるまでの数年間、私が力になるっていうことよ」

「僕が会長になるまで、県部長が力になってくれる……ですか？」

「ええ。副会長も知っての通り、香坂相談役と上條本部長がこのまま黙っているとは思えないわ。あの手この手を使って、あなたの会長就任を妨害してくるはずよ。相談役の強味も弱味も副会長よりも知っているし、新本部長も私を信頼している。私は、副会長にとって強力な懐刀になる自信があるわ」

ななみは、詩音に余裕の笑みを向けた。

焦りを悟られてはならない。

同じ船に乗ったとしても、舵を取られたら意味がない。

県ななみが、自分にとって絶対に必要な存在だと思わせなければならない。

「せっかくですが、遠慮しておきます。懐刀で怪我をしたくありませんからね」

詩音が、にこりともせずに言った。

「まあ、それはどういう意味かしら？　ひどいわね。それじゃまるで、私があなたの寝首を掻こうとしているみたいじゃない」

「自惚《うぬぼ》れないでください」

詩音の冷めた声に、ななみの作り笑顔が凍《い》てついた。

「え？」

「自惚れないでくださいと言ったんですよ」

「私が自惚れる？　言っている意味が、わからないんだけど」

「僕は、間違って怪我をするかもしれないと言っただけです。県部長が、僕の寝首を掻けるわけないでしょう……という意味です」

憎らしいほどに淡々とした口調で、詩音が言った。

完全に見下されている。

折れそうになる心を奮い立たせた。

ここで弱い顔を見せてしまえば、巻き返すのが不可能になる。

「花咲君、私を甘くみないほうが……」

「その言葉、そのままお返しします。それから、僕はあなたの上司ですから、君呼ばわりをやめてくださいね」

詩音がななみを遮り、ソファから腰を上げた。

「あっ……話はまだ終わってないわよ！」

ななみの声に振り向きもせず、詩音がリビングを出た。

激しい衝撃音――テーブルの上の花瓶《かびん》が、床で砕け散った。

「あいつ……」

ななみの唇から、屈辱に震える声が漏れた。

奥歯を嚙み締めた――掌を握り締めた。

なんとかしなければ……。

焦燥感が、ななみの背筋を這い上がった。

懐柔できないとわかった以上、詩音を潰すしかない。

ななみは立ち上がり、スリッパ越しに花瓶の欠片《かけら》を踏みつけながらドレッサーに向かった。

「私は県ななみ」

ななみは、鏡に向かって呟いた。

目的を果たすためなら、手段は選ばない。

どんな卑劣な手を使ってでも、詩音を闇に葬ってみせる。

鏡の中――狂気を宿した瞳の女が、ななみを見据えていた。

11

「え⁉　大聖堂の警護はしないって、どういう意味ですか⁉」

優斗の後任……警護部の部長に就任した下関の質問に続いて、会議室にどよめきが走った。

会議室には、明日の「大説教会」で聖堂内を警護するはずだった選りすぐりのガーディアン三十人が集まっていた。

「明日は、外部から大勢の招待客が訪れる。ネズミが紛れ込まないように警備を厳重にしたいというのが理由だ」

優斗は、円卓に座るガーディアンの顔を見渡しながら表面的な理由を説明した。

――花咲が送り込んだスパイが警護部にいる。花咲は、「大説教会」で敷島会長の襲撃を企てているんだ。

脳裏に蘇る香坂の衝撃発言……言えるわけがなかった。

六年間、苦楽を共にした仲間を疑うようなまねは……。

だが、万が一がないともかぎらない。

可能性がゼロでないかぎり警護を怠らないのが、ガーディアンの鉄則だ。

――俺は「神闘会」を辞める気はない。

――それは、どういうことかな？

――これからも、「神闘会」に残ると言ったんだ。

――君のその決断が、なにを意味するかわかってるよね？

――ああ、わかったよ。俺や果林が探している花咲詩音はいなくなったってことがな。

――果林を危険に晒したくないんじゃなかったのかい？

――見くびるな。果林は俺が守る。

――君こそ、見くびらないでくれ。僕も、昔とは違う。


詩音との会話が、胸を掻き毟った。

現実であってほしくない……悪い夢であってほしい。

だが、優斗の頭の中に鳴り響くのは、十数日前に交わされた詩音との間にじっさいにあったやり取りだ。

いまの詩音なら、香坂が言うように警護部にスパイを潜り込ませ敷島宗雲を襲撃するくらいはやっても驚かない。

「なおさら、聖堂内にもガーディアンを配置するべきですっ」

下関が、強い口調で進言してきた。

「それをやれば、外の警備が手薄になる」

優斗はすかさず切り返した。

逡巡《しゅんじゅん》する時間を与えれば、それだけ部下に不安感を与えてしまう。

「聖堂内に三十人を回しても、外には百五十人を配置できますっ。だから……」

「百五十人でも足りないから言ってるんだ。もっと言えば、二百人態勢でも不安が残る」

優斗は、下関の言葉を遮った。

「いいか？　屋内と違って、屋外は襲撃ポイントが百倍以上になる。聖堂内に襲撃者を入れなければいいわけだから、外にいるガーディアンに招待客のチェックを徹底させてくれ」

「それでももし、襲撃者が紛れ込んでいたらどうするんですか⁉」

下関も、執拗《しつよう》に食らいついてきた。

彼が必死になっているのは、優斗を信じられないわけでも保身のためでもない。

万が一の事態が起こり、全部署の統括責任者の本部長に昇格したばかりの優斗に火の粉が懸からないかを心配しているのだ。

「安心しろ。敷島会長の直近で、俺と香坂相談役が警護に当たっている。招待客の中には警護部のＯＢも何人かいる。万が一、襲撃者が紛れ込んでいても、何十人ということはありえない。数人くらいなら、俺と香坂さんやＯＢで制圧できる」

「お二人とＯＢの方がボディガードとして警護に当たるんですか⁉」

下関が、素頓狂な声を上げた。

「ああ。だから、お前らは屋外に徹底的に目を光らせ、厳しいチェックでおかしなネズミが紛れ込まないようにしてくれ」

ＯＢの話は嘘――胸が痛んだが、仕方がない。こうでも言わなければ、下関は納得しないだろう。

無理やり従わせることもできるが、ガーディアンに不満を抱《かか》えさせたまま明日を迎えたくなかった。

警備は、一瞬の集中力の乱れが大惨事を招く。

上司への不信感が胸内に燻《くすぶ》っていれば、精神的にも不安になるものだ。

「そういうことなら、納得です。本部長の警備態勢案に異を唱えるようなことをして申し訳ありませんでした！」

下関が勢いよく立ち上がり、巨体を九十度に折り曲げ坊主頭を下げた。

「わかったなら、それでいい。問題提起する部下は、イエスマンより遥かに貴重だ」

優斗も席を立ち、下関の肩に手を置いた。

「みなも、明日の警備にはいつも以上の集中力で当たってくれ。女性、老人、柔和そうな男性、謹厳実直そうな男性、少年……容姿、性別、年齢で先入観を持たないようにしろ」

優斗の言葉に、見事に揃った返事が会議室に響き渡った。

腕の立つプロであるほどに、ヒットマンらしく見えないことが多いものだ。

「明日は、ガーディアンのプライドに懸けて会長を護るぞ！」

優斗の檄《げき》に、ふたたびガーディアン達の揃った返事が会議室の空気を震わせた。

12

「いらっしゃいませ。お連れ様が、お待ちになっております」

六本木のバーラウンジ「クールダウン」――フ

ロアに足を踏み入れると、ワイシャツに青いベストを羽織った店員が慇懃《いんぎん》な仕草で香坂をフロアの奥へと促した。

「失礼します。お連れ様がお見えになりました」

青ベスト店員が、声をかけながらドアを開けた。

「お忙しいところ、すみません」

香坂が個室に入ると、ソファに座っていたななみが立ち上がり頭を下げた。

「なんだ？　左遷された俺を嗤《わら》うために呼び出したのか？」

香坂は憎まれ口を叩きつつ、ななみの対面のソファに腰を下ろした。

そうでないことは、わかっていた。

ななみが相談役に追いやられた自分に会いたい目的も。

「まさか。私は、そんなに暇な女じゃありません」

妖艶《ようえん》に微笑みながら、ななみが前屈みになりドリンクのメニューを差し出してきた。

ゆったりめの白いセーターの首もとが大きく弛《ゆる》み、浮き出た鎖骨の向こう側にスリムな見た目からは想像のつかない豊満な胸の膨《ふく》らみが覗いた。

単なる女好きか女性経験の少ない男なら、いまの一撃で骨抜きにされることだろう。

正直な話、ななみに性的欲求を感じないといえば嘘になる。

だが、ななみの魅力も「神闘会」を壊滅するという欲求の強さには及ばない。

ななみクラスの極上な女でも、一、二年経《た》てば巡り合えるチャンスはある。

しかし、敷島宗雲を仕留めるチャンスは明日の「大説教会」を逃せば二度と訪れないかもしれない。

「俺も、同じの貰おうかな」

香坂は、ななみの白ワインのグラスに視線をやりながら青ベスト店員に注文した。

「あら、珍しいですね。いつもは、最初はビールでしょう？」

「要職を外されたから、飲み物くらいは辛気臭《しんきくさ》くしたくなくてな」

自虐的に言うと、香坂は薄笑いを浮かべた。

「強い人が自棄《やけ》になっている姿を見ると、グラッときちゃいます。昔から、香坂さんのことはタイプでしたけどね」

ななみが、ミニスカートから伸びたすらりと長い足を組み替えた。

左の膝上に載せた右足のふくらはぎの筋肉が強調され、妙に艶《なま》めかしかった。

「俺を誘惑してるのか？」

「だったら、どうします？」

ななみが、黒く濡《ぬ》れる瞳で香坂をみつめた。

気を抜けば、魅入られてしまいそうな魔性の瞳だ。

「誘惑に乗りたい気は山々だが、生憎《あいにく》、重要案件を抱えてるてね。いまは、そういう気にならない」

香坂はきっぱりと言うと、運ばれてきた白ワインのグラスを宙に掲げた。

「じゃあ、そういう気になるまで待ちます」

ななみが、意味深に言うと香坂のグラスにグラスを触れ合わせた。

「それは、どういう意味かな？」

「あなたのものになるということです」

「余計に、意味がわからないな。君は、会長のものだろう？」

「会長から、あなたに乗り換えるって言ったらどうします？」

ななみが、悪戯っぽい顔を向けた。

五十センチにも満たない至近距離で向き合っていても、ななみの美しさにあらは見当たらなかった。

「おいおい、恐ろしいことを言わないでくれ。これ以上、会長に睨まれるのはごめんだ」

香坂は、肩を竦めて見せた。

「会長より、副会長に睨まれたほうが地獄ですよ。香坂さんが閑職に追いやられたのも、花咲君の昇格と無関係じゃないことくらい察してますよね？花咲副会長がいるかぎり、お互い、会長に忠誠を尽くしても冷や飯を食わされるだけ……いいえ、冷や飯ならましですけど、そのうち毒入りのご飯を食べさせられるかもしれません」

ななみが、押し殺した声で言った。

さすがは優秀な女狐だけあり、嗅覚《きゅうかく》が鋭い。

「神闘会」の戦いで勝利するには詩音を潰さなければならないということに気づき、敷島から香坂に乗り換えようとしているのだ。

香坂には、わかっていた。

自分の前に詩音に接触し、にべもなくあしらわれただろうことを。

ななみはわかっていない。

自分がすでに詩音を取り込み、欺き、敷島とともに闇に葬ろうとしていることを……自分が、公安部の潜入捜査員だということを。

敷島と詩音を排除するという目的は同じでも、そこから先の目指す港が違う。

ななみの目的は「神闘会」のキングメーカーになり実権を握ることだが、香坂の目的は「神闘会」を跡形なく壊滅させることだ。

「会長から俺に乗り換え、なにをしたい？」

利用価値のある駒かどうかたしかめるために、もう少しななみにつき合うことにした。

使える捨て駒の数で決まる勝負もある。

「花咲君を『神闘会』から追放する方策があります」

「花咲を追放する方策？」

香坂は、鸚鵡返しに訊ねた。

明日、敷島宗雲と詩音の排除に成功すれば任務遂行だが、最悪の結果も想定しながら保険をかける必要もあった。

万が一、がないとはかぎらない。

「ええ。会長が花咲君に拘るのは血族だからです。もし、彼以外に会長の血族がいれば風向きは変わってきます」

ななみが、白ワインのグラスを傾けつつ意味深に言った。

「血族がいれば、の話だろう？　お前も知っての通り、会長の唯一の血族は花咲だ」

「いなければ、作ればいいでしょう？」

「えっ……」

予期せぬななみの発言に、香坂は口もとに運びかけたワイングラスを宙で止めた。

「どういう意味だ？　そんなこと、できるわけないだろう？」

「そうですか？　会長はエネルギッシュだし、夜のほうもまだまだ現役です」

「その気があれば、いままでだって跡継ぎを作っているはずだ。生殖機能に問題がなくて子供がいないのは、会長にその意思がないということだろう？」

「子供を作るに相応《ふさわ》しい相手がいなかったからです。いいですか？　単なる後継者でなく子孫を作るということは、母親やその血縁者も力を得るということです。戦国時代がそうであったように、力を持つ血縁者が増えるほどに骨肉の争いが生まれやすい環境になります。だから会長は、無益な争いごとの芽が出ないように子供を作らなかったのです」

　たしかに、ななみの言葉には説得力があった。

　個人資産だけで数千億円はゆうにあると言われている敷島宗雲ほどの大物になると、子供を作るのは大きな取引と同じだ。

「なら、やっぱり子供は作れないということだろう？」

「いいえ、一人だけいます。争いごととは無縁で、容姿的にも会長が気に入る母親候補が……」

　ななみが、持って回った物言いをして微笑んだ。

「誰だ、それは？」

「それを教えたら、私と運命共同体になって貰えますか？」

　それまでとは一転して、獲物を射程圏に入れた猛《もう》禽《きん》類《るい》のようにななみの目つきが鋭くなった。

「そんなことは約束できない。判断するのは、お前の言う母親候補っていうのを聞いてからの話だ」

「だったら、この話はなかったことにしてください」

　ななみが、一転して素っ気ない口調で言った。

　詩音に袖にされた女狐が息を吹き返し、駆け引きを開始した。

「そうか。じゃあ、俺は行くよ」

　香坂は躊躇わずに席を立った。

　ハッタリではなく、このまま物別れになってもよかった。

　縋らなければならないのは、ななみのほうだ。

「中園果林を会長に勧めようと思ってます」

　ななみの声に、香坂はドアノブにかけた手を止めた。

「中園果林だと？」

　言いながら、香坂は振り返った。

　ななみが頷いた。

「あれ、知りませんでした？　会長ってマザコンなんですよ」

「マザコン？」

「ええ。しかもお母様の写真を見たことがあるんですけど、ドッペルゲンガーみたいに中園果林にそっくりだったんですよ」

「いくら瓜二つだからといってもそれとこれとは話が別だろう？」

「香坂さんはマザコンというものがわかっていませんね。そこは私に任せてください」

「だからってお前は、中園に敷島会長の子供を産ませると言ってるのか？」

「そんなに、驚くことですか？　彼女だって二十四、立派な大人ですよ？　最近は、三十、四十離れた年の差カップルも珍しくありませんしね」

ななみが、涼しい顔でワイングラスを傾けた。

「そんなの、本人が納得するわけ……」

ななみが、香坂を遮るように右手を宙に掲げた。

ななみの右手には、赤、ピンク、青、黄のカラフルな錠剤の入った小瓶が握られていた。

錠剤はカラフルなだけでなく、犬、猫、パンダ、猿などの顔の形をしていた。

「通称、モンエク。モンスターエクスタシーの略です。西麻布や六本木のクラブやラウンジで、『極東連合』が広めている危険ドラッグです。ダイエットにも効果があるということで、モデルや女優の間でも人気なんですよ。このドラッグをキメると、セックスのときに快楽神経が敏感になって何十倍ものエクスタシーを味わえることから、セックスドラッグとも呼ばれていますす」

「まさか、そいつを中園に飲ませる気か？」

香坂は訊ねつつ、ソファに腰を戻した。

「お酒に混ぜて飲むと、酩酊《めいてい》状態になるらしいんです。会長は複数でやるのが好きな人だから、仕込みは簡単です」

「お前って奴は、それでも人間か？」

「あら、香坂さんの口からそんな言葉が出るとは思いませんでした。強盗殺人犯が保険金殺人犯に説教するようなものですよ。第一、『神闘会』に人間なんているんですか？」

人を食ったように言うと、ななみが甲高《かんだか》い声で笑った。

たしかに、彼女の言う通りなのかもしれない。

魑魅魍魎が跋扈する「神闘会」という魔界では、人間の心を持ったままでは真っ先に餌食《えじき》にされてしまう。

「彼女に会長の子供を身籠《みご》もらせようと考えたのは、後継者候補が増えるだけが目的じゃないんですよ。花咲君と上條君は、完全に会長に対して反目に回るでしょう。跡継ぎができた会長にとってもはや、上條君はもちろん、花咲君にも価値はありません。無価値どころか、反乱分子となった彼らはもはや、果林ちゃんのお腹にできた宝物の脅威となります。その脅威を、会長が追放だけで済ませると思いますか？」

「まあ、抹殺するだろうな」

「正解です。そうなったら、私と香坂さんに春が訪れます。新しい後継者候補に会長の座を譲るには早くても二十年はかかります。花咲君も上條君もいなくなった状態で、後継者候補が育つまでの期間、会長は私達に重職を担わせてくれる……つまり、私達二人が実権を握ったも同然だということです」

「そういうことになるだろうな」

香坂は平静を装っていたが、内心、舌を巻いていた。

ななみのシナリオは、魅力的だった。

果林の腹に敷島宗雲の後継者が宿れば、ななみの読み通りに詩音と優斗は反旗を翻すだろう。

だが、彼らの革命が成功することはない。

正式な後継者候補が誕生したとなれば、詩音の求心力はなくなり謀反を起こしても賛同する者はごく僅かだ。

たとえ優斗が手を貸したとしても、「神闘会」に立ち向かえるはずがない。

魅力的なシナリオだったが、恐らく必要となることはない。明日、敷島襲撃に成功すればすべてが終わる。

「面白い。手を組もうじゃないか」

心とは裏腹に、香坂は言った。

「本当ですか⁉」

ななみの瞳が輝いた。

「明日の『大説教会』が終わってから、作戦会議を開こうじゃないか」

お前は明日の任務が失敗したときの保険――もちろん、口には出さなかった。

「わかりました。香坂さんが手を組んでくれるとなれば、鬼に金棒です。ところで、明日の『大説教会』でなにかあるんですか？」

思い出したように、ななみが訊ねてきた。

「どうして？」

香坂は質問に質問で返した。

疑い深い敷島が、スパイとしてななみを送り込んできた可能性は十分にあった。

閑職に追いやられた自分が反旗を翻すと敷島が考えても、不思議ではなかった。

じっさい、目的は違うが香坂は明日、敷島の襲撃を企てていた。

「ガーディアンが大聖堂に入らないって、警護部の人間が話していたのを耳にしたんです」

香坂は、心で舌を鳴らした。

ななみの耳に入るような場所でそんな話をしている時点で、ガーディアン失格だ。

尤も、スパイの自分が言える立場ではなかった。

「招待客が外部から大勢くるから、屋外の警備を徹底するだけだ」

香坂は、優斗がガーディアンにしたのと同じ理由を説明した。

「そういうことだったんですね。もしかして、香坂さんがなにかを企《たくら》んでいるのかもしれない、なんて考えちゃいました」

相変わらず、無邪気なふうを装い笑った。

ななみが、油断できない女狐だ。

「馬鹿言うな。もしそうだったら、お前の呼び出しに応じたりしない」

「それはそうですね」

「それより、中園にはどうアプローチするつもりだ？　彼女は『神闘会』の人間じゃない。そう簡単に呼び出せないぞ？　しかも、詩音が起こした事件は知ってるだろう？」

「ええ、もちろん、知ってます。そこで、香坂さんにお願いがあります」

「言ってみろ」

「上條君を口実に、中園さんを呼び出してほしいんです。ひさしぶりにみんなで飲もうと香坂さんが言えば、上條君は断らないでしょう？　上條君がいれば、中園さんも警戒しないでしょうし。適当なタイミングを見計らって上條君と中園さんを引き離してくれたら、彼女のグラスに薬を盛ります」

「本当に、恐ろしい女だよ」

香坂は苦笑いしながら、立ち上がった。

「とりあえず、明日の準備もあるから帰る。後継者作りのシナリオについてはこっちから連絡するから、それまでは余計な動きをするなよ」

香坂は言い残し、個室を出た。

まずは、明日の大一番を前にやることが山積していた。

ななみと作戦会議をすることになるかどうかは、大一番の勝敗次第だ。

☆

「ここでいいです」

西新宿ビル街で香坂はタクシーを降りた。

「神闘会」の本部からここに到着するまでに、渋谷、六本木、赤坂、恵比寿とタクシーを四度乗り継ぎ、五台目で目的地に到着した。

といっても、行き先のビルはここから五十メートルほど先だ。

香坂は、全身のアンテナを鋭敏にした——些細《ささい》な気配も逃さないようにした。

「神闘会」以外の人間と会うときは、徹底的に尾行を警戒した。

どこへ行くにも常に、誰かに尾《つ》けられていると想定して行動していた。

今日は、とくに注意を払った。

万が一、誰かに尾行されていたら香坂の十数年が台無しになる。

何度か立ち止まり、適当な雑居ビルのエントランスに入り裏口から出た。

また、コンビニエンスストアに用もないのに入り雑誌コーナーで立ち読みをしながら周囲を観察した。

コンビニを出るとマクドナルドに入りコーヒーを飲みながら、尾行者の気配に意識を研ぎ澄ませた。

まっすぐに目的地に行くよりもタクシーの乗り継ぎを含めると二時間はロスしているが、十数年を棒に振るよりはよかった。

勘に触れる気配はなかった。

マクドナルドを出た香坂は、目的地の雑居ビルに向かった。

油断はしなかった。

訓練された諜報部なら、気配を殺すくらいは常識だった。

だが、長年に亘り諜報部や警護部のトップにいた香坂には、殺した気配を察知できる能力があった。

誰かに尾行されていると、言葉では説明できない緊張感が皮膚を刺激するのだ。

いまのところ、その独特な皮膚感覚を感じることはなかった。

およそ二十メートル先……香坂は、小滝橋《おたきばし》通り沿いに建つ十五階建ての雑居ビルに向かう足を速めた。

エントランスに入り、エレベーターの前を通り過ぎ階段を使い地下一階へと下りた。

香坂はドアの前に立ち止まりインターホンを押すと、天井のカメラに顔を向けた。

ほどなくして、解錠音に続き薄くドアが開いた。

「お疲れ様です」

鋭い眼光の短髪で筋肉質の男が、香坂を室内へと促した。

約五十坪の無人のフロアを横切る短髪の男……ルーポに、香坂は続いた。

ルーポとは彼のコードネームで、イタリア語で狼を意味する。

鋭い眼や無駄肉のない研ぎ澄まされた肉体からのイメージだけでなく、的確にターゲットを破壊する彼の任務スタイルが狼の狩りを彷彿《ほうふつ》とさせるからだ。

SSTの工作員はみな、入隊時に個人の特性を表現するイタリア語のコードネームを隊長から授けられる。

日本語や英語でないのは、敵対組織や第三者にわかりづらくするのが理由だった。

香坂はSSTの二代目の隊長で、ルーポは四代目を務めていた。

因みに三代目の隊長は、香坂と同じようにどこかの組織に潜入していた。

SSTの隊員同士でも、任務内容は機密事項だった。

潜入捜査は、なおさらだった。

今回のように、公安部部長の破壊工作指令があったときに、初めてほかの工作員にターゲットの存在を報《しら》せる。

破壊工作の指揮を執るルーポが香坂の「神闘会」への潜入捜査を知ったのは、約三ヵ月前だ。

香坂もまた、作戦会議のときに初めてルーポの存在を知った。

香坂が「神闘会」に潜入しているのを知っているのは、指令を出した公安部部長の久保田《くぼた》だけだ。

十数年、定期連絡も久保田としか取っていない。

万が一、久保田が香坂の公安部のデータを消去すれば終わりだ。

香坂が「神闘会」への潜入捜査官だと証明する手立てはなくなってしまうのだ。

そうなれば香坂は一生警察組織に戻ることはできなくなり、正真正銘、「神闘会」の一員として生きなければならない。

是が非でも、明日の任務を成功させる必要があった。

もし、失敗に終われば引き続き潜入捜査は続く。襲撃前よりも敷島宗雲は警戒を強めるので、香坂にとっては任務がやりづらくなる。

くわえて、詩音体制にシフトしてゆくのでなおさらだ。

明日は香坂の今後の人生を決める運命の日といってても過言ではなかった。

ルーポが足を止め、壁に埋め込まれたディスプレイに掌を翳《かざ》した。

掌紋認証——壁が両サイドに開くと、黒の任務服を纏った三十人の隊員達が視界に飛び込んできた。

「敬礼！」

ルーポが号令をかけると、一糸乱れぬ動きで隊員達が両足を揃え右手をこめかみのあたりに当てた。

香坂も、敬礼した。

ひさしぶりの動作なので、違和感があった。

「明日、破壊工作に当たる『神闘会』に潜入されている香坂さんだ。香坂さんは、十年以上、潜入捜査を続けている。明日の任務について香坂さんのほうから説明がある。では、お願いします」

ルーポが照明を落としプロジェクターのリモコンのスイッチを入れると、香坂の背後の壁に「神闘会」の敷地……大聖堂周辺が映し出された。

「挨拶や前置きは省く。明日、君達が急襲する『神闘会』の会長である敷島宗雲を警護しているのは、警護部のガーディアンおよそ二百人だ。彼らの戦闘スキルは、君達と遜色《そんしょく》ないレベルだ。その中でも本部長の上條優斗と警護部部長の下関真也《しんや》はかなり腕が立つ。ただし、上條を除いたガーディアンは屋外を警備している。銃火器は所持できないので、ガーディアンはパラクーダというスタンガンと電動ガンで武装している。パラクーダは最大三百七十万ボルトの電圧で、触れただけで神経が麻痺《まひ》し筋肉が硬直して動けなくなるから侮ってはならない。電動ガンは改造されているので、市販のものの十倍の十ジュールの威力がある。しかも、プラスチック製ではなく鉛製のＢＢ弾を使っているので、人間でも急所に当たると非常に危険だ。防弾ベストを着用しているので命を落とす心配はないが、眼球に被弾すると失明するので気をつけてくれ。ガーディアンの屋外の配置は……」

香坂は言葉を切り、ガーディアンに指示した持ち場を電子ペンで囲んだ。

「質問、いいでしょうか？」

前列右端――色黒で小柄《こがら》な工作員が挙手した。

「なんだ？」

「ゲパルドです。聖堂の外は、ガーディアンに包囲されています。我々はどこから聖堂に突入するのでしょうか？」

ゲパルド――チーターを意味するコードネームは、彼が俊足であることを表現しているのだろう。

「それを、いまから説明する」

香坂は言いながら、聖堂裏手の地面に〇を描いた。

「地下に成人男性なら五十人が待機できるシェルターがある。非常時のために敷島宗雲が極秘に造ったものなので、ほかには俺しか知らない。シェルターは聖堂内に通じている。午前六時からガーディアンが敷地内に配置されるので、君達には五時までにはシェルター入りして貰う。次に、ターゲットの説明に入る。ターゲットは三人……敷島宗雲と花咲詩音と新海竜一《りゅういち》だ」

香坂は、祭壇と祭壇の横の椅子を丸で囲んだ。

「敷島をA班、副会長の花咲と副本部長の新海をB班がガス銃で襲撃しろ」

ここで言うガス銃とはエアガンなどのことではなく、神経ガスを装備したサブマシン・ガンの形をした特殊な噴霧器だ。

トゥリガーを引けば有機リンの一種である神経ガスが銃口から噴霧される仕組みで、原理としてはヘアスプレーなどと同じだ。

神経ガスを皮膚や呼吸器官から吸収すると、人体の神経系を攻撃しあらゆる運動機能を麻痺させる。

筋肉の痙攣《けいれん》、尿失禁、便失禁などの毒性症状が表れ、最終的には呼吸器の筋肉が麻痺して窒息死に至る。

なので、ＳＳＴの隊員は防毒マスクと防護服を着用する。

もちろん、神経ガスの使用は国際的に禁止されている。

化学兵器禁止条約は、化学兵器の開発、生産、貯蔵及び使用の禁止並びに廃棄に関する条約で、一九九三年に署名され一九九七年に発効した多国間条約だ。

だが、各国の諜報部や特殊部隊が水面下で使用しているのは公然の秘密だ。

香坂はすでに、自らの防毒マスクと防護服を聖堂内の棚に隠していた。

防毒マスクと防護服を着用する練習を繰り返し、いまでは十五秒もかからなかった。今回の破壊工作の目的は、「神闘会」の壊滅だが、それは同時に敷島宗雲と花咲詩音の暗殺を意味する。

「神闘会」が単なる宗教団体ならば、二人を拘束すればいいだけの話だ。

だが、「神闘会」は強大な権力を持ち過ぎた。

その気になれば、クーデターを起こせるだけの資金力と政財界にたいしての影響力を持っている。

じっさい、敷島宗雲は警察庁のキャリア幹部とも深い交流があり、今回の破壊工作は公安部単独の秘密任務だ。

もし、警察庁がこの任務を知れば確実に妨害してくるだろう。

世間的には「神闘会」のツートップの暗殺は、敵対組織の犯行として報じられる。

警察は、ヤクザ、右翼、ほかの宗教団体を捜査の的にかける。

間違っても、身内の犯行だとは考えない。

たとえその可能性を考えたとしても、黙認するしかない。

公安警察に所属する人間の存在さえも把握していない刑事警察が、彼らの秘密任務を暴《あば》くことは不可能だ。

中でも公安警察の特殊部隊であるSSTは秘密性が高く、警視庁でも一部の人間しか全貌《ぜんぼう》を知らない。

公安部部長が敷島と詩音の暗殺を決意したのは、彼らのカリスマ性だ。

「神闘会」は政財界での影響力ばかりがクローズアップされるが、本質は宗教団体だ。

信仰心が強い者が多く、二人を生かした形で拘束していれば奪還するためにテロ活動に走る恐れがあった。

つまり、「神闘会」の壊滅は二人の象徴を抹殺することが絶対条件だ。

「C班は招待客を外に逃がし、本部長の上條優斗を捕獲しろ。ここまでで、なにか質問は？」

　香坂が促すと、三列目中央のゴリラのような筋肉の鎧《よろい》を纏った工作員が挙手した。

「ポテーレです。招待客は従うので問題ないかと思いますが、上條はターゲットを警護しようとするでしょうから神経ガスを環境曝露《ばくろ》する可能性があります。その場合、人事不省になってもいいんでしょうか？」

　ポテーレとは、パワーを意味する。

　異様に盛り上がった僧帽筋、超人ハルクを彷彿とさせる分厚い胸板、女性の太腿並みの上腕二頭筋――彼が力自慢であろうことは、一目でわかった。

「上條には俺から警護ではなく避難を命じる。従わなかった場合、命の保証ができないのは仕方がない」

　香坂は、無表情に言った。

　正直、優斗が生き残ればなにかと厄介なことになるので、死んでくれたほうがいいという思いがあった。

　思いだけでなく、混乱に紛れて神経ガスを浴びせる計画だった。

　防毒マスクも防護服も着用していない優斗を仕留めるのは容易だった。

　良心の呵責《かしゃく》はなかった。

「神闘会」に潜伏して十数年、教団の勢力拡大と保身のために闇に葬ってきた敵対組織の人間や身内の数は両手両足の指を使っても足りなかった。

　すべては、モンスター教団の壊滅という大義のため――プラス何人かに犠牲になって貰うだけのことだ。

「地下シェルターから聖堂内への侵入口は、祭壇後ろ……約五メートル離れた床が開くようになっている。祭壇の近くに地下シェルターへの出入り口を造ったのは、有事の際に敷島が迅速に避難するためだ」

「コルヴォです。質問いいでしょうか？」

　色白で利発そうな顔立ちをした青年が挙手した。

　カラスのコードネームを授けられたコルヴォは、知能が高いというのが理由か？

　香坂は頷いた。

「有事の避難のために造ったシェルターなら、そこからの襲撃を警戒するんじゃないでしょうか？」

コルヴォの危惧は、尤もなものだった。

『『大説教会』の一ヵ月前に、敷島には奇襲に利用される恐れがあるので地下シェルターを一時封鎖したほうがいいと進言した。敷島の了承を得て、敷地内のシェルターの入り口はコンクリートで固めた。もちろん、敷島も確認済みだ」

「敷島の警戒心は払拭《ふっしょく》できますが、我々が地下シェルターに侵入するのに手間取ってしまい、ガーディアンに異変を察知される危険性が高まりませんか？」

コルヴォが、質問を重ねた。

「表面上は薄くセメントで固めてあるからわからないが、下層には何本もの亀裂《きれつ》を入れているので金槌《かなづち》で軽く叩いただけで粉砕できる」

「了解しました！」

コルヴォが納得した。

「地下シェルターから聖堂内まで、およそ二十メートルだ。祭壇後方の床板からA班が侵入し、背後から敷島を襲撃する。祭壇の左手に並べられた椅子には、花咲を筆頭に新海、各部署の部長が座っている。花咲は俺と手を組んでいるので敷島の救出には動かない。B班はすかさず花咲と新海に神経ガスを浴びせるんだ。呉越同舟の花咲はまだしも、新海には注意しろ。新海は元諜報部の部長を務めていて、戦闘力の高さは上條と双璧だ。反《そ》りの合わない二人だが、襲撃犯から敷島を護ろうとするという点では警戒が必要だ。順番として、花咲よりも先に新海を排除したほうがいい。聖堂内に侵入してから撤収まで、五分以内で終わらせろ。それ以上長引くと、有事を察知したガーディアンと諜報部に包囲されてしまうから脱出が困難になる。わかったか？」

三十人の返事が一つの束となり、室内の空気を震わせた。

「俺からの話はこれで終わるが、質問のある者は？」

香坂は、工作員達の顔を見渡した。

挙手する者は、誰もいなかった。

視界の端──香坂の隣で黙って話を聞いていたルーポが、手を挙げていた。

「香坂さんが信用できるという保証はありますか？」

ルーポが、三白眼の冷たい瞳で香坂を見据えた。

質問の直後、工作員達の表情が強張《こわば》った。

「どういう意味だ？」

押し殺した声で、香坂は質問を返した。

「香坂さんが二重スパイでない証はありますか、という意味です」

ルーポが、眉一つ動かさずに質問を重ねた。

「部長から、俺の話は聞いているはずだが？」

「ええ、聞いてますよ。ただし、香坂さんが敷島宗雲に忠誠を誓っていないともかぎりません。『神闘会』に潜伏して十年以上……公安部とのつき合いよりも長いですよね？　もっと言えば、部長よりも敷島宗雲に情が移っていても不思議ではありませんからね」

ルーポが、淡々とした口調で言った。

「ほう、つまりお前は、俺が敷島宗雲の手先になって部長を欺いているんじゃないか……そう言ってるんだな？」

香坂は、剣呑な声音で訊ねた。

「可能性の一つとしてありえると申し上げているだけです」

「お前、十年以上も『神闘会』壊滅のために人生を犠牲にしてきた俺を、裏切り者扱いするつもりか!?」

香坂は、ルーポを睨みつけながら詰め寄った。

「気を悪くしたら謝ります。俺も、工作員の命を預かる身としてあらゆる事態を想定して動かなければなりませんから」

ルーポは臆《おく》したふうもなく、香坂を睨み返した。

「あらゆる事態を想定して、それでどうするつもりだ？」

香坂は、挑戦的な口調で訊ねた。

ＳＳＴの隊長として、ルーポの言わんとしていることは理解できる。

香坂も逆の立場なら、疑ったことだろう。

だが、面と向かって言われると穏やかな感情ではいられなくなってしまう。

「Ｄ班を五人、追加しておきます。万が一の懸念が現実になったら、香坂さんを排除します」

「俺を排除するだと!?」

香坂の、眉尻と目尻が吊り上がった。

「はい。任務ですから」

ルーポが、にべもなく言った。

「俺が裏切り者だと判断する根拠は？　お前の主観だけなら外れているかもしれないだろう？」

「疑わしきは躊躇わず排除する。これが、ＳＳＴ

の理念です」

すかさず答えるループポに、香坂は頼もしさを覚えた。

これなら勝てる。

香坂は、不快な感情とは裏腹に手応えを感じていた。

13

「みなさん、今日は、お忙しい中、『大説教会』にお越しくださりありがとうございます」

光沢のある紫の祭服に白のストラを首にかけた敷島宗雲が、開始予定の午前九時ちょうどに祭壇に立ち、招待客を見渡しながら柔和に微笑んだ。

祭壇の右隣――敷島の一、二歩下がった位置で、優斗は座席の端から端に鋭い視線を巡らせた。

優斗の隣には、香坂が並び立っていた。

詰め襟スーツの下に装着したショルダーホルスターには、電動ガンを携行していた。

本物の銃に比べて殺傷能力は劣《おと》るが、襲撃者の動きを止めるだけの威力はある。

スプリングレートの変更とシリンダー内部のコーティングをすることによりピストンの前進スピードを向上させ、吸気と排気のタイミングチェンジで弾速を高めているので、命中させる場所によっては命を奪える。

「神闘会」の警護部と諜報部では、柔道、空手、レスリング、ボクシングなどの格闘技の訓練以外に、毎晩、電動ガンでの射撃訓練を二時間、義務づけられていた。

朝ではなく夜に行うのは、敢えて集中力がなくなっている状態で命中精度を上げるためだ。

銃撃戦は、体調が万全のときばかりに起こってくれるとはかぎらない。

徹夜明けに起こるかもしれないし、就寝中に起こるかもしれないし、高熱が出ているときに起こるかもしれないという、最悪の状況でも敵を排除し会長を護ることのできる射撃スキルを身につけるのが目的だった。

毎月末に警護部と諜報部で競う射撃大会では、常に優斗と新海が一位と二位を独占していた。

これまで優勝した回数は、ほぼ互角だった。

警護部と諜報部の部員は全員、敷地内ではスタンガンとともに電動ガンを携行している。

スタンガンは問題ないが、電動ガンのほうは定められた規制の発射エネルギーを遥かに超えているので、法的にいえば銃刀法違反に該当する。

だが、一年以上十五年以下の懲役に五百万以下の罰金を併科される実銃の刑罰に比べると軽く、一年以下の懲役または三十万以下の罰金だ。

優斗は、招待客一人一人に引っかかるものがないかをチェックした。

引っかかるもの——明確な基準があるわけではなく、また、人相、性別、年齢でもなかった。

女子高生や七十の老婆であっても、ヒットマンでないとはかぎらない。

強《し》いて言うならば、警護部のガーディアンリーダーとして積み重ねた経験からくる直感というやつだ。

学生服姿の少女から八十歳を超えていそうな老人まで、百人あまりの招待客の年齢層は様々だった。

財閥グループの会長、大学病院の教授、国際弁護士、自動車メーカーの社長、リゾートホテルグループの会長、国民栄誉賞受賞の大御所俳優、国民栄誉賞受賞の大物スポーツ選手、「紅白歌合戦」常連の大御所演歌歌手、国民的人気アイドルグループのリーダー、直木賞受賞のベストセラー作家、日本アカデミー賞受賞の映画監督、世界四大ピアノコンクールに入賞歴のある国際的ピアニスト、国際的ヴァイオリニスト、ブロードウェイで活躍するミュージカル俳優……招待客の顔ぶれは芸能界から財閥まで錚々《そうそう》たる面子で、敷島宗雲の交友関係の広さを証明していた。

招待された人物に共通しているのは、各分野で頂点を極めている者ばかりということだった。

本当は大臣経験者の政治家や広域組織の大物組長なども深い交流があったが、ほかの招待客の眼を意識して代理人を出席させていた。

「神闘会」の敷地の外には二十人前後のマスコミが集まっているので、その選択は賢明だった。

本部長としての優斗の要望で、招待客の秘書、ボディガード、マネージャーなどの取り巻きは聖堂の外で待機して貰っていた。

さりげなく、視線を祭壇の左手……招待客に向けて並べられた椅子に座る詩音に向けた。

詩音はいつものクールフェイスで、正面を向いていた。

その表情からは、いかなる感情も読み取れなかった。

本当に、詩音は襲撃を企てているのか？

香坂がそんな嘘を吐く意味はない。

だが、香坂の言葉を信じ切れない自分がいた——香坂を疑っているというよりも、心のどこかで詩音を信じたいと願っている自分がいた。


詩音が果林にやったことを忘れたのか？

果林を人質にした男のことを、まだ友だと思っているのか？


脳内で、自責の声が響き渡った。

ふたたび、記憶の中の香坂の言葉が蘇った。

詩音が悪魔に魂を売ったのかどうか……どの道、「大説教会」の行われている二時間のうちにはっきりすることだ。

いま優斗のやるべきことは、私情に流されず先入観にとらわれず、敷島の身の安全を確保することだ。

優斗は、天井、壁際、祭壇の背後に視線を巡らせた。

香坂の言う通り、詩音に命じられた警護部と諜報部の精鋭達が急襲した場合、想像を絶する突入パターンも想定するべきだった。

「昨今、連日のように悲惨な事件が報じられています。老人ホームで入居者の老婆のあばらを骨折させ、爪《つめ》を剝《は》がすスタッフ、認知症の老人を窓から投げ捨て殺害する介護士、幼い子供に食事を与えずに餓死させる母親、殴る蹴《け》るの暴行をくわえ撲殺する父親、就寝中の父親の頭を金属バットで五十回以上殴りつけて殺害する息子、母親の飲食物に毎日タリウムを混入して殺害を企てる娘……」

悲痛な顔で言葉を切った敷島が、招待客の瞳を一人一人みつめた。

敷島の凄いところは、「説教会」の参加人数が十人でも百人でも変わらず、己の言葉が彼らの胸に届いているかを確認しながら話を進めることだ。

決して、自らが語る高尚な話に酔いながら聴衆を置き去りにするような説法はしない。

優斗は、聖堂内の隅々にまで視線を巡らせた。

気にしているのは、襲撃者の侵入経路のことばかりではない。

香坂の言う秘密部隊とは、どこに待機しているのか？

優斗がチェックしたかぎり、大聖堂の周辺に不審者の姿はなかった。

だが、気配はあった。

それが秘密部隊かどうかはわからない。もしかしたら、逆徒と化した詩音の手先かもしれない。

一つだけはっきりしているのは、すぐ近くに何者かが潜んでいるということだった。

「動機のある殺人ばかりではありません。学校帰りに見知らぬ男に金槌で頭蓋骨《ずがいこつ》を割られた小学生の女の子、産婦人科に定期検診に向かう途中にいきなり刃物を振り翳す男に滅多刺《めったざ》しにされる妊婦、駅のホームで突然体当たりされ線路に転落して電車に轢《ひ》かれるサラリーマン。悲劇は、殺人以外にも起こります。地震、火事、台風、落雷、飛行機の墜落事故、船の転覆事故、車の衝突事故、癌、心筋梗塞《しんきんこうそく》、脳卒中……誰しも、一度は心を過《よぎ》った疑問があるはずです。なぜ、神様が存在するなら罪なき人々が悲惨な最期を迎えてしまうのか？　なぜ、神様が存在するなら悲劇が降り懸かるのか？」

敷島が言葉を切り、ふたたび招待客の顔をゆっくりと見渡した。

ほとんどの招待客が、大きく頷いていた。

「大説教会」が始まって僅か十五分そこそこで、招待客は敷島の話に引き込まれていた。

「今日は、人類最大の疑問といっても過言ではない神の有無についてお答えしましょう。結論から申しますと、神は存在します。しかしそれは、あなた方が抱いている神の姿とは違うでしょう。みなさんは、神は無償の愛で弱者を助け、道を踏み外しそうになる者を導いてくれる存在だと考えていませんか？　そのイメージがあるから、悲惨な事件を見聞きしたときに疑問が生じるのです。神は強者も弱者も助けない。道を踏み外す者を導いたりもしない。なぜなら神はあなた方の上から見守っているのではなく、中にいるのです。中というのは、心でも精神でも構いません。つまり神は、いわゆる守護霊のようにあなた方を護っている他人ではなく、あなた自身なのです！」

聖堂にどよめきが起こった。

優斗は、詩音を見た――相変わらず、表情を変えずに正面を見ていた。

香坂が、腕時計に視線をやったのが気になった。

何度か聞いた話とはいえ、敷島の説法のクライマックスに時間を確認、または気にするような男ではない。

「どうかしましたか？」

優斗は、小声で香坂に訊ねた。

「なんでもない。警護に集中しろ」

香坂は慌てたふうもなく言った。

「すみません」

詫《わ》びながら、黒目を横に滑らせた。

香坂の足もとには、紙袋が置いてあった。

襲撃されたときの武器が入っているのか？

優斗の視界の端で、影が動いた。

影……詩音が席を立ち、祭壇の背後に回り通路へと向かった。

弾かれたように、香坂が詩音を振り返った。

「待て」

足を踏み出しかけた優斗を、香坂が止めた。

「でも……」

「会長からお前を引き離す目的の罠《わな》の可能性がある」

正面を向いたまま、香坂が唇を動かさずに言った。

「どうするんですか？」

「俺が行く。お前は会長を頼む」

香坂が言い残し、紙袋を手に詩音のあとを追った。

優斗は詰め襟スーツのファスナーを下ろした――電動ガンのグリップを握った。

「存在しない天空の神に縋るのではなく、内在する神を信じ、想念を強めてください。想念の母は思考であり、思考こそ神なのです！」

敷島が翼のように両手を広げた。

招待客の口々から、驚嘆の声が漏れた。

敷島の向こう側――異変を察知した新海の視線が、優斗の右手に注がれていた。

新海が前屈みになり、右手を右足の裾に忍ばせた――レッグホルスターにおさまる電動ガンのグリップを握った。

敵か？　味方か？

詩音が敷島の襲撃を企てているのなら、新海も従うはずだ。

彼の射撃術は、自分と同等だ。

味方にすれば心強いが、敵に回したらこれほど厄介な男はいない。

どんな些細な音も聞き逃さないように……些細な気配も感じるように、五感を研ぎ澄ました。

『神闘会』の使命は、あなた方の内に眠る神性を覚醒させることです！　神性が目覚めれば、あなた方の未来は至高と至福に満ち溢れるで……」

敷島の声が、衝撃音に掻き消された。

招待客の顔が凍てつき、敷島の背後に注がれた。

優斗は電動ガンを抜きながら振り返った。

およそ五メートル先──床板が捲れ、防毒マスクをつけた複数の男達が飛び出してきた。

「走ってください！」

優斗は叫び、横に飛んだ。敷島を抱いたまま、出口に促した。

新海が防毒マスク達に向けて電動ガンを発射していた。

「ゴー！　ゴー！　ゴー！」

五人の防毒マスクが優斗と敷島を追ってきた。

襲撃者の手にはサブマシン・ガンが携えられていた。

いや、サブマシン・ガンではなく、神経ガス系の武器に違いない。

悲鳴、怒号、絶叫……パニックになり逃げ惑う招待客は、ライオンに追われるシマウマの群れのようだった。

倒れたスーツ姿の男性を踏みつけながら、招待客がドアに殺到した。

聖堂内は一瞬にして地獄絵図の様相を呈《てい》した。

約十五メートル離れた位置──五人の防毒マスクに追われた別の防毒マスクが、優斗になにかを叫んでいる。

罠に違いない。

優斗は敷島を左手で抱きかかえ盾になりながら、振り返り様に電動ガンのトゥリガーを引いた。

防毒マスクの一人が蹲《うずくま》った。

五人が四人になった。

立て続けにトゥリガーを引いた。

四人のうちの一人が股間を押さえ前のめりに倒れた。

追ってくる三人との距離は四、五メートル。これ以上詰められるとガスを浴びてしまう。

ざっと見て、襲撃者は三十人前後。新海が牽制しているので、防毒マスク達も迂闊《うかつ》に距離を詰められずにいた。

出口まで僅か十メートル程度だが、ドア付近にも数人の防毒マスクが待ち構えている。

自分と新海だけでは、防ぎ切れない。

優斗に叫んでいた防毒マスクが、なにかを放った。

足もとに落ちたのは、二つの防毒マスクだった。

なぜ？　これも罠か？

動転する思考に、危惧と疑問が飛《と》び交《か》った。

「早くつけるんだ！」

叫んでいる防毒マスク――よく見るとシルバーの詰め襟スーツを着ていた。

シルバーの詰め襟スーツ……副会長に与えられたカラー。

「詩音！　お前なのか!?」

「いいから、早く！」

優斗は拾い上げた防毒マスクを自分と敷島に装着した。

「露出してる手を狙え！」

迫りくる防毒マスクの一人が叫んだ。

防毒マスクをつけても、神経ガスが皮膚に付着すれば致命傷となる。

追ってくる防毒マスクの数は、三人から六人に増えていた。

「俺から離れないでください！」

優斗は敷島に言うと、ダブルハンドで構えた電動ガンを連射した。

防毒マスク達が五、六歩後退した。

気休めの時間稼ぎ――このままではやられてしまうのは時間の問題だ。

香坂はどこだ？

もう一人腕の立つ援護がいれば……。

気配がした。敷島を抱きかかえ床に伏せた。背後から現れた防毒マスクが二人。

敷島に覆い被さりつつ、シングルハンドで股間に狙いをつけた――トゥリガーを引いた。

蹲る二人。ふたたびの気配。六人の防毒マスクが五メートルにまで接近していた。

六人が構えるガス銃のマズルが優斗と敷島を捉えた。

絶体絶命――もはやこれまでか？

「おい！　こっちだ！」

誰かが叫んだ。

声の主——詩音が防毒マスクを脱ぎ、優斗と敷島にガス銃を向ける六人の防毒マスクを順番にみつめた。

「君達は仲間を攻撃するんだ」

詩音が言うと、防毒マスクの六人がガス銃のマズルを向けた。

「花咲を仕留めろ！」

リーダーらしき男が号令をかけると、防毒マスク達が詩音を追った。

「詩音！　マスクを被るんだ！」

優斗は叫んだ。

「僕のことはいいから、会長を連れ出すんだ！」

詩音は優斗に叫び返し、迫りくる防毒マスク達の前に立ちはだかった。

14

詩音が入院する個室の前の待合ベンチ——優斗が腰を下ろしてから、すでに十五分が過ぎていた。

神経ガスでやられた眼の処置は、数時間前に終わっていた。

——不幸中の幸いは、花咲君の眼には微量の神経ガスしか入っておらず失明は免れました。ですが、二・〇から〇・〇三にまで下がった視力は元に戻ることはないでしょう。コンタクトレンズか眼鏡があれば、日常生活は支障なく送れますがね。

淡々とした医師の声が、優斗の鼓膜に憂鬱《ゆううつ》に蘇った。

すぐに、詩音に会う気になれなかった……というより、頭の中を整理したかった。

——君達は仲間を攻撃するんだ。

優斗と敷島をガス銃で襲撃した六人を、詩音は防毒マスクを脱ぎ、あの不思議な瞳の力で相撃ちするように促《うなが》した。

——詩音！　マスクを被るんだ！

——僕のことはいいから、会長を連れ出すんだ！

襲撃者の前に立ちはだかる詩音の姿が、脳裏に焼きつき離れなかった。

なぜ、敵に回ったはずの詩音が自らの身を盾にして、敷島と自分を守ったのか？

――会長っ、お怪我はありませんでしたか⁉

間一髪のところで窮地を脱し、都内の「神闘会」の所有する隠れ家の一つ……恵比寿のマンションに身を寄せた敷島のもとへ、蒼褪めた表情で香坂が現れた。

――襲撃者はどこのどいつだ⁉

開口一番、下腹を震わせるような迫力のある濁声で敷島が香坂に訊ねた。

数々の修羅場を潜《くぐ》り抜《ぬ》けてきた百戦錬磨の敷島からは、命を狙われたばかりだというのに怯えたり動転した様子は感じられなかった。

――一人、襲撃者を捕らえて監禁していますっ。これから拷問にかけて、誰の指示かを吐かせますから！

――絶対に、黒幕を突き止めろ！　敷島宗雲に弓を引いたらどうなるかを、身を以《もっ》て教えてやるのだ！

――この命に代えてでも、黒幕を暴き抹殺します！　早速、行ってきます！　上條っ、会長を頼んだぞ。

「ご面会ですか？　花咲さん、意識は戻られてますよ？」

個室の前で考え込む優斗を訝しく思ったのか、看護師が探るように声をかけてきた。

「いま行きます。本人にかける言葉を考えていました。お気になさらず」

優斗は無理に作った微笑みを看護師に向けた。とても、笑えるような心境ではなかった。

――待ってください。

恵比寿のマンションを出た香坂のあとを、優斗は追った。

——どうした⁉　会長から離れたらだめじゃないか！

振り返るなり、強い口調で香坂が優斗を咎めてきた。

——襲撃者が現れたとき、どこにいらっしゃったんですか？

優斗は率直な疑問をぶつけた。

——襲撃者を排除していたに決まっているだろう？　なぜ、そんなあたりまえのことを訊くんだ？

香坂が、怪訝に眉根に皺を刻んだ。

——香坂さんの姿は、どこにも見当たりませんでした。

——なにが言いたいんだ？

優斗の言葉に、香坂が剣呑な声音で訊ねた。

——質問しているのは俺です。防毒マスクが襲撃してきたとき、香坂さんはどこにいたんですか？

——だから、襲撃者を排除していたと言っただろう？　お前の視界に入らなかったからといって、俺を裏切り者扱いする気か⁉

香坂が気色ばみ、優斗を睨みつけてきた。

——裏切り者じゃなければ、教えてください。俺と会長を襲撃者から救ってくれたのが香坂さんじゃなく、詩音だったのはどういうことですか⁉

優斗は怯まず、香坂を睨み返した。

——お前、自分が誰になにを言ってるのかわかっているのか？

——「神闘会」の本部長として、会長を殺害しようとした犯人を捜しているんです。

——ようするに、俺が会長を襲撃させた黒幕だと言いたいわけだな？

——あなたは、詩音が警護部を抱き込み、「大説教会」で会長を襲撃するからガーディアンを「大聖堂」に入れるなと言いました。その代わりに、訓練された私兵を待機させているとも言ってましたよね？

――ああ、花咲が俺にそう持ちかけてきた。

香坂は、眉一つ動かさずに言った。

――だったら、俺と会長をどうして助けるんですか⁉　放っておけば、間違いなく目的を達成できたわけでしょう⁉　香坂さん。防毒マスクの襲撃者は、あなたが訓練した私兵なんじゃないんですか⁉

優斗は矢継ぎ早に香坂を問い詰めた。

――すべて、お前の推測だろう？　本部長になって舞い上がるのはわかるが、恩師の俺を謀反者扱いするのは行き過ぎじゃないのか？

――そう思うなら、詩音の件を俺が納得できるように説明してくださいっ。

――簡単なことだ。これは、俺とお前の仲を裂き、会長の信頼を失わせるために描いた花咲の絵図だ。俺に会長襲撃を持ちかけてきたのも、嵌めるためのトラップだったのさ。

香坂が吐き捨てた。

――そんな話を信じろと言うんですか？

――信じなければ、花咲の策略に乗るだけだ。

「どうして教えてくれなかったのよ！」

女性の咎める声が、記憶の扉を閉めた。

顔を上げた優斗の目の前に、腕組みをして睨みつける果林。

頬の傷を隠すために貼られたベージュのテープが痛々しかった。

「誰から訊いたんだ？」

「『神闘学園』でクラスメイトだった子から連絡が入ったのよ。『大聖堂』で銃撃戦があって、詩音が病院に担ぎ込まれたって！」

優斗は小さく舌を鳴らした。

「眼をやられたと言ってたけど、大丈夫なの⁉」

果林が、逼迫した表情で訊ねてきた。

「医者の話では、視力は落ちるけど失明の心配はないって」

「よかった……」

果林が胸を手で押さえ、長い息を吐いた。

「自分の顔に傷をつけた相手の身を心配して病院に駆けつけるなんて、お前はどこまでお人好しなんだっ」

「だから、何度言えばわかるの？　この傷は詩音がつけたんじゃなくて、私が自分でつけたものなんだから」

「詩音がお前を人質にして手下に、刃物を突きつけさせたのは事実だろう⁉」

「まだ、そんなことを言ってるの⁉　約束したでしょ？　迷子になった私達の詩音を連れ戻してって」

果林が、強い光の宿る瞳で優斗をみつめた。

「俺は、そんな約束は……」

「しのごの言ってないで、行くわよ！」

果林が優斗の腕を摑み立ち上がらせると、病室へと引っ張った。

ドアの開く音で、窓際に立っていた詩音が振り返った。

「詩音……」

眼に包帯を巻いた詩音の姿に、果林が息を飲んだ。

「なにしにきたんだい？」

詩音が無感情な声音で訊ね、手探りでベッドに座った。

「詩音の見舞いに決まってるでしょ！」

果林が言いながら、トートバッグから取り出したタッパーを手に詩音の隣に座った。

「詩音が大好物のすり潰したイチゴに練乳をかけたやつ、持ってきたわよ」

果林がタッパーの蓋を開け、プラスチックのスプーンで掬ったすり潰しイチゴを詩音の口もとに運んだ。

「いまは目隠ししてるから、味覚が冴え渡って十倍増しに美味しく感じるわよ」

「なんのつもりだい？」

スプーンから顔を背け、詩音が訊ねた。

「言ったじゃない？　詩音の大好物を……」

「僕は頼んでいないし、こういうことをされるのは正直迷惑だ」

果林を遮り、詩音が言った。

「冷たくしてもだめよ。私には、ちゃんとわかってるんだから。あなたが、私や優斗のために一人で悪者になろうとしているってことがね！　さ、食べなさい」

明るく言い放つと、果林がふたたびスプーンを詩音の口に近づけた――詩音も、ふたたび顔を背けた。

「相変わらず、思い込みが激しいね。『神闘会』において君や優斗のために動いたことなんて一度もない。僕は、僕自身の地位を盤石なものとすることしか考えていない」

詩音が、にべもなく言った。

「だから、言っただろう？　俺らの知ってる詩音は、もういないんだよ！　早く、帰ったほうがいい」

優斗は果林の腕を摑んだ。

「だとしても、詩音を見捨てておけないわ。現に、危険な目にあってるじゃない。今回は運がよくてその程度で済んだけど、一歩間違えば命を落としていたかもしれないのよ！　ねえ、詩音……『神闘会』での地位がどうのこうのとか、もう、やめようよ。昔みたいにさ、三人で仲良く楽しく暮らそう？　ね？」

詩音から引き離そうとする優斗の腕を振りほどき、果林が諭すように言った。

「たしかに、子供の頃は楽しかったかもしれない。でも、いまも同じだとはかぎらない。少なくとも僕は、君達といるより『神闘会』で覇権争いをしているほうが楽しいよ」

詩音が、淡々とした口調で言った。

「それ、本気で言ってるの？　私達を庇おうとして、わざとそんなことを言ってるんでしょ!?　それともただの天邪鬼《あまのじゃく》？　どっちなの？」

果林が、呆れた口調で質問を重ねた。

「本気だよ。僕にとっての過去は君達と違って懐かしくも幸せでもなく、思い出したくない負け犬の記憶だからさ。もう、帰ってくれないかな」

詩音は一方的に言い残し、ベッドに横になった。

「あなたは負け犬なんかじゃ……」

「いいから」

優斗は果林の腕を引き、強引に病室から連れ出した。

「離してよ！　まだ詩音に言わなきゃならないことがあるんだから！」

果林が、優斗の腕を振り払おうと身を捩った。

「いまの詩音には、なにを言っても無駄だっ」

優斗は、果林の腕を離さなかった。

「だからって、このまま詩音を見放すことはできないって……」

「俺を信じてくれるなら、ここは任せてくれ」

優斗は果林の両肩に手を置き、思いを込めてみつめた。

「約束してくれる？　迷子になった……」

「俺達の詩音を連れ戻す、だろ？」

言葉の続きを紡ぐ優斗に、果林が頷いた。

「約束するから」

優斗も、力強く頷き返した。

「約束破ったら、罰ゲームよ。そうね……セーラー服を着て渋谷のハチ公前で私と待ち合わせして貰うから」

果林が悪戯っ子のような表情で言った。

「せめて、ブレザーにしてくれよ」

「馬鹿ね。連絡待ってるから」

軽口を叩く優斗の肩を叩き、果林が踵を返した。

約束を守れるだろうか？

遠ざかる果林の華奢な背中を見送りながら、優斗は自問した。

☆

詩音はベッドに仰向けになったまま、微動だにしなかった。

個室に戻った優斗が丸椅子に座ってから、すでに十分が過ぎていた。

「狸寝入りには、包帯は都合がいいな」

優斗が皮肉を言っても、詩音は無言のままだった。

「どうして、俺と会長を救った？」

優斗は、切り出した。

「大説教会」の襲撃者の黒幕を、早急に知る必要があった。

自分が守るべきは、香坂なのか？　詩音なのか？

「副会長の立場で、襲撃されている会長と本部長を救うのはそんなにおかしなことかな？」

優斗が戻ってきて初めて、詩音が口を開いた。

「やっぱり、起きてるじゃないか」

「寝ているとは、一言も言ってない」

「ま、そんなことはどうだっていい。俺が耳にしたのは、花咲詩音が警護部を抱き込み、会長を襲撃するために『大聖堂』に暗殺要員のガーディアンを複数配置するって情報だった。だから『大聖堂』からガーディアンを排除し、俺と香坂さんだけが残ったんだ」

優斗は核心に踏み込み、詩音の様子を窺った。

「畠山加寿人。世田谷区《せたがやく》池尻二丁目の分譲マンションに内縁の妻、中島《なかじま》秋帆と同居」

唐突に、詩音が言った。

「なんだ、それは？」

「通称ＳＳＴ……警視庁特殊破壊工作部隊《スペシャルサボタージュチーム》。香坂姓を名乗り『神闘会』にスパイとして潜入している畠山の正体だ」

「なんだって⁉　香坂さんが、潜入捜査官だって言うのか⁉」

思わず優斗は、大声を張り上げた。

「そんな話を……」

優斗を遮るように上体を起こした詩音が、ベッドの下に潜り込んだ。

ふたたびベッドに戻った詩音が、ＩＣレコーダーを宙に掲げた。

『つまり、本部長はスパイということですか？』

『まあ、そういうことになるな』

スピーカーから流れてきたのは、詩音と香坂の声だった。

『目的は、「神闘会」の壊滅ですか？』

束の間、沈黙が広がった。

『僕にトップシークレットを打ち明けたのは、なぜですか？』

『敷島宗雲を排除するには、お前の力が必要だからだ』

詩音はいったん、ＩＣレコーダーを止めて早送りボタンを押した。

『僕が協力することになったら、なにをすればいいんですか？　あ、心配しなくてももう録音はしていませんから』

詩音が再生ボタンを押すと、会話が流れてきた。

録音していないと言いながら、詩音はしっかり香坂の声を捉えていた。

『約一ヵ月後の「大説教会」で、ＳＳＴが奇襲をかけて身柄を拘束する』

ふたたび、詩音が早送りボタンを押した。

『お前は、上条の動きを牽制してくれ』

詩音が再生ボタンを押すと、香坂の声が流れてきた。

『優斗の？』

『ああ、奴はガーディアンリーダーだから会長の警護に当たるのは当然だろう？』

香坂が公安警察の潜入捜査官……俄かには、信じられなかった。

香坂は、詩音のほうから敷島の襲撃を持ちかけてきたと言っていた。

話が、まるで逆だった。

だが、レコーダーから流れてくる声は間違いなく香坂と詩音のものだった。

『優斗を牽制って、具体的にはなにをするんですか？』

『襲撃者が乗り込んできたときに、上条を敷島宗雲から引き離してくれ』

「もういい、止めろ」

優斗は言った。

襲撃者の黒幕が香坂だと証明するのに、十分な証拠だった。

それにしても、驚いた。

九年間、尊敬できる上司として背中を追い続けてきた香坂が「神闘会」を壊滅させるために潜り込んだスパイだったとは……。

「これで、わかっただろう？　僕達は、香坂さんに利用されていたのさ」

詩音が、ベッドの縁を手で触りながら優斗のほうに歩み寄ってきた。

「お前は、どうする気だ？」

優斗は、詩音に訊ねた。

「もちろん、香坂さんを排除するよ」

詩音は、躊躇わずに答えた。

「本当に、それでいいのか？」

無意識に、口が動いた。

「敷島会長が罪を犯しているなら？　そうだとしたら、香坂さんを排除するのはおかしくないか？」

「僕は、そうは思わないな」

詩音が優斗と向き合うようベッドの縁に座り、あっさりと言った。

「どうしてだ？　香坂さんから、敷島会長のやってきたことを聞いたんだろう!?」

「ああ、聞いたよ」

「聞いたよって……お前、敷島会長の肩を持つということは、犯罪の片棒を担ぐことになるんだぞ⁉」

優斗は、詩音に訴えた。

「じゃあ、君に訊くけど香坂さんは罪を犯してないとでも？　あの人が『大説教会』で、会長とともに僕や君を殺そうとしたことを知ってるだろう？」

「ああ、もちろんだ。だから、香坂さんの側に立つ気もない。なあ、詩音。俺達、これ以上、『神闘会』にいることに意味があるのか？　敷島会長も香坂さんも、それぞれの大義名分を通すためには人の命を奪うことも厭《いと》わない。どっちの側についても、俺らは犯罪者になってしまう。果林が言ってたみたいに、昔のように三人で……」

「相変わらず、君は甘いな」

詩音が、優斗を遮った。

「どういう意味だ？」

「君は、『神闘会』を離れて果林と暮らせばいい」

「お前は、そうしないのか？」

「僕は後継者だから」

詩音が躊躇わずに答えた。

「後継者って……詩音、犯罪組織の跡を継いでどうする気なんだ⁉」

優斗は、厳しい口調で問い詰めた。

「僕の王国を作る」

「お前の王国って、どんな王国だよ？」

詩音が、フッと笑った。

「なにがおかしいんだ？」

「いや、香坂さんにも同じことを訊かれたなと思ってさ」

「それで、なんて答えたんだ？」

「争いごとのない世界、弱者を虐げない世界……」

詩音が、独り言のように呟いた。

「それは立派な考えだと思う。平和主義者のお前らしいよ。でも、『神闘会』でそれをわざわざやる必要があるのか？」

優斗は素直な疑問をぶつけた。

平和主義者……皮肉ではなかった。

争いごとが嫌いな昔の詩音に戻ったようで、嬉しかった。

だが、「神闘会」の後継者の座にこだわる詩音の気持ちが理解できなかった。

「『神闘会』だからこそ、意味があるのさ」

詩音が、ゆっくりと包帯を外しながら言った。

「どういう意味だ？」

「香坂さんも会長も、イニシアチブを取るためなら手段を選ばない人間だ」

包帯とガーゼを外した詩音の閉じられた瞼は、神経ガスの影響で赤く腫《は》れていた。

「僕の眼がこうなったのは、偶然の悲劇とでも？」

詩音が、まるで見えているかのように優斗に顔を向けた。

「端《はな》から、お前の眼が狙われていたと言いたいのか？」

「香坂さんは、『大説教会』の襲撃で会長を仕留め損ねたけれど、僕の能力を奪うことで半分の目的は達成したのさ。ここでおとなしく退いたら、香坂さんの思う壺だ」

「思う壺でもいいじゃないか。香坂さんや敷島会長と距離を置けば、関係のなくなる話だ。どうして、そこまで『神闘会』にこだわる？」

「本当に、君はなにもわかってないというか単純というか……」

詩音が呆れたように、小さく首を横に振った。

「わかってないのは、詩音、お前のほうだろう!?

彼らの本性がわかった以上、こんな胸糞悪《むなくそわる》い場所からは一刻も早く離れるべきだっ」

「僕らが距離を置いたからといって、香坂さんや敷島会長が距離を置くとはかぎらない。いや、絶対に置かないだろうね。香坂さんは自分の正体を僕に知られた。ということは、君や果林にも伝わると考えるはずだ」

「まさか、香坂さんが俺らの口を封じるってことか？」

優斗の問いかけに、詩音が頷いた。

「僕らが消えたのをいいことに、『大説教会』の襲撃の主犯に仕立て上げて敷島会長を動かすだろうね。『神闘会』は、僕らを抹殺しようと血眼になるはずさ」

詩音が、他人事のように言った。

「俺とお前はまだしも、果林は関係ないだろう!?」

優斗は語気を強めた。

「陣頭指揮を執るのは香坂さんだ。自分の素性をバラされる恐れがある者は、『神闘会』の警護部と諜報部を総動員して一人残らず消そうとするだろうね」

「じゃあ、お前が『神闘会』の後継者にこだわるのは……俺や果林を守るためなのか？」

うわずる声で、優斗は訊ねた。

——詩音は、自分が悪者になることで優斗と私を守ろうとしてくれている……それが、わからない？

果林の言葉を思い出し、優斗の胸は締めつけられた。

「勘違いしないでくれ。僕が『神闘会』のトップの座にこだわるのは、保身のためさ」

詩音が、包帯を巻きながら抑揚のない声で言った。

「保身？」

「ああ。僕が会長になれば、香坂さんを始めとする反対勢力を一掃できる。これ以上、安全な方法はない。まあ、そうなれば、君や果林への危険もついでになくなるのも事実だけどね。あくまでも、ついでさ」

詩音が、肩を竦《すく》めた。

「相変わらず、素直じゃないな。じゃあ、俺も本部長を続けるよ」

「話を聞いてなかったのかい？　僕が敷島会長の跡を継げば、自動的に君や果林の安全も保障……」

「お前が跡を継げなかったら安全の保障もないだろう？　香坂さんだけでも手強いのに、県って女狐もいる。その上、視力が戻るまでお前の得意技は使えない。花咲体制になるように、俺が手伝ってやるよ」

優斗は詩音を遮り言った。

「君の力を借りようとは思わない」

「お前こそ、勘違いするな。俺も、俺のために『神闘会』に残るんだ。まあ、ついでに、お前を助けることになるけどな」

優斗の言葉に、詩音が小さく首を横に振った。

「君と対立している時間はないから、気は進まないけど……」

詩音が、右手を差し出した。

「その言葉、そっくり返すよ」

優斗は言いながら、詩音の右手を握り締めた。

――大変申し上げづらいのですが、しばらく、花咲と上條との接触を控《ひか》えて頂けますか？

敷島を恵比寿のマンションから中目黒《なかめぐろ》のマンションに移動させる車内で、香坂は切り出した。

中目黒のマンションは「神闘会」の所有ではないので、優斗も詩音も存在を知らない。

内縁の妻、秋帆にもすべてを打ち明け、池尻大橋のマンションから彼女の友人の家へと移動させていた。

数日のうちに、秋帆はオーストラリアに飛ぶ。

緊急事態のときのために、他人名義で別荘を購入していた。

――二人が、黒幕だったのか？

後部座席から、敷島がドスの利いた低音で訊ねてきた。

――捕らえた襲撃者が口にしたのは、花咲の名前です。襲撃に失敗しそうになったので、仲間を裏切ったようです。

15

打ちっ放しのコンクリート壁に囲まれた空間には、霧のような紫煙が立ち込めていた。

ソファに座った香坂の右足が、貧乏揺すりのリズムを刻んでいた。

好きなジャズのＢＧＭも、今日は耳に入らなかった。

まさか、詩音が寝返るとは……。

香坂は、つけたばかりの吸い差しの煙草《タバコ》を灰皿に荒々しく押しつけた。

詩音の裏切りで、敷島を仕留める千載一遇のチャンスを逃してしまった。

厄介なことになった。

自分が公安の潜入捜査官と知る詩音が、優斗と手を組む可能性が高くなった。

いや、間違いなく縒りを戻すだろう。

そうなれば、優斗も香坂の秘密を知ることになる。

——なぜ、詩音がわしを襲撃する？　奴には副会長の座を与え、後継者に指名したばかりだ。

——襲撃者の話では、花咲は正式に後継者の座を譲られる六年が待てなかったと……すぐにでも、「神闘会」の実権を握るための策略を企てていたと、そう証言しています。

——もしそやつの証言通りなら、許し難い謀反だ。


敷島が怒りを押し殺した声で言った。


——ただし、あくまでも襲撃者の一人が口にしたことです。花咲を陥れるためのでたらめの可能性も十分に考えられます。

——まあ、それはそうだな。詩音がそんな愚か者とは思えん。だが、気を抜くな。誰しも魔が差すということがある。餌を前にした犬が、主人の言うことをきく忠犬ばかりとはかぎらん。詩音が、主人に牙を剝き餌を食らう狂犬でないとは言い切れんからな。

——わかってます。花咲の身辺を徹底的に洗います。申し訳ありませんが会長には、花咲の疑いが完全に晴れるまでの間、身を隠して頂くことになります。

——構わんよ。わしも、詩音に正式に会長の座を譲る前にはっきりさせておきたいしな。ところで、どうして上條まで遠ざける？　奴は、わしの盾になってくれたんだぞ？　上條がおらんかったら、わしは殺されていた。

——たしかに、あのときの上條は命懸けで会長を守りました。ですが、いまの上條が同じ気持ちだとはかぎりません。

——どういう意味だ？

——もし、花咲が今回の黒幕なら、上條が心変わりする可能性があります。会長もご存じの通り、あの二人の絆は強いですからね。ま、杞憂に終わるとは思いますが、万が一に備えてです。

——お前がいると助かる。やっぱり、年月の積み重ねと信頼は比例するものだ。お前まで疑わねばならない状況になったら、わしも終わりだな。

——ご安心ください。たとえ私一人になっても、最後まで会長にお供します。

——そうあることを祈るよ。

『お連れ様が、お見えになりました』

ドア越しに工藤が声をかけてきた。

「通してくれ」

香坂が言い終わらないうちに勢いよくドアが開き、ななみが入ってきた。

「香坂さんからお誘いをかけて頂けるのは、珍しいですね」

正面のソファに座ったななみが、ミニスカートから伸びた長い足をこれみよがしに組んだ。

「急に呼び出して、悪かったな。なにを飲む？」

「同じものを」

ななみが、香坂の白ワインのグラスに視線をやった。

「かしこまりました」

工藤が恭《うやうや》しく頭を下げ、ドアを閉めた。

「セキュリティが凄《すご》い店ですね。ここ、常連なんですか？」

「この前の話、生きてるか？」

香坂はななみの質問をスルーし、本題に切り込んだ。

「この前の話って、なんでしたっけ？」

ななみが、白々《しらじら》しく惚けた。

「お前にいい条件を出してやるから、駆け引きしないで本題に入ってくれ」

香坂は、いらついた口調で言った。

「冗談ですよ。どうしたんですか？　そんなにイライラして？」

ななみが、薄笑いを浮かべつつ訊ねた。

「中園果林を使って花咲に代わる後継者を作るという話だ」

「もちろん、生きてますよ。ただし、この話を再開するには条件があります」

「条件？　なんだ？」

「『大説教会』の敷島会長襲撃事件の黒幕は、香坂さんですか？」

「なにを馬鹿なことを言ってるんだ」

香坂は、一笑に付して見せた。

「そうですよね。認めるわけにはいきませんよね？　じゃあ、質問の仕方を変えます。『大説教会』の襲撃事件と、香坂さんの心変わりは関係ありますか？」

「そういうくだらない質問には……」

「くだらない質問に答えてくれなければ、香坂さんと手を組めません」

一転して、ななみが厳しい表情を香坂に向けた。

「敷島会長の襲撃犯の黒幕は花咲だった。奴は、六年が待てずにクーデターを起こした。まだ確証がないから裁けないが、あんな危険分子を後継者にするわけにはいかない。こんな理由で、いいかな？」

香坂は、白ワインのグラスを傾けながらななみを見据えた。

「本当でも嘘でも、花咲君を排除して新しい後継者を作るという目的は同じだから、信じますよ」

ななみが、柔和に目を細めた。

どんな表情をしても、彼女の美しさは際立っていた。

「失礼します」

工藤が運んできた白ワインをななみの前に置くと、香坂に目顔で合図してきた。

「ありがとう。すぐに戻ってくるから」

香坂はななみに言い残し、腰を上げると工藤のあとに続き個室を出た。

工藤は、すぐに別の個室に入った。

そこは、五坪ほどのこぢんまりとしたスペースで、壁一面にモニターが埋め込まれていた。

壁際に沿って並べられたスチールデスクには、盗撮に必要な様々な機器が載せられていた。

「ミッション」では、各個室の会話や様子をすべて録画していた。

「先輩……あの女、『神闘会』の幹部ですよね？」

工藤が、モニターの一台に映るななみを指差し訊ねた。

ななみはソファに背を預け、満足そうな顔で煙草を吸っていた。

この前は軽くあしらわれた相手が、呉越同舟を申し出てきているのでさぞや気分がいいに違いない。

「ああ、よく知ってるな」

「テレビに出ているのを観たことがあって……モデルみたいなきれいな人だから覚えていました。先輩、あの女となにを企んでいるんですか？」

「決まってるだろう。花咲を『神闘会』から完全追放するために、あの女狐と手を組むのさ」

「手を組むって……先輩、その花咲に裏切られて煮え湯を飲まされたばかりじゃないですか!?　STの面目丸潰れだって、ルーポが相当激怒しているって話ですよ」

「だからこそ、女狐と手を組んで花咲を追い落とし、『神闘会』の実権を握るんだ。こっちは、十数年の人生を犠牲にして任務に当たっているんだっ。一度の失敗で、ごちゃごちゃ言われる筋合いはない！」

詩音に受けた屈辱――鬱憤《うっぷん》が爆発した。

「大声出して、悪かったな。だが、心配しなくてもいい。花咲のときのようにはならないから、安心してくれ」

「こちらこそ、先輩の苦労も知らずに生意気なことを言ってすみませんでした。先輩、最後に一ついいですか？」

工藤が素直に詫び、人差し指を立てた。

「なんだ？」

「『神闘会』の実権を握るのは、壊滅させるためですよね？」

工藤の質問に、瞬間、香坂は返事に詰まった。

「どういう意味だ？　それ以外に、実権を握る目的があるわけないだろう」

押し殺した声で言いながら、内心、香坂は激しく動揺していた。

「いや……潜入捜査が長期になると、ターゲット側の人間になる捜査官も珍しくないと聞きますから。つい、心配になってしまったんです。また、余計なことを言ってしまいましたっ。申し訳ありません！」

工藤が、弾かれたように頭を下げた。

「警察官やっているより、『神闘会』で潜入している年月のほうが長くなっているのはたしかだ。だからといって、犯罪組織に身を落とすほど俺は愚かじゃない」

「それを聞いて、安心しました」

顔を上げた工藤が、無邪気に笑った。

先輩を慕《した》う後輩捜査官――鵜呑《うの》みにはしなかった。

おおかた、公安部長にでも探るように命じられたに違いない。

「変に思われるから、そろそろ戻るぞ」

「あ、先輩」

踵を返した香坂を、工藤が呼び止めた。

「なんだ？」

「信じてますよ」

思いを込めた瞳で、工藤が言った。

「本名を知らない間柄《あいだがら》で、なにを信じるんだ？」

皮肉っぽく言い残し、香坂は個室を出た。

「遅かったですね。また、悪巧《わるだく》みでもしていたんですか？」

香坂が部屋に戻るなり、ななみが本気とも冗談ともつかぬ口調で言った。

「嫌味はやめろ。具体的に、俺はなにをすればいい？」

香坂は、ソファに腰を戻しながら訊ねた。

「まずは、一週間以内に私と中園さんを会わせてください。香坂さんの役割は、そこまでです」

「役割だと？」

ワイングラスを口もとに運ぼうとした手を、香坂は止めた。

ななみの言い回しが、癇《かん》に障《さわ》った。

「あら、お気を悪くさせたならすみません。でも、私達は呉越同舟ですよね？　今回の任務に関しては、対等な関係だと認識していますが？　もし、ご不満なら、コンビを解消してもいいんですよ？　そもそも、手を組もうと言ってきたのは香坂さんですから」

ななみが、人を食ったように言った。

「わかったから、先を言え」

香坂は、いらついた口調で話の続きを促した。

「飲み物にこれを混ぜます」

ななみが、ポーチから取り出した小瓶を宙に翳《かざ》した。

「それは、なんだ？」

「巷《ちまた》で悪評高いデートレイプドラッグです。これを飲み物に混ぜたら、三十分以内に熟睡して数時間は目覚めません」

ななみが、まるで胃薬か頭痛薬を処方するかのように淡々と説明した。

「レイプドラッグってやつか？　お前、根っからの悪党だな」

香坂は、嘲りの眼でななみを見据えた。

「あら、飼い主と忠犬の命を同時に奪おうとした誰かさんに比べたらかわいいものだと思いますが？」

「食えない女だ。それで、実行場所は？」

「『渋谷メビウスタワー』のロイヤルスイートが、会長のお気に入りです。四十八階のスカイラウンジのＶＩＰルームで実行します。私のことより、香坂さんのほうこそ、どういった理由で呼び出すんですか？　花咲君や上條君がいない席に、『神闘会』とは無関係の彼女が呼ばれるというのは不自然だと思いますけど？」

「花咲と上條の処遇で協力してほしいと言えば、飛んでくるさ」

「花咲君と上條君の処遇？」

ななみが、怪訝な表情で香坂の言葉を繰り返した。

「つまり、今回の襲撃事件で組織内での二人の立場が危うくなった。取り返しのつかない事態になる前に、花咲と上條を『神闘会』から脱会させたい……ってシナリオだ。なにより二人のことを心配している中園だから、疑うことはない」

「さすがは、敷島宗雲の懐刀と言われるだけはある人ですね。あと一つだけ、お願いしてもいいですか？」

「なんだ？」

「熟睡した中園さんを、部屋まで運んでほしいんです」

「それは構わないが……」

香坂の脳裏に、敷島の顔が浮かんだ。

「会長は別の部屋に待機してますから、鉢合わせになることはありませんのでご心配なく」

香坂の胸の内を見透かしたように、ななみが微笑んだ。

「なにからなにまで、用意周到な女だ。だが、中園が妊娠しなかったらどうするつもりだ？　っていうか、妊娠する確率のほうが低いだろう？」

「妊娠なんて、する必要はないわ。会長が、妊娠したと思えばいいの」

ななみが、薄笑いを浮かべた。

「どういう意味だ？」

香坂は、怪訝な顔をななみに向けた。

「私、これまでに会長の子供を三回堕胎《おろ》しているんです。相当に相性がいいのか、百パーセントの妊娠率でした。会長はスキンが嫌いな人ですから、私がピルを服用するように命じられました。この日のために、三ヵ月前からピルを中止して代わりに排卵誘発剤を服用しています。私が受胎するのはほぼ間違いないので、ご安心ください」

「いったい、なにを言ってるんだ？　お前に子供ができても、中園が妊娠しなければ意味がないじゃないか!?　そもそも、中園に白羽の矢を立てたのは会長の母親に瓜二つだからじゃないのか!?　母親を女神化してる会長は中園の子供なら後継者に指名する……そういう狙いだったはずだ。お前の子供なら三回も堕胎させたくらいだから、後継者にするわけがないだろう⁉」

「だから、中園さんの子供として育てるんですよ」

なながみが、意味深な口調で言いながら微笑んだ。

「お前……いったい、なにを考えている？」

香坂は、押し殺した口調で訊ねた。

「種付けが終わったら理由をつけて会長から引き離します。私が、赤ん坊を会長のおそばで中園さんの子として育てることは難しくありません」

「だが、いつまでも中園を引き離してはおけないだろう？　産後の肥立ちが悪いで通用するのはせいぜい一、二ヵ月が限界だ。いずれは、中園は会長の下に戻さなければならない。生まれた赤ん坊がお前の子だって、すぐにバレてしまうぞ？」

「養生先で不慮の事故にあえば、戻りたくても戻れません」

なながみが、片側の唇の端を吊り上げた。

「まさか……」

香坂は、言葉の続きを呑み込んだ。

「会長を手にかけようとした人には、驚く資格はありませんよ」

なながみが、挑戦的な色を宿した瞳で香坂を見据えた。

「おい、俺になにをやらせようと企んでいる⁉」

「中園果林が事故にあったら、後継者を育てるのは私です。そして、後継者が成人するまでの間、『神闘会』の舵を取るのは香坂さんです。後継者の母親と会長代理が力を合わせれば、歯向かおうとする愚か者はいません」

「思ったより、浅はかだな。敷島会長がいるかぎり、しょせん、俺らは操り人形に過ぎない。あくまでも、後継者が成人するまでの繋ぎに過ぎないさ」

繋ぎで十分だろう？

詩音がいなくなれば、会長代理の間に「神闘会」を弱体化させ崩壊に導くことが可能だ。

お前は、真の後継者になり実権を握ろうと欲していないか？

自分が何者で、なんの目的で潜入しているのか忘れたのか？

「会長のほうは、私に任せてください」

自責の声を、ななみの声が掻き消した。

「それは、どういう意味だ？」

訊ねる香坂の鼓動は高鳴り、喉はからからに干上がっていた。

「なので香坂さんは、中園さんをお願いします」

ななみが、片目を瞑《つぶ》りワイングラスを宙に掲げた。

「前祝いしましょう」

「なんの前祝いだ？」

「新生『神闘会』の誕生に決まってるじゃないですか～」

言いながら、ななみが香坂の手もとのグラスに勝手にグラスを触れ合わせ口もとに弧を描いた。

――「神闘会」の実権を握るのは、壊滅させるためですよね？

不意に、工藤の声が脳裏に蘇った。

香坂は、思考を麻痺させるとでもいうようにグラスを満たす白ワインを一息に呷《あお》った。

16

目黒区の大橋《おおはし》ジャンクションの交差点に建つマンションのエントランスを、「ワンワンタワー」の社名の入ったハイエースの後部座席から優斗は注視していた。

「ワンワンタワー」は、警護部部長の下関の親戚が経営しているペットホテルで、この日のために社用車を借りてきて貰ったのだ。

優斗と下関は、薄桃色の繋ぎ服に白のエプロンをかけていた。

エプロンにはミニチュアダックスフント、プードル、チワワの人気御三家のイラストとペットホテル「ワンワンタワー」の文字がプリントされていた。

揃《そろ》いで被った薄桃色のキャップも、エプロンと同じプリントだった。

優斗も下関も、肩に毛先がつきそうなウイッグをつけていた。

「制服まで着なくても、よかったんじゃないですかね？　ピンクなんて、逆に目立ちませんか？　しかも、女子みたいに長髪だし……」

　下関が、恥ずかしそうに言った。

「目立つからいいんじゃないか。まさか本部長と警護部部長が、ピンクの繋ぎ服を仲良く着ているとは思わないだろうからな。お前のロン毛はとくにな」

　優斗は、マンションのエントランスから目を離さずに言った。

「先入観の逆利用ってやつですか？」

「まあ、そういうことだ」

「それにしても、本当にこのマンションに香坂さんと会長はいるんですかね？　あの野郎、ガセを摑ませたかもしれませんよ」

　ドライバーズシートから、下関が懐疑的な顔で振り返った。

　マンションを張って五時間が経《た》つが、香坂は姿を見せなかった。

　だが、敷島を匿《かくま》っている以上いつかは現れるはずだ。

「おい、新海は副本部長だぞ。あの野郎呼ばわりはだめだろ？」

　優斗は、下関を窘めた。

　詩音に命じられた新海が、香坂を尾行していたのだ。

　香坂に気づかれないように尾行できるのは、元諜報部部長の新海だからこそだ。

「そうですけど、あいつ……いや、副本部長は本部長のこと、よく思ってないじゃないですか？　だから、本部長を陥れようとしているんじゃないかって、心配になるんですよね」

「俺と副会長が反目しているならその可能性もあるかもしれないが、今回は手を組んでいる。俺を陥れるっていうことは、副会長を陥れることになる」

　わだかまりが、詩音、ではなく副会長と口にさせていた。

　――僕が会長になれば、香坂さんを始めとする反対勢力を一掃できる。これ以上、安全な方法はない。まあ、そうなれば、君や果林への危険もついでになくなるのも事実だけどね。あくまでも、ついでさ。

垣間見《かいまみ》える詩音の気持ちが、優斗を複雑にさせた。

なぜ、非情になってしまったのか？

なぜ、敷島の犬になったのか？

なぜ、権力に固執するようになったのか？

理由はわかった。

自分と果林を守るために……頭ではわかっても、心の扉は半開きだ。

詩音が人質にしなかったら、果林が自らの顔をメスで切りつけることはなかった。

脅しのつもりだったのかもしれないが、果林の頬の傷は一生消えないのだ。

「正直……俺は、花咲副会長のことも疑ってます」

下関が、遠慮がちに切り出した。

「なぜ？」

「そりゃ、本部長のことを脅威に思っているからですよ。手を組むと見せかけて、嵌めるつもりかもしれません」

「安心しろ。それはない」

「どうして、言い切れるんですか？　本部長は、人を信じ過ぎるところが……」

「俺にはわかる。でも、心配してくれてありがとう。この話は終わりだ」

優斗は、エントランスに視線を戻した。

「わかりました。それにしても、香坂さんが潜入捜査官だったなんて、いまでも信じられませんよ。映画みたいな話、本当にあるんですね。香坂さんは、襲撃犯は副会長の指示だと会長に報告してるんでしょう？」

――新海から連絡が入った。会長は、香坂さんの車で中目黒のマンションに連れて行かれたそうだよ。恐らく、香坂さんは僕を黒幕に仕立て上げて用意した隠れ家に会長を匿ったんだと思う。

下関の声に、回想の中の詩音の声が重なった。

――お前を黒幕に!?　会長が、信じないだろう。お前は会長の孫で、その上、後継者として指名された。普通に考えれば、命を狙うなんてありえないしな。

――普通ならね。この六年間、敷島宗雲という男のそばにいてわかったことは、誰も信じないということ。孫どころか、自分の親も子供も信用しない人間さ。

——だったら、なぜ、香坂さんのことだけは信じるんだ？

——誰が、信じてると言った？

——え？　だって、信じてなきゃ香坂さんの隠れ家に行かないだろう？

——香坂さんに隙を与えて、見極めているのさ。誰が敵で誰が味方かを。香坂さんだけじゃない。僕らにも隙を与えている。

——俺らに？　どういう意味だ？

——新海が香坂さんの隠れ家を突き止めることができたのは、会長から連絡が入ったからさ。

——会長から!?　なぜそんなことを!?

——二匹の犬をやり合わせて、どっちが忠犬でどっちが牙を剝くかを見極めるためだよ。


「でも、わからないな。潜入捜査官って、ようするに警察でしょ？　敷島会長がターゲットだとしても、殺そうとするのはおかしくないですか？　警察なら、普通、逮捕ですよね？」

下関の声が、優斗の回想の扉を閉めた。

「香坂さんが所属しているのは刑事警察じゃなくて、公安警察の通称ＳＳＴ……警視庁特殊破壊工作部隊ってところだから、最終目的は敷島宗雲の逮捕じゃなくて『神闘会』の破壊だ」

「だとしてもですよっ、百歩譲って敷島会長だけならまだしも、本部長まで狙うのはおかしいですよ！」

下関が、興奮気味に捲し立てた。

「俺も副会長も『神闘会』の幹部だから、敷島宗雲とともに一掃してもいいというのが香坂さんの論理なんだろう」

「それじゃあ、テロ組織と同じじゃないですか！」

拳でシートを叩きつけ、下関が吐き捨てた。

彼の憤る気持ちは、痛いほどわかる。

長年尊敬する上司だった男が警察のスパイで、仲間を殺そうとした。

香坂のもとで「神闘会」のガーディアンとして人生を捧《ささ》げてきた下関からすれば、裏切られた気持ちで一杯なのだろう。

優斗も同じだった。

いまだに、香坂が潜入捜査官で自分と敷島を抹殺しようとしたことが信じられなかった。

だが、ＩＣレコーダーの声は紛《まぎ》れもなく香坂のものだった。

「興奮して、すみません。香坂さんを拉致して、どうするんですか？　冷静に考えれば、警察官を拉致するってことですよね？　大丈夫なんですか？」

「香坂さんは公安部の潜入捜査官だから、警察内のデータに名前はないはずだ。恐らく知っているのは一部の幹部で、存在していないことになっているだろう。つまり、香坂さんが行方不明になっても、気づく者はいないということだ」

「ある意味、かわいそうな人かもしれないですね」

下関が、複雑そうに言った。

孤独な戦い……香坂に、真の味方はいない。

SSTは、任務が失敗すれば香坂に見切りをつけるだろう。

もしかしたら香坂は、心変わりしている可能性がある。

「大説教会」での襲撃失敗で立場が悪くなり、「神闘会」で権勢を揮《ふる》おうと考えをシフトしても不思議ではない。

もしそうだとしても香坂は以前のように師匠ではなく、排除すべき敵に変わりはない。

優斗の掌の中で、スマートフォンが震えた。

ディスプレイに表示される新海の名前——優斗は通話キーをタップし、スマートフォンを耳に当てた。

「どうした？」

『いま、裏手から香坂が出てきました』

受話口から、新海の冷静な声が流れてきた。

新海は、マンションの裏口を張っていたのだ。

「一人か？」

『いいえ。三人のボディガードがついています。こっちに情報が洩《も》れることを警戒しているので、警護部ではなく香坂さん子飼いの人間だと思います。タイミングを見て身柄を拘束します』

「敷島会長がいるのは、五〇三号室だったよな？　室内の警備状態はわかるか？」

『香坂さんは警護部も諜報部も信用していないので、手薄なはずです。まさか、乗り込むつもりじゃないですよね？』

「下関、周辺で待機しているガーディアンを十人くらい呼んでくれ」

優斗は、新海の質問を無視して下関に命じた。

下関が左腕に唇を近づけた。

ガーディアンはみな、腕時計型無線機で連絡を取り合っている。

『だめですよっ。中の状況が確認できていないので危険です！』

新海が、強い口調で制止してきた。

「危険かどうかは俺が判断する」

『警護部と諜報部は僕の管轄なので、勝手に指示を出されたら困ります』

「俺はお前の上司だ」

『それを言うなら、本部長は花咲副会長の部下です。副会長が不在なときに、独断は困ります』

新海が、執拗に食い下がってきた。

「残念だが、今回の任務については互いに五分の立場で手を組んでいる。副会長は県ななみ、俺は敷島会長、お前は香坂さん。これも、二人で決めたことだ。こっちは俺に任せて、お前は自分の任務に専念しろ。信じられないなら、副会長に電話して確認してみればいい。俺の言っていることが本当だとわかるはずだ」

優斗は、一方的に言うと電話を切った。

「どうして、副会長は県部長を張っているんですか？」

電話を切るのを待っていたように、下関が質問してきた。

「県さんと香坂さんは、繋がっている可能性がある」

「えっ、マジですか⁉　ってことは、県部長も『神闘会』を壊滅させようとしているんですか⁉」

下関が、素頓狂な声で質問を重ねた。

「いや、彼女は『神闘会』の実権を握るために香坂さんに近づいたんだろう。詩音が副会長に任命されたことで、県さんは微妙な立場になった。そこで、香坂さんと呉越同舟する道を選んだ。敵の敵は味方ってやつだ」

「ショックです……」

下関が肩を落とした。

「なんだ？　もしかして、県さんのこと好きだったのか？」

「はい。『神闘学園』の頃から憧れの女性でした」

頬を赤らめ、下関が言った。

「気持ちを切り替えろ。これからの任務は文字通り命懸けだ。会長を護衛している人間は、実銃を携行している可能性がある。こっちは、電動ガンとスタンガンで勝負しなければならない」

「わかってます。任せてください」

下関が分厚い胸板を叩くのが合図とでもいうように、優斗の乗るハイエースの背後に停車した、フラワーショップのロゴの入ったバンから降りた十人のガーディアンが駆け寄ってきた。

優斗は後部シートから助手席に移った。

スライドドアを開けると、躾けられた軍用犬さながらに十人が素早く乗り込んできた。

「いまから、敷島会長のいる五〇三号室に乗り込む。副本部長から聞いたと思うが、香坂さんは通称SST……警視庁特殊破壊工作部隊から送り込まれた潜入捜査官だ」

優斗は、自らを納得させるように口にした。

「会長は『神闘会』壊滅を目論む香坂さんの正体を知らない。香坂さんは『大説教会』での襲撃を副会長のせいにして、『神闘会』とは無関係のマンションに会長を匿っている。俺達の任務は会長を救出し、香坂さんの正体を告げることだ。室内では、香坂さんの私兵が会長を警護している。人数はわからないが、状況から察して多人数ではないだろう。それから、敵は実銃を携行しているかもしれない。みな、スーツの下にボディアーマーを着ているか？」

ガーディアンの揃った返事が車内に響き渡った。

「知っての通り、ボディアーマーを装着していても頭部を撃たれたら終わりだ。気を引き締めてかかれ。いいな！」

ふたたび、車内にガーディアンの返事が響き渡った。

「行くぞ！」

優斗が助手席を降りて先陣を切ると、犬用のケージを手に提げた下関と十人のガーディアンがあとに続いた。

☆

非常階段を使った。

五階の非常ドアのノブに左手をかけた優斗は、右手に電動ガンを構え振り返った。

「俺と下関でドアを開けさせる。お前らは、俺らが突入に成功したらあとに続け」

ガーディアン達が、一斉に頷いた。

優斗は下関に目顔で合図し、非常口のドアを開けた。

五〇三号室のドアの上には、二台の監視カメラが設置されていた。

優斗は、ドアから三メートルほど離れた監視カメラの死角の位置に立った。

下関がインターホンを押した。

「お世話になってます～、ペットホテル『ワンワンタワー』です！　モカちゃんをお迎えに参りましたぁ～」

下関が地声からは想像のつかないハイトーンボイスをスピーカーに送り込んだ。

『頼んでません』

ほどなくして、スピーカーから警護の男性の素っ気ない声が返ってきた。

「いえ！　住所も確認しましたが、こちらになってます～」

下関が、甲高い大声を張り上げた。

室内にいる人間は、隠れ家という性質上、近所に注目を浴びたくないはずだ。

『なにかの間違いです』

ふたたび、男性の素っ気ない声が返ってきた。

「たしかに、こちらの住所と部屋番号でご登録がありません！　申し訳ありませんが、確認して貰ってもよろしいでしょうか～!?」

空気を読めない男を、下関はうまく演じていた。

『いま立て込んでいるので、お帰りください』

「お客様、直前でのキャンセルは往復の交通費とキャンセル料を頂くことになっています！」

執拗に食い下がる下関。

『キャンセルじゃなくて、最初からペットホテルなんて頼んでないと言ってるだろう？』

さすがに、男性の声もいら立ってきた。

「それであれば、お宅様の身分証を見せてください！　誰かの悪戯だと判明したら、おとなしく帰りますから～」

『どうして頼んでもないのにそんなことしなければ……』

「警察に、通報しますよ！」

下関の言葉に、沈黙が広がった。

彼らにとって、香坂が不在の間に警察を呼ばれることは最も避けたいはずだ。

優斗は、電動ガンのグリップを握る手に力を込めた。

束の間の沈黙のあと、チェーンロックを解錠する音が聞こえた。

下関が警棒式スタンガンを持つ手を腰に回した。

「あんた、本当にいい加減に……」

ドアが開いた。しかめっ面で現れた黒いスーツを着た屈強な男性の首筋に、下関がスタンガンを押しつけた。

優斗がダッシュするのと同時に、下関が室内に踏み込んだ。

背後で非常ドアが勢いよく開き、優斗のあとに十人のガーディアンが続いた。

「なんだっ、お前ら⁉」

「襲撃だ！」

廊下に立ちはだかる二人の黒スーツのそれぞれの顔面を、優斗と下関の電動ガンの鉛製のＢＢ弾が抉った。

顔面を押さえてのたうち回る二人を踏みつけ、優斗は肩から中扉に体当たりした。

十畳ほどの空間に、血相を変えた四人の黒スーツが現れた。

「手を上げて跪け！」

優斗は電動ガンを構え、黒スーツ達に警告した。

下関と十人のガーディアンも、優斗に倣った。

多勢に無勢――黒スーツ達は警告に従い、両手を頭上に上げて膝を突いた。

優斗は電動ガンを構えたまま、室内に首を巡らせた。

約十五畳の縦長の洋間は、ソファ、テレビ、書棚があるだけの簡素な空間だった。

ワンルームタイプなので、部屋は一つしかない。

敷島の姿は、どこにもなかった。

「会長はどこだ？」

優斗は、五厘坊主の黒スーツに訊ねた。

「なんのことだか俺には……」

「ごまかせば、眼を撃つ。電動ガンでもバネを強力にしているから、簡単に失明する」

優斗の言葉に、五厘坊主の顔が強張った。

「会長はどこにいる？」

「ほ、本当に知らない……」

「まずは、右眼を潰す」

優斗は五厘坊主の右眼に銃口を向けた。

突然、モーター音が響き渡った。

書棚がゆっくりと横に移動すると、三畳ほどの空間が現れた。

「そこまでだ」

ソファに座った肩まで伸びた白髪オールバック

の老人……敷島宗雲が、猛禽類さながらの鋭い双眼で優斗の瞳を射貫《いぬ》いた。

「会長！　出てきたら……」

「こやつらはわしを護る『神闘会』のガーディアンだ」

マッチョな黒スーツを遮り、敷島がソファから腰を上げ隠れ部屋から歩み出てきた。

「でも、香坂さんに怒られてしまいます！　私達は、香坂さんの指示で動いてますから！」

「香坂もわしの番犬だ！　番犬の番犬が、飼い主がやることにいちいち口を出すんじゃないわ！」

敷島の一喝に、マッチョ男がうなだれた。

いまのやり取りだけでも、黒スーツ達が「神闘会」の人間でなく香坂の個人的な配下であることがわかる。

「会長！　お怪我はありませんか？」

訊ねながら、優斗は複雑な思いに駆られた。

悪の香坂から敷島を守るという構図になっているが、本当にそれでいいのか？

お前が命懸けで守ろうとしている男は、香坂以上の悪党かもしれないんだぞ？

優斗は、自問をやめた。

敷島が巨悪であれ、殺害を目論んでいる香坂を野放しにするわけにはいかない。

しかも香坂は、優斗と詩音をも抹殺しようとしている。

己の正体を知る者、知る可能性のある者を無差別に消す気だ。

優斗と詩音と家族同然に育った果林も、香坂のターゲットリストに入ることも十分に考えられる。

――僕は「神闘会」を支配し、争いのない世界を作りたい。前にも言ったが、ついでに君と果林の安全も保障できる。

優斗が詩音を支持する気になったのは、彼の心の底にある本音を読み取ったからだ。

「怪我なんかするわけなかろう？　香坂が、わしを護衛しておるんだからな。本部長も座れ。お前らもそんな物騒《ぶっそう》なものは下ろして、地べたで適当にくつろいでおれ」

敷島は言いながらソファに腰を下ろした――対

面のソファに優斗を促し、ガーディアン達に命じた。

「会長。こいつらはなにをするかわからないので、電動ガンを下ろすわけにはいきません」

優斗は、跪く四人の黒スーツに視線を移した。

「大丈夫だ。こやつらは香坂の忠犬だ」

「香坂さんの忠犬が、会長にも忠犬とはかぎりません」

余裕の表情の敷島に、優斗はきっぱりと言った。

「なんだとっ、てめえ！」

「それは、どういう意味だ!?」

「俺らが会長に危害を加えるっていうのか!?」

黒スーツ達が、血相を変えて熱り立った。

「黙っておれ！　お前ら、しばらくここに入っておれ」

敷島が、書棚の裏の隠れ部屋を指差した。

「えっ……会長を一人にするわけにはいきません！」

五厘坊主がすかさず言った。

「そうですよ！　こいつらこそ、会長になにをするかわかりません！」

マッチョ男が、声を大に訴えた。

「電動ガンを突きつけられて跪いておるお前らが、どうやってわしを守るんじゃ！　しのごの言わずに、早く入るんだ！」

敷島がしわがれ声で一喝すると、四人が弾かれたように立ち上がった。

十人のガーディアンが、電動ガンで六人の黒スーツを隠れ部屋に追い立てた。

「これで、落ち着いて話せるだろう？」

リモコンで書棚のドアを閉めながら、敷島が言った。

「会長、話はあとにしてとりあえず俺と一緒にきてください」

「どうしてだ？」

「香坂さんは、会長に嘘の報告をしています」

優斗は、いきなり核心に切り込んだ。

まずは、敷島を安全な場所に匿うのが先決だ。

「ほう、どんな嘘だ？」

敷島が興味津々の表情で腕を組み、ソファの上で胡坐《あぐら》をかいた。

「香坂さんは、『大説教会』での襲撃者の黒幕は花咲副会長だと言ってますよね？」

「ああ、そう言っておったな」

「会長を襲撃させたのは、副会長ではなく香坂さんです」

「それを、わしに信じろと言うのか？」

「証拠もあります」

「証拠とは？」

「香坂さんが、副会長に会長の襲撃を持ちかけている録音音声があります。いまここにはありませんが、ＩＣレコーダーは副会長が持っていますので、一緒にきて頂ければお聴かせできます」

「聴く必要はない」

「えっ……」

予想外の敷島の言葉に、優斗は絶句した。

録音音声の話をすれば、間違いなく血相を変えると思っていた。

血相を変えるどころか、敷島は泰然自若としていた。

「香坂さんは、会長の襲撃計画を……」

「詩音が隠《かく》し録《ど》りしたんだろう？　奴が香坂を嵌めたということも考えられる」

敷島が、涼しい顔で言った。

「会長は、副会長より香坂さんの言葉を信じているんですか!?」

「いいや。お前が言うように香坂が黒幕かもしれんし、詩音が黒幕かもしれんし、あるいは、二人がグルかもしれん。つまり、それぞれの言葉だけでは判断できないということだ」

思っていたより遥かに疑い深い敷島の性格に、優斗は呆気に取られた。

「いまは言う気はなかったんですが……」

優斗は、切り札を使うことを決意した。

「改まってどうした？　わしが、驚くことか？」

「はい。香坂さんは……警視庁特殊破壊工作部隊から送り込まれた潜入捜査官なんです」

優斗の言葉にも、敷島の表情は変わらなかった。

五秒……十秒……沈黙が続いた。

敷島は、無言で優斗を見据えた。

「驚かないんですか？」

「なぜ、驚かなければならん？」

「なぜって……香坂さんは、公安部の潜入捜査官だったんですよ!?」

「それは、詩音が言っていることで、詩音が録音した会話だろう？　そこに、香坂を陥れようとする詩音の画策と工作がないとどうして言い切れる？」

予想外の反応——まさか、香坂の正体を明かしても敷島の詩音にたいしての疑いが晴れないとは思ってもいなかった。

「ここまで証拠が揃っても信じて頂けないなら、どうすれば詩音が黒幕でないと証明できるんですか!?」

「言っただろう？　香坂が黒幕かもしれんし、詩音が黒幕かもしれんし、あるいは、二人がグルかもしれんとな。行動だよ、行動。今後のあやつらの行動で、どちらが忠犬でどちらが狂犬かを判断する」

「でも……」

「話はここまでだ。わしは、出かけるところがある」

そう言い残すと、敷島は眼を閉じ野良猫にそうするように手で払う仕草を見せた。

「わかりました。いったん帰りますが、香坂さんが潜入捜査官で会長と俺の命を狙ったという事実だけは改めてお伝えしておきます。失礼します！　撤収！」

優斗は苦々しい思いで腰を上げ、下関とガーディアンに鋭い口調で命じた。

17

「右に曲がれ」

山手《やまて》通りを走るヴェルファイアの後部シートから、香坂はステアリングを握る彫りの深い顔立ちの褐色の肌をした男……神部《かんべ》に命じた。

神部は元ＳＳＴの隊員であり、いまは香坂の私設ボディガードを務めている。

現役を離れているとはいえ、香坂のもとで訓練は積んでいるので戦闘術に衰えはない。

「渋谷の『メビウスタワー』は、まっすぐですよ？」

ルームミラー越しに、神部が怪訝な眼を向けてきた。

「いいから、言われた通りにしろ」

香坂は言った。

「気になる車でも？」

香坂の右隣に座っている顎に刃傷のある中城《なかじょう》が、サイドミラーに視線をやりながら言った。

中城は、内通者で元極道だ。

香坂は無言でサイドミラーを凝視した。

「あの白のバンですか？」

香坂の左隣――鋭い眼光の玉木《たまき》がサイドミラーに視線を注ぎながら言った。

玉木は元総合格闘家で、香坂が追っていた右翼のボスのボディガードをやっていた頃に知り合った。

マイナー団体ではあったが、ミドル級のチャンピオンまで上り詰めた実力の持ち主だ。

神部、中城、玉木とともに二十七歳だ。

彼ら三人と中目黒の隠れ家に残してきた六人を合わせた九人は、SSTにも「神闘会」にもどっちにも頼れない状況になったときのために、香坂が個人的に報酬を払い雇ったボディガードだ。

九人とも腕に覚えのある者ばかりなので、香坂のSST仕込みの厳しい特訓にも耐え、戦闘術が飛躍的にスキルアップした。

「大丈夫だとは思うが、念のためだ」

香坂は、誰にともなく言った。

果林と会う場所に、得体の知れない尾行者を連れて行くわけにはいかない。

香坂はシートに背を預け、眼を閉じた――記憶を巻き戻した。

――香坂部長が、私にどういった御用ですか？

突然、職場のドッグカフェを訪ねてきた元教師に果林は戸惑いを隠せないでいた。

数年ぶりに会った果林は、「神闘学園」の頃に比べてすっかり大人の女に成長していた。

――特別な用事がなければ、元の教え子の様子を見にきたらいけないのか？

――あ……いいえ、ごめんなさい。突然のことだからびっくりしちゃって。もうすぐ休憩なので、目の前のカフェで待ってて貰ってもいいですか？

――いや、ここでいい。お前に、頼みがあってきた。

――私に……ですか？　なんでしょう？

――今週のどこかで、夜、食事をつき合ってくれないか？

――え……。

果林の顔に戸惑いが浮かんだのを、香坂は見逃さなかった。

——勘違いするな。お前を口説こうって気はない。花咲と上條の件で、協力してほしいことがあるんだ。

——詩音と優斗の件ですか？

——ああ。結論から言えば、二人を「神闘会」から脱会させたい。

——え？　でも、香坂さんが……。

果林が言《い》い淀《よど》んだ。

——遠慮しなくていい。たしかに、二人を「神闘会」に入れたのは俺だ。だが、いまとなっては後悔してるよ。聞いたよ。その顔の傷、花咲と上條の争いに巻き込まれてついたんだろう？

——私、そんなふうには……。

——お前はそうでも、二人は違う。「神闘会」という伏魔殿にいれば奴らはどんどん魔物になってゆく。

——そんな、魔物だなんて……詩音も優斗も、心の底では互いを心配しています。

——「大説教会」での事件を知ってるか？

——はい。敷島会長が暴漢に襲われた事件ですよね？

——暴漢グループを裏で指揮していたのは花咲だ。

——詩音がどうしてそんなことを⁉　だって、後継者に指名されたんですよね？

——指名されたといっても、じっさいに会長の椅子に座れるのは数年後だ。花咲は、いますぐに権力の座に就きたかったのさ。

——そんな……だからって、詩音が会長の命を狙うなんて……。

——会長だけじゃない。花咲は、会長を護衛する上條のことも抹殺しようとした。

——嘘です！　私、そんな話、信じません！

——お前が信じられない気持ちはわかる。だが、俺は真実を言っているだけで、嘘を吐いて得することはなにもない。信じる信じないは勝手だが、このままだといずれどっちかは命を落とすことになる。

果林が絶句した。

——お前も、正直、二人が戻ってきて昔のように三人で仲良く暮らしたいだろう?

——私に、どうしろというんですか?

——「神闘会」でよく使うホテルのラウンジに、説得のために花咲と上條を呼ぶ。お前にも、手伝ってほしい。

——それは全然構いませんけど、私が説得しても素直に言うことをきくような二人じゃないと思います。

——そのときは、俺が二人を強制退会させる。

——そんなこと、できるんですか?

——ああ、退会しなければ花咲が会長を襲撃したことを告げるとでも脅すさ。だが、できるなら、そんな卑劣な方法は取りたくないから中園に協力を頼んでいるのさ。

「スピードを上げろ」

香坂は、神部に言った。

サイドミラーに映る白のバン……杞憂ならば、路地には入ってこないはずだ。

いや、入ってきたとしても、それだけで尾行されていると決めつけるのは早計だ。

ただ、尾行されているかもしれないという警戒心は必要だ。

一秒でも気を抜けば谷底に落ちる綱渡りの人生——長く視界に入る存在は、女子供でも疑ってかかるよう訓練されてきた。

サイドミラーに映る白いバン——香坂の脳内で警報が鳴った。

ボディにはフラワーショップと書かれていた。

運転席の若い男はキャップを被っているので、顔の判別がつかなかった。

「もっとスピードを上げろ」

「了解です!」

サイドミラーの白いバンが小さくなった。

しばらくすると、ふたたび白いバンが迫ってきた。

確信した。

「排除しろ」

香坂が低く命じると、中城と玉木がパワーウインドウを下げ、サイレンサー装備の拳銃《けんじゅう》を持つ腕だけ出した。

空気の漏れる音に続き、サイドミラーの中で白いバンがスピンしながらフレイムアウトした。

　何事もなかったように、中城と玉木が窓を閉めシートに背を預けた。

　あの尾行者が詩音や優斗の差し金だったら……。

　安堵《あんど》も束の間、不安が鎌首《かまくび》を擡げた。

　香坂はスマートフォンを取り出し、敷島の番号をタップした。

　敷島に直接連絡したのは、配下なら囚われて嘘の情報を言わされる恐れがあるからだ。

　三回目で、コール音が途絶えた。

「会長、ご無事ですか⁉」

『何事だ？　慌てふためきおって』

「尾行されました。もしかしたら、花咲の差し金かもしれません。そうであれば、会長のところにも危険が……」

『わしは大丈夫だ。それより、例のシナリオは順調か？』

　例のシナリオ――果林に後継者の種を植えつける計画。

　敷島には、ななみとともにシナリオを打ち明けた。

　マザコンの敷島の母に瓜二つ――ななみの見立て通り、果林の写真を見た敷島は食い気味に了承した。

「はい。まもなく、約束のホテルに到着します」

『ならば、今夜実行だな？』

　敷島が念を押してきた。

　命を狙われたばかりだというのに、果林を抱くことに執着する敷島は尋常ではない性欲の持ち主だ。

「アクシデントがなければ、そうなります」

『わかった。愉しみにしておる』

　卑しい笑い声を残し、敷島が電話を切った。

　敷島が無事であることは確認できた。

　あとは、シナリオ通り果林をロイヤルスイートに運ぶだけだ。

「『メビウスタワー』に急げ」

　香坂は、目的を果たすために鬼神になることを誓った。

　目的――ＳＳＴの任務を果たすことか、それとも……。

　香坂は、頭に浮かぶ恐ろしい野望から慌てて意識を逸らした。

18

「おひさしぶり。すっかり、美しい女性になったわね」

「メビウスタワー」の四十八階ラウンジ――VIPルームに香坂とともに現れた果林に、ななみは笑顔で歩み寄り右手を差し出した。

お世辞ではなく、数年の間に果林は嫉妬するほどに美しくなっていた。

ななみが握る手……白く瑞々《みずみず》しい手に、爪を立てそうになるのを懸命に堪えた。

「ご無沙汰《ぶさた》しています。あの、でも……」

果林が、落ち着きなくきょろきょろと首を巡らせた。

渋谷の夜景を堪能《たんのう》できる窓に囲まれたラグジュアリーな空間、一杯一万円のウエルカムシャンパン……この個室を利用するのは、果林のような養護施設育ちの庶民とは世界が違うセレブと呼ばれる人種だけだ。

「心配しないで。大事な相談できて貰ったから、これくらいのおもてなしはしないとね」

ななみは、果林に微笑みかけた。

「詩音と優斗のために協力するのはあたりまえの話なので、おもてなしなんてとんでもありません」

果林の二人に対しての腹が立つほどに純粋な想いに、ななみの胸奥では加虐の炎が燃え上がった。

彼女と向き合っていると、自分がひどく汚れた女に思えた。

聖女を気取った果林を、自分と同じようにめちゃめちゃに汚してやりたかった。

「とりあえず、座って」

ななみは、一脚百万はするだろうモスグリーンのイタリア製の革ソファに促した。

「し、失礼します」

おどおどした様子でソファに腰を下ろす果林に、ななみは心で鼻を鳴らした。

一つ一つの仕草が、反吐《へど》が出るほど癇に障った。

お洒落《しゃれ》やブランド品に無頓着《むとんちゃく》で、天真爛漫《てんしんらんまん》な笑顔が宝石代わりとでも言うような果林はななみが生理的に受け付けないタイプだった。

ななみに言わせれば、果林は金の魅力や権力の心地よさを知らないだけだ。

ホストを毛嫌いしていた地味なOLが、友人に無理やりホストクラブに連れて行かれたのをきっかけに嵌り、奈落の底に転落するパターンは枚挙にいとまがない。

最初は無理やりでも、敷島の寵愛を受けるうちに果林の眠っていた本能が目覚めるはずだ。

「なにを飲む？　シャンパンにする？」

ななみは、果林の目の前にドリンクメニューを置いた。

「あ、私はジンジャーエールをお願いします」

「ジンジャーエール⁉　お酒は飲めるんでしょう？」

「飲めますけど、あまり強くないんです。一杯飲んだだけでも、顔が真っ赤になっちゃって」

「じゃあ、全然飲めないわけではないんでしょう？　この部屋、予約取るの大変だったの。ソフトドリンクを注文するのは、店の人に悪いわ。口当たりのいいカクテルなら、一杯くらい大丈夫よね？」

デートレイプドラッグはソフトドリンクでも効果を発揮するが、アルコールのほうが深い眠りに誘導できる。

今日しか、果林に種を植えつける……いや、植えつけたと敷島に思わせるチャンスはなかった。

どちらが身籠もっても、母親になるのは自分だ。「神闘会」の実権をこの手で握るためには、万が一の失敗も許されない。

「あ……はい。じゃあ、甘いカクテルをお願いします」

「ありがとう。口当たりがいいのにするわね。香坂さんは？」

果林の隣のソファに座る香坂に、ななみは視線を移した。

「俺は赤ワインを適当に選んでくれ」

「わかりました」

ななみは、ボーイにシャトー・マルゴーを二つとカシスオレンジを注文した。

「中園さんは、いま、ドッグカフェで働いているんですって？」

興味はなかったが、果林のカクテルが運ばれてくるまでの時間稼ぎだった。

「はい。『ワンタイム』っていう十人も入れば満員になる小さなお店ですけど、愉しく働かせて貰っています」

「犬が好きなの？」

「はい。動物はなんでも好きです」

果林が屈託のない笑顔で言った。

あと数時間もすれば、敷島宗雲という猛獣に抱かれる運命だ。

ボーイがそれぞれの注文した飲み物をテーブルに置いた。

「ありがとう」

ななみは、果林にわからないようにボーイに目配せした。

ボーイが微《かす》かに頷いた。

彼には、十万の臨時バイト代を払ってあった。口止め料も含んでいるので、高いとは思わない。今回で、五度目だ。

敷島が複数プレイをやるたびに、ボーイの懐は潤《うるお》ってゆく。

「ひさしぶりの再会に乾杯」

ななみが掲げたグラスに、香坂のグラスが力強く、果林のグラスが遠慮がちに触れ合った。

「美味しい」

果林がカシスオレンジを一口喉に流し込み、眼をまん丸に見開いた。

「よかった。本当は、結構、イケる口なんじゃないの？」

「いえいえ、全部飲み干したら意識を失っちゃいます」

果林が、無邪気な笑顔で言った。

全部飲み干す必要はない。

あと何口か飲めば、夢の世界へ行ける。

「ところで、詩音と優斗はどこにいるんですか？」

果林が、思い出したようにあたりに首を巡らせた。

「ああ、さっき連絡が入って、仕事で三十分ほど遅れるそうだ」

香坂が、すかさず嘘を口にした。

連絡が入るどころか、二人とは疎遠になっているはずだ。

呼吸をするように嘘を吐く男——やはり、気の抜けない男だ。

「そうですか。ようするに私は、二人を説得すればいいんですよね？」

疑いもせずに、確認する果林——馬鹿な女だ。

どれだけ待っても、二人は現れない。

あと一、二時間後には、私が「神闘会」の実権を握るための生贄《いけにえ》になって貰う。

「そう。二人の心を動かすのは中園さんの言葉しかないわ」

「どこまで説得できるかわかりませんけど、私の思いを伝えます」

鬱陶しいほどにまっすぐな瞳――殺意が湧くほどに澄んだ瞳でみつめる果林にななみは微笑み頷いた。

「じゃあ、このミッションがうまくいくように、もう一度前祝いの乾杯をしましょう」

ななみは、ワイングラスを宙に掲げた。

「でも、私、これ以上飲んだら二人がくる前に眠ってしまいます」

果林が困惑顔で言った。

クスリの効果が表れ始めたのだろう、もうすでに果林の瞼は落ち気味だった。

一口のままやめても、三十分もあれば眠りに落ちる。

だが、詩音と優斗がこないことに疑いが生じないうちに果林の意識を奪いたかった。

「大丈夫よ、あと一口くらい。じゃあ、改めて。花咲詩音君と上條優斗君の新しい門出に乾杯！」

ななみが音頭を取ると、果林がとろんとした瞳でカクテルグラスを触れ合わせてきた。

ミッション成功を祝して乾杯！

ななみは、心で本音の音頭を取った。

☆

大人四人は楽に寝そべることのできるキングサイズのベッドに横たわる果林を、ななみは嫉妬の宿る瞳でみつめた。

強力なデートレイプドラッグを使ったので、最低でも七、八時間は目を覚ますことはない。

シミ一つない透けるような白肌、形よく張りのある乳房、桜色の小ぶりな乳首、くびれたウエスト、なだらかなヒップライン、薄い繁《しげ》み……同性の自分から見ても、うっとりするような裸体だった。

ななみは、自分の肉体に目をやった。

果林より長い手足、果林より大きな胸……プロポーションには自信があった。

そこらのモデルと比べても遜色のないスタイル

は、維持するのに金も手間もかけていた。

だが、しょせんは金で手に入れた若さだ。風呂上《ふろあ》がりに保湿クリームを塗る程度のナチュラルな瑞々しさには敵《かな》わない。

ななみはヘッドボードに手を伸ばした――ライトの光量をいつもより絞った。

スマートフォンを手にし、敷島の番号をタップした。

複数プレイのときは、万が一、マスコミに嗅ぎつけられたときに言い逃れできるように敷島は向かいの部屋を別に押さえていた。

準備ができたならば合流し、終われば別室に戻る。

ななみは、一回だけコールして電話を切った。

会話しないのもメールしないのも、盗聴を警戒してのことだった。

ななみはポーチからボディクリームを取り出し、入念に全身に塗ると果林の隣に横たわり敷島を待った。

☆

「なんという……」

ベッドルームに入ってくるなり敷島は、仰向けで横たわる果林の裸体を見て息を呑んだ。

「今回は、極上でしょう？」

ななみは、嫉妬に強張りそうな表情筋を従わせて微笑みを向けた。

「ああ、最高級品だ……」

敷島はうわずった声で言いながら、ベッドに滑り込んできた。

まるで、数億の陶器をそうするようにそっと果林の胸に両手を伸ばした。

敷島は生唾《なまつば》を飲み込み、ゆっくりと、優しく、円を描くように乳房を揉み始めた。

女性を物のように扱う敷島が、こんなに大切そうに愛撫《あいぶ》する姿を初めて見た。

はだけたナイトガウンの奥で、いつも以上に敷島は猛《たけ》っていた。

ななみは、そそり勃《た》った敷島の肉塊を口に含んだ。

陰茎に右手を添えながら、裏筋に舌を這《は》わせた。

敷島は、裏筋をねっとりと責められるのが好きだった。

「いまは……よい」

果林の乳房の谷間に顔を埋《うず》めながら、うわずった声で敷島が言った。

「え……？」

ななみは、唾液《だえき》に濡れた唇を手の甲で拭きつつ敷島を見た。

「いまは、せんでよい。こっちが落ち着いたら相手をしてやるから、眺《なが》めておれ」

「わかりました」

笑顔で返したものの、心の中に暴風雨が吹き荒れた。

敷島は果林の乳房を揉みながら、頭を股間に埋めた。

「美しい……」

果林の秘部を凝視する敷島が、ため息混じりに零す言葉にななみの五臓六腑《ごぞうろっぷ》は燃え盛った。

恍惚《こうこつ》の表情で果林の秘部に舌を這わす敷島。ピチャピチャという淫靡《いんび》な音がななみの平常心に爪を立てた。

「神闘会」の後継者の母になるための我慢だ。

どのみち果林は、役目が終われば香坂の手により闇に葬り去られる。

「ななみ。このおなごに感謝しろ」

果林の秘部から顔を上げた敷島が、上気した顔をななみに向けた。

「なにを感謝するんですか？」

「ほれ」

敷島が膝立ちになり、屹立《きつりつ》し反り返った男根をななみにみせつけた。

「これだけの状態になったのはひさしぶりだ。こやつのあとに、お前にもくれてやるから愉しみにしておれ」

敷島は言うと、果林を横向きに寝かせ、背後から挿入した。

両腋《りょうわき》の下から差し入れた手で乳房を揉みしだきながら、ゆっくりと、果林を堪能するように腰を動かす敷島。

「きついのう……凄い締まりだ……もしかして……こやつは生娘か？」

快楽にうわずった声で、敷島が訊ねてきた。

「恐らく、男性経験はないと思います」

ななみは、平静を装い言った。

目の前で、自分とのときには見たことがないほどに興奮し、果林の肉体に溺れる敷島——屈辱だった。

「でかした……ぞ。わしの……後継者を……産むに相応しい……母体だ……」

敷島の腰の動きが速くなり、声が切れ切れになった。

「もし、香坂さんの言うことが嘘だったら……花咲副会長が黒幕じゃなかったら、後継者は彼ですよね？」

ななみは、気になっていることを口にした。

このタイミングを狙ったのは、警戒心の強い敷島から本音を聞き出すためだ。

「もう……詩音には……けちがついた……特殊能力も……失い……価値も下落したしな……」

喘ぎ混じりに、敷島が言った。

敷島が腰を打ちつけるたびに、ベッドが軋《きし》み果林の形のよい乳房が弾んだ。

どこまで本音かわからないが、敷島が詩音に利用価値を感じなくなっただろうことは間違いない。

「じゃあ、本当に彼女の産んだ子供を後継者に……」

「もう……黙っておれ！　うふぉあ……むぅ……おお……」

敷島がななみを一喝し、薄気味の悪い呻き声とともに果てた。

「いますぐ……入れてやるから……足を開いて……待っておれ……」

息を弾ませ言いながら、敷島が立ち上がった。

仁王《におう》立《だ》ちする敷島の股間——果林の愛液に濡れた男根は、そり勃ったままだった。

ななみは長い足をM字に折り畳み、敷島を待った。

さあ、私を女帝にしてくれる種を植えつけなさい。

ななみは、心で敷島に命じた。

19

タクシーは、「メビウスタワー」の前に横づけされた。

詩音を乗せたプリウスは、タクシーと十メートルの距離を置いて停車した。

詩音は、眼鏡のレンズ越しにタクシーを凝視した。

ときどき霞《かす》んだりぼやけたりするが、視力はかなり回復していた。

コンタクトレンズをすれば視力が〇・八くらいになると言われたが、ガス銃で角膜や水晶体を傷めている状態なのでいまは使用を禁じられていた。

「ホテルに、なんの用ですかね？」

後部座席——詩音の隣に座る課報部の園田《そのだ》が、怪訝な顔で訊ねてきた。

ほどなくすると、タクシーの後部座席からスタイル抜群の女性……ななみが降り、ホテルのエントランスに向かった。

「ここで、待っててくれ」

詩音は園田に言い残し、プリウスを降りた。

「副会長、俺も行きます」

後部座席から飛び降りた園田が、詩音のあとを追ってきた。

「目立つからだめだ。君は待機しててくれ」

「でも、一人じゃ危険……」

「これは命令だ」

硬い表情で頷く園田に背を向け、詩音はななみを追った。

「ジェームスパース」の黒のキャップに眼鏡、黒のニットのサマーセーターに黒のサルエルパンツ……全身黒ずくめの芸能人ファッションにイメージチェンジした詩音を見ても、ななみが気づく可能性は低い。

ななみは長い足で大股《おおまた》にロビーを横切ると、エレベーターに乗り込んだ。

ほかの客に紛れて、詩音もななみに続いた。

ななみは、四十八階のボタンを押した。

四十八階はスカイラウンジになっていた。

ななみは、誰と会うのか？

もしかして、香坂か？

それであれば、尾行している新海から連絡が入るはずだ。

敷島か？

それもない。

敷島は立場上、人目につくところで飲むのを好まない。

しかも、相手は嫌でも目立つななみだ。

ならば、いったい、誰と？

詩音は階数表示のオレンジ色のランプを視線で

追いながら、目まぐるしく思考の車輪を回転させた。

エレベーターの扉が開き、ななみが降りた。

詩音は四、五メートルの距離を空け、ななみを尾けた。

ななみは足早にスカイラウンジ「天空」に入った。

「県様、お待ちしておりました」

黒服が恭しくななみを出迎え、フロアの奥に先導した。

黒服の接客ぶりから察すると、ななみは常連のようだった。

ななみと黒服は、大理石の衝立《ついたて》の裏側に消えた。

ここから先は、個室フロアのようだ。

「ご予約のお客様ですか？」

別の黒服が、作り笑顔で訊ねてきた。

「いえ、人と待ち合わせています。まだ、きてないようです」

「では、こちらへどうぞ」

「ここでもいいですか？」

出入り口に近い席に案内しようとした黒服に、詩音は個室フロアに近いテーブルを指差した。

「もちろんでございます」

相変わらずの作り笑顔で、黒服が椅子を引いて詩音を促した。

「シャルドネをグラスでお願いします」

詩音はすぐに注文した。

黒服を早く追い払いたかった。

「かしこまりました」

上着のポケットが震えた。

詩音はスマートフォンを取り出した。

ディスプレイに表示される新海の名前。

「動きはあったか？」

『……すみません。撒かれました』

沈んだ声で、新海が詫びた。

「君ほどの男が、どういうことだ？」

『同乗していたボディガードが実銃を携行していまして……タイヤを撃ち抜かれました。迂闊でした』

無念そうに新海が言った。

「わかった。いまからすぐ、渋谷の『メビウスタワー』にきてくれ」

『本当に申し訳ありません。取り返しのつかないミスを犯してしまいました』

「謝ってもミスは取り返せない。とにかく、すぐにきてくれ」

抑揚のない声で言い残し、詩音は通話を切った。

すぐに、優斗の番号をタップした。

『ちょうど、マンションから出てきたところだ』

「会長には、会えたのか?」

『隠れ部屋に身を潜めていたけど、自分から出てきたよ』

「香坂さんのことは、話したか?」

『ああ。公安部の潜入捜査官だったってことも洗いざらいな』

「会長は、なんて言っていたんだ?」

『眉一つ動かさなかったよ。自分の眼で見たこととお前達の行動でしか信用しないそうだ。もしかしたら、お前と香坂さんがグルの可能性もあると言っていた。どこまで本気かわからないが、一つだけはっきりしているのはお前達を試しているってことかな』

「あの人らしいな。ところで、香坂さんは戻ってきたか?」

『ん? 香坂さんが? きてないけど、どうして?』

「新海が撒かれたそうだ」

『新海が? 珍しいな……あ、会長が出てきた。また、連絡する』

優斗が慌てて電話を切った。

「県様は、先にお見えになっております」

振り返った詩音は、すぐに顔を正面に戻した。

詩音の座るテーブルを通り越し、黒服に個室フロアに先導される男女の後ろ姿。

一人は香坂、そしてもう一人は……。

「こんな凄いところ初めてです。なんか、緊張するな〜」

女性……果林が、物珍しそうにきょろきょろと首を巡らせた。

果林が、どうしてここに?

香坂が、どうして果林と?

二人は、どうしてななみと?

香坂とななみは、いったい、なにを企んでいるのだ?

☆

詩音の脳内に、様々な疑問が飛び交った。

二杯目の白ワインが運ばれてきたときに、詩音と同じ黒カジュアル系で統一した芸能人ファッションの新海が現れた。

「撮影のほうは、どうだった?」

任務のときの、周囲の耳目を意識したお決まりの芝居を詩音は始めた。

「主役がごねて一時はどうなるかと思いましたが、Pがなだめてなんとか終わりました。ポッと出は自分が中心に世界が回っていると思っているので困りますよ」

新海はため息を吐きながら、黒服が引く椅子に腰を下ろした。

「まあ、三、四年もすれば消えるさ」

「ですね。同じのを」

新海が詩音のワイングラスに視線を向けつつ、黒服に言った。

「VIPルームに香坂さんが入った」

詩音は、スマートフォンに視線を落とし腹話術師のようにほとんど唇を動かさずに言った。

「香坂さんが、なぜですか?」

ドリンクメニューを開く新海の唇も、ほとんど動いていなかった。

傍《はた》からは、それぞれ無言でスマートフォンとドリンクメニューに視線を落としているようにしか見えない。

「VIPルームには県ななみが先に入った。僕は、彼女を追ってここにきたんだ。しかも、香坂さんは中園果林を連れていた」

「県ななみと中園果林と香坂さん……妙な組み合わせですね。しかも、こんな高級ラウンジのVIPルームでなんの密談でしょう?」

なにがいったいどうなっているのか、詩音のほうが聞きたかった。

スマートフォンが掌の中で震えた。

電話は、優斗からだった。

「会長は、どこに向かった?」

『敷島会長を乗せた車は、渋谷の「メビウスタワー」の地下駐車場に入ったところだ』

「『メビウスタワー』に?」

思わず、声のボリュームが上がった。

新海が、驚いたように詩音を見た。

『どうかしたか?』

優斗が、怪訝な声で訊ねた。

「いや……会長が『メビウスタワー』にくるなん

て、意外だと思ってさ」

詩音は、慌ててごまかした。

直感的に、優斗を巻き込まないほうがいいような気がしたのだ。

『たしかにな。俺も、同感だ。とりあえず、会長を追うよ』

「待ってくれ」

電話を切ろうとした優斗を、詩音は止めた。

『なんだ？　会長を見失ってしまうから早く……』

「会長は追わなくていい」

詩音は、優斗を遮った。

『どうしてだよ？』

「香坂さんが、『六本木ミッドタウン』の四十五階のバーにいるという情報が入った。新海も向かわせているが心配だから、君も応援に行ってくれ」

運ばれてきたワインを飲んでいた新海が、弾かれたように詩音を見た。

あとで説明する――詩音は新海に目顔で合図した。

『俺は構わないが、会長はノーマークになるぞ』

「もともと、僕達のターゲットは香坂さんだ」

『わかった。ミッドタウンに向かう。拘束するのか？』

「いや、見失わないように張っててくれ。僕もこっちが終わり次第、合流する。拘束するのは、それからだ」

無意味な指示――頭の中は、ＶＩＰフロアのことで一杯だった。

『了解。着いたら連絡する。じゃあな』

「どうして、本部長に嘘を吐くんですか？」

優斗が電話を切るとすぐに、新海が疑問をぶつけてきた。

「優斗は足手纏《あしでまと》いになる。こっちは僕と君で処理する」

「え？　本部長の戦闘術のスキルの高さは、副会長も知ってますよね？」

「僕が言ってるのは、メンタルの問題だ。中園果林が絡むと、彼は感情的になり冷静な判断力を失う」

「中園果林が、まずいことになってるんですか？」

新海が、訝しげな顔を向けた。

無限に広がる危惧の念が、杞憂であることを祈った。

「会長が地下駐車場から『メビウスタワー』に入ったそうだ」

「ああ、香坂さんや県さんとＶＩＰルームで打ち合わせをするんでしょう」

「それなら、地下駐車場は使わずに香坂さんや県さんのようにフロントから入ってくるはずだ」

「じゃあ、会長はどこに……」

「部屋に直行したんだろう」

詩音は新海を遮り言った。

「宿泊しているんですかね？」

「会長と県さんが愛人関係なのは知ってるよな？」

新海の質問を質問で返した。

「はい。有名な噂ですから」

「なら、二人が複数で性行為をするのを好むという噂は？」

「え……それって、つまり……？」

「彼らは、中園果林を交えての性行為に及ぶために集まった可能性が高い」

詩音は、平静を装い言った。

「わざわざ、乱交するために高級ホテルのＶＩＰルームに集まったんですか？」

相変わらず唇は動かずに声も小さいが、新海の眼は驚きに見開いていた。

「断定はできないが、その可能性は高い」

詩音は、冷静さを失わないよう意識を集中した。

「乱交パーティーだなんて、当てが外れましたね。警戒して、損しましたよ」

「恐らく、ＶＩＰフロアからスイートルームに直接移動できるはずだ。だが、僕らはフロアに入れない。黒服に喋って貰うしかないな」

「なにをですか？」

「県ななみが中園果林をどこの部屋に連れて行ったかをだよ」

「そんなこと訊いて、どうするんですか？　まさか、副会長、そういう趣味が……」

「勘違いするな。中園果林を奪還するのさ」

詩音は、早鐘を打つ鼓動とは対照的に落ち着いた声音で言った。

「奪還……。副会長と本部長と中園果林が兄妹同然に育ったのは知ってます。お気持ちはわかりますが、リスクが高過ぎます」

新海が、渋面を作った。

「僕が私情でリスクを冒すわけないだろう？　忘れたのか？　優斗を従わせ追い出すために彼女を

人質に取ったことを？」

「では、今回はなぜ中園果林を救出するんですか？」

「ただの乱交目的なら、香坂さんは県ななみに協力しない。恐らく、僕を追い出し『神闘会』での実権を握るために二人は手を組んだんだろう。中園果林のお腹に宿った子供を、後継者候補にする。赤子が成人するまでは、二人が会長代行を務める。これなら、二人の利害は一致する」

確証はなかったが、十分に考えられる計略だ。

香坂とななみなら、目的を果たすためならば手段を選ばない。

「まさか……だって、香坂さんは『神闘会』を潰すために潜入している捜査官ですよ？　実権を握るなんて、目的と真逆な行為じゃないですか？」

「十年は、人を変えるのに十分な時間だ。存在自体が隠蔽《いんぺい》されていつ見捨てられるかわからない公安より、『神闘会』で後継者の代行を務めたほうが安泰だと考えても不思議じゃないさ」

新海の疑問は尤もだった。

詩音の仮説も可能性としては十分にありえるが、あくまでも仮説だ。

新海の言った通り、果林を救い出すため……香坂とななみの計略がなかったとしても、詩音は燃え盛る火の海に飛び込むだろう。

「そうかもしれませんが、本部長の意見も……」

詩音は席を立った。

「優斗には、絶対に言うな。もういい。僕一人でやるから、君は車で待機しててくれ」

ＶＩＰフロアに足を踏み出した詩音の前に、新海が回り込んだ。

「わかりましたよ。俺は、たとえ地獄であっても副会長にお供すると誓ってますから」

「比喩《ひゆ》ではなく、本当に地獄に行く覚悟ならついてこい」

詩音は新海の返事を待たず、ＶＩＰフロアの担当らしき黒服に歩み寄った。

「あの、すみません。ＶＩＰフロアを利用しているお客さんについて、大事な話があります」

「どういったことでしょう？」

光沢のある整髪料で髪を撫でつけた長身瘦軀《そうく》の黒服が、緊張した面持ちで訊ねた。

「ＶＩＰルームのお客さんに、犯罪に関係している人物が交じっています」

「え……」

黒服が顔を強張らせた。

「私は興信所の者で、浮気調査のターゲットの女性が殺人犯として指名手配されているのを偶然に知ったのです」

詩音も声をうわずらせた。

「殺人……」

「シッ」

詩音は、黒服の唇に人差し指を立てた。

「詳しいことはあちらで」

詩音はＶＩＰフロアのトイレに視線を投げた。

疑うことなく頷いた黒服は、詩音をトイレに先導した。

新海の足音が続いた。

トイレに入り誰もいないのを確認した詩音は振り返り、新海に瞳で合図した。

新海が頷き、肩から提げていたバッグに手を入れ警棒式のスタンガンを取り出した。

「殺人犯で指名手配されている女性というのは……」

黒服を背後から羽交い締めにした新海が、顔前でスタンガンを放電しながら個室に引きずり込んだ。

すかさず詩音も駆け込んだ。

「な、なんですか……あなた達」

詩音は黒服の唇を手で塞いだ。

「このスタンガンの電圧は三百七十万ボルトあります。頸動脈に当てたら、五割の確率で命を落とします」

詩音の言葉に、黒服が血の気を失った。

「質問に素直に答えてくれたら、危害は加えませんから。大声を出したり嘘を吐いたら、命の保障はできません。いいですね？」

黒服が小刻みに何度も頷くのを見て、詩音はゆっくりと手を離した。

「ＶＩＰルームの県ななみさんは、どこの個室を使っていますか？」

「先ほどまで『舞』を使われていましたが、お連れ様が具合が悪くなったようでお部屋に……」

しまった、という顔で黒服が言葉を切った。

「県ななみが部屋を取っているのはわかっています」

詩音が目線で促すと、新海がスタンガンを放電させた。

音を立てる青白い火花に、黒服の顔が強張った。

「特別に、いまのは見逃しますが次は脅しではすみません。いいですね？」

ふたたび、黒服が小刻みに頷いた。

「具合が悪くなったお連れさんを、県ななみが連れて行った部屋は何号室ですか？」

「……二〇〇七です」

「VIPフロアから行ける直通エレベーターがありますよね？」

「ございます」

「一緒にいた大柄の男性も、二〇〇七に行ったんですか？」

「お連れ様の女性を介抱しながらお部屋に運ばれていましたが、男性の方はすぐに部屋から出てきてエレベーターで一緒になりました。急用ができたとおっしゃってまして、仕事場に向かわれたようです」

不幸中の幸い――香坂がいるのといないのでは、状況が全然変わってくる。

「敷島宗雲会長の部屋はどこです？」

「敷島様……ですか？　エグゼクティブフロアにそのようなお名前の方はいらっしゃいませんが……」

黒服の瞳は怯えてはいるが、今度は嘘を吐いてないようだった。

二〇〇七でななみと合流する予定なのかもしれない。

「ですが、県様のお名前で、二〇〇七の向かいのお部屋の二〇〇三の予約を承っております」

「県ななみで二部屋……」

詩音は思案した。

二〇〇三は敷島の待機部屋として使用しているのかもしれない。

「県ななみがVIPルームを出たのはいつですか？」

「三十分くらい経ちますでしょうか？」

「えっ……VIPルームに入ってまだ、一時間経つか経たないかですよね？」

「ええ。二十分ほどでお連れ様の具合が悪くなりまして……」

「スペアキーはありますよね？」

詩音は、黒服を遮り訊ねた。

「もちろんです。ただ、ここにはございません」

「どこにあるんですか⁉」

背筋を這い上る焦燥感が、詩音の語気を強めた。

「きゃ……客室カウンターにございます」

「例の物を頼む」

詩音が言うと、新海がショルダーバッグから煙草のパッケージほどの黒い箱のようなものを取り出した。

続いて黒服のシャツのボタンを外し、黒い箱のようなものが左胸に当たるように粘着テープを手際よく巻きつけた。

「な、なにをしたんですか……？」

「客室カウンターに案内してください。これは遠隔スタンガンで、さっきと同じ三百七十万ボルトです。助けを求めたり逃げようとしたら、彼がリモコンのスイッチを押して通電します。リモコンを押す状況には、なりませんよね？」

詩音の念押しに、黒服が三度《みたび》小刻みに頷いた。

☆

詩音達がスペアキーを確保し二〇〇七のロイヤルスイートルームのあるフロアにきたのは、トイレを出て三十分後だった。

客室カウンターに辿り着くまでに、黒服が常連客に話しかけられたり支配人に呼び止められたりと、思わぬ時間を要してしまった。

香坂とななみが果林を部屋に連れ込んでから、すでに一時間以上は経過していた。

詩音、黒服、新海の順で二〇〇七に向かった。

モスグリーンの絨毯を走りたい気持ちを、詩音は堪えた。

黒服とともにいるとはいえ、目立つ行動は避けたかった。

二〇〇七のドアの前で足を止めた。

詩音は眼を閉じ、深呼吸した。


頼む……頼む……頼む……。

詩音は、心で呪文《じゅもん》のように繰り返した。
敷島が入室する前のシチュエーションを願った
――敷島がいても、行為前のシチュエーションを願った。
最悪の状況だけは……。
神に祈った――仏に縋った。
願いを聞いてくれるなら、悪魔に魂を売ってもよかった。

眼を開けた。

「約束してください。目の前で見たこと、聞いたことは忘れると」

詩音は、振り返ると黒服を見据えた。

黒服が、強張った顔で顎を引いた。

「電動ガン」

低い声で言うと、詩音は手を出した。

新海が詩音の掌に電動ガンを載せ、自らのぶんも手にした。

「拘束」

詩音が短く命じると、新海が取り出した手錠で黒服の両手を後ろ手に拘束した。

「念のためです。じっとしていてくれれば、危害は加えませんから」

詩音は顔を正面に戻し、スペアのカードキーをそっと差し込んだ。

施錠を表す赤色のランプが解錠時の緑色のランプに変わった。

詩音は新海に頷き、勢いよくドアを開けると室内に踏み込んだ。

五十平米はありそうな広々とした白大理石床の空間が、視界に飛び込んできた。

ロココ調の白家具で彩《いろど》られた客室は、ヨーロッパの宮殿ホテルさながらの絢爛《けんらん》さだった。

詩音の前に踏み出た新海が腰を落とし、ダブルハンドで構えた電動ガンの銃口で半円を描いた。

詩音は客室の奥へダッシュし、白いドアを開けた。

ドレッサーに座り髪を梳《と》かしていたバスローブ姿の女……ななみが、強張った顔で振り返った。

こぢんまりとした空間にダブルサイズのベッド——イメージより、一般的な寝室だった。

きれいに整えられたベッドに、果林はいなかった。

もしかしたら、敷島のいる二〇〇三のほうなのかもしれなかった。

「な、なによ……あなた達……」

「果林はどこです?」

詩音は逸る気持ちを抑え、ななみに電動ガンの銃口を向けたまま訊ねた。

「果林……知らないわよ。どうして、私に訊くの?」

平静を装うななみの視線が、瞬間、逸れたのを見逃さなかった。

視線の先――観音開きの白いドア。

「女を拘束しろ」

新海に命じ、詩音は足を踏み出した。

高鳴る鼓動――両開きのドアを開けた。

特大サイズのベッドに横たわる全裸の女性に、詩音の視線は凍てついた。

「果林……」

詩音はベッドに駆け寄り、シーツを果林の身体に巻いた。

果林は軽く鼾《いびき》をかくほどに、熟睡していた。

薬物で眠らされているのが明らかな、不自然な深い眠りだった。

「大丈夫です……」

手錠で拘束したななみを連れて主寝室に入ってきた新海が、シーツに包まれた果林を見て絶句した。

「どういうことか、説明して貰いましょうか？」

詩音は抑揚のない声音で訊ねながら、ななみに電動ガンを向けた。

気を抜けば、叫び出してしまいそうだった。

「説明って……なによ。私が彼女とホテルに泊まってたら犯罪だとでも言うの⁉」

ななみが開き直り、詩音に食ってかかってきた。

「離れて」

詩音は新海に言うと、引き金を絞った。

空を切り裂く悲鳴――鉛製のＢＢ弾が、ななみの背後の壁にめり込んだ。

「今度は、顔に命中させます。質問を変えます。果林を薬物で眠らせて、敷島会長に差し出したんですか？」

眉一つ動かさずに、詩音は質問を重ねた。

「そ……そうよ。会長が中園さんを気に入っているから、私は協力しただけよ」

声をうわずらせながらも、ななみは強気な態度を崩さなかった。

「会長の子供を作らせて、あなたと香坂さんで『神闘会』の実権を握る……そういうつもりですか？」

押し殺した声で、詩音は訊ねた。

「だから、私は会長が彼女を気に入ってるから協力しただけだと……」

電動ガンの銃口を下に向け、人差し指を引いた。

さっきより数倍大きな悲鳴――ななみの右足の甲から、鮮血が流れ出した。

「痛いっ！　痛いっ！　痛ーいっ！」

　両手を拘束されたななみが床に倒れ込み、芋虫のように身体をくねらせ悶絶《もんぜつ》した。

「あなたが果林に与えた傷は、この程度ではすみません。そんなに、自慢の顔に穴を開けたいんですか？」

　屈んだ詩音は、ななみの髪を鷲摑みにして頰に銃口を押し当てた。

「本当に、これが最後のチャンスです。いまから素直に洗いざらい話してくれれば、僕はあなたの罪を不問にして実権取りに協力します」

「そんなこと……信じられ……ないわ……」

　喘ぐように、ななみが言った。

　額には、びっしりと玉の汗が浮いていた。

「あくまで僕のターゲットは香坂さんです。信じるかどうかは勝手ですが、どちらにしてもあなたに交渉権はありません。僕を信じて香坂さんとの目論見をすべて打ち明けるか、顔が穴だらけになるか？　好きなほうを選んでください。ただし、時間はあげられません。十数える間に決めてください。十、九、八、七……」

「わかった……言う……言うから……。あなたの推測通りよ……。私と香坂さんは……花咲君を『神闘会』から追い出して、実権を握るために後継者を作る……シナリオを書いたの。中園果林に……白羽の矢を立てたのは……会長の好みというのは……本当よ」

　苦痛に顔を顰めつつ、ななみが語り始めた。

「果林に子供ができたとして、後継者として育つまで香坂さんはわかるが、どうしてあなたが実権を握ることができるんですか？　子供の母親は、果林でしょう」

　口にするだけでも、胸が痛んだ。

「この日のために……排卵誘発剤を飲んでいたのよ。でも……中園果林の子供でなければ……会長は後継者にしない。だから……私が妊娠しても……彼女の子供として育てるのよ。彼女が妊娠しても、私が育てるの……」

「まるで、果林がいないみたいな言いかたですね？」

　冷静な口調で喋っているが、できることならななみの顔面を蜂《はち》の巣《す》にしてやりたかった。

　それをしないのは、果林と優斗を守るためだった。

果林の子供を利用して実権を握ろうとするななみをコントロールし、詩音が香坂の代わりに実権を握る。

ななみからすれば、手を組む相手が香坂から詩音になるだけの話だ。

「いなくなる予定だわ」

ななみが詩音をみつめ、薄笑いを浮かべた。

「それは、どういう意味ですか？」

とてつもなく、不吉な予感がした。

「敷島会長が部屋に戻ったら、香坂さんに電話を入れることになっているの。ちょうど電話しようとしたときに、あなたたちが現れたってわけ」

足の激痛もおさまってきたのか、心に余裕を取り戻したのか、ななみはいつもの口調になっていた。

「香坂さんは、会長を迎えにくるんですか？」

「中園さんを迎えにくるの」

「果林を？　どうして香坂さんが？」

「母親が二人いたら、香坂さんにとっても不都合だからよ」

ななみの言葉に、詩音は絶句した。

「つまり、幼き後継者候補の後見人になるために果林を消すということですか？」

詩音は、気息奄々《きそくえんえん》の理性に鞭を打ち冷静な口調で訊ねた。

「恐ろしい男よね」

ななみは、口もとに酷薄な笑みを浮かべた。

「あなたも、共犯者でしょう？」

どこからか、声がした。

感情を喪失した声。

「そんな言いかたはやめてよ。私はただ、自分の居場所を確保したかっただけだから」

「今日からは、僕と共犯者になって貰います」

どこからか、声がした。

人間性を喪失した声。

「それ、真剣に言ってるの？」

「これは提案ではなく、命令です。ここでの会話は、すべて録音しています」

詩音が言うと、新海がＩＣレコーダーを宙に掲げた。

「命令に従えないなら、会長にあなたと香坂さんの目論見を伝えます」

「そんなことして、副会長になんの得があるのかしら？」

頬に電動ガンを押しつけられた状態だというのに、ななみは肚《はら》の据わった女だった。

「たしかに、たいした得はありませんね。ですが、あなたは運がよくて『神闘会』から追放、最悪の場合は抹殺されるでしょうね」

「いつまで、そうしてるつもり？　パートナーに銃を向けるのはどうかと思うわ」

ななみが、電動ガンを指差しながら言った。

詩音は電動ガンをななみの頬から離し、床に落ちている下着と服を拾いベッドに座った。

裸体から顔を逸らし、果林に下着をつけていった。

相当強い効き目のクスリなのだろう、詩音が衣服を着せ終わるまでの間、果林が目覚める気配はなかった。

「ここから連れて行ってくれ。場所は、追って連絡する」

詩音は果林を抱え上げ、ベッドから下りると新海に歩み寄った。

「副会長は、どうするんですか？」

「僕は、やらなければならないことがある。彼も一緒に頼む」

詩音は新海の腕に果林を預け、蒼褪めた顔で立ち尽くす黒服に視線を移した。

「まさか……」

新海が表情を失った。

「僕から連絡が入るまで、彼をホテルに戻さないように」

すべてが終わるまで……果林の命を奪おうとする脅威を抹殺するまで邪魔をされたくなかった。

「俺が残りますっ。彼女は副会長が……」

「僕が決着をつけなければならない相手だ」

詩音は、底なしの暗い瞳で新海を見据えた。

「……わかりました」

新海が、諦めたようにうなだれた。

「なにかあったら、すぐに呼んでくださいっ。おい」

新海は言い残し、黒服を促し踵を返した。

詩音は、床に落ちていたスマートフォンを拾いななみに差し出した。

「香坂さんに、電話してください」

「電話をかけ終わったら、私を撃つんじゃないでしょうね？」

ななみが、懐疑の瞳で詩音を見据えた。

「そうしたいのは山々ですが、会長という頂から景色を眺めるためにそれはないと約束します」

詩音は平板な声で言うと、腰を屈め電動ガンをななみの瞳に向けた。

嘘ではなかった。

詩音は、決意した。

命より大事な二人を守るため……命より大事な二人との決別を。

エピローグ

優斗

「キーック！　パーンチ！」

詩音が、優斗のふくらはぎを蹴り、太腿を殴りつけた。

「なんだなんだ、女の子みたいなパンチだな？　そんなんじゃ、父ちゃんは倒れないぞ？」

優斗は、詩音の坊主頭に手を置きながら言った。

「女の子じゃないぞ！」

詩音が優斗の手を振り払い、頭から股間に突っ込んできた。

「痛《い》てて……」

優斗は股間を両手で押さえたまま、毛足の長い絨毯に仰向けに倒れて悶絶した。

「どうだっ、僕、強いだろ！」

優斗に馬乗りになった詩音が、得意げに言った。

「こらこら、詩音、乱暴しちゃだめでしょう!?」

キッチンで朝食の洗い物をしていた果林が、泡のついたスポンジを手にリビングに顔を出し詩音を窘めた。

「パパも、喧嘩ばかり教えないでちょうだい」

果林が、優斗を軽く睨《ね》めつけた。

「男はいつの時代も、か弱き女子供を守るために強くなきゃな」

優斗は仰向けのまま、力こぶを作って見せた。

「子供の頃から、単純なところはまったく変わってないわね。それに、父ちゃんじゃなくパパって呼ばせてと言ってるでしょ？　とにかく、乱暴者に育つのは困りますから、喧嘩は教えないでちょうだい。この子のことは、詩音みたいに繊細な文化系男子に……あの馬鹿、何年も連絡くれないでどこに行っちゃったんだろう……」

果林が言葉を切り、思い出したように独《ひと》り言《ご》ちた。

「僕はここにいるよ！　僕は馬鹿じゃないぞ！」

頬を赤らめ訴える詩音に、優斗と果林は顔を見合わせ笑った。

「でも、本当に詩音のやつ、どこに行ったんだろうな……」

優斗は真顔になり、詩音に馬乗りになられたまま果林をみつめた。

「だから、僕はここにいるってば！」

「ごめんごめん、お前のことじゃなくて、別の詩音の話だよ」

優斗は上体を起こし、詩音と向き合う格好になり微笑んだ。

「僕と同じ名前の人がいるの？」

「ああ、父ちゃんと母ちゃんの大事な友達だ」

優斗は眼を閉じ、回想の扉を開けた。


——香坂が音信不通になって久しい。上條。以前に、お前に言ったことを覚えておるか？　誰が敵か味方かは、行動が教えてくれると言ったことを？

香坂が行方不明になって三ヵ月が過ぎた頃、脱会の挨拶に「神闘会」の会長室に行った優斗に敷島は切り出した。

——覚えています。

——答えは出た。わしの忠犬は詩音で狂犬が香坂だったとな。辞めるなど言わんで、詩音とともに「神闘会」を支えてくれんか？

——ありがたいお言葉ですが、もう、決めたことですから。


敷島との最後の会話だった。

それから一ヵ月後、敷島は心筋梗塞で急死した。

唐突な死だったが、警察は事件性はなく病死と判断した。

巨星亡きあと、詩音は「神闘会」の新星となった。


——香坂さんのことで、なにか隠していることないか？

詩音が会長に就任してから優斗は「神闘会」の本部を訪れ、ずっと疑問に思っていたことを訊いた。


あの日、尾行していた新海を撒いた香坂が六本木ミッドタウンの四十五階のバーにいるから向かってほしいと詩音に言われた。

しかし、バーに香坂は現れなかった。

香坂だけでなく、あとから駆けつけると言っていた新海も詩音も姿を見せなかった。

香坂は、その日を境に「神闘会」から消えた。

——なにもないよ。

——あの日、香坂さんもお前も現れなかったのはなぜだ？

——前にも言ったと思うが、県さんを尾けているうちに君と合流できなくなっただけだ。香坂さんについては、情報がガセだったと謝っただろう？

——香坂さんが消えたタイミングも、その後、お前の口から香坂さんの話が出なくなったのも、なんだか不自然でな。

——風の噂で、潜入捜査官だと知られた香坂さんは身の危険を感じ、公安部に戻ったと聞いた。いまは、名前を変えて匿って貰っているらしい。またガセだったら悪いと思って、君には言わなかっただけだ。

——お前を、信じてもいいんだな？

——ああ。そんなことより、果林を大事にしてやってくれ。僕はこれから、「神闘会」を改革することで忙しいから、当分、「若草園」には戻れないからね。

——一つだけ、訊いてもいいか？

——答えられることなら。

——また、いつの日か、昔のように三人で会える日はくるのか？

優斗の問いに、詩音が沈黙した。

——答えられないなら無理に……。

——すべての整理がついたら……約束するよ。

「僕と同じ名前の人、ママも好きなの？」

詩音の声が、優斗を回想から連れ戻した。

「うん、大好きだよ」

「父ちゃん……パパと、どっちが好き？」

果林のもとに歩み寄りながら、詩音が訊ねた。

「どっちも、同じくらい好きだよ」

「じゃあ、ママは別の詩音とも結婚するの？」

果林は微笑みながら腰を屈め、詩音と同じ目線になった。

「あのね、パパともう一人の詩音の好きは種類が違うのよ」

「なにが違うの？」

無邪気に質問を重ねる詩音に、優斗の口もとも思わず綻《ほころ》んだ。

「詩音には、まだ早いかな。いま五歳だから、あと十年くらいすればわかるよ。優斗、私は詩音のことは心配してないよ」

果林は詩音の頭に手を置き、優斗に顔を向けた。

「でも、音信不通になってもう二年だぞ？」

敷島宗雲の跡目を継承して四年目に、県ななみの三歳になる子供に条件つきで会長の座を譲り、詩音は脱会した。

条件とは、ななみの子供が成人になるまでの間、ななみと新海との二人会長代行体制とすることだった。

「約束したんでしょ？」

果林が、優斗に訊ねた。

「え？」

「すべての整理がついたら、また三人で会える日がくるって」

「ああ……そのことか。たしかに、詩音はそう言ったよ」

「だったら、会えるよ。詩音を信じよう」

果林が、一点の曇りもない瞳で優斗をみつめた。

「そうだな。俺らの絆は、こんなことで切れるほどやわじゃないから」

優斗は、笑顔で力強く頷いた。

「うん！　僕を信じて！」

唐突に大声を張り上げる詩音に、優斗と果林はふたたび顔を見合わせて笑った。

詩音

頬を撫でる潮風、海辺に打ち寄せては砂をさらう波、茜空を旋回するカモメ……詩音は、夕暮れ時の岸壁に座り黄金色に染まる海を眺めていた。

金沢《かなざわ》には、縁もゆかりもない。

誰も知らない遠い場所なら、どこでもよかった。

冬の浜辺に人の姿が見当たらないのは、詩音には好都合だった。

孤独には、慣れている。

「神闘学園」に入ってから十五年……子犬の愛らしさに微笑むことも、花の香りを嗅ぐことも、風を心地よく感じることも忘れていた。

十五年で、様々なものを失った。

五年前にジジが亡くなってからあとを追うようにババも天に逝った。

良心を失った。

正義を失った。

そして……命より大切な友を失った。

──香坂さんのことで、なにか隠していることないか？

記憶の中の優斗の声が、詩音の胸に爪を立てた。

後悔がないと言えば嘘になる……いや、後悔だらけの日々だった。

できるなら、「若草園」でみなと仲睦《むつ》まじく暮らしていたときに時間を巻き戻したかった。

あのとき香坂の申し出を断っていれば、優斗と果林を巻き込むことも、そしてこの手が血に染まることも……。

詩音は、広げた両手をみつめた。

潜入捜査官の香坂は、もともとこの世に存在しない人物だ。

だからといって、詩音がやったことの免罪符になりはしない。

だが、この行為に関しての後悔はなかった。

己の欲と保身のために果林と優斗の命を奪おうとした悪魔を葬るには、自らも悪魔になるしかなかった。

それでよかった。

──上條さんと中園……いや、上條夫人の間には、男の子がいます。とても、幸せそうでした。あ、大事なことを言うのを忘れてました。

新海の報告が、脳裏に蘇った。

一番大切なものを守り切ったいま、詩音の役目は終わった。

一番大切なもの……詩音にとっての絶対聖域は、優斗と果林の笑顔だった。

──子供の名前は、詩音君です。

詩音は口もとを綻ばせ、腰を上げると岸壁の先端に歩を進めた。

足を止めた。

眼下で飛沫《しぶき》を上げる日本海の荒波は、宙に舞う潮の花が空気中に霧散するように、跡形もなく詩音ごと罪を消してくれることだろう。

眼を閉じた。
瞼の裏に、ジジとババの笑顔が浮かんだ。
背後に気配を感じ、眼を開け振り返った。
鼻の周囲が黒い、クリーム色の被毛をした雑種犬が詩音を見上げていた。
野良犬なのだろう、肋骨《ろっこつ》が痛々しく浮き出しやせ細っていた。
「お前も独りか？」
詩音が話しかけると、雑種犬が尻尾を左右に振った。
なぜだか、雑種犬の瞳に懐かしさを覚えた。
初めて会った犬なのに、ずっと一緒だったような感覚にとらわれた。

――こいつの名前、なんにする？

不意に、幼き頃の優斗の声が聞こえた。

――まだ、飼えるかどうかわからないのに？

今度は、果林の呆れた声が聞こえた。

――キセキ。

自分の声も聞こえた。

――キセキ？

優斗と果林が同時に訊ねた。

――男の子でも女の子でも、キセキならおかしくないよね？
――うん。でも、どうしてキセキ？

果林の不思議そうな顔が目に浮かぶ。

――日本は広くて人間も犬もたくさんいるのに出会えたんだから、奇跡だと思ってさ。

「お前、もしかして……」
思い出の中の自分の声に、いまの自分の声が重なった。
雑種犬が、尻尾を振りながら駆け寄ってくると詩音の足もとでお座りした。

「僕を止めにきてくれたのか？」

詩音は雑種犬を抱き締め、優しく首筋を撫でた。

頬を伝う涙が、雑種犬の被毛を濡らした。

雑種犬が、詩音の頬の涙をペロペロと舐《な》めた。

円らな澄んだ瞳が、詩音をみつめた。

「ありがとう……」

キセキ

詩音は、嗚咽《おえつ》に途切れた声を心で紡いだ。

ABSOLUTE SANCTUARY

初出　「メフィスト」２０１８ＶＯＬ．１～２０１９ＶＯＬ．２

この物語はフィクションです。

登場する人物、団体、場所は実在するいかなる個人、団体、場所等とも一切関係がありません。

新堂冬樹（しんどう・ふゆき）

1998年に『血塗られた神話』で第7回メフィスト賞を受賞し、デビュー。

その後『闇の貴族』『ろくでなし』『無間地獄』『カリスマ』『悪の華』『忘れ雪』『黒い太陽』などヒット作を連発。

ドラマ化、映画化された作品も多数。

裏社会をハードに描く「黒新堂」と静謐な恋愛小説を描く「白新堂」の2つの顔を持つ。

芸能プロダクション「新堂プロ」も経営し、その活動は多岐にわたる。

ABSOLUTE SANCTUARY

ABSOLUTE SANCTUARY

著者　新堂《しんどう》冬樹《ふゆき》
発行者　渡瀬昌彦
発行所　株式会社講談社　〒112-8001 東京都文京区音羽2-12-21
電話　出版　03-5395-3506
　　　販売　03-5395-5817
　　　業務　03-5395-3615

絶《ぜっ》対《たい》聖《せい》域《いき》

本文データ制作　凸版印刷株式会社
印刷所　凸版印刷株式会社
製本所　株式会社若林製本工場

2020年2月25日　第1刷発行

ISBN 978-4-06-518986-3
N.D.C.913 350p 20cm